CHRISTOPHER MOORE

NOIR

D1935222

GOLDMANN

Lesen erleben

CHRISTOPHER MOORE

NOIR

ROMAN

AUS DEM AMERIKANISCHEN
VON JÖRN INGWERSEN

GOLDMANN

Die amerikanische Originalausgabe erschien 2018 unter dem Titel »Noir«
bei HarperCollins Publishers, New York, NY.

Diese Geschichte spielt im Amerika des Jahres 1947. Sprache und Haltung der Erzähler und Figuren hinsichtlich Rasse, Kultur und Geschlecht entsprechen dem damaligen Zeitgeist und mögen auf den einen oder anderen Leser verstörend wirken. Figuren und Ereignisse sind ganz und gar fiktiv.

1. Auflage
Deutsche Erstveröffentlichung Oktober 2018

Umschlaggestaltung: UNO Werbeagentur, München
Umschlagmotiv: Illustration and design by Philip Pascuzzo.
Jacket photographs: © Zoonar GmbH / Alamy Stock Photo (woman);
© tatchai/istock/Getty Images (dress); © spotwin/istock/Getty Images (bridge)
Redaktion: Ilse Wagner
AG · Herstellung: Han
Satz: Buch-Werkstatt GmbH, Bad Aibling
Druck und Bindung: CPI books GmbH, Leck
Printed in the Czech Republic
ISBN: 978-3-442-31486-7
www.goldmann-verlag.de

Besuchen Sie den Goldmann Verlag im Netz

DIESES BUCH
IST FÜR MEINEN FREUND
JEFF MONG

Prolog

Ich habe nicht aufgeschrien, als ich *Sal's Saloon,* in dem ich arbeite, durch die Hintertür betrat und Sal im Lagerraum fand, blau wie der Tod. Flüssigkeiten sickerten aus seinen diversen Körperöffnungen und sammelten sich am Boden, neben seinem Kopf war ein kleiner Blutfleck. Nun bin ich der kleine Bruder eines großen Bruders, der den Wert eines Menschen danach bemaß, ob dieser unter Druck aufschrie oder nicht, und mir entsprechend einbläute, sollten Ma und/oder Pa je schreiähnliche Laute von mir hören, könnte sich der kleine Bruder – also ich – schon mal auf eine Abreibung gefasst machen, die sich gewaschen hatte, inklusive tausend Stecknadeln – eine Drohung, die mein großer Bruder Judges, möge er in Frieden ruhen, für den Großteil meiner Kindheit mit einiger Begeisterung aufrechterhielt.

Also schloss ich erst mal die Hintertür ab, achtete darauf, sie ordentlich zu verriegeln, warf einen kurzen Blick in die Bar, in der noch alles dunkel war – und erst *dann* schrie ich auf. Allerdings nicht wie ein verschrecktes kleines Mädchen, sondern wie ein ganzer Kerl: Der Schrei eines Hünen, der sich seinen Riesendödel in einer Drehtür einklemmt, als er gerade ein brennendes Baby oder irgendwas retten will.

Als ich fertig geschrien hatte, sah ich mich im Lager um und bemerkte eine große Holzkiste mit der Aufschrift VORSICHT! LEBENDES REPTIL!

Die Kiste stand offen, so etwas wie Stroh lag außen herum verstreut, da entdeckte ich den aufgerissenen Umschlag und den Brief neben Sals toter Hand. Der Brief war von Bokker, dem südafrikanischen Seemann, an mich gerichtet. Sofort begriff ich, was in dieser Kiste gewesen war.

Ich sah mir Sals Leiche näher an, und tatsächlich: Da waren zwei kleine geschwollene Löcher an seinem Hals und darunter Spuren kleinerer Zähne.

Panik packte mich, und ich erstarrte, hielt den Brief in Händen wie ein Telegramm, in dem man mich über mein Ableben in Kenntnis setzte. Stopp. Ich wusste nicht genau, wie eine schwarze Mamba aussah, aber nach allem, was mir der Südafrikaner erzählt hatte, waren diese Tiere groß, dunkel und blitzschnell, und insofern war ich ziemlich sicher, dass sich auf dem halben Meter zwischen mir und der Hintertür keine Riesenschlange befand, aber sie konnte ohne weiteres irgendwo in der Bar sein.

Ich hätte jemanden anrufen sollen. Ich musste jemanden anrufen. Nicht die Polizei, dachte ich, weil die vielleicht noch wegen dieser Entführung einer ihrer Kollegen nach mir fahndete, und außerdem, weil sie vermutlich den einen oder anderen Verdacht gegen mich hegen mochte, nachdem Sal von einer Schlange, die ich gekauft und bezahlt hatte, ins große Schläfchen geschickt worden war, und außerdem, weil ich mehr als genug Motive hatte. Also: nein. Ich schätze, ich hätte meine Eltern anrufen können, obwohl ich mit denen nicht mehr gesprochen hatte, seit ich aus Boise weggegangen war. »Hi, Ma! Ich weiß, ihr habt seit Jahren nichts

von mir gehört, aber ich habe da ein kleines Problem …«
Lieber nicht.

Da dachte ich: *Mist, das Telefon hängt ganz hinten an der Wand hinterm Tresen, unter dem möglicherweise in diesem Moment eine tödliche Riesenschlange ihr Mittagsschläfchen hält,* und dann dachte ich: *Ich such mir doch lieber eine Telefonzelle.* Oder vielleicht sollte ich mal bei meinem Geschäftspartner Eddie Moo Shoes reinschauen, um mit ihm das Dilemma zu besprechen, in dem ich mich befand. Bei der Gelegenheit konnte ich ihn gleich daran erinnern, dass wir beide Partner in einem Geschäft waren, das schiefgegangen war.

Ich holte tief Luft und hielt sie an, während ich Sals Taschen nach seinen Schlüsseln durchsuchte, sie fand, dann höflich über ihn hinwegstieg und zur Hintertür hinausging, wobei ich sein Bein ein Stück zur Seite schob, damit die Tür besser aufging. Draußen angekommen schloss ich ab und seufzte, als hätte ich eben ein Minenfeld durchquert. Doch als ich mich dann umdrehte, standen plötzlich zwei große hagere Gestalten in schwarzen Anzügen mit Hut und Sonnenbrille hinter mir – und damit meine ich: *direkt hinter mir.* Sie schienen auf mich gewartet zu haben und gaben sich unerschütterlich, waren dann aber doch einigermaßen erschüttert, als ich meinen zweiten männlichen Schrei des Tages ausstieß.

Es gibt Momente im Leben eines Mannes, in denen er sich kopfüber treibend in einem Meer von Schwulitäten wiederfindet – während die Hoffnung blubbernd untergeht – und denkt: *Wie, zum Teufel, bin ich hier gelandet?*

Nun wusste ich damals nicht, was die beiden Typen in schwarzen Anzügen wussten, nämlich, dass wir über die unermessliche Weite des Weltraums hinweg von Wesen beobachtet wurden, deren Intelligenz die des Menschen weit übertraf. Sie folgten uns mit eifersüchtigen Blicken und schmiedeten Pläne, in unsere Welt zu kommen, um mit den Brüsten unserer Bräute Motorboot zu fahren.

Eine Braut. Damit fing alles an …

1

Sammy und die Käseschnecke

Sie hatte Beine bis zum Hals – Größe 36 in einem Kleid der Größe 34, und jeder im Laden feuerte die fehlende Kleidergröße an, in die Freiheit auszubrechen, während er dabei zusah, wie die Frau zur Tür hereingewackelt kam und ihren Hintern auf einen Barhocker schob, mit dem Rücken zum Eingang. Ich zog die Augenbrauen hoch und sah den südafrikanischen Seemann an, der am hinteren Ende des Tresens von seiner seltsamen Fracht erzählte, während ich Schnapsgläser polierte.

»Die Braut riecht nach Ärger«, sagte der Seemann.

»Jep«, gab ich zurück, schlug mein Handtuch aus und drapierte es hübsch auf meinem Unterarm. »Aber du weißt ja, was man sagt, Käpt'n: Volle Kraft voraus – scheiß auf die Torpedos!« Damit steuerte ich hinter dem Tresen auf die Dame zu, mit meinem strahlendsten Lächeln, triefend vor Charme, wobei ich mir alle Mühe gab, mein Hinken zu verbergen, um neugierigen Fragen vorzubeugen.

»Ich glaube nicht, dass das damit gemeint ist, Sammy Boy«, sagte der Seemann. »Aber mach du nur.« Was so eine Art Ansporn ist, wie er nur von jemandem kommen kann, dem es schnurz ist, ob man niedergeschossen wird.

»Was kann ich dir bringen, Püppi?«, sagte ich zu der Dame. Sie war blond, schmutzig blond, und hatte ihre

Haare hochgesteckt, sodass sie irgendwie dunkel aufragten, um sich dann oben wie ein Springbrunnen in alle Richtungen zu locken – was ihr einen leicht überraschten Ausdruck verlieh. Ihre Lippen erinnerten mich an eine Rose zum Valentinstag, leuchtend rot und prall, wenn auch etwas schief, als hätte sie beim Boxen eins aufs Maul gekriegt, oder die Rose hätte Herzbeschwerden. Schräg, aber einladend.

Sie rutschte auf dem Barhocker herum, als suchte ihr Hintern besseren Halt, was mit sich brachte, dass alle Anwesenden scharf einatmeten und die Luft anhielten, was augenblicklich den Rauch vertrieb, als hätte ein mächtiger Drache ihn zur Hintertür hinausgesogen. Allerdings war es nicht so, als kämen sonst nie alleinstehende Damen in Sals Bar, aber sie kamen nie so früh, wenn es draußen noch hell war und sich der Fuselnebel in den Köpfen nicht wie ein Weichzeichner über alles gelegt hatte, um die Ecken und Kanten einer Puppe abzumildern. (Licht ist der natürliche Feind der Tresenschlampe.)

»Ich heiße nicht ›Püppi‹«, sagte die Blondine. »Und gib mir was Billiges, das leicht runtergeht.«

Woraufhin allgemeines Räuspern anhob, während jedermann im Laden plötzlich damit beschäftigt war auszutrinken, sich eine Zigarette anzuzünden, den Hut zu richten oder was weiß ich noch alles, als schwebten die Worte dieser Dame nicht wie ein Willkommensschild über einem Raum voller Ganoven, Zocker, Tagtrinker, Schauermänner, Nichtsnutze und Kleinstadtgangster, jeder von ihnen im Grunde seines Herzens ein Schürzenjäger. Ich warf einen Blick den Tresen entlang und versuchte, die Blicke der anderen aufzufangen, während ich mich bückte, als wollte ich nach meinem Gehstock greifen – meiner Version des Baseballschlägers, wie ihn die meisten Barkeeper haben –, und obwohl mein Stock drei Meter entfernt lag, kam die Botschaft doch bei ihnen an. Ich bin nicht besonders groß und allgemein bekannt dafür, dass mir nicht so leicht der Kragen platzt, aber ich kann schnell zupacken und trainiere täglich eine Stunde am Sandsack – eine Angewohnheit, die darauf zurückzuführen ist, dass ich meine Klappe nicht halten kann. Ich weiß mir also sehr wohl zu helfen. Die meisten der Anwesenden hatten mehr als ein Mal mitbekommen, wie ein Maulheld im Rinnstein gelandet war, weil er meinte, meine sonnige Art und der Klumpfuß machten mich zu einem leichten Gegner, also blieben alle nett und höflich. Andererseits kontrollierte ich den Alkoholnachschub. Könnte also auch daran gelegen haben.

»Und wie soll ich Sie dann nennen, Miss?«, fragte ich die Blondine, richtete meinen babyblauen Blick direkt auf ihre kuhbraunen Augen, darauf bedacht, nicht ihre Auslage anzuglotzen, weil Frauen das oft nicht zu schätzen wissen, sogar wenn offensichtlich ist, dass sie weder Zeit noch Mühe gescheut haben, ihre Auslage anglotzbereit herzurichten.

»Missis«, sagte sie.

»Und wird sich der Mister noch zu Ihnen gesellen?«

»Nur wenn Sie warten wollen, bis ich die gefaltete Flagge von zu Hause geholt habe, die man mir gegeben hat, statt ihn mir zurückzuschicken.« Sie wandte sich nicht ab, als sie das sagte, und sie lächelte auch nicht. Sie senkte weder den Blick, um ihren Schmerz zu verbergen, noch tat sie, als unterdrückte sie ihre Tränen. Sie sah mir offen in die Augen. Knallhart.

Erst dachte ich, sie würde mir die Hölle heißmachen, weil ich sie »Püppi« genannt hatte, aber egal, ob sie nun eine war oder nicht: Ich konnte dem Schlag doch am ehesten ausweichen, wenn ich mich betroffen zeigte.

»Das tut mir leid, Ma'am. Der Krieg?« Bestimmt war der Krieg schuld. Sie konnte nicht älter als drei- oder vierundzwanzig sein, nur ein paar Jahre jünger als ich.

Sie nickte, dann machte sie sich an ihrem Geldbeutel zu schaffen.

»Lass stecken. Der Drink geht aufs Haus«, sagte ich. »Fangen wir noch mal von vorn an. Ich bin Sammy«, sagte ich und reichte ihr die Hand.

Sie griff zu. »Sammy? So heißen doch nur kleine Jungs.«

»Na ja, hier im Viertel haben ein paar alte Italiener das Sagen, und die halten jeden unter sechzig für einen kleinen Jungen. Daher der Name.«

Da lachte sie, und ich kam mir vor, als hätte ich einen Homerun gelandet. »Hi, Sammy«, sagte sie. »Ich bin Stilton.«

»Mrs Stilton?«

»Vorname Stilton. Wie der Käse.«

»Was für ein Käse denn?«

»Stilton? Noch nie davon gehört? Kommt aus England.«

»Aha«, sagte ich und war mir ziemlich sicher, dass diese Braut sich einfach irgendwelche Käsesorten ausdachte.

Da nahm sie ihre Hand wieder zurück und rutschte auf dem Hocker herum, als wollte sie etwas erzählen, und alle im Laden spitzten die Ohren. Ich stand nur da und zog eine Augenbraue hoch, wie es so meine Art ist.

»Mein Vater war Soldat im Weltkrieg. Meine Mutter ist Engländerin – Kriegsbraut. Die beiden hatten ihr erstes richtiges Date nach dem Krieg in einem Dorf namens Stilton. Und als ich ein paar Jahre später zur Welt kam, hat mich mein Pop so genannt. Stilton. Eigentlich sollte ich ein Junge werden.«

»Na, das ist ihm aber gründlich misslungen«, sagte ich

und musterte sie kurz, um ihre Nichtjungenhaftigkeit hervorzuheben. »Wenn ich so sagen darf.« Plötzlich hätte ich gern einen Hut getragen, um an die Krempe tippen zu können, doch da wurde mir bewusst, dass sie und ich vermutlich die einzigen Menschen in ganz San Francisco waren, die in diesem Augenblick *keinen* Hut trugen. Es war, als wären wir gemeinsam nackt. Also griff ich mir den Fedora von dem Burschen zwei Hocker neben ihr, setzte ihn mit eleganter Geste auf und tippte kurz daran. »Ma'am!«, sagte ich und machte eine Verbeugung.

Woraufhin sie wieder lachte und erwiderte: »Wie wäre es, wenn du mir einen Old-Fashioned mixen würdest, bevor du dich immer weiter reinreitest, Witzbold?«

»Dein Wunsch ist mir Befehl, Schnecke«, sagte ich. Damit warf ich den Fedora wieder dem hutlosen Mann am Tresen zu, bedankte mich bei ihm, dann machte ich mich daran, ihren Drink zu mixen.

»Nenn mich nicht Schnecke.«

»Komm schon, immer noch besser als dieser Käse.«

»Aber dieser Käse ist mein Name.«

»So sei es«, sagte ich, stellte den Drink vor ihr ab und rührte ihn einmal kurz mit dem Strohhalm um. »Auf die Käseschnecke! Cheers!«

Am liebsten hätte ich sie gefragt, was sie in diese Bar geführt hatte, woher sie kam und ob sie in der Gegend wohnte, aber der Grat zwischen Neugier und Aufdringlichkeit ist schmal, also ließ ich sie mit ihrem Drink allein und machte mich auf den Weg am Tresen entlang, schenkte nach und sammelte leere Gläser ein, bis ich wieder bei dem Mann von der südafrikanischen Handelsmarine angekommen war.

»Sieht aus, als konntest du bei ihr landen«, sagte der

Seemann. »Was macht sie hier, so ganz allein, mitten am Nachmittag? Nutte?«

»Glaub ich nicht. Witwe. Hat ihren Kerl im Krieg verloren.«

»Eine Schande. Gibt so viele davon. Hab im Krieg selbst hundertmal gedacht, ich würde meine Frau zur Witwe machen. Hab die meiste Zeit mit einem Liberty-Frachter Nachschub über den Atlantik gefahren. Hab immer noch Albträume von deutschen U-Booten …« Der Seemann stutzte, als sein Blick auf meinen Stock fiel, der neben der Kasse hinter dem Tresen lehnte. »Aber offenbar hatte ich mehr Glück als andere.«

Und nachdem ich mich eben noch wie der König der Welt gefühlt hatte, weil es mir gelungen war, der Blondine ein Lachen zu entlocken, kam ich mir plötzlich wie der allerletzte falsche Fuffziger vor, was öfter mal der Fall ist, doch ich schüttelte das Gefühl ab, boxte den Seemann an die Schulter und erlöste ihn. »So viel mehr Glück nun auch wieder nicht, wenn man eure Ladung bedenkt …«

»Wie Noahs gottverdammte Arche«, sagte er. »Was Seefahrt bedeutet, weiß man erst, wenn man mit einem seekranken Elefanten in einen Sturm geraten ist. Hatte ihm im Laderaum einen Stall bauen lassen. Der arme Kerl, der ihn ausmistet, wird noch Tage damit beschäftigt sein. Wir haben das Tier letzte Woche in San Diego ausgeladen, aber der Gestank ist nicht rauszukriegen.«

»Auch Tiger?«, fragte ich.

»Ausschließlich afrikanische Tiere. Tiger gibt es nur in Asien.«

»Wusste ich«, sagte ich. Vermutlich hätte ich es wissen sollen. »Hab noch nie einen echten Tiger gesehen.«

»Die großen Katzen machen mir nichts. Die sitzen in

Eisenkäfigen. Man kann sehen, was los ist, und sich davon fernhalten. Alle paar Tage schiebt man ihnen mit einem langen Stock Fleisch in den Käfig. Mit einem *sehr* langen Stock. Nur diese ekligen Schlangen sind nicht mein Fall. Nächste Woche bringt unser Schwesterschiff eine Ladung mit allen Sorten von Giftschlangen, die es auf dem schwarzen Kontinent gibt, für ein Labor in Stanford. Schlangen müssen nicht fressen, also werden sie in Holzkisten transportiert. Man kann sie nicht mal sehen. Und dass eine ausgebrochen ist, merkt man es erst, wenn sie einen erwischt hat.«

»So wie ein U-Boot?«

»Genau. Die nehmen ein Dutzend schwarze Mambas an Bord. Die Mistviecher werden vier, fünf Meter lang. Hab als Kind mal gesehen, wie eine hinter einem Mann her war. Mambas flüchten nicht wie andere Schlangen. Sie richten sich auf und verfolgen dich – schneller, als du rennen kannst. Minuten später war der arme Kerl tot. Lag mit Schaum vorm Mund zuckend im Dreck.«

»Klingt gar nicht gut«, sagte ich. »Für mich ist der Fall klar. Ich fahre nie, nie, nie nach Afrika.«

»Die Tiere sind nicht alle so. Komm doch morgen früh rüber zum Anleger in Oakland und guck dir den Rest vom Zoo an, bevor wir ausladen. Ich zeig dir alles. Schon mal ein Erdferkel gesehen? Dämliche Tiere. Versuchen, sich durch den Stahlrumpf zu graben. Von denen haben wir zwei an Bord.«

»Erdferkel schmecken lecker«, sagte Eddie Shu, der so was immer sagte, um Leute zu schockieren, weil alle Welt wusste, dass Chinesen schräges Zeug aßen. Eddie war ein dürrer Chinese in glänzendem Anzug und schwarz-weißen Budapestern. Seine Haare waren schwungvoll zurückgegelt wie die von Frank Sinatra. Ich hatte gar nicht bemerkt, dass er hereingekommen war, weil ich die Blondine nicht aus den Augen lassen wollte, also dachte ich mir, er müsste wohl die Hintertür genommen haben, was eigentlich verboten war, aber Eddie war ein Freund. Was will man machen?

»Hör nicht auf diesen Nichtsnutz«, sagte ich zum Seemann. »Er lügt wie bedruckt.«

»Wenn du meinst«, erwiderte Eddie. »Aber schon Buddha hat gesagt: ›Ein Mann, der nie ein gut gewürztes Erdferkel gegessen hat, weiß nicht, was Freude ist.‹«

»Aha. Das hat Buddha also gesagt, ja?«

»Soweit du weißt.«

»Eddie Moo Shoes, das ist Käpt'n …« Und da machte ich eine Pause, damit der Seemann die Details ausfüllen konnte.

»Bokker«, sagte der Südafrikaner. »Aber ich bin kein Kapitän. Erster Maat auf der *Beltane,* Frachter aus Kapstadt.«

Und so nickten Moo Shoes und der Maat einander zu, und ich sagte: »Eddie arbeitet im *Club Shanghai* unten an der Straße.«

»Wer ist denn das Früchtchen da drüben?«, fragte Eddie und warf seine Sinatra-Tolle in Richtung der Blondine. Ich bemerkte, wie es mir missfiel, dass er sie als Früchtchen bezeichnete, trotz der Tatsache, dass sie eines war, und was für eines.

»Kam eben rein«, sagte ich. »Heißt Stilton.«

»Stilton?«

»Wie der Käse«, erklärte ich.

Eddie sah mich an, dann den Seemann, dann mich. »Der Käse?«

»Das hat sie gesagt.«

»Hast du sie schon nackt gesehen?«

Also, in der Zwischenzeit hatte ich beobachtet, wie mehrere Stammgäste die Blondine umkreist hatten und jeder Einzelne davon humpelnd den Schwanz einzog, niedergestreckt von einem bedauernden, leicht koketten Blick. Und währenddessen sah sie immer wieder zu mir herüber, als wollte sie sagen: *Lässt du das etwa tatenlos geschehen?* Zumindest kam es mir so vor, als wollte sie das sagen. Vielleicht ging es allen Männern im Laden so. Diese Stilton hatte was …

»Allerdings«, sagte ich zu Moo Shoes. »Sie kam nackt hier rein, aber ich musste sie bitten, sich was überzuziehen, damit sich die aufrechten Bürger nicht belästigt fühlen, die dieses feine Etablissement auf ihrem Weg zur Kirche frequentieren.«

»Ich würde sie gern nackt sehen«, sagte Moo Shoes. »Du weißt schon – um sicherzugehen, dass sie für dich auch gut genug ist.«

»Nicht für dich selbst?«, fragte der Seemann.

Da wurde Moo Shoes fast weinerlich, ließ den Kopf hängen, bis seine Sinatra-Tolle traurig herabhing. »Lois Fong«, sagte er.

»Tänzerin im Club«, erklärte ich.

»Sie würde mir nicht mal eine klatschen, wenn ich Goldmünzen spucken könnte.«

»So ist das in Chinatown«, erklärte ich. »Die haben ihre eigenen Sitten und Gebräuche.«

»Wir sind ein altes geheimnisvolles Volk«, sagte Eddie zu dem Seemann.

»Aber immerhin hast du sie nackt gesehen«, sagte ich und klopfte Moo auf die Schulter, um einen kleinen Sonnenstrahl in seine finstere Verzweiflung zu werfen.

»Bei der Arbeit«, sagte Eddie. »Wie alle anderen im Laden. Glaub nicht, dass dadurch irgendwas einfacher wird.«

Da fiel mir auf, dass die Blondine fast nichts mehr zu trinken hatte und es Zeit wurde, ihr einen Besuch abzustatten, also hob ich einen Finger, um Moo Shoes in seiner Tristesse kurz zu unterbrechen. »Bin gleich wieder da.«

»Noch einen Old-Fashioned, Süße?«, fragte ich grinsend, forderte sie heraus.

»Ich heiße nicht …« Und sie stutze. »Spendierst du mir einen Drink, Schlaumeier?«

»Ich? Nachdem schon so viele Typen angeboten haben, dir einen auszugeben?«

»Vielleicht habe ich auf ein besseres Angebot gewartet«, sagte sie – rollte mit den Augen, klimperte mit den Wimpern, dann seufzte sie wehmütig – also: gespielt wehmütig –, was mich zum Lachen brachte.

»Du weißt, dass es mich nichts kostet, wenn ich dir einen Drink ausgebe, im Gegensatz zu den anderen Figuren hier.«

»Womit du mir sagen willst, dass du nicht denkst, ich wäre dir dafür was schuldig, im Gegensatz zu den anderen Figuren, stimmt's?«

»Nein, nein, nein«, sagte ich. »Vergiss das.« Dann beugte ich mich vor, in der Hoffnung, eine kleine Verschwörung anzuzetteln. »Obwohl ich meinem Freund Eddie da drüben erzählt habe, ich hätte dich schon mal nackt gesehen … Wenn er also rüberkommt, deckst du mich doch, oder?«

»Ich habe ein Muttermal an der rechten Hüfte.« Sie zwinkerte.

»Das wollte ich hören!«

»In Form von Winston Churchill.«

»Bestimmt sehenswert«, sagte ich.

»Wo bleibt mein Drink, Gunga Din?«

Ich habe ein Faible für Frauen, die sich mit Rudyard

Kipling auskennen oder mit Lyrik überhaupt, denn ich bin eine sensible, poetische Seele. Meine liebe Ma war Englischlehrerin, und von dem Moment an, in dem ich mein erstes Wort herausquäkte, hat sie mich mit Metaphern, Vergleichen, Symbolismus, Alkoholismus und den diversen Jamben der lyrischen Tradition überhäuft, was mir alles im Laufe der Jahre gute Dienste geleistet hat, sei es beim Drinksausschenken, Schiffeschweißen, Frauenbetören oder bei lyrischen Anmerkungen zu diesem und jenem.

Eben wollte ich der Schnecke selbiges über Kipling mitteilen, als die Tür in ihrem Rücken aufflog und Sally Gab, alias Sal Gabelli, hereinmarschierte, mein Boss, dicht gefolgt von einem Air-Force-General mit so vielen Orden an der Uniform, dass er aussah, als würde jemand auf seiner Brust eine Partie Mah-Jongg spielen.

Die Bar war nach besagtem Sal benannt, obwohl es draußen kein entsprechendes Schild gab. Im Laufe der Jahre hatte der Laden *Flossie's*, *Danny's*, *The Good Time, Grant Avenue Saloon, The Motherlode* oder *Barbary Belle's* geheißen und noch ein halbes Dutzend weitere Namen gehabt, die bis 1853 zurückreichten, als die Bar an dieser Stelle eröffnet wurde. Angeblich war der lange Eichentresen mit der verspiegelten Bar um Kap Hoorn gesegelt, auf einem Klipper voller Seeleute, die davon träumten, in den kalifornischen Bergen Gold zu finden. Momentan stand auf dem Schild nur *Saloon,* weil Sal zu geizig oder zu schlau war, seinen Namen über die Tür zu schreiben. Sal war im Viertel bekannt wie ein bunter Hund, auch dafür, ein solcher Armleuchter zu sein, dass es niemanden überrascht hätte, ihn im Dunkeln flackern zu sehen. Die Bar mochte das große Erdbeben von 1906 überlebt haben, aber Sal wusste, dass es möglicherweise ihr Ende wäre, wenn sein Name über dem Eingang stünde.

»General«, sagte Sal, ein massiger Fünfzigjähriger, der stets unrasiert war, schlecht sitzende Anzüge mit Hosenträgern trug und ständig eine Zigarre im Maul hatte, »das ist Sammy Two-Toes, der Mann, der für mich hier im Viertel die Ohren offen hält. Der kann Ihnen bei Ihrem kleinen Problem helfen.«

Ich zuckte zusammen, als dieser Spitzname fiel, bei dem nur Sal mich nannte, und sah mir den General näher an. Er war ein kräftiger Kerl, um die sechzig, mit bleistiftdünnem Oberlippenbärtchen. Als er seine Mütze abnahm, legte er ein paar einsame Strähnen frei, die über seinen kahlen Kopf gekämmt waren. »Sammy«, sagte er, als hätte er mich lieber mit einem Rang als mit meinem Namen angesprochen. Dem Tonfall entnahm ich, dass mein Rang niedrig wäre, und er nickte nur, reichte mir nicht mal die Hand, da ich offensichtlich unter seiner Würde war.

»Two-Toes kennt alle Ganoven in der Stadt, stimmt's nicht, Sammy?«, sagte Sal, der plötzlich bemerkte, dass er über die Schulter einer Dame hinwegsprach, und so trat er einen Schritt von Stilton zurück, um sie näher zu begutachten. »Hey, Süße …«

»Den Drink nehme ich später, Sammy«, sagte Stilton, stand auf und hielt Sal ihren spitzen Zeigefinger ins Gesicht, um ihn zum Schweigen zu bringen. Der rot lackierte Fingernagel war kaum einen Zentimeter davon entfernt, ihm ein Auge auszustechen. »Ich muss los.«

Sprachlos sah ich mir an, wie sie ihren Finger auf Sals Auge gerichtet hielt, während sie die andere Hand durch den Riemen ihres Täschchens schob. »Wir sehen uns, Hübscher«, sagte sie, beschrieb eine Pirouette und tänzelte mit flatterndem Rock zur Tür hinaus, sodass es mir, Sal und dem General glatt die Sprache verschlug. Mir war, als wäre mein Glück mit ihr gegangen. Ich fühlte mich verloren.

»Außergewöhnlich«, sagte der General mit starrem Blick auf den Hocker, den Stilton eben freigemacht hatte. »Nun, das ist genau die Sorte junger Frauen ...«

»Da ist unser Krüppel der richtige Mann«, fiel Sal ihm ins Wort.

Im selben Moment schlich Eddie Moo Shoes mit zwei anderen Typen hinter dem General entlang. Das Abendpublikum zog sich meist zurück, wenn Sal hereinkam, da viele ihn nicht leiden konnten, was noch auf den Krieg zurückging, als er die Jungs vom Militär hatte bluten lassen für das Privileg, nach Feierabend seinen verdünnten Schnaps kaufen zu dürfen.

»Lass uns was essen gehen, wenn du hier fertig bist«, sagte Moo Shoes.

»Okay«, sagte ich. »Wir treffen uns im Club.«

Eddie winkte und war schon weg. Sal meinte: »Hatte ich nicht gesagt, dass ich hier keine beschissenen Japse haben will?«

»Er ist Chinese«, sagte ich.

»Ist doch dasselbe in Grün«, sagte Sal.

Zwar wusste Sal, dass sein Laden nur einen Block von Chinatown entfernt lag, dass die Chinesen lange vor den Italienern in San Francisco gewesen waren und seine italienischen Vorfahren ihre Fische fünf Generationen lang an Moo Shoes' Vorfahren verkauft hatten, und doch zog er es vor, diesen Umstand zu ignorieren, um dem General seinen Patriotismus mit uneingeschränkter Beschränktheit zu beweisen. Aber der Armleuchter ist mein Boss, und er hat mir nach dem Krieg einen Job gegeben, als Jobs nicht leicht zu finden waren, und zwar unter gewissermaßen mumpitzigen

Umständen, die ich vor der Öffentlichkeit und ganz besonders vor dem Gesetz lieber nicht ausbreiten wollte, also ging ich nicht weiter darauf ein.

»Was kann ich Ihnen bringen, General?«, fragte ich an Sal vorbei.

»Scotch, pur. Single Malt, wenn möglich.« Er warf einen Blick in die Runde und kam zu dem Schluss, dass es in diesem Laden vermutlich keinen Single Malt gab. Auf die meisten Bars traf das auch zu. Im Krieg konnten die Schotten nicht destillieren, und das Zeug ist nicht auf die Schnelle herzustellen, aber irgendwie meinte ich, mich zu erinnern …

»Mal sehen, was ich tun kann.«

Während ich unter dem Tresen herumrumorte, sagte Sal: »General Remy ist nur kurz in der Stadt, um sich mit ein paar Bonzen zu treffen, aber nächste Woche kommt er wieder.«

»Ich hoffe, Arrangements für eine … eine Begleitung bei meiner Rückkehr treffen zu können.« Für einen Militär schien sich der General in einer Bar doch seltsam unwohl zu fühlen. Vielleicht lag es daran, dass es Sals Bar war. Wie die beiden zueinandergefunden hatten, war mir ohnehin ein Rätsel.

Sal sagte: »Der General ist Kommandeur auf einer Basis weiter im Osten.«

»Ach so?«, sagte ich, den Kopf zwischen Spinnen und Staub, auf der Suche nach Scotch. »Wo denn?«

»Roswell, New Mexico«, sagte der General.

»Da ist er!« Mit einer staubigen Flasche Glenfiddich tauchte ich unter dem Tresen auf. »Nie davon gehört.«

»Gibt auch keinen Grund dafür«, sagte der General. »Da passiert nie was.«

»Okay«, sagte ich und entkorkte die Flasche. »Doppelt?«

»Bitte«, sagte der General.

Und so schenkte ich ein, ohne einen Gedanken an New Mexico zu verschwenden, sehr wohl aber an die Käseschnecke und dass sie rausspaziert war, ohne mir ihre Nummer zu geben, sodass ich nicht mal wusste, ob sie in der Gegend wohnte, und ich fragte mich, ob sie vielleicht einfach ins große Nirgendwo gewackelt war und nie wieder auftauchen würde. Doch dann dachte ich: Nein, sie ist aufgestanden und hat sich für mich geradegemacht. Und obwohl ich weder wusste, woher sie gekommen, noch, wohin sie gegangen war oder wie ich sie finden sollte, spürte ich doch, dass ich ihr wieder begegnen würde, und wenn es so weit war, würde etwas geschehen – etwas Großes, Bemerkenswertes, Hoffnungsvolles, und es gab absolut rein gar nichts, was ich dagegen tun konnte.

2

Wirtshaus zur glücklichen Schlange mit Nudeln

Nebel lag über der Stadt wie eine ersoffene Hure – feucht und kalt, nach Salz und Diesel stinkend –, eine aufgeweichte Bordsteinschwalbe, die eben einen Schlepper gerammelt hatte …

»Heute Abend ist der Nebel schlüpfrig«, sagte der Taxifahrer, der draußen vor Sals Bar an seinem Wagen lehnte.

Draußen auf der Bay stöhnte ein Nebelhorn.

Sammy schlug den Kragen hoch, bis dieser an die Krempe seines Hutes reichte. »Ziemlich feucht«, stimmte er zu.

»Kann ich dich irgendwohin fahren?«

»Ach, ich will nicht weit.« Sammy deutete auf den Broadway, die Grenze zwischen North Beach, dem italienischen Viertel, und Chinatown. »Aber danke.«

Der Kutscher tippte an seine Lederkappe. »Nachher im *Cookie's?*«

»Gut möglich«, sagte Sammy. Er machte sich auf den Weg über den menschenleeren Boulevard. Die Straßenlaternen schienen mit ihrer diesigen Aura darüber zu schweben wie verirrte Geister, erreichten nie den Asphalt. Die Geschäfte an der Grant Avenue – Lebensmittelläden, Souvenirstände, Restaurants, Schlachter – waren dunkel, bis auf den einen oder anderen Streifen Neon, der hier und da die Nacht durchschnitt: *GESCHLOSSEN, MASSAGE,* ein *COCA-COLA*-Schild, ein glücklich leuchtender Drache mit einer Schale Chop Suey.

Es waren nur sieben Blocks von Sals Bar bis zum *Club Shanghai,* in dem Eddie arbeitete, kaum einen halben Kilometer, doch nach drei Blocks tat Sammy in der feuchten, kalten Luft der Fuß weh, und er wünschte, er hätte das Angebot des Taxikutschers angenommen. *Schafskälte* in der Stadt, oder wie Mark Twain geschrieben hatte: »Ein Sommer in San Francisco weckt den Wunsch, eine Flunder beim Kragen zu packen und ihr die Feuchte rauszuklatschen.« (Eines von Mark Twains weniger bekannten Zitaten.)

Während Sammy sich mit seinem Gehstock einen Weg bahnte, dachte er an diese Stilton, die Käseschnecke. Die hatte was. Sie war hübsch anzusehen, war sie wirklich, wenn auch keine Granate – aber irgendwie süß, so eine Braut, die man seiner Mom vorstellen konnte, um sie dann im Gästezimmer unter aufgeregtem Wispern durchzuvögeln, während Mom sich nebenan schnaubend bei Dad über sie ausließ, was für ein Flittchen sich wie ein stinkender Käse nannte. Kurz gesagt, er mochte sie, und mit ihrem Auftritt vor Sal und General Remy hatte sie Sammy eine gewisse Gunst erwiesen, wenn auch eine subtile Gunst, die ihm aber dennoch gefiel. Er wollte sie wiedersehen und war ein wenig traurig, dass er nicht wusste, wie er das anstellen sollte, außer zur Arbeit zu gehen und zu hoffen, dass sie wiederkam.

Als er den dicken Teppich in der rotsamtenen Eleganz des *Club Shanghai* betrat, sah Sammy am Empfangspult Eddie Moo Shoes bei einem jüngeren Mann im Smoking stehen. Es war halb drei, und da die Band gerade Pause machte, lief eine Schallplatte von Glenn Miller. Tabakrauch und Stimmen wehten aus dem Saal des Clubs heran.

»Hey, Sammy«, sagte Eddie. »Du kennst Lou?«

»Lo«, verbesserte der Junge.

»Er lernt noch.« Eddie grinste. Kein Mitarbeiter im *Shanghai* benutzte seinen chinesischen Namen, denn in diesem Club schlüpften Asiaten in die Rolle von Angloamerikanern, was das *Shanghai* und ein gutes Dutzend ähnlicher Läden über die Wirtschaftskrise und den Krieg gerettet hatte.

Sammy schüttelte dem Jungen gerade die Hand, als Lois Fong auf goldenen Pumps in einem engen goldenen Paillettenkleid herangetrippelt kam, das fast bis zum Hintern offen stand. »Sei ein Schatz, Eddie«, sagte sie und hielt ihm das cremefarbene V ihres Rückens hin. Halbherzig zog Eddie am Reißverschluss, als müsste er den Sarg seiner erotischen Phantasien zuklappen, dann gab er ihr einen Klaps auf den Hintern, um anzuzeigen, dass es vollbracht war.

»Fertig, Kiddo«, sagte Eddie.

Lois schmollte über ihre Schulter hinweg. »Nicht ganz rauf, Süßer. Eine kleine Warenprobe sollte schon zu sehen sein.«

Nun schmollte Eddie, als er den Reißverschluss wieder ein Stück herunterzog.

»Danke, Kumpel«, sagte sie. Sie küsste die Luft neben seiner Wange und strich mit dem Fingernagel unter seinem Kinn entlang, dann machte sie sich eilig auf den Weg zur Lounge.

Sammy räusperte sich. »Hey, Eddie, wenn du lieber hierbleiben möchtest, um dich um den Laden zu kümmern, können wir auch ein anderes Mal essen gehen.«

»Ach was.« Eddie holte einen Schlüsselbund aus der Tasche und warf ihn auf das Empfangspult. »Sie behauptet, ich würde ihr die Tour vermasseln, wenn sie in der Lounge arbeitet. Ich gehe nur eben meinen Mantel holen. Wie ist es da draußen?«

»Frostig«, sagte Sammy.

»Ja, hier drinnen auch«, sagte Eddie.

Seite an Seite spazierten sie die Grant Avenue hinauf, bis Eddie scharf nach rechts in eine kleine Gasse bog.

»Abkürzung?«, fragte Sammy. Normalerweise aßen sie im *Cookie's Coffee,* einem Diner im Tenderloin-Viertel, einem der wenigen Läden, die die ganze Nacht geöffnet hatten, aber jetzt lief Eddie in die völlig falsche Richtung.

»Mal was Neues«, sagte Moo Shoes. Er schob sich zwischen Mülltonnen und herrenlosen Kisten hindurch, während Sammy sich alle Mühe gab, ihm zu folgen, navigierte durch den Nebel, indem er sich am trüben Schein der feuchten Mauersteine orientierte, als folgte er einem Strom aus schwarzem Öl durchs Schattenlabyrinth. Der Gestank von Fisch und vergammelten Zwiebeln klebte an ihm wie Spinnweben, ließ für ein paar Sekunden nach, als sie die Kearny Street überquerten, bevor Eddie in die nächste dunkle Gasse abtauchte.

»Moo, bringst du mich irgendwohin, um mich da zu ermorden? Denn ich würde lieber an einem weniger feuchten Ort sterben.«

»Entspann dich, wir sind da.« Eddie deutete die Gasse entlang auf ein orangefarbenes Neonschild, das GEÖFFNET blinkte, summend wie eine sterbende Biene, neben einer ramponierten Eisentür. »Du hast gesagt, du wolltest was über die chinesische Kultur erfahren.«

»In diesem Loch habt ihr sie versteckt?« Sammy betrachtete den Eingang. Dieser führte in ein gemauertes Gebäude, eingeklemmt zwischen zwei anderen Gebäuden, der ganze Bau alles in allem kaum drei Meter breit, aber drei

Stockwerke hoch wie die Häuser rechts und links davon – als hätte jemand eine besonders schmale Gasse entdeckt und gedacht: Hier könnte man gut Mauersteine stapeln, denn umfallen würden sie nicht.

Eddie zog die Tür auf, was gelbes Licht, Dampf, Qualm und eine Dunstwolke freisetzte, die Sammy später als Altmännerduft identifizieren sollte. Er wusste nicht, woher er das wusste, doch daran erinnerte es ihn. Drinnen sah er einen langen Tresen, der bis ans hintere Ende des Gebäudes reichte und an etwas endete, das wie die Klappe eines Speiseaufzugs aussah. Am Tresen reihten sich etwa dreißig steinalte Chinesen aneinander, in unterschiedlichster Kleidung, von traditionellen Seidenjacken bis zu gelben Fischermänteln, die meisten jedoch in dunklen westlichen Wollanzügen. Sie saßen über dampfende Suppenschüsseln oder qualmende Pfeifen gebeugt – die meisten so faltig und vertrocknet, dass sie vollständig aus Hodensackhaut bestehen mochten. Ein junger Kerl mit Schürze lief hinter dem Tresen hin und her, mit einem großen dampfenden Topf und einer Kelle. Ein gutes Dutzend der alten Männer blickte zur Tür.

»*Gwai lo*«, murmelte einer von ihnen.

»*Gwai lo*«, murmelten alle anderen in der Reihe, dann wandten sie sich wieder ihrer Suppe zu.

»Wie bitte?«, flüsterte Sammy.

»Ach nichts. Komm mit!« Eddie trat auf eine sehr schmale Treppe zu seiner Linken. Er lauschte einen Moment, bevor er hinaufging. Vier Stufen, rechts herum, vier Stufen, rechts herum, vier Stufen, rechts herum. Es war, als stiege man eine Treppe in einer Telefonzelle hinauf. Sie kamen in einen langen, schmalen Raum mit noch einem Tresen, an dem weitere alte Chinesen saßen, wobei die hier etwas jünger wirkten als die Hodensackbande im Erdgeschoss. Sammy war der einzige Anglo im Laden, aber er war daran gewöhnt, Außenseiter zu sein, also dackelte er einfach Eddie hinterher.

»*Gwai lo*«, murmelten einige der alten Männer, bevor sie sich wieder ihrem Gespräch oder ihrer Suppe widmeten.

»Was? Was?«, fragte Sammy.

»Da vorn sind zwei leere Hocker«, meinte Eddie, während er sich hinter den Gästen entlangschob.

Als sie Platz in der Mitte des Tresens gefunden hatten – so eng, dass sie mit den Schultern die Nachbarn links und rechts von sich berührten –, kam ein anderer Schürzenmann mit dampfendem Topf und Kelle vorbei und sagte zu Moo Shoes etwas auf Kantonesisch.

»Möchtest du Jook oder Nudeln?«, fragte Eddie.

»Ich möchte einen Cheeseburger«, sagte Sammy.

Eddie sagte etwas zu dem Schürzenmann, der ihnen daraufhin zwei leere Schalen, Stäbchen und Löffel hinwarf, um dann murmelnd davonzuschleichen.

»Es gibt Nudeln«, sagte Eddie.

Sammy sah sich die Suppen der alten Männer an. »Und was ist Jook?«

»Reisbrei. Sehr gehaltvoll. Dieser Laden ist ein Jook-House. Stand schon hier, als die Eisenbahn gebaut wurde. Arbeiter kamen zur Pause kurz rein, futterten eine Schale Jook – maximale Verpflegung, minimaler Zeitaufwand.«

»Und wir sind hier und nicht im *Cookie's*, weil …«

»Kultur?«

»Ja. Aber nein«, sagte Sammy.

»Meine Großmutter meinte, Jook wärmt das Herz.«

»Was der Grund ist, weshalb wir Nudeln essen …«

»Na gut …«, sagte Eddie. »Ich will später noch mal rüber

zum Club, wenn Lois um vier Feierabend macht, und ich hab Hunger, und das hier ist der einzige Laden, der in Chinatown um diese Zeit noch geöffnet hat.«

»Du hättest auch einfach auf sie warten können.«

»Hätte ich ja gern, aber die Mädels sind angehalten, sich zwischen und nach den Shows um die Gäste in der Lounge zu kümmern. Sie meint, ich stehe ihr bei der Suche nach einem reichen *Gwai-lo*-Sugar-Daddy im Weg.«

»Moment mal – was heißt eigentlich *gwai lo?* Das haben die Leute unten gesagt, als wir reinkamen.«

»Na ja, es bedeutet ›neuer Freund‹.«

»Glaub ich nicht«, sagte Sammy.

Der alte Mann neben Sammy beugte sich herüber und sagte: »›Weißer Teufel.‹«

»Nein«, sagte Eddie, »hör nicht auf ihn. Er spricht nicht mal Englisch.«

»Kann auch ›Geistermensch‹ heißen«, sagte der alte Mann neben Moo.

Sammy blickte von einem Greis zum anderen. »Hey, ihr könnt mich mal! Ich bin kein weißer Teufel!«

»Komm runter«, sagte Moo Shoes. »Es ist nur so eine Redensart. Niemand hält dich wirklich für einen weißen Teufel.«

»Weißer Teufel zimperlich«, sagte der alte Mann neben Sammy.

Sammy wandte sich dem Greis zu und ballte seine Faust unter dessen Kinn. Der Alte grinste mit nicht mehr als sechs Zähnen. Sammy lachte und klopfte ihm auf die Schulter. »Zimperlich ist genau das richtige Wort, Opa.«

Zu Eddie sagte er: »Du willst also pünktlich wieder beim Club sein, um mit anzusehen, wie sie den erstbesten weißen Teufel nach Hause begleitet?«

»Das nicht. Ich möchte nur in ihrer Nähe sein – vielleicht ist das Glück ja mal auf meiner Seite. Wäre doch möglich. Ich bin total verrückt nach ihr, Sammy. Aber vielleicht bin ich auch einfach nur ein Idiot.« Moo ließ den Kopf hängen und starrte den verschrammten Holztresen an, während man ihnen Nudeln in die Schalen löffelte.

Sammy peppte seine Nudeln mit Soja und Chilipaste auf, dann pustete er daran herum, um in Ruhe nachdenken zu können. In dieser Welt der Nachtschwärmer, in der jeder irgendwas im Schilde führte und auf seine große Chance wartete, ließ man sich selten in die Karten schauen, und wenn sich jemand so freimütig öffnete, wie Eddie es eben getan hatte, wenn jemand offen zeigte, dass er ein wenig Mitgefühl brauchen konnte, weil er der Welt sein gebrochenes Herz preisgab, musste er sehr sanft behandelt werden, ganz so wie ein zerbrechliches Küken, das eben aus dem Nest gefallen war …

»Moo Shoes, du bist ein elender Schwachkopf!«

»Was?«, sagte Moo. »Nein. Kann sein. Wieso?«

»Diese Puppe hat mehr Ecken und Kanten als Kurven, und das weißt du genau. Wenn man sein Leben wegen einer Frau ruinieren will, sollte das zumindest überraschend kommen. Dass sie dir die kalte Schulter zeigt, ist der größte Gefallen, den Lois dir tun kann.«

Da hub Moo Shoes an zu einem Monolog über ihre Schönheit, über ihren Charme und die perfekte astrologische Übereinstimmung – Affe/Ratte – zwischen Lois Fang und ihm, doch dass er, der dritte Sohn eines Wäschers, die Aufmerksamkeit eines solches Wesens nicht verdiente. Aus Respekt blendete Sammy ihn aus und konzentrierte sich auf seine Nudeln, die tatsächlich ganz lecker waren. Er beobachtete, wie der Jook-Typ Bestellungen entgegennahm und leere Schalen einsammelte, dann den schmalen Gang hinter dem Tresen entlangging, um die Schalen am Ende in den Speiseaufzug zu stellen. Er schloss die Klappe und zog an einer Kordel, die vermutlich irgendwo ein Glöckchen läuten ließ. Ein paar Minuten später kam der Speiseaufzug mit dem nächsten dampfenden Topf und einem Stapel sauberer Schalen zurück.

»Die Brühe ist klasse«, sagte Sammy. »Huhn?«

»Du hörst mir überhaupt nicht zu.«

»Tu ich wohl. Du sehnst dich nach Lois Fong, die dich für einen Arsch mit Ohren hält oder meinetwegen auch ohne Ohren. Stimmt's?«

»Nein. Lois mag mich. Sie meint, ich bringe sie zum Lachen.«

»Also, weißt du, ich bin ja keine Frau, aber du kleidest dich flott, und eine Stunde mit dir zu verbringen ist auch nicht so schlimm, wie es sich anhört. Diese Lois weiß gar nicht, was ihr entgeht. Du bist ein ungeschliffener Diamant, Moo.«

»Ich habe kein Auto, kein Haus, und ich teile mir eine Wohnung mit vier anderen Typen.«

»Außerdem mangelt es dir hin und wieder an Bargeld.«

»Mein Volk wettet eben gern«, erklärte Moo. »Das Glück hat in der chinesischen Kultur eine große Bedeutung.«

»Dann gehen die Nudeln wohl auf meine Kappe, was?«

»Ist doch gut, die Brühe? Hm?« Moo Shoes schlürfte ein wenig Suppe aus einem großen Porzellanlöffel. »Lecker, nicht? Hm?«

Sammy gab es auf, seinen Nudeln mit den Stäbchen in der Schale hinterherzujagen, und blickte auf. »Hat Lois dir heute Abend dein Trinkgeld abgenommen?«

»Geliehen. Sie hat Kosten. Du kriegst es Freitag zurück.«

Der alte Mann neben Eddie tippte ihm an die Schulter. »Du auch«, sagte Eddie. Dann zu Sammy: »Ich habe hier letzten Montag eine Partie Craps angefangen, weil ich dachte, meine hochverehrten Altvorderen kennen das Spiel zwar nicht, aber da sie Chinesen sind und allgemein gern zocken, wären sie bestimmt liebend gern bereit, etwas Geld zu investieren – als Preis für die Erfahrung.«

»Lief nicht so gut?«

Eddie beugte sich zu Sammy und flüsterte: »Die alten Knaben lernen schnell. Hör zu: Ich hab Geld, aber das dürfen sie nicht wissen.« Eddie nahm seine Stäbchen und zeigte Sammy, wie man sie hielt. »Du musst beide nehmen. Hier, so. Ich dachte, ich hätte es dir schon mal gezeigt. Siehst du? Man bewegt nur das eine Stäbchen.«

Sammy ahmte Eddies Bewegung nach, und es gelang ihm, ein paar unschuldige Nudeln zu erwürgen. Als der Tresenmann wieder bei ihnen vorbeikam, zahlte Sammy für die Suppe.

Eddie sagte: »Was war das eigentlich für ein Bonze, den Sal Gab heute Abend mit in den Laden gebracht hat?«

»Kommandeur einer Air Base in New Mexico. Ich weiß nicht, wo Sal den Typen herhat, aber ich soll ihm nächste Woche ein paar Bräute besorgen, für einen Campingausflug mit den Bohemians.«

»Und wieso geht Sal nicht einfach ins *Mabel's* an der Post Street und lässt sich die Mädchen liefern? Er macht doch bestimmt nicht zum ersten Mal Geschäfte mit dem *Bohemian Club*.«

»Das ist es ja gerade. Der General will keine Professionellen. Er will normale Mädchen, wie man sie beim Schlachter oder in der Bahn trifft, die Leinenkleider tragen und nach Seife duften, was die alten Männer von den Bohemians glauben lässt, ihr Charme und nicht ihr Geld würde die Mädchen dazu bewegen, sich von ihren Höschen zu trennen.«

»Obwohl auch die normalen Mädchen Geld für diesen Campingausflug bekommen?«

»So habe ich es verstanden. Der General scheint zu glauben, wenn er brave Bettys mitbringt, die eine Schwäche für alte, reiche, mächtige Bohemians haben, könnte das in diesem Club ein gutes Licht auf ihn werfen.«

»In dem er noch kein Mitglied ist?« Moo Shoes schaufelte sich schlürfend ein Knäuel Nudeln in den Mund.

»Ich schätze, das dürfte wohl der Sinn der Sache sein. Offenbar gilt der General trotz aller bunten Orden und der vielen Soldaten unter seinem Kommando bei den Bohemians nur als Gast, aber wenn er die alten Männer mit Mädchen beglückt, von denen sie angehimmelt werden und die freiwillig etwaige Unanständigkeiten auszuführen bereit sind, gehört er dazu.«

Eddie ließ ein paar Nudeln zurück in seine Schale gleiten, als er aufblickte, um sicherzugehen, dass Sammy ihn nicht auf den Arm nahm. »Das hat er dir erzählt?«

»Nein, das habe ich mir zusammengereimt, nachdem ich sie habe reden hören, kaum einen Meter entfernt, von meinem Posten hinter dem Tresen aus, an dem ich offenbar unsichtbar bin, wenn nicht gerade jemand was von mir will.«

»Armleuchter.«

»Das wäre auch meine Einschätzung, ja«, sagte Sammy.

»Das ist das Dämlichste, was ich je gehört habe.«

»Ebenso korrekt, und das will was heißen – wenn man dein Faible für Lois Fong bedenkt.«

»Und Sal kommt damit zu dir, weil …?«

»Ich bin außergewöhnlich charmant.«

»Klar, wenn man als Sal Gabelli durchs Leben geht, begreife ich, wie man so denken kann.«

»Und ich kenne mich auf der Straße ganz gut aus …«

»Als jemand, der gerade Nudeln isst, für die du bezahlt hast, muss ich dir auch darin recht geben.«

»Außerdem kenne ich viele Leute, manche davon Damen.«

»Die kennt Sal auch, nur würden sie ihn nicht mal anpinkeln, wenn er am Verdursten wäre.«

»Stimmt«, sagte Sammy.

»Und du willst eine ganze Bande braver Bettys mit Baumwollkleidern und Zöpfchen auftreiben …«

»Die Rede war von Judy Garland im *Zauberer von Oz«*, sagte Sammy.

»Und woher willst du diese Dorothys nehmen?«

»Ich werde mit einem Sack voller Taler vom General ins *Mabel's* an der Post Street spazieren und fragen, ob sie bereit wären, ein paar ihrer Dorothy-ähnlichsten Mädchen zu schrubben, ihnen Zöpfe zu flechten und sie zu bitten, dem Fluchen zu entsagen. Sie sollen die Hüllen erst fallen lassen, wenn die Bohemians sich bettfertig machen, was – wie man hört – beim Camping früh der Fall ist.«

»So könnte es gehen.«

»Ein guter Lohn für Mabel und die Mädchen, und ich kann meinen erlauchten Posten hinter dem Tresen wahren.« *Und verhindere, dass Sal mich an die Bullen verpfeift, die mich für einen längeren Aufenthalt hinter Gitter schicken würden,* dachte Sammy.

»Janet Chang im Club singt ›Over the Rainbow‹ wie keine andere.«

»Ich bin mir nicht sicher, ob Sal auch da sein wird, Moo, und wir wissen ja, wie er über Menschen ornamentaler

Gesinnung denkt, aber wenn er nicht dabei ist und sie Lust hat, ein Wochenende lang reiche, alte Säcke einzuölen, finden wir für sie bestimmt noch einen Platz im Bus.«

»Eine ganze Busladung voller Huren …« Eddie blickte zur tabakfleckigen Decke auf wie zu einer Vision des Schutzheiligen der Schäferstündchen.

»Und Toto kommt auch mit«, sagte Sammy.

»Und in welcher Form wird man dich dafür entlohnen …?«

»Ich sage doch: Ich will meinen Job behalten«, erwiderte Sammy. *Und nicht in den Knast.* Er sollte es Moo wirklich erzählen.

»Und dafür hat der Zinnsoldat die Puppe am Ende vom Tresen vertrieben?«

»Die Schnecke«, meinte Sammy.

»Genau«, sagte Eddie Moo Shoes. »Du spielst nicht nur kostenlos den Zuhälter, sondern dir geht wegen diesem Spaghettipisser auch noch eine leckere Käseschnecke durch die Lappen. Das ist ein schlechter Deal, Sammy.«

»Wenn ich an all die Typen auf der Third Street denke, die bei der Heilsarmee ihre Suppe löffeln, finde ich es gar nicht so schlecht, meinen Job zu behalten. Und außerdem glaube ich, dass ich die hübsche Schnecke wiedersehen werde.«

»Hast du ihre Nummer?«

»Nicht ganz.«

»Hast du denn *irgendwas* von ihrer Nummer?«

»Nein, aber sie meinte, wir sehen uns.«

»Ach, sag das doch gleich. Ein *Wir sehen uns* ist so sicher wie das Amen in der Kirche. Ich geb dir sechs zu fünf für ein *Wir sehen uns.*«

»Dein Sarkasmus ist hier nicht gefragt, Moo Shoes.«

»Guck mal«, sagte Eddie und nickte zum Ende vom Tresen hin. »Das musst du dir ansehen.«

Allgemeine Aufregung machte sich breit, begeisterte Ausrufe auf Kantonesisch, die in Sammys Ohren klangen, als würde jemand eine Besteckschublade die Treppe hinunterwerfen. Als sich die Klappe des Speiseaufzugs öffnete, stand darin ein gläserner Tank, einen halben Meter breit und einen Meter hoch, und darin wand sich ein gutes Dutzend äußerst aktiver Schlangen, die allesamt darum kämpften, der handbreithoch stehenden Flüssigkeit am Boden des Aquariums zu entkommen.

Eddie sagte zu dem alten Mann neben sich etwas auf Kantonesisch, und der Greis rasselte etwas zurück, das klang, als quälte jemand ein kaputtes Banjo. Die Augen des Alten leuchteten auf, und er fing an, panisch in seinen Hosentaschen herumzuwühlen.

Der Schürzenmann hob den Tank aus dem Speiseaufzug auf den Tresen, dann ging er noch einen Riesentopf Nudeln holen. Ein weiterer Schürzenmann kam die Treppe herauf, gesellte sich zum ersten und schöpfte dampfende Nudeln und Brühe in eine Schüssel.

»Ihr Leutchen wollt diese Schlangen essen, oder?«, flüsterte Sammy Moo ins Ohr.

»Wart's ab.«

Die alten Männer hatten Geldscheine gezückt und wedelten damit vor dem Nudelmann herum, als wollten sie auf etwas wetten. Der Typ mit der gläsernen Kiste klappte den Deckel auf, und sämtliche Schlangen schnappten nach seiner Hand, verfehlten sie, dann glitten sie in die Flüssigkeit zurück. Er nahm eine besonders lange Kelle, griff damit in den Tank, schöpfte etwas von der bernsteinfarbenen Flüssigkeit vom Boden, dann goss er diese über die Nudeln, die ihm der andere hinhielt. Darauf brachte der Nudelmann die Schale zu dem verzückten Greis am hintersten Ende vom Tresen und riss ihm einen Zwanzig-Dollar-Schein aus der Hand.

»Schlangenpisse«, sagte Eddie fast kichernd.

Sammy sah sich das Schauspiel gleich noch mal an, als eine Schale mit Nudeln und Pipi an ihm vorüberzog.

»Zwanzig Dollar?«, fragte Sammy. »Zwei Zehner für eine Kelle Schlangenpisse? Wissen diese Typen nicht, dass Krieg ist?«

»Der Krieg ist aus«, sagte Eddie und suhlte sich in Sammys Bestürzung.

»Ja, aber ein anderer Spruch fällt mir dazu nicht ein. Das hier ist die dämlichste von allen dämlichen Aktionen, zu denen du mich je überredet hast.«

Der alte Mann neben Sammy tippte ihm an die Schulter und sagte etwas auf Kantonesisch, wobei er auf seinen Schritt deutete.

»Er sagt, davon kriegst du einen Mordspimmel.«

Der Alte grinste, stand auf und presste sich gegen Sammys Schulter, dann rasselte er wieder was auf Kantonesisch.

»Er meint, davon kriegt man eine Eisenlatte«, übersetzte Eddie. Der Alte boxte Sammy an den Arm. »Er sagt, *fühl mal.*«

»Ich möchte das nicht fühlen«, sagte Sammy. »Setz dich hin, Opa, bevor ich mich gezwungen sehe, dir deinen letzten Zahn zu lockern. Eddie, sag ihm, er soll sein Ding von mir wegnehmen.«

Eddie tat es, und der Alte tat es, nicht zuletzt deshalb, weil seine Nudeln mit Schlangenpisse kamen, über die er sich umgehend hermachte.

Sammy sah Eddie an. »Es wirkt also?«

»Fühl selbst.«

Sammy wollte aufstehen, doch Eddie schob ihn wieder auf seinen Sitz. »Komm runter. Alte Chinesen essen und trinken die seltsamsten Sachen, um einen Ständer zu kriegen. Je seltsamer und tödlicher, desto besser. Diese Schlangen sind Seeschlangen, die tödlichsten auf der Welt, also kriegt man davon angeblich auch den besten Ständer, aber ich habe sie auch schon mit Korallenottern oder Klapperschlangen gesehen, einmal mit einer Kobra. Je tödlicher, desto besser steifi-steifi.«

»Aber sie zahlen zwanzig Dollar pro Nase, um Pisse zu schlürfen?«

»Zwanzig pro Kelle. Ein paar sehr alte Männer kriegen zwei oder drei Kellen. Es ist gar nicht mal so übel. Die Schlangen kriegen zur Darmreinigung nichts anderes als Bier, bevor sie hier landen.«

»Und wie bringen sie die Schlangen dazu, das Bier zu trinken?«, fragte Sammy.

Moo Shoes zuckte mit den Schultern. »Kostenlose Brezeln?« Breites Grinsen.

»Moo Shoes, du bist ein Knallkopf und ein Milchbart. Ihr, Sir, seid ein Knilchbart.«

Sammy zählte kurz die Männer am langen Tresen ab. Es waren etwa vierzig, alle – bis auf ihn und Eddie – wedelten mit Zwanzigern oder schlürften Schlangenpisse. »Und auf jeder Etage gibt es so einen Tresen?«

»Jep«, sagte Moo. »Das Kochen und Spülen passiert im Keller.«

»Und es ist jeden Abend so? Mit den Schlangen und allem?«

»Nicht immer. Nur wenn sie Schlangen kriegen können. In diesen Glaskästen leben sie nicht lange. Aber ja, wenn es welche gibt, dann sind alle vier Etagen ab Mitternacht vollbesetzt.«

Sammy rechnete das kurz im Kopf durch, kratzte sich am Kinn, dann stand er auf. »Moo, ich muss los.«

»Oje. Sammy, ich wollte dich nicht vertreiben. Du weißt doch, dass ich dir unsere chinesische Kultur nur vorführe, um zu sehen, wie du *gwai-lo*-Muffensausen kriegst.«

»Nein, das ist es nicht. Ich muss nach Hause. Ich brauch 'ne Mütze voll Schlaf. Morgen früh will ich rüber zu den Docks in Oakland. Ich muss dringend jemanden sprechen.«

»Morgen früh? Vormittags? Im Ernst?« Sie waren Nachtmenschen.

»Ja, ich schaff das schon. Ist ja nicht das erste Mal. Ich glaube, ich habe eine Idee.«

»Okay, Sammy. Danke für die Nudeln. Soll ich mich mal nach diesem Käsemädel umhören?«

»Ja, aber unauffällig. Ich will sie nicht verschrecken.«

Der Greis neben Sammy griff sich in den Schritt und sagte was auf Kantonesisch.

»Er meint, du darfst mal drücken, bevor du gehst«, übersetzte Eddie.

»Sag ihm danke, muss nicht sein«, erwiderte Sammy. »Eddie, kann ich dich mal eben draußen sprechen?«

»Klar«, sagte Moo Shoes. Er folgte Sammy die Treppe hinunter und auf die kleine Gasse hinaus.

»Ich müsste mir mal hundert Dollar borgen«, sagte Sammy.

»Ich sag doch, ich bin pleite.«

»Ja, und ich hab dich auch gedeckt, als du das vor den alten Männern behauptet hast, aber ich habe eine gute Idee, und dafür brauche ich dringend hundert Dollar. Wenn die Sache klappt, bist du mit der Hälfte dabei.«

Eddie warf einen Blick über seine Schulter, dann die Gasse hinunter, bevor er einen Geldclip aus der Hosentasche zog. »Damit bleiben mir noch zehn Dollar für den Rest meines Lebens. Was ist, wenn Lois nachher noch mit mir ausgehen will?«

Sammy nahm das Geld und steckte es ein. Er sagte: »Moo, in Chinatown trifft man doch an jeder Ecke ein junges Püppchen mit Potential, und die Chancen stehen gut, dass sie kochen kann, also rate ich dir als Freund: Überlass Lois Fong den weißen Teufeln und such dir eine andere.«

»Erstens erlauben die meisten chinesischen Familien es nicht, dass ihre Püppchen mit jemandem wie mir was anfangen, weil ich in einem Nachtclub arbeite, und zweitens hast du keine Ahnung, was es bedeutet, einer Frau verfallen zu sein. Aber du wirst es schon noch am eigenen Leib erfahren. Dann reden wir.«

»Gut«, sagte Sammy. »Danke für die Kohle. Ich muss jemanden wegen einer Schlange sprechen.«

3

Der Bengel

Gegen Mittag knallt mir der Bengel ein Kissen an den Kopf, und ich komme zu mir, in einem grässlich grellen Zimmer, trotz der zugezogenen Vorhänge. Eben schlafe ich noch den Schlaf der größtenteils Gerechten, als der Bengel auf mein Bett hüpft, sich auf mich hockt und anfängt, mir einen Sack Federn über die Rübe zu ziehen, als wollte er ein Feuer ausschlagen, wobei er kreischt: »Steh auf, du Wurst *(bam!)*, du Wicht *(bam!)*, du fauler Sack *(bam!)*, du falscher Fuffziger! Komm schon, du Schmock …«

Schon reiße ich ihm das Kissen aus der Hand und hole aus, um ihm mal zu zeigen, wie sich das anfühlt, als mir einfällt, dass er nur ein Bengel ist, und ein eher kleiner noch dazu, und dass es – da ich der Mann im Haus bin – an mir sein sollte, ihm Manieren beizubringen, was sich am besten bewerkstelligen ließe, wenn ich ihn in einen Kartoffelsack einnähen und für ein, zwei Tage in den Keller sperren würde, bis er sich beruhigt hat, doch da streift mein Blick die Uhr auf meinem Apfelsinenkistennachtschränkchen. Es ist kurz nach Mittag (und heute früh war ich schon drüben bei den Docks in Oakland).

»Kleiner«, sage ich, »es ist erst Mittag und keineswegs die vereinbarte Uhrzeit nach drei. Außerdem: Wieso bist du nicht in der Schule? Und schließlich – und denk nicht, es sei weniger wichtig, nur weil ich es als Letztes erwähne, aber: Was, zum Teufel, machst du mit deinen dreckigen Schuhen auf meiner Decke?«

Da hüpft der Bengel vom Bett und rennt zum Sandsack, der im sechseckigen Alkoven meiner kleinen Wohnung hängt, und fängt an, auf den Sack einzuprügeln. Dabei ruft er: »Hab meine Schuhe vorher ausgezogen!«

Und ich gucke hin und tatsächlich: Der Bengel trägt keine Schuhe, aber dafür sind seine Socken so schmutzig, dass sie aus Morast gestrickt sein könnten, und aus jeder Socke ragt vorn ein vormals rosiger, nun dreckstrotzender Zeh. Tatsächlich ist der Bengel bis zu seiner Zeitungsjungenmütze von einer feinen Patina aus Straßenstaub überzogen, wie man sie bei armen Straßenkindern in Romanen von Charles Dickens findet. Er mag neun oder auch zwölf Jahre alt sein – ich weiß es nicht, und ich frage nicht –, aber er ist ein Zwerg und sieht aus wie ein sauertöpfischer kleiner James Cagney. Kurz gesagt: Ein grässlicher Bengel.

»Und es ist Sommer, Dummbatz«, sagt der Bengel. »Da ist keine Schule. Aber ich hab 'ne Nachricht für dich, also könntest du mir ruhig 'nen Bonus zahlen, und versuch nicht, mich auszutricksen, denn mein Onkel Beemus ist bei der Gewerkschaft, und der haut Leuten die Plomben aus der Fresse, wenn ein ehrlicher Bursche nicht anständig bezahlt wird, und außerdem will ich ins Kino. Da läuft ein neuer Film drüben im Alhambra, mit Bogey und dieser dürren Puppe aus *Haben und Nichthaben,* und angeblich haben sie ihn hier auf dem Telegraph Hill gedreht, also raus mit der Kohle, sonst sag ich dir die Nachricht nicht.«

Ich weiß gar nicht, wie der Bengel darauf kommt, dass ich ihn beauftragt hätte, Nachrichten für mich entgegenzunehmen. Er wohnt mit seiner Ma bei mir im selben Haus, einem alten viktorianischen Bau mit sechs Apartments, nur wenige Blocks von Sals Bar entfernt. Ständig hockt er auf der Treppe vor dem Haus oder lungert im Flur herum, während seine Ma oben einen seiner diversen Onkel zu Gast hat. Der Vater des Jungen ist im Krieg gefallen, und seine Ma habe ich noch nie zu Gesicht bekommen. Sie scheint mit den vielen Onkeln ziemlich beschäftigt zu sein. Wenn sie vielleicht auch keine Professionelle ist, zählt sie doch garantiert zu den eher hart arbeitenden Amateurinnen. Allerdings wäre es auch möglich, dass der Bengel seine Mama schon vor Monaten kaltgemacht und ihre Leiche in der Tiefkühltruhe verstaut hat, obwohl mir das doch eher unwahrscheinlich vorkommt, denn der Bengel ist viel zu klein, um der Hydraulik einer solchen Tat gewachsen zu sein, so gut er auch mit Enthusiasmus und üblen Absichten ausgestattet sein mag.

Jedenfalls stolpere ich eines Morgens vor gut zwei Jahren so gegen sieben Uhr herein, nachdem ich mich in wenig empfehlenswertem Maße dem Verzehr geistiger Getränke und dem Ersinnen von Belustigungen hingegeben habe, als ich auf der Treppe dem Bengel begegne, der gerade auf dem Weg zur Schule ist. Und so sage ich zu ihm: »Hör mal, Kleiner, mein Wecker ist im Eimer, und ich glaube, ich werde heute tief und fest schlafen, da ich sehr müde bin, aber um vier muss ich wieder bei der Arbeit sein, also gebe ich dir einen Quarter, wenn du raufkommst und mich weckst, sobald du aus der Schule wieder da bist. Aber warte, bis ich auf den Beinen stehe.«

In Wahrheit ist mein Wecker gar nicht im Eimer, aber man sagt mir nach, besagte Uhren bisweilen ins Wecker-Walhalla zu befördern, wenn ich am Abend vorher dem Geistigen zugesprochen habe, und da ich den Posten bei

Sal noch nicht lange bekleide und es so kurz nach dem Krieg schwer ist, überhaupt einen Job zu finden, muss ich pünktlich sein.

Tja, aber der Bengel versteht das als dauerhafte Anstellung, und jetzt haut er mich jeden Tag um einen Vierteldollar an, dafür, dass er mich weckt, meine Nachrichten entgegennimmt, Besucher taxiert, mich am Sandsack trainiert und abfällige Bemerkungen über die Damen fallenlässt, die gelegentlich bei mir übernachten, wobei er sie »Schlampe« und »liederlich« schimpft, morgens, wenn sie am verletzlichsten sind. Nun mag der Bengel also grässlich sein, doch ist er auch beinah ein Waisenkind, da sein Vater nicht mehr lebt und seine Mutter ihren athletischen Vorlieben frönt, und ich bringe es nicht übers Herz, ihm zu sagen, dass der Vierteldollar fürs Wecken eigentlich eine einmalige Sache war und er mich missverstanden hat. Ich kann mich nicht erinnern, dem Jungen einen Schlüssel gegeben zu haben, aber offenbar habe ich es getan, und er weigert sich, ihn mir zurückzugeben. Jemals.

»Komm schon«, sagt der Bengel und drischt mit seinen schmutzigen kleinen Fäusten auf den Sandsack ein. »Was bist du? Ein Weichei? Gib mir zwanzig Minuten an diesem Ding, dann weißt du, wo der Hammer hängt.«

»Was sollst du mir ausrichten, du Zwerg?«

»Ich wette, mein Onkel Davey könnte dich in der ersten Runde umhauen, du Makrone.«

»Eine Makrone ist ein Kuchen, Kleiner.«

»Nein, ist es nicht. Du bist ein dreckiger Lügner.«

»Was sollst du mir ausrichten und von wem?«

»Von diesem schlitzäugigen Schwanzlutscher mit den schwarzweißen Schuhen.«

»Red nicht so.«

»Wie? Aber Japse haben doch Schlitzaugen!«

»Ich meinte das andere. Und außerdem ist er Chinese, kein Japaner. Und was sollst du mir ausrichten?«

»Er meinte, ich soll sagen: ›Der Käse dealt Schrippen im *Five & Dime* an der Polk.‹ Was soll das sein? Irgend so ein Japse-Code? Mein Alter hätte den gelben Schwanzlutscher gleich umgelegt, wenn er nicht schon tot wäre.«

»Ja, das hätte er bestimmt«, sage ich, höre aber nicht mehr richtig zu. Warum sollte Eddie mitten am Tag vorbeikommen, um mir so etwas mitzuteilen? Im Grunde staune ich, dass er überhaupt schon wach ist, aber wieso konnte das nicht warten? Vielleicht hat er ein schlechtes Gewissen, dass er mich in diesen Laden geschleppt hat, wo ich aufgefordert wurde, Schlangenpisse zu schlürfen und den Schwanz eines alten Mannes anzufassen, also möchte er was wiedergutmachen. Schließlich weiß Moo nicht, dass es nichts wiedergutzumachen gibt, da ich inzwischen eine gute Idee zum Thema Schlangenpisse hatte, die uns ein kleines Vermögen einbringen wird. Unter Umständen.

»Ich sage dir, dieser Typ ist ein Spion von den Japsen«, tönt der Bengel. »Er konnte nicht mal ›Eichhörnchen‹ sagen. So haben sie im Krieg Spione enttarnt. Wer nicht ›Eichhörnchen‹ sagen konnte, wurde abgeknallt.«

»Ich glaube, da bringst du jetzt was durcheinander.«

»Und er wollte und wollte es nicht sagen, sosehr ich ihm auch gedroht habe. Was schließt du daraus?«

»Dass du eine Nervensäge bist?«

»Was weißt du denn schon, du Penner? Liegst mittags noch im Bett.«

»Ich sollte eigentlich bis um drei schlafen, und ich kann es nicht gutheißen, dass du meine Freunde ins Kreuzverhör nimmst.«

Da versetzt der Bengel dem schweren Sandsack einen letzten Hieb und kommt mit ausgestreckter Hand an mein Bett. »Bezahl mich. Einen Vierteldollar für die Nachricht und einen fürs Wecken.«

»Du kannst froh sein, wenn du keinen hinter die Löffel kriegst«, sage ich. »Hast du Kaffee gekocht?«

»Nein. Bezahl mich.«

Also setze ich mich im Bett auf und greife mir seine kleinen abgelatschten Schuhe vom Boden. »Nimm die hier und verzieh dich.«

Da schnappt sich der Bengel seine Schuhe und geht raus.

»Na gut, du Wortbrecher. Hätte ich gewusst, dass du mich um meinen Lohn betrügst, hätte ich dich nicht geweckt. Dann erzähl ich dir auch nicht, was ich im Radio gehört habe.«

»Lass deine Finger gefälligst von meinem Radio«, erkläre ich ihm.

»Gut, dann erzähl ich dir eben auch nicht, dass jemand eine fliegende Untertasse beim Mount Rainy in Washington gesehen hat.«

»Mount Rainier«, korrigiere ich ihn.

»Nein, der nicht«, sagt der Bengel. »Du hast keine Ahnung. Du hast es ja gar nicht gehört. Wahrscheinlich sind es Marsmännchen.«

»Marsmännchen gibt es nicht, Kleiner.«

»Gibt es wohl. Die kommen, um unsere Frauen zu holen. Du bist ein stinkender Lügner.«

»Okay«, sage ich. »Geh weg.«

»Okay«, sagt der Bengel, die Hand am Türknauf. »Ich gehe mir den Bogey-Film ansehen, und ich werde dir null Komma null erzählen, wie er war. Selber schuld, du Japsen-Freund.«

»Geh«, sage ich.

»Ich geh ja schon«, sagt er. »Verschlaf du ruhig, dann kannst du meinetwegen Fischköppe futtern, wenn du aufwachst.«

»Okay!«, sage ich.

»Okay!«, sagt der Bengel und tritt auf den Flur hinaus. »Und du hast keine Milch mehr.«

Ich habe immer Milch und Cornflakes und Brot und Butter und so was da, falls der Bengel Hunger kriegt.

»Okay!«, sage ich.

»Okay!«, sagt der Bengel. Und er knallt mit der Tür.

Ich habe immer noch ein paar Stunden Zeit zu schlafen, und bestimmt werde ich auch vom Wecker wach, also gehe ich kurz pinkeln und steige wieder ins Bett, mit einem Handtuch um den Kopf, um meine Augen vor dem gnadenlosen Tageslicht zu schützen. Als ich den Wecker stelle, erkläre ich ihm: »Tut mir leid, Mann, aber es könnte sein, dass du heute Nachmittag für die Sünden von diesem kleinen Pisser leiden musst.«

Ich nehme also einen vierzigminütigen Umweg auf mich, weil ich einen Riesenbogen laufe, um am *Five & Dime* an der Polk Street vorbeizukommen, die nicht auf meinem üblichen Weg zu Sals Bar liegt. Ich spaziere daran vorbei und sehe drinnen eine Frau hinter dem Tresen, aber das ist nie im Leben die Schnecke, denn sie hat rote Haare und wirkt eher unscheinbar. Dennoch laufe ich den ganzen Block entlang, ohne meinem Hinken nachzugeben, und ich halte meinen Gehstock wie ein Mann, der es eilig hat, mit einem Regenschirm an einem Sonnentag, oder vielleicht ein Wildtöter, der mit seinem Bogen in der Hand den Wald durchschreitet.

Trete ich ein und erkundige mich bei der Rothaarigen nach Stilton? Bestimmt nicht.

Hinterlasse ich eine Nachricht, dass Sammy aus Sals Bar da war, und lasse Stilton beste Grüße ausrichten? Bestimmt nicht.

Ich gehe daran vorbei, und während ich so gehe, denke ich, dass ich ein absoluter Vollidiot bin.

Wie alt bin ich eigentlich? Neun?

Ich frage, weil ich dieses Gefühl kenne. Denn mit neun Jahren, selbst kaum mehr als ein Kind, verlor ich mich in tiefster, finsterster Liebe für ein kleines Mädchen namens Molly Warner, das mit mir in die dritte Klasse ging und die bezauberndste Bob-Frisur hatte sowie eine Begabung für Bruchrechnung, die an Zauberei grenzte. Ich war ihr mit ganzer Seele verfallen und verlieh meiner Liebe Ausdruck, indem ich ihren Namen auf kleine Zettel schrieb und diese im Unterricht hinunterschluckte, und als ich später herausfand, wo sie wohnte, lief ich vier- bis fünfmal täglich an ihrem Haus vorbei, die Stirn vor Konzentration in Falten, vielleicht auch vor Zorn, denn ich dachte, ich wirkte am schneidigsten, wenn ich die Stirn in Falten legte wie Douglas Fairbanks. (Die gerunzelte Stirn war mein Plan B in Sachen Schneidigkeit, da die mehrtägigen konzentrierten Versuche, mir ein bleistiftdünnes Bärtchen stehen zu lassen, in Verzweiflung endeten.)

Jedenfalls wohnten wir damals eine Meile außerhalb von Boise, in einer kleinen Sackgasse abseits der Marsden Road, und Molly wohnte in einem großen weißen Haus an eben jener Straße, auf halbem Weg in die Stadt, also musste ich ziemlich viel laufen, wenn ich an ihrem Haus vorbeikommen wollte, und meine Mutter erlaubte mir nur, in die Bücherei zu gehen, es sei denn, ich sollte für sie das eine oder andere aus dem Laden holen. In der Hoffnung, von Molly Warner gesehen zu werden, ersann ich Notfälle literarischer Natur, die nur durch ein neues Buch zu lösen waren, was meine Mutter, die Englischlehrerin, freute, die ziemlich viel zu tun hatte mit meinem Vater, den zwei Brüdern und der einen Schwester, während sie gleichzeitig Englisch unterrichtete und sich für die Weltwirtschaftskrise bereit machte, die uns bevorstand.

Nun, auf keinem meiner vielen, vielen Märsche bekam ich die magische Molly jemals zu Gesicht, trotzdem war ich mir sicher, dass sie hinter den geschlossenen Vorhängen stand und mich und meine gerunzelte Stirn sah, und ich bin so gut wie überzeugt davon, dass sie mich verschmäht und mir damit das Herz gebrochen hatte, obwohl ich in Wahrheit nie den Mut aufbringen konnte, sie auch nur anzusprechen. So habe ich mich im Laufe der Zeit durch sämtliche Cowboy-, Piraten- und Dschungelkind-Romane gelesen, die die Bücherei auf meinem Leselevel anzubieten hatte, und war dazu übergegangen, alle Romane von Mr Mark Twain, Mr Jack London, Mr Edgar Rice Borroughs und von anderen zu lesen, bis ich mich, als mein Herz dann endgültig gebrochen war, in der Lage sah, über Dostojewskis *Schuld und Sühne* zu philosophieren, während ich Murmeln warf und Frösche fing, was diese Aktivitäten in keiner Weise bereicherte.

Jedenfalls war ich irgendwann in der vierten Klasse und hatte mich zu einem belesenen kleinen Melancholiker entwickelt, und wenn ich auch nach wie vor nicht recht den Mut aufbrachte, Molly anzusprechen, war ich doch sicher, dass der nächste Tag der Tag sein würde, an dem ich die richtigen Worte fand, die sie in meine Arme sinken lassen würden. Wir würden zusammen im Dschungel in einem

Baumhaus leben, nur mit Affen und Elefanten und vielleicht manchmal einem Leoparden, den ich mit einem Messer tötete, nur um ihr zu gefallen. Doch eines Tages, im Sommer, als ich mal wieder zur Bücherei lief, sah ich einen Umzugswagen vor ihrem Haus, und bevor ich sie ansprechen konnte, war sie weg. Weggezogen. Für immer. Nur einen Tag später hätte ich etwas zu ihr gesagt. Bei unserer nächsten Begegnung – da war ich mir ganz sicher – hätte ich sie angesprochen. Bin ich heute noch.

Und genauso fühle ich mich jetzt, als ich am *Five & Dime* vorbeilaufe und mich nicht mal traue, einen Blick ins Schaufenster zu werfen, geschweige denn, drinnen nach Stilton zu fragen. Und da wird mir klar, wieso Eddie Moo Shoes mir diese Nachricht hinterlassen hat. Er denkt, diese Stilton sei meine Lois Fong, und obwohl ich keine Veranlassung sehe – abgesehen davon, dass sie ausgesprochen hübsch ist und nicht unerheblichen Mumm besitzt –, irgendwas mit der Schnecke anfangen zu wollen, meint er doch, sie hätte mich am Haken, und mein Schicksal sei besiegelt – kurz gesagt, er hält mich für genauso einen Trottel, wie er selbst einer ist. Und damit hat er völlig recht.

Aber wenn ich sie das nächste Mal treffe, entkommt sie mir nicht. Nächstes Mal bestimmt. Oder vielleicht gehe ich auch ins Kloster. Nach der Katastrophe mit Molly Warner dachte ich daran, Mönch zu werden, schrieb sogar an ein Priesterseminar in Chicago und bat um Aufnahme, um ein stilles Leben in spiritueller Verzweiflung zu führen, aber die haben nie was von sich hören lassen, die Blödmänner.

»Hundepizza«, sagte Sal, als ich eintrat. Er trug eine schwarze Schürze, eine Fliege und ein weißes Hemd mit Ärmelhaltern, sodass er aussah wie der typische Barkeeper, der im Western erschossen wird.

Sals Bar war so eine Art von Laden, in dem, wenn am Nachmittag die Tür aufging, sämtliche Anwesenden aufblickten wie Ratten, die im Lichtschein einer Taschenlampe das Hirn eines toten Kameraden fraßen. Niemand wird gern um vier Uhr nachmittags in einer Bar erwischt. Selbst die alten Säufer, die am Morgen durch das Viertel pilgerten, um sich einen Schnaps zu genehmigen, der schon für sie bereitstand, wenn Sal den Laden aufmachte, schämten sich ein wenig. Sie knurrten das Licht an wie Frankensteins Monster das Feuer. Sal wischte den Tresen mit einem alten Lappen, als wischte er Blut von einem Axtmord auf, teilnahmslos, als wüsste er, dass er das Blut nur oberflächlich verteilte. Ich würde putzen, sobald er weg war.

»Hundepizza?«, fragte ich. Es klang wie etwas, das Moo Shoes sagen würde, um mich aus der Reserve zu locken. *Ja, mein Volk isst schon seit tausend Jahren Hundepizza. Damit wedelt dein Willi wie ein Hundeschwanz. Probier mal ein Stück.* Moo Shoes, der Spinner.

»Hatte ich erwähnt, dass meine Familie aus Neapel stammt?«, fragte Sal.

»Möglich.« *Erst ungefähr achttausend Mal.*

»Nun«, sagte Sal. »Es ist ja allgemein bekannt, dass die Pizza in Neapel erfunden wurde, so wie auch die Pasta …«

»Und der Armleuchter«, sagte ich.

»Ach so? Das wusste ich nicht«, sagte Sal.

»Oh ja«, sagte ich und legte noch eins drauf. »In Neapel hat Leonardo da Vinci die ersten Zeichnungen eines Armleuchters angefertigt. Neapel ist für Armleuchter das, was Kitty Hawk für Flugzeuge ist.«

»Ja, nun, das wusste ich nicht, aber von jetzt an will ich es meinen Erzählungen hinzufügen. Wie dem auch sei. Vielleicht ist dir schon aufgefallen, dass seit dem Krieg, seit jetzt all die jungen Burschen nach Hause kommen und heiraten und Familien gründen, und bei all den Wohnungen in der Stadt, in denen Leute wohnen, die hierhergekommen sind, um in den Munitionsfabriken und Schiffswerften zu arbeiten, dass da drüben im Sunset District neue Häuser für diese neuen Familien gebaut werden, woraufhin in der Stadt plötzlich eine Präponderanz von Haustieren entstanden ist.«

»Eine *Präponderanz*?«

»Es bedeutet ›einen ganzen Arsch voll‹. Jedenfalls, da stehe ich im Laden, um Kaffee für mich und meine alte Dame zu holen, als mir auffällt, dass es nicht nur mehrere Sorten Hunde- und Katzenfutter zu kaufen gibt, sondern auch Snacks wie Hundedonuts und Katzenkrapfen.«

»Was du nichts sagst«, sagte ich.

»Und da dachte ich, wenn man auf diesem Markt irgendwie Fuß fassen könnte, ließe sich vielleicht eine hübsche Stange Geld machen. Erst dachte ich, weil ich Experte für die Beschaffung und den Ausschank gewisser Getränke bin, wären vielleicht Hunde- und Katzenschnäpse was.«

»Doch nein?«, vermutete ich. Sal hatte das Geld für die Bar während der Prohibition verdient, indem er gewisse illegale Getränke beschaffte und ausschenkte, mit sehr hohem Gewinn, und seit man das Gesetz aufgehoben hatte, suchte er nach neuen Möglichkeiten in der Branche. Während des Krieges hatte er ordentlich verdient, indem er Drinks streckte und Wehrpflichtigen den verwässerten Schnaps nach der Sperrstunde mit dreistem Aufschlag verkaufte, doch seit die Japse kapituliert hatten, liefen seine Geschäfte eher schleppend.

»Stellt sich raus, dass Hunde und Katzen keinen Sinn für Schnaps haben, sondern das Hodenlecken selbst dem besten Bourbon vorziehen.«

»Hast du das im Selbstversuch herausgefunden?«, fragte ich, während ich den Vorrat an Flaschen und Fässern überprüfte. Wie üblich hatte Sal rein gar nichts nachgefüllt.

»Manchmal treiben sich bei den Mülltonnen hinter dem Laden ein paar Hunde herum, und denen habe ich eine Untertasse mit erstklassigem Kentucky-Fusel rausgestellt, um sie anzulocken. Aber sie blieben auf Abstand, kratzten und leckten sich lieber die Weichteile. Also dachte ich, vielleicht müssen sie erst mal probieren und fangen dann an zu trinken, also habe ich sie mit einem Stück Pizza angelockt, das noch vom Mittag übrig war, und habe sie damit gefüttert, aber selbst als ich einem Köter die Schnauze in den Bourbon gedrückt habe, wollte er ihn nicht trinken. Da wurde mir klar, was ich übersehen hatte. Dabei war es doch direkt vor meiner Nase …« Hier legte er aus Gründen der Dramatik eine kleine Pause ein.

Und ich – wie so oft – hielt nicht den Mund, wie es klug gewesen wäre. »Du hast Hundehoden gekostet, weil du wissen wolltest, was daran so lecker ist?«

Sal widmete mir einen düsteren Blick, während er sagte: »Nein, Schlaumeier. Mir wurde klar, dass ich Pizza für Hunde backen muss. Kleine Pizzen. Ich tu sie in hübsche Schachteln und verkaufe sie an die vielen neuen Familien mit ihren neuen Hunden in den neuen Vorstädten.«

»Na, das klingt wie eine gute Idee, Boss«, sagte ich. »Hundepizza in Schachteln. Kann gar nicht schiefgehen.«

»Ich dachte an ›Sal's Hundepizza‹«, sagte Sal. »Aber es klingt nicht so gut wie ›Hundedonuts‹ oder ›Katzenkrapfen‹.«

»Ich könnte mir für dich einen Namen überlegen«, bot ich an. Inzwischen wollte ich Sal nur noch aus dem Laden kriegen, damit meine Nachmittagsgäste endlich reinkommen konnten. Einige hatte ich schon gesehen, die hereinspähten, nur um dann doch lieber noch eine Runde um den Block zu drehen, als sie sahen, dass Sal noch da war. »In jungen Jahren habe ich gern Gedichte geschrieben.«

»Nee, lass mal, ich überleg mir selbst was«, sagte Sal. »Du musst an dieser anderen Sache für den General arbeiten.«

»Apropos«, sagte ich, »ich bin mir nicht ganz sicher, woher ich einen ganzen Schwarm junger, alleinstehender Damen nehmen soll, die bereit sind, reichen alten Knackern oben in den Redwoods Gesellschaft zu leisten.«

»Ich sag dir, wie: Du wirst ihnen reichlich Schotter anbieten«, sagte Sal. »Der General hat mir versichert, daran soll es nicht scheitern.«

»Aber wieso heuert er nicht ein paar Professionelle an?«

»Weil Bonzen wie die vom *Bohemian Club* für ihren Charme gemocht werden wollen, für ihre Würde, und was weiß ich noch alles. Sie haben nicht gern das Gefühl, als müssten sie für eine Muschi bezahlen. Und außerdem möchte der General, der sich vom kleinen Landser im Army Air Corps zum Kommandeur einer Basis in New Mexico hochgearbeitet hat, zu den Bohemians gehören, was nur möglich ist, wenn sie ihn dazu einladen, aber das tun sie nicht, trotz seines hohen Ranges und seiner Orden, also möchte er, dass ihm die Bohemians was schuldig sind.«

»Verstehe«, sagte ich, obwohl ich nicht verstand, wieso jemandem, der sich zum General hochgearbeitet hatte, daran gelegen sein sollte, einem Club anzugehören, der ihn nicht haben wollte, es sei denn, das allein wäre Grund genug. Die Bohemians waren in San Francisco schon lange eine Institution, und es wurde immer ein Mordsgeheimnis darum gemacht, was da oben auf ihrem Campingplatz in den Redwoods zwei Stunden nördlich der Stadt vor sich ging. Glaubte man den Gerüchten, versammelten sich dort mächtige Männer aus allen Gesellschaftsschichten und ließen sich folgenschwere Aktionen einfallen, so wie das Manhattan Project und den New Deal, und was weiß ich noch alles. Es hieß, zu den Mitgliedern zählten sowohl die meisten der noch lebenden Präsidenten als auch Industriekapitäne und der eine oder andere Maler oder Schriftsteller, die man sich hielt, damit der Name *Bohemian Club* nicht völlig absurd klang. Aber warum so einflussreiche Typen nicht für ihre eigene weibliche Begleitung sorgen konnten, war mir ein Rätsel. »Wie kommst du zu dieser Aufgabe?«, fragte ich.

»Totaler Zufall«, sagte Sal. »Gestern Abend hat mich Tony Cannelloni, der seine Mitgliedschaft geerbt hat, zum Stadthaus des Clubs in der Taylor Street eingeladen. In den Zwanzigern habe ich dem Club Alkohol besorgt, deshalb bin ich bei denen gut angesehen. Wir sitzen also da und paffen Zigarren, und alles ist voller Ledersessel und dunklen Holzpaneelen und so, da kommt der General mit einem anderen Mitglied rein, ein Typ, der – soweit ich weiß – Anwalt ist und Alton Stoddard der Dritte heißt, und der überlässt den General unserer Obhut, um pinkeln zu gehen oder irgendwas. Schon bald sind wir am Plaudern, und als Tony Cannelloni zu einem anderen Burschen rübergeht, um hallo zu sagen, verrät mir der General, dass er im Club nur Gast ist, aber zu dem großen Zeltlager nächste Woche eingeladen wurde, und dass er so gern ein richtiger Bohemian wäre, aber nicht weiß, wie er das anstellen soll. Und so quatschen wir über dies und das, und er bemerkt, dass ich über ansehnliche Verbindungen unter der Bevölkerung

San Franciscos verfüge, also bittet er mich um Rat. ›Ich muss den Clubmitgliedern etwas ganz Besonderes bieten‹, sagt er. Und dieses führt zu jenem, und schon ist da dieser Plan, die braven Bettys mitzubringen, und er bietet mir an, die Dreckarbeit für ihn zu erledigen, was ich mit Feuereifer annehme, weil ich meinen Einfluss bei den Bohemians festigen möchte, da sie ein unerschöpflicher Quell schnöden Mammons für jene unter uns sein können, die in der Unterhaltungsbranche tätig sind.«

»Und dann überträgst du diese Aufgabe mir, weil …«

»Weil du dich auf der Straße gut auskennst«, sagte Sal.

»Aber ich bin erst seit zwei Jahren hier, während du …«

»Ich bin schon lange verheiratet und nicht mehr vertraut mit der Welt alleinstehender Damen«, sagte Sal.

Womit er meinte, dass ihn niemand leiden konnte, und abgesehen von Tony Cannelloni, Ronny Biscotti und einigen anderen ohne kulinarische Spitznamen würde ihn in dieser Stadt kein Mensch auch nur mit der Kneifzange anfassen, ganz zu schweigen davon, ihm einen Gefallen zu tun, da er auf der Jagd nach Profit viel guten Willen verspielt hatte.

»Ich weiß nicht, Sal«, sagte ich. »Ich glaube nicht, dass ich dafür der Richtige bin …«

»Du bist genau der Richtige, Two-Toes«, sagte Sal. »Schließlich bin ich nicht so ein Kriegsheld wie du.«

Und da lief so etwas wie eisiger Zorn an meinem Rücken hinauf, denn nur Sal und sehr wenige andere wussten, dass ich kein Kriegsheld war, und er nannte mich nur »Two Toes«, um mir das unmissverständlich vor Augen zu führen.

»Aber, Sal«, sagte ich, »wieso können wir nicht einfach …«

»Und glaub nicht, du könntest einfach ein paar Mädchen von Madame Mabel an der Post Street besorgen und sie wie brave Bettys von nebenan herausputzen, denn der General ist kein Idiot.« (Sal nannte sie immer *»Madame* Mabel« in der Anrede, als wäre sie ein Doktor oder Senator oder als hätte sie einen Abschluss im fortgeschrittenen Salamiverstecken vom College für Schlampenmanagement.) »Sorg dafür, dass es klappt, Sammy, sonst könnte ein kleines Vögelchen den Bullen eine Geschichte über jemanden zwitschern, der unter falschem Namen lebt, nachdem er einen der ihren k. o. geschlagen hat und geflüchtet ist, als er wegen Erregung öffentlichen Ärgernisses in Tateinheit mit Trunkenheit Sozialstunden ableisten sollte. Habe ich mich klar ausgedrückt, *Two-Toes*?«

Zu meiner Verteidigung sei gesagt, dass es meine letzte Anzeige war. Ich hatte meinen Ausweis verloren und bei den Bullen einen falschen Namen angegeben, und es mochte wohl stimmen, dass ich seinerzeit versehentlich einen Cop bewusstlos geschlagen und mich vom Arbeitstrupp entfernt hatte, aber sie wussten ja nicht, nach wem sie suchten. Natürlich gab es Fingerabdrücke und ein Foto in der Verbrecherkartei unten beim County, aber der Typ auf dem Bild war grün und blau geprügelt und blutete stark, dank dreier ungehaltener, jüngst entlassener Marines, denen ich besonders enge Beziehungen zu ihren Müttern nachgesagt hatte. Wahrscheinlich sah mir das Foto gar nicht ähnlich. Jedenfalls hatte Sal mich mit neuem Namen, neuem Ausweis und einem Job ausgestattet, für den er mir weniger als den üblichen Kurs zahlte, weil ich in seiner Schuld stand. Als ich mich auf den Deal einließ, war mir nicht klar, um wie viel und wie lange ich in seiner Schuld stehen würde.

»Sicher«, sagte ich zu Sal. »Das kriege ich schon hin, Boss.« Ich musste ihn dringend loswerden, für den Fall, dass Stilton hereinkam, während er noch auf dieser Sache mit dem

Kriegshelden herumritt. Selbst wenn ich mir das alles einbildete und mir mal wieder eine Molly-Warner-Romanze ausmalte, selbst wenn ich sie nie wiedersehen sollte, wollte ich sie in diesem Moment jedenfalls bestimmt nicht sehen, weil die Sache mit dem Kriegshelden in der Luft hing.

Da ging die Tür in meinem Rücken auf, und ein Schatten wieselhafter Sorge fiel auf Sals Gesicht. Über meine Schulter hinweg sah ich, dass Pookie O'Hara den Türrahmen ausfüllte, hundertdreißig Kilo korrupter Bulle im zerknitterten Anzug, der so vollgekleckert war, dass man ihn vermutlich aufkochen und mit dieser Suppe eine arme Familie für eine Woche versorgen konnte.

»Hey, Officer«, rief ich Pookie zu, doch der knurrte nur und machte einen Riesenauftritt daraus, einen der Barhocker so weit zurückzuschieben, dass er mit seinem Wanst an den Tresen passte. Normalerweise hätte er mich darauf hingewiesen, dass er »Detective Inspector« war, kein kleiner »Officer«, aber er wollte mir einen Drink aus dem Kreuz leiern, und da Eddie Moo Shoes einmal versehentlich erwähnt hatte, ich würde hinter dem Tresen ein Glas aufbewahren, das ich mit einer toten Ratte ausgewischt hatte, für ganz spezielle Gäste, was nicht stimmte, aber höchst wirksam war, um mich der Höflichkeit gewisser Leute zu vergewissern, ging Pookie nicht weiter darauf ein. Ich merkte, dass er deshalb ganz schön unter Dampf kam, was ganz in meiner Absicht lag. Ich wollte nicht, dass Pookie an meinem Tresen übernachtete, und seine rotaderige Kartoffel von einer Nase deutete darauf hin, dass er öfter mal an einem Tresen übernachtete.

Sal mochte nicht mehr bleiben. Irgendwas war mit Pookie los. »Schönen Gruß an die Frau Gemahlin«, sagte ich und bot Sal damit die nötige Ausflucht, was auch funktionierte.

»Mach ich, Kleiner«, sagte er. »Sie erwartet mich schon. Muss schnell los.« Und dann, ganz leise: »Kein Wort zu irgendwem wegen dieser anderen Sache, okay?«

»Okay«, sagte ich augenzwinkernd. »Hundepizza.«

Offensichtlich sollte Pookie O'Hara nicht erfahren, was er mit dem General und den Bohemians vorhatte.

Er mied den Blickkontakt mit dem großen Bullen und verschwand zur Hintertür hinaus. Pookie rief ihm noch hinterher. Bevor ich Gelegenheit bekam, den Cop nach dem Drink seiner Wahl zu fragen, flog die Eingangstür schon wieder auf, und ein Sonnenstrahl fiel in die verqualmte Bar, was die Gäste dazu veranlasste, schützend ihre Hüte festzuhalten. Als die Tür sich quietschend schloss und den Sonnenschein wieder verbannte, sank die Schnecke auf den Hocker am Tresenende wie ein müder Engel.

4

Dinner in North Beach

Ich könnte Sammy diesen Teil der Geschichte erzählen lassen, aber mal ehrlich: Wenn es um die Schnecke geht, ist Sammys Perspektive die eines Eimers voller Finsternis. Ich erzähle die Teile, die Sammy für sich behält. Mach dir keine Gedanken darum, wer ich bin. Ich weiß so manches. Mein Volk weiß so manches.

Sie trug einen kleinen Hut mit einem dieser Netzschleier, die bis zur Nasenspitze reichten, um geheimnisvoll zu wirken oder um keine Fliegen in die Augen zu bekommen, doch gewiss nicht aus Bescheidenheit, sonst wäre auch das Dekolleté bedeckt gewesen, wo ihre Möpse aus dem Sommerkleid quollen wie die aufgehenden Zwillingsmonde von Barsoom. Und so richtete sich die Schnecke am Tresen ein, gleich um die Ecke von Pookie O'Hara, der ihre Auslage ohne den leisesten Anflug von Diskretion anglotzte, als hätte er als Bulle beim Sittendezernat die Lizenz, Frauen als Ware zu betrachten – oder vielleicht war er auch nur ein ungebildeter Knecht, der selbst dann nicht gewusst hätte, wie man das sanftere Geschlecht behandelte, wenn er einen ganzen Sack voller Vaginen über den Schädel gezogen bekäme. Sammy vermutete Letzteres, und er gab sich alle Mühe, sie nicht ebenfalls anzustarren. Aus Respekt.

»Hey, Hübscher«, sagte sie zu Sammy, »kriege ich einen Bourbon mit Ginger Ale?«

»Für mich auch, mit Eis, ohne Ginger«, sagte Pookie. Er beugte sich zu Stilton. »Etwas früh für eine Dame, so ganz allein in einem solchen Laden, was, Schätzchen?«

»Ich bin nicht allein. Ich besuche meinen Freund Johnny.«

»Sammy«, sagte Sammy. Er stellte die Gläser vor den beiden ab. Rührte in ihrem und wünschte, er hätte tatsächlich ein Rattenglas für ihn.

»Sammy«, wiederholte die Schnecke. Ein Zwinkern über ein angedeutetes Nippen an ihrem Drink hinweg.

Sammy wollte nicht, vermutete aber, dass er die beiden einander vorstellen musste. »Officer O'Hara, das ist Mrs …«

»Toons«, sagte die Schnecke. »Punani Toons.« Sie reichte ihm die Fingerspitzen, ob zum Schütteln oder Küssen, konnte Sammy nicht sagen. »Angenehm.«

»Punani?«, fragte der große Cop.

»Mein Vater war Hawaiianer. Ein Kosename, den er für meine Mutter hatte. Keine Ahnung, was es bedeutet. Eine Orchideenart, glaube ich.«

Pookie verschluckte sich an seinem Drink. Sammy wandte sich ab und tat, als prüfte er das Inventar, um sein Grinsen zu verbergen.

»Hey, Tiffin«, sagte Pookie. »Wieso hatte Sal es eigentlich so eilig, hier wegzukommen?«

»Tiffin?«, fragte die Schnecke. »Ich dachte, du bist Italiener.«

»Lange Geschichte, Püppi«, sagte Sammy. »Nicht vor dem netten Polizisten.«

»Es kommt mir vor, als würde ich dich überhaupt nicht kennen«, sagte die Schnecke und zog eine Schnute.

»Hey«, sagte Pookie, »ich mag es einfach nicht, wenn jemand geht, sobald ich reinkomme. Das ist unhöflich.«

»Sal hatte kurz vorher einen Anruf von seiner Frau bekommen«, erklärte Sammy dem Cop. »Frauen – was soll man machen?«

»Bist du sicher, dass er nicht irgendwas vorhat, bei dem er sich um die Steuern drücken will?«, fragte Pookie und schob seinen Hut in den Nacken. »Er weiß doch hoffentlich, dass er seine Steuern zahlen muss, oder?«

Sammy konnte sich nicht erklären, woher Pookie jetzt schon wusste, dass Sal in das Geschäft mit der Rekrutierung von Damen zu Unterhaltungszwecken einsteigen wollte. Es war allgemein bekannt, dass Pookie O'Hara für jede einzelne Transaktion am Nordende der Stadt einen Zuschlag verlangte. »Ich schenke Drinks aus, Officer. Ich weiß, wie Sal die Drinks gemixt haben möchte. Und er möchte, dass *Ihre* Drinks umsonst sind. Das ist alles, was ich weiß.«

»Kleiner, ich habe in dieser Stadt seit zwanzig Jahren keinen Drink mehr bezahlt. Das ist ja wohl das Mindeste.«

»Mehr weiß ich jedenfalls nicht«, sagte Sammy schulterzuckend.

»Tja, ich pflege gute Kontakte zu den Bohemians, und die glauben, Sal könnte dabei sein, etwas für sie zu arrangieren.«

Selbstverständlich pflegte Pookie Kontakte zum *Bohemian Club.* Sammy hatte im *Cookie's Coffee* davon gehört. Vor dem Krieg war Pookie Streifenpolizist im Tenderloin gewesen. Er ging allein, nur mit seinem Schlagstock in der Hand – er war eine Institution. Der *Bohemian Club* traf sich in der Stadt mitten im Tenderloin, also konnte Pookie unmöglich keine Kontakte zu ihnen haben.

Der große Bulle kippte seinen Drink hinunter. Eis klimperte im Glas, als er es auf den Tresen knallte. Er griff in seine Tasche und warf einen Silberdollar auf die Bar. »Der ist für dich, Kleiner. Und tu ihn nicht in die Kasse. Ich trinke zwar umsonst, aber das heißt nicht, dass du leer ausgehst.«

Ein Dollar war ein verdammt gutes Trinkgeld für einen Drink, was Sammy stutzig machte. Pookie O'Haras Ruf eilte ihm voraus, und der bestand nur aus Peitsche, ohne Zuckerbrot.

»Bedank dich bei dem netten Herrn«, sagte Stilton.

Pookie tippte zum Gruß an seinen Hut und nickte Sammy zu. »Lass mich wissen, ob Sal seine Steuern bezahlt«, sagte er.

Das war es also. Pookie dachte, er hätte Sammy für einen Dollar gekauft. Ächzend hievte er sich vom Hocker herunter. Gerade wollte er sich zur Tür schleppen, als diese aufging und das Sonnenlicht schon im nächsten Augenblick von einem schwarzen Riesen verdeckt wurde, der mindestens sieben Meter groß und halb so breit war, in Frack und Zylinder.

Nun war Pookie nicht recht daran gewöhnt, jemandem zu begegnen, der größer war als er selbst, und vor dem Krieg hatte er es zu seiner persönlichen Angelegenheit gemacht, das Nordende der Stadt frei von Menschen farbiger Gesinnung zu halten, in dem er unablässig Drohungen und Schläge verteilte, also trat er näher heran und sagte irgendwie verblüfft: »Hey, Freundchen, ich glaube, du bist im falschen Laden. Schwarze werden hier nicht bedient.«

Sammy erstarrte hinter seinem Tresen. Die Schnecke blickte zwischen der Tür und Sammy hin und her, wie bei einem Pingpong-Match.

»Macht nichts«, sagte der große Mann im Frack sanft wie ein Schlaflied. »Ich bin nicht schwarz.«

Langsam trat Sammy rückwärts dorthin, wo sein Stock lehnte, und blieb stehen. »Er soll was für mich erledigen, Inspector«, sagte er.

»Ach ja?«, fragte Pookie.

»Ja«, sagte Sammy.

Stilton nickte feierlich wie die heilige Johanna beim Anzünden einer Zigarre, um dem Plattfuß die Geschichte zu bestätigen.

Das gab Pookie einen Ausweg, den er dringend brauchte, wenn er nicht seine Knarre ziehen und rumballern wollte, denn leider trug er den Schlagstock nicht mehr bei sich, der ihm zu seinem Ruf verholfen hatte, als er vor dem Krieg im Tenderloin Streife gelaufen war, und mit dem kleinen Taschenknüppel, den er jetzt hatte, war gegen diesen Riesen im Frack nichts auszurichten.

»Na gut, pass auf dich auf, Junge«, sagte er zu dem großen Mann, dann schob er sich etwas verlegen seitwärts hinaus.

Als die Tür langsam ins Schloss fiel und die Bar wieder in verqualmtes Zwielicht getaucht war, setzte sich der große Mann an den Tresen auf Pookies leeren Platz, gleich um die Ecke bei Stilton. Alle im Laden starrten ihn an.

»Entspannt euch«, rief Sammy den Tagtrinkern zu, und sie machten weiter, was sie so machten. Dann, an den großen Mann gewandt: »Hey, Lone.«

»Hey, Sammy«, sagte der große Mann mit einer Stimme wie eine leiernde Bassfiedel, die aus einem Minenschacht heraufhallte.

»Was kann ich dir bringen?«

»Nur eine Coca-Cola«, sagte der große Mann. »Ich fang gleich meine Schicht an.«

Sammy sah, wie Stilton den großen Mann nickend

betrachtete, dann ihr Glas, dann eine Augenbraue hochzog, als wollte sie ihm sagen: *Stell mich vor, du Klotzkopf.*

Zu spät.

An den großen Mann gewandt, sagte die Schnecke: »Arbeiten Sie hier in der Gegend?«

Lone schien sich über die Frage etwas zu wundern, lächelte aber. »Ich bin Türsteher drüben im *Moonlight* am Broadway. Ist'n Jazzclub.«

»Kenn ich«, sagte Stilton mit einem strahlenden Lächeln, das einem Eiskunstläufer oder einem rosenbekränzten Rennpferd Konkurrenz gemacht hätte.

»Lone«, sagte Sammy, »das ist Stilton. Stilton, das ist Lone Jones.«

»Ist mir ein Vergnügen, Lone«, sagte Stilton und reichte ihm die Hand. Einen Moment lang wirkte Lone leicht panisch, dann nahm er ihre Fingerspitzen und schüttelte sie ganz sanft.

»Lonius«, sagte Lone. »Kurzform von Thelonius.«

»Ich dachte, *Theo* ist die Kurzform von Thelonius.«

»Nein, Ma'am. Nicht für mich. Mama hat mich Lonius genannt, weil keiner mit mir spielen wollte, als ich klein war.«

»Lones Mutter lebt bei ihm hier in der Stadt«, sagte Sammy.

»Wir haben eine kleine Wohnung drüben Richtung Fillmore. Mama konnte ihre liebsten Baumwollgardinen aufhängen und Blumenkästen an den Fenstern bepflanzen. Zum Knutschen. Wir haben drüben in Hunters Point gewohnt, bis Sammy mir den Job im *Moonlight* besorgt hat. Aber der ist auch nur vorübergehend, bis ich zum Geheimdienst gehe ...«

»Hey, hey, hey«, sagte Sammy, als müsste er ein entlaufenes Rennpferd im Zaum halten. *»Geheim,* Lone. *Geheim!«*

»Ach ja«, sagte Lone. »Hab ich vergessen. Sorry, Ma'am. Ich darf nicht darüber sprechen.«

»Na, trotzdem schön, Sie kennenzulernen«, sagte die Schnecke. Und zu Sammy, der etwas unruhig dastand, weil er sich um seine Gäste kümmern sollte, aber Stilton nicht mit Lone allein lassen wollte, sagte sie: »Du bist bis um zwei hier?«

Sammy nickte, sein Magen krampfte sich zusammen, sein Herz fuhr Achterbahn.

»Dann sehen *wir* uns später«, sagte sie mit einem langsamen, sinnlichen Zwinkern beim *wir*. Lone schenkte sie ein Lächeln, winkte den beiden mit wackelnden Fingern und war schon mit ihrem flatternden Rock zur Tür hinaus.

Für einen Dollar fünfundzwanzig Cents bekam man in den italienischen Familienrestaurants von North Beach eine komplette Mahlzeit, sogar mit einem Glas Wein, aber die Schnecke mochte *Vanessi's* am Broadway, weil es da einen offenen Tresen zur Küche hin gab und die Köche auf sie aufpassten, wenn sie allein da war. Sie gehörte zur Gastroszene, auch wenn sie erst seit achtzehn Monaten das Frühstück im *Five & Dime* servierte. Natürlich musste sie damit leben, dass die Köche ihr schöne Augen machten, aber die blieben ziemlich zahm, weil an den Tischen drum herum überall Familien saßen.

Zwei Männer, Typ Geschäftsmann, setzten sich an den Tresen, doch bevor sie näher rutschen konnten, um Stilton anzubaggern, stellte Vinnie, der grobschlächtige Stier von einem Koch, ein Wasserglas voll Chianti vor Stilton ab, wobei er den Geschäftstypen einen drohenden Blick zuwarf und sagte: »Hier, Schwesterherz.«

Er hätte ihr ebenso gut ein Glas Diphtherie hinstellen

können, so wie die beiden Kerle ihre Aufmerksamkeit urplötzlich allem und jedem widmeten, nur nicht Stiltons Ende vom Tresen.

»Danke, Vin«, sagte die Schnecke.

»Neuer Hut?«, fragte Myrtle, als sie von hinten auf den Hocker neben Stilton stieg. Sie war ein schlaksiger Rotschopf mit reichlich Beinen und einem Hang zur Unbeholfenheit. Sie trug noch immer ihre rosa Kellnerinnen-Uniform vom *Five & Dime*, die Schürze aufgerollt und in ihr Portemonnaie gestopft. Sie hatte sich geschminkt und die Haare mit einem Schildpattkamm aus Chinatown zurückgesteckt, sodass sie nicht mehr ganz das Mauerblümchen war, das Sammy am Nachmittag durchs Fenster gesehen hatte.

»Neben dir fühlt man sich wie ein alter Lappen …«, sagte Myrtle, während sie die Schnecke von oben bis unten musterte.

»Sei nicht albern. Du siehst hübsch aus«, sagte Stilton. »Ist spät geworden?«

»Ja, ich hatte keine Zeit mehr, nach Hause zu gehen und mich umzuziehen. Da saßen noch ein paar Leute am Tresen. Bei Kaffee und Zigaretten. Stammgäste, die ich nicht rauswerfen konnte. Manchmal vermisse ich direkt den Krieg, die Rationierungen, die Verdunkelungen …« Sie seufzte wehmütig.

»Durch den milchigen Strom von Matrosen zu waten, die in ihren weißen Schlaghosen den Broadway auf und ab spazierten«, sagte Stilton flachsend.

»Das waren noch Zeiten.« Der nächste Seufzer. Als Myrtle plötzlich bemerkte, dass die beiden Geschäftstypen am anderen Ende des Tresens sie belauschten, sagte sie: »Nicht dass ich ein Flittchen wäre oder so was, denn das bin ich nicht.«

»Natürlich nicht«, sagte Stilton.

»Aber sie«, sagte Myrtle zu den beiden Geschäftstypen, die lachten.

»Bin ich nicht!«, sagte die Schnecke.

Vinnie stellte ein Glas Chianti vor Myrtle ab. »Belästigen dich die Typen, Puppe?«

»Ach was«, sagte Myrtle. »Sie tun nur, was Tilly sich erhofft hatte, als sie sich in dieses Kleid gezwängt hat.«

»War mir noch gar nicht aufgefallen«, sagte Vinnie. Er ging wieder um den blitzblanken Tresen zurück auf seinen Posten, wobei er mit zwei Fingern auf die beiden Geschäftstypen deutete, dann auf seine Augen, dann wieder auf die beiden, um sie wissen zu lassen, dass er sie im Blick hatte. Daraufhin machten sie sich eilig daran, ihre Hüte aufzusetzen und ihre Geschäfte woanders zu besprechen.

»Da hast du es«, sagte Myrtle. »Schon wieder zwei tadellose Burschen vertrieben.«

»Die beiden Typen eben?«, sagte Stilton. »Die sind verheiratet und suchen nur einen Grund, nicht nach Hause zu ihren Frauen zu müssen. Und ihre Töchter sind genauso alt wie du.«

»Du hast leicht reden«, sagte Myrtle und deutete dabei von Stiltons Dekolleté auf ihr schickes rotes Käppchen. »Also, wenn ich deine Figur hätte, würde ich den reichsten Mann von San Francisco heiraten. Und ich würde in einem Cadillac-Cabrio herumfahren. Mit offenem Verdeck, selbst wenn es kalt wäre, nur um meine Pelze vorzuzeigen. Und ich würde meine Zigarette in einer langen schwarzen Spitze rauchen, um meinen Lippenstift nicht zu verschmieren. Im Vorüberfahren würde ich meine Asche auf die Leute schnippen. Und ich würde auf Französisch fluchen, wenn ich hinter einem Cable Car festhänge.«

»Auf Französisch?«, fragte Stilton.

»Ja. Französisch fluchen ist feiner. Es ist nicht mal wie Fluchen. Eher wie Lyrik.«

»Wenn du mein Mädchen wärst, würdest du durch Seide furzen«, sagte Vinnie und trat wieder hinter dem Tresen hervor. »Was kann ich euch beiden Hübschen bringen?«

»Lasagne«, sagte Stilton.

»Dasselbe«, sagte Myrtle.

»Das dauert etwas länger. Die müssen in den Ofen.«

»Okay«, sagte Myrtle. »Vielleicht trinken wir noch ein Glas Wein.«

»*Eins* gehört zur Mahlzeit«, sagte Vinnie.

»Durch Seide furzen, hm?«, fragte Myrtle, die aufgemalte Augenbraue hintersinnig hochgezogen.

Vinnie zuckte mit den Schultern, wodurch sich die Fettrollen unter der Kochmütze um seinen Hals quetschten wie ein Stapel Würstchen, dann holte er die Flasche unterm Tresen hervor und schenkte beiden die Gläser voll. Er war mit einer der Töchter des Besitzers verheiratet, hatte fünf Kinder, und das Flirten brachte ihm nur einen Korb voll leerer Chianti-Flaschen ein, aber – hey – er war Italiener, und da gab es Erwartungen zu erfüllen.

»Und?«, fragte Myrtle und zog das *und* in die Länge, um eine Geschichte anzustoßen. »Der neue Typ?«

»Ganz okay«, sagte Stilton. »Er ist nett. Lustig.«

»Er ist süß, und du hattest noch nie einen, der dich bei der Arbeit besucht hat. Das spricht also schon mal für ihn, aber ein Barkeeper? Das hat doch keine Zukunft, Kleine.« Myrtle hatte Sammy gesehen, als er am *Five & Dime* vorbeispaziert war. Die Schnecke auch, aber sie hatte sich schnell versteckt, scheu wie ein Schulmädchen.

»Na ja, meine Zukunft hab ich schon gehabt. Ich brauche

keinen Mann, der mich aus allem rausholt. Ich brauche überhaupt keinen Mann. Er ist ganz okay. Wahrscheinlich.«

Myrtle zog die Schultern hoch und nahm einen Schluck Wein. Wenn Stilton nicht gerade Sprüche klopfte oder Geschirr einsammelte, trug sie einen kleinen Sack voll Trauer mit sich herum, der das Leuchten in ihren großen Lucille-Ball-Augen verlöschen ließ. »Hör mal, Tilly«, sagte Myrtle, »was ich da über den Krieg gesagt habe ... Ich weiß, du hattest es schwerer. Ich wollte wirklich nicht ...«

»Vergiss es«, sagte Stilton, und eben wollte sie sagen, dass Sammy ganz okay war, weil er leicht gebrochen wirkte und ihr genau das an Männern gefiel, doch in diesem Moment – weil kein Dorf so klein ist wie ein Stadtviertel – glitt Sal Gabelli auf den Hocker neben Myrtle.

»'n Abend, Ladys«, sagte Sal. »Hoffe, ich störe nicht.« Er trug einen Mantel über seinem weißen Hemd mit der Fliege.

Myrtle rümpfte die Nase, als würde er nach Essig riechen, aber wahrscheinlich war es nur abgestandener Schnaps.

»Hey ...«, sagte Sal und deutete auf die Schnecke. »Habe ich dich nicht erst ...?«

»Nein, das war ich nicht. Ich bin neu hier.«

»Am besten, Sie beachten sie gar nicht«, sagte Myrtle. »Sie hat so ein Allerweltsgesicht.«

»Okay, okay«, sagte Sal. »Warten die Damen darauf, dass ihre Ehemänner Feierabend machen?«

»Wir sind allein hier«, sagte Myrtle. »Nur zwei ehemalige Rosies, die versuchen, in der großen Stadt zu überleben.« Sie meinte »Rosie, die Nieterin«, weil Stilton und sie im Krieg beide auf der Werft gearbeitet hatten.

Sal nickte zu einem der Köche hinüber, der seinen Blick auffing und ihn erkannte. »Na, möglicherweise kann ich euch beiden helfen«, sagte Sal. »Möglicherweise kann ich euch Mädels eine Gelegenheit bieten, ein paar Scheinchen zu verdienen, falls ihr Interesse habt.«

»Wir sind keine Flittchen. Tilly, hat mir jemand ein *Flittchen*-Schild auf den Rücken geklebt? Also, bei ihr kann ich den Irrtum ja verstehen, aber ich sitze hier in meiner Kellnerinnenuniform.«

»Nein, nein, nichts dergleichen!«, sagte Sal. »Es ist absolut legal, einwandfrei, ganz harmlos. Ich dachte nur, ihr könntet ein bisschen Kohle brauchen, wenn eure Ehemänner nichts dagegen haben.«

»Wir sind alleinstehend, das weißt du genau«, sagte Stilton. »Spuck's aus. Worum geht's?«

»Alleinstehend? Na, das passt doch. Würde es den Damen gefallen, etwas Zeit mit sehr reichen Männern zu verbringen, allererste Sahne, wie man so sagt, gegen eine kleine Aufwandsentschädigung?«

»Ja!«, sagte Myrtle.

»Moment mal«, sagte die Schnecke. »Bekleidet?«

»Ich schwöre bei der Jungfrau Maria: Seid einfach nur gesellig und seht hübsch aus«, sagte Sal. »Tanzt ein wenig, lächelt ein wenig – stellt euch vor, ihr macht Truppenbetreuung für reiche Männer.«

»Ja«, sagte Myrtle.

»Nicht so hastig«, sagte die Schnecke. »Von wie viel Geld reden wir hier?«

»Fünfzig«, sagte Sal.

»Ja«, sagte Myrtle. Fünfzig Dollar waren mehr als ein Wochenlohn im *Five & Dime*.

»Pro Nase«, sagte Stilton.

»Pro Nase«, sagte Sal.

»Ja«, sagte Myrtle. »Gehen wir. Da gibt es auch was zu essen, oder?«

»Ich kann nicht«, sagte Stilton. »Ich hab heute Abend schon was vor.«

»Ich nicht«, sagte Myrtle. »Vergiss das mit dem Essen. Ich hab schon gegessen. Das ist keine Bedingung.«

Sal nahm den Hut ab und legte seine klägliche Resthaarfrisur frei. »Nein, nein, ihr habt mich missverstanden. Das Ganze findet erst am Wochenende statt. Ihr habt alle Zeit der Welt. Kommt, ich spendier euch was zu essen!«

»Fünfundsiebzig«, sagte Stilton.

»Moment. Wie?«

»Pro Nase«, sagte Stilton.

Myrtle packte sie fest am Arm.

»Augenblick mal …«

»Hör zu, wenn du willst, dass wir unseren Kalender eine Woche im Voraus für dich blocken, müssen wir sicher sein, dass es den Aufwand wert ist.«

»Hör zu, das ist ein sehr großzügiges Angebot, Schwester. Die meisten alleinstehenden Mädchen würden so viel auf den Tisch legen, um mit diesen Männern im selben Raum zu sein.«

»Hundert Dollar«, sagte Stilton.

»Heilige Scheiße, Lady«, sagte Sal. »Für wen hältst du dich?«

»Ja, Lady, für wen hältst du dich?«, fragte Myrtle. Sie stürzte ihren billigen Rotwein hinunter und starrte ihre Freundin böse an, als könnte sie Stiltons Lippen mit ihrem Blick zusammenschweißen.

»Fünfundsiebzig«, sagte Sal.

»Was ist los mit dir?«, fragte Myrtle. »Ich dachte, du tanzt gern.«

»Hundert oder nichts«, sagte Stilton.

»Gut«, sagte Sal, »aber ihr bringt acht bis zehn Freundinnen mit. Wenn möglich alle hübsch.«

»Das ist ziemlich viel verlangt«, sagte die Schnecke.

»Sie hat keine zehn Freundinnen«, flüsterte Myrtle.

»Tut, was ihr könnt«, sagte Sal. »Ich hab noch andere Eisen im Feuer. Gib mir deine Nummer. Ich ruf dich an wegen dem Wann und Wo. Aber erzählt niemandem davon, außer den Mädchen, die ihr rekrutiert. Das sind wichtige Männer. Die wahren gern ihre Privatsphäre.«

»Gib ihm deine Nummer, Myrtle«, sagte die Schnecke. Dann zu Sal: »Ich habe kein Telefon. Stört meinen Schönheitsschlaf.« Dann zu Vinnie: »Vinnie, kriegen wir noch zwei Gläser von dem Roten? Der nette Herr hier zahlt.«

5

Frauenzimmer, sie kommen und gehen

Zwei Stunden vor Feierabend tauchte Stilton wieder auf, wobei sie irgendwie wackliger wirkte als vorher. Ihr roter Hut saß etwas schief, und sie hatte den Schleier hochgeklappt, sodass dieser wie eine rote Augenbraue aussah, die quer auf ihrer Stirn saß.

Sammy mischte einen Bourbon mit Ginger Ale und stellte das Glas vor ihr ab. »Du bist vorhin so schnell verschwunden. Hat dich irgendwas verscheucht?«

»Nee, der Schwarze war okay, aber dieser Bulle ist mir unheimlich. Als hätte er mich irgendwie im Visier oder so.«

Sammy sah sie an, sah sie nur an. Zog die Augenbrauen hoch. »Punani Toons?«

»Die meisten Leute finden ›Stilton‹ seltsam.«

»Ja, ist bestimmt besser, den Namen zu meiden.«

»Na ja, der Typ ist nicht eben das hellste Licht am Baum, oder? Wenn man ein Ding drehen wollte, wäre das genau der Bulle, den man sich auf seiner Fährte wünscht. Der Typ könnte keine Fliege mit zwei Klappen fangen. Da möchte man doch am liebsten ein Verbrechen begehen, nur weil man weiß, dass man davonkommt. Was ist mit dir, Hase?

Möchtest du mit mir das eine oder andere Verbrechen begehen?«

»Muss erst meine Schicht zu Ende bringen, aber ich komm darauf zurück, Püppi.«

»Nenn mich nicht Püppi.«

»Hase?«

»Stimmt. Dann also Püppi. Trinken wir auf unsere zukünftigen Verbrechen.« Sie sog an ihrem Strohhalm, bis dieser ein zartes Schlürfen von sich gab, wie ein durstiger kleiner Elefant. Sie schob Sammy das leere Glas hin.

Als er ihr nachschenkte, wurde ihm klar, dass er diese Frau wirklich mochte. *Wirklich, wirklich* mochte. Es war noch keine Liebe, also war ein Entkommen noch möglich, aber er konnte sich nicht erinnern, jemals jemanden so sehr gemocht zu haben, wie er diese Frau mochte, und da grinste er wie ein Hund beim Barbecue für Blinde. Er stellte den Drink vor ihr ab.

Sie nahm das Glas, dann stutzte sie. »Du wirst ein Mädchen doch nicht allein trinken lassen, oder, Soldat?«

Er mochte sie so sehr, dass er das Gefühl hatte, er sollte ihr erzählen, dass er kein Soldat war, nie einer gewesen war, aber er mochte sie so sehr, dass er sie nicht vertreiben wollte. Nicht jetzt.

»Natürlich nicht.« Er schenkte sich einen Doppelten ein und sah auf die Uhr. Noch zwei Stunden bis zum Feierabend. »Auf unsere Verbrechen«, sagte er und hob sein Glas.

»Auf unsere Verbrechen«, sagte die Schnecke, wobei sie leichte Probleme hatte, mit ihrem Glas auf seines zu zielen, bis es ihr beim dritten Versuch gelang, mit ihm anzustoßen. »Junge, Junge … kann sein, dass du mich nach Hause bringen musst.«

»Kann sein, dass ich das auch tue«, sagte Sammy. »Aber ich rede nicht gern über den Krieg.«

»Keine Sorge, Mann«, sagte die Schnecke, »das wird bestimmt kein Problem.«

Ein Cop schmuste in der Ecke leise am Ausschnitt einer großen Blondine herum, wobei er seinen Hut aus Respekt hinter dem Rücken hielt. Überall im Salon saßen Herren, die mit ihren ureigenen gut gebauten Ablenkungen beschäftigt waren, allesamt in Dessous und entsprechend bemalt.

»Bess, bring ihn nach hinten«, sagte Mabel, die Madame. »Seine Uniform macht die Gäste nervös.«

Bess knallte zum Gruß mit ihrem Kaugummi und zog den Bullen am Schlips durch Samtvorhänge.

»Du führst ein strenges Regiment«, sagte Sally Gab. Er war einen Kopf kleiner als die Madame.

In ihrem Abendkleid aus grünem Satin, mit den roten Haaren, die hoch aufragten und dann über ihre Schultern wallten, sah sie aus wie eine Tube roter Farbe, die jemand in der Mitte zusammengequetscht hatte. Neben ihr wirkte Sal Gabelli in seinem zerknitterten Anzug wie eine Schwarz-Weiß-Figur, die in einen Farbfilm gestolpert war – als gäbe es in dem Laden nicht genug Farbe für beide. Er hatte eine Kamera dabei, eine von diesen kleinen deutschen Dingern, trug sie an der Seite, als schmuggelte er eine Pistole in eine Bank.

»Fotos kosten extra, Sally«, sagte Mabel. »Du gibst mir den Film, und ich gebe dir die Bilder zurück, die ich für angemessen halte. Keine Gesichter. Ich habe auch jemanden, der die Entwicklung und die Abzüge besorgt.«

»Nein, das ist nicht mein Ding, Mabes. Ich brauche eine Frau.«

»Das überrascht mich jetzt aber«, sagte Mabel. Sie steckte eine Zigarette in ihre lange Elfenbeinspitze und wartete darauf, dass er sie ihr anzündete. »Im Eisenwarenladen und beim Friseur war nichts zu kriegen? Du dachtest, du versuchst dein Glück und schaust mal bei mir rein?« Sie lächelte – ein wenig Lippenstift an einem Vorderzahn – und blies Rauch über seinen Kopf hinweg.

»Warum machst du mir das Leben schwer, Mabes? Ich bin geschäftlich hier. Ich brauche eine ganz spezielle Sorte Frau.«

»Und noch einmal: Da bist du hier ganz richtig, Sal. Rein zufällig habe ich eine ganz spezielle Sorte Frau im Angebot. Was für eine Spezialität suchst du denn, so ganz *speziell*?«

»Ich brauche eine Hübsche, aber sie darf nicht wie ein Flittchen aussehen. Nimm's nicht persönlich.«

Die Madame hielt die Zigarettenspitze mit den Backenzähnen wie ein Mann, der auf seiner Zigarre kaute. »Ich höre.«

»Sie muss in der Lage sein, wie ein Mädchen von nebenan zu wirken. Am Ende sollte sie die Hüllen fallen lassen, darf es ihm aber nicht zu leicht machen – du weißt schon, sie soll so tun, als hätte sie Interesse, auch wenn ihr der Typ eklig ist. Eben wie eine Dame.«

»Sie soll so tun, als wäre sie eine Dame. Verstanden.«

»Und sie muss clever sein, ein bisschen gewieft. Sie wird die Kamera bedienen, aber sie muss es heimlich tun. Niemand darf es mitbekommen.«

»Du willst dir also nicht nur etwas Erleichterung verschaffen, habe ich recht?«

»Nein, es nicht für mich. Nur so ein kleines Vorhaben.«

»Aber bestimmt nicht mit meinen Mädchen. *Meine* Mädchen, *meine* Vorhaben.«

Mabel drehte sich um und ging zur Bar hinüber, was Sal dazu zwang, ihr zu folgen, wenn er nicht wie ein Trottel mitten im Raum stehen wollte, mit seiner Kamera in der Hand. Er hastete hinter ihr her.

»Ich stelle eine Schar Mädchen für den *Bohemian Club* zusammen, für ihr jährliches Grillfest in diesem Wäldchen, das sie da oben in Sonoma County haben.«

»Scotch mit Soda«, sagte Mabel zum Barkeeper. »Essig mit Wasser für Sal hier.«

»Hey«, sagte Sal, »sei nicht so. Da könnte eine Menge Kohle drin sein.«

Mabel nahm ihren Drink vom Barkeeper entgegen, sog etwas davon durch den Strohhalm, dann fuhr sie abrupt zu Sal herum, was ihn dazu veranlasste, sich zurückzulehnen, als schreckte er vor einem Schlangenbiss zurück. »Hör mal, Sal, ich habe hier ein gut gehendes Geschäft, aber es läuft nur, weil die Leute, die das Sagen haben, mich machen lassen – vom Bürgermeister bis zu den Cops. Einige der Stadtoberen sind meine besten Kunden, also verfüge ich über Verbindungen, die ich auch nutze. Aber die Bohemians spielen in einer völlig anderen Liga. Diese Leute haben die Macht, Staaten zu lenken. Die fressen Typen wie Pookie O'Hara und den Bürgermeister zum Frühstück. Präsidenten, Prinzen, Wissenschaftler, Künstler, Nobelpreiträger, die ganze Blase. Angeblich haben sie sich sogar die Atombombe da oben bei ihrer kleinen Grillparty einfallen lassen – mit denen legt man sich nicht an. Von Zeit zu Zeit fällt für mich ein kleines Geschäft ab, und für Diskretion zahlen sie extra, was sie nicht müssten, denn sobald ich nicht mehr diskret bin, faltet sich mein Geschäft zusammen wie ein Akkordeon. Also sag mir, Sal: Warum sollte ich wollen, dass du eines meiner Mädchen an diese Leute vermittelst? Und bevor du antwortest, solltest du wissen, dass Pookie O'Hara gestern hier war, um seine Steuern zu kassieren, und er hat unmissverständlich klargemacht, dass ich ihm Bescheid geben soll, wenn du hier auftauchst und irgendwas anderes als vögeln willst, also steht meine Diskretion, was dich angeht, auf der Kippe, Freundchen.«

Sie reichte dem Barkeeper ihre Zigarettenspitze, der den Stummel entfernte, ihn im Aschenbecher ausdrückte und ihr die Spitze wiedergab, nachgeladen. Sie wartete, während Sal von einem Bein aufs andere trat.

»Könnte ich ein Selters auf Eis bekommen?«, sagte Sal zum Barkeeper. Dann zu Mabel: »Es geht hier nicht darum, einfach nur irgendwelche Mädchen zu vermitteln, und das weißt du. Ich hab da jemanden, der zu den Bohemians gehören möchte. Und zwar unbedingt, nur weiß er nicht, wie er es anstellen soll. Also will er brave Bettys, Verkäuferinnen und Sekretärinnen und so. Alles, was ich finden kann. Alles, was ich glaube, finden zu können. Jedenfalls bezahlt er eine hübsche Summe für die Mädchen, aber ich wäre bereit, dir die ganze Kohle zu überlassen, und du bist fein raus. Ich hab was ganz anderes vor.«

»Erpressung?« Mabel lächelte.

»Hast du gehört, was die da oben treiben? Männer in Frauenkleidern? Geheimrituale, Nackttänze, Musicalmelodien, und alles, bevor Wein und Weiber aufgefahren werden. Während der Prohibition habe ich für die Typen Alkohol beschafft, und die können richtig was vertragen. Ich denke, ein hübsches Foto des Präsidenten von Lissabon, angezogen wie die Garbo, während er sich gerade einen von der Palme wedeln lässt, könnte richtig Schotter wert sein.«

»Lissabon ist eine Stadt, du Torfkopf, kein Land.« Sie brachte ihre Zigarettenspitze in Stellung und wartete, während Sal sein Zippo aus der Hosentasche fischte und ihr Feuer gab. Mabel lehnte sich zurück, die Ellenbogen auf dem Tresen, und blies Rauch in den Raum. »Mit Erpressung will ich nichts zu tun haben, Sal.«

»Ach, komm schon, Mabel …«

»Aber …« Sie sah ihn nicht an, überblickte nur den Raum, während sie sprach, als hielte sie nach einem Geschäft Ausschau. »Es wäre nicht das erste Mal, dass ich Empfehlungen ausspreche und Talente für jemanden auftreibe, der ein derart verabscheuungswürdiges Verbrechen begehen will.«

»Mehr verlange ich nicht.«

»Von was für einem Honorar für die Talente reden wir hier?«

»Zwei Riesen.«

Mabel ließ die Asche von der Zigarette auf den Teppich fallen, sah Sal jedoch nicht an. »Für ein Mädchen? Für eine Nacht? Zwei Riesen?«

»Abzüglich einiger Ausgaben. Es könnte sein, dass ich noch mehr Mädchen brauche, als Ersatz, für den Fall, dass mein Kontakt nicht liefert. Nichts Besonderes.«

»Das ist eine Menge Kohle für eine Nacht.«

»Das Treffen dauert insgesamt eine Woche. Wenn die Mädchen mitspielen und länger bleiben, ist mehr drin.«

»Und das willst du alles hergeben?«

»Ich denke, für mich ist auch eine hübsche Stange Geld drin. Risikoaufschlag.«

»Das wird dir um die Ohren fliegen, Sal. Diese Leute lassen dich in einen Sack stecken und in die Bay werfen und sind dann längst auf der anderen Seite der Erdkugel. Die kennen nicht mal den Burschen, der den Burschen kennt, der den Sack zubindet.«

»Deshalb brauche ich Fotos. Als Versicherung.«

»Wenn mir das um die Ohren fliegt, Sal, lasse ich dich in einen Sack stecken. Diese Fotos sind mir scheißegal. Habe ich mich klar ausgedrückt?«

»Dann hast du also das richtige Mädchen?«

»Zwei Riesen. Ein Mädchen. Eine Nacht. Und wir haben nie miteinander gesprochen. Ich kenne dich nicht. Wenn jemand fragt, bist du ein Fremder und ein Armleuchter, verstanden?«

»Verstanden. Sie muss ein jugendlich frisches Gesicht haben. Wie Judy Garland im *Zauberer von Oz.*«

»Ruf mich morgen an. Mittags. Nenn mir Zeit und Ort, wann das Mädchen wo sein soll.«

»Und wenn ich noch ein paar Mädchen mehr brauche, alles frisch geduschte Bettys direkt vom Bauernhof, könntest du mir die auch besorgen?«

»Nenn mir Zeit und Ort und wie viele Bauernmädels du brauchst.«

»Danke, Mabel. Du bist die Größte.«

»Verschwinde aus meinem Laden, bevor ich es mir anders überlege und dich schon aus Prinzip in einen Sack stecken lasse. Und die Kamera bleibt hier.«

Sechs Buchsbaumbüsche säumten – ordentlich zu Säulen getrimmt – den Weg zur viktorianischen Villa, die Mabels Etablissement beherbergte, sodass Sal doch etwas erschrocken war, als ein siebter Busch – größer als die anderen, aber ebenso säulenförmig – aus dem Dunkel trat, um ihn anzusprechen.

»Himmel, Arsch und Hirn, Pookie«, rief Sal, wich zurück und musste erst mal seine fünf Sinne sammeln, die sich zerstreut hatten wie eine Handvoll loser Perlen, als der große Bulle plötzlich aufgetaucht war. »Was, zum Teufel, lauerst du hier rum wie ein Räuber? Da kriegt man ja einen Herzkasper.«

»Steuerfahndung«, sagte Pookie O'Hara. Er packte Sal

am Mantelkragen und hob ihn hoch, bis er auf Zehenspitzen stand. »Niemand kuppelt in meiner Stadt, ohne seine Steuern zu bezahlen, Sal. Und heute ist Zahltag.« Pookie holte seinen Lederknüppel aus der Hosentasche und hielt ihn Sal unter die Nase.

»Das siehst du völlig falsch, Pookie. Ich bin doch nicht blöd! Nie im Leben würde ich dir in deine Geschäfte pfuschen.«

»Da hat mir ein kleines Vögelchen beim *Bohemian Club* aber was ganz anderes gezwitschert. Wie ich höre, stellst du für einen Bonzen vom Militär eine kleine Überraschung für deren Campingausflug zusammen.« Er bohrte den lederumwickelten Bleiknüppel in Sals Wange. Der Versuch, sich zu befreien, kostete Sal eine blutige Lippe. Pookie schüttelte ihn wie einen Spüllappen und schlug ihm leicht mit dem Knüppel an die Stirn. Der Knüppel hatte sich kaum bewegt, und doch spürte Sal den Schmerz bis in die Backenzähne. Ein fester Hieb mit diesem Ding, und er würde bis ans Ende seiner Tage sabbernd in einer Ecke kauern.

»Autsch! Scheiße! Ja! Ja, ich hab mich mit jemandem darüber unterhalten, aber ich bin das nicht. Ich habe gar nichts damit zu tun. Ich habe nur eine Nachricht überbracht.«

»Für wen?« Noch mal durchgeschüttelt.

»Two-Toes! Sammy Two-Toes«, jaulte Sal. »Der Typ macht nichts als Ärger, Pookie. Kann sich nicht unterordnen. Begreift nicht, wie es hier läuft.«

»Du spielst den Botenjungen für deinen verkrüppelten Barkeeper?«

»Ja. Er ist nicht so harmlos, wie es scheint, Pookie. Der Typ hat mich in der Zange. Ich decke ihn, weil er meine Alte kennt. Er hat gedroht, ihr von meinen Besuchen hier bei Mabel zu erzählen.« Sal verkniff sich ein selbstgefälliges Grinsen, nachdem er elegant seine Anwesenheit bei Mabel erklärt und gleichzeitig die Schuld auf Sammy geschoben hatte.

»Du lässt dich von so einem dürren Krüppel vorführen? Das ist jämmerlich.« Pookie lockerte seinen Griff an Sals Mantel, bis der Armleuchter wieder festen Boden unter den Füßen hatte.

»Ja, er hat mehr auf dem Kerbholz, als man ihm zutrauen würde. Als er damals zu mir kam, meinte er, er hätte einen Bullen k. o. geschlagen und sei aus dem Gefängnis geflohen. Soweit ich weiß, heißt er nicht mal Tiffin. Guck in die Akten, vor zwei Jahren etwa. Versuch es mit Tuffelo. Er hat wegen Erregung öffentlichen Ärgernisses und Trunkenheit gesessen, und er hat einen Polizisten niedergeschlagen und ist abgehauen.«

Pookie ließ Sals Mantel los und trat einen Schritt zurück. Sal sah, wie sich der Zorn des großen Bullen umorientierte, nach einem neuen Objekt suchte wie ein Straßenköter auf der Suche nach Streit.

»Wenn du dir Two-Toes vorknöpfst, wer weiß, vielleicht kriegst du, was dir zusteht, und zeigst ihm mal, was es bedeutet, einen Polizisten niederzuschlagen«, sagte Sal, um dem Ganzen die Krone aufzusetzen.

Pookie steckte den Knüppel weg, richtete den Kragen seines Mantels. »Arbeitet er heute Abend?«

Sal sah auf seine Uhr. »Nicht mehr. Geschlossen. Aber ich habe seine Adresse in meinem Buch.« Sal klopfte auf die Brusttasche seines Mantels.

»Her damit«, sagte Pookie. »Und, Sal, sollte ich herausfinden, dass du mich anlügst, schreibe ich mit deinem Gehirn meinen Namen auf den Asphalt.«

Sal schüttelte sich, holte das schwarze Adressbuch aus seiner Manteltasche. »Aber lass dir von dem Jungen nichts erzählen, Pookie, und lass dich nicht von ihm vorführen. Für einen Krüppel ist er richtig schnell.«

»Da mach dir mal keine Sorgen.«

6

Ein süßes Desaster

Es war zwei Uhr morgens, und sie waren die Einzigen im Laden. Sie kniete auf dem Barhocker, Ellenbogen auf dem Tresen, ihr Gesicht zwei Daumenbreit vor Sammys, der sich von seiner Seite des Tresens her vorbeugte. So saßen sie schon seit einer halben Stunde und hatten gar nicht bemerkt, wie sich der Laden leerte.

»Magst du Hunde?«, fragte er.

»Ja, und du?«

»Ja. Du hast süße Nasenlöcher.«

»Danke. Deine mag ich auch.«

»Deine Wimpern sind erste Sahne.«

»Kannst du die überhaupt erkennen?«

»Geht so. Ich kann mich noch daran erinnern.«

»Du solltest mich jetzt besser nach Hause bringen.«

»Ich pack uns Proviant ein.«

Sammy nahm eine drei Viertel volle Flasche Gin aus dem Schrank und füllte sie mit Rose's Lime Juice auf, und die Käseschnecke steckte die Flasche für den Heimweg in ihre Handtasche. Als er die Tür hinter ihnen abschloss, geriet sie auf ihren hohen Absätzen ins Wanken, und er fing sie auf, hielt sie um die Taille. Und da kam es dann zu ihrem ersten Kuss. Es war so ein Kuss, mit dem er von jetzt an geweckt werden und den er immer wieder auffrischen wollte, bis er seinen letzten Kuss bekam, salzig vor Tränen, wenn er im Sarg lag.

Als sie voneinander abließen, waren beide leicht benommen, aber ungefährdet, weil keine offene Flamme da war, an der sich ihr Atem entzünden konnte.

»Wie weit?«, fragte Sammy.

»Nicht weit«, sagte die Schnecke.

Sie führte ihn leicht wacklig ein paar Blocks die Grant Avenue entlang, dann Arm in Arm die Greenwich Street hinauf, wo die Stufen anfingen.

»Wie weit?«

»Nicht weit.«

Die Treppe zum Telegraph Hill hinauf, Kehrtwende, noch eine Treppe, ein paar Schritte auf einem Weg, dann noch eine Treppe. Bei hundertfünfzig Stufen etwa lehnte sich Sammy an ein Holzgeländer, um nach Luft zu schnappen.

»Du hast gesagt, es ist nicht weit.«

Die Schnecke fand es niedlich, dass er ihr geglaubt hatte.

»Nicht weit von *hier*«, sagte sie. Sie drückte ihm auf die Nase und stapfte die nächste Treppe hinauf, zog ihn mit einer Hand hinter sich her. Nach noch mal hundert Stufen waren sie fast oben. Er setzte sich auf die hölzerne Treppe. Mondlicht fiel durch die Pinien. Er übergab sich ein wenig, nur ganz wenig.

»Fast da«, sagte sie.

»Eines solltest du wissen«, sagte er. »Ich bin eigentlich ganz gut in Form. Ich trainiere jeden Tag. Fast jeden Tag. Es ist nur, na ja, ich hab getrunken.«

»Wenn wir bei mir sind, kannst du meine Zahnbürste benutzen.«

»Ach, das musst du doch nicht tun«, sagte er. Sie war nett.

Sie zog ihn auf die Beine und dann noch mal hundertfünfundzwanzig Stufen hoch, bis sie auf die Lichtung vom Pioneer Park hinaustraten, mit Blick über die ganze Stadt. In klaren Nächten konnte man Oakland, Alameda und Berkeley auf der anderen Seite der Bay sehen, und seit Kriegsende war die Bay Bridge sogar beleuchtet. Wie ein riesiger Betonphallus ragte der Coit Tower über ihnen auf.

»Hier wohnst du?«, fragte Sammy. »Ich war noch nie hier oben.«

»Nur ein Stückchen noch.«

Auf der anderen Seite des Hügels führten Holztreppen im Zickzack hinab, trafen auf Pfade zwischen Gärten, von Leuten gepflegt, die am Hang lebten, in gemütlichen kleinen Häuschen und modernen Art-déco-Apartmentblocks, allesamt nicht sonderlich hoch, geprägt von Bäumen und Blumen und der Schwerkraft, mit Blick über die Bay. Sie führte ihn einen Pfad hinab, der zum Untergeschoss eines Gebäudes führte – zu etwas, das wie der Eingang zu einem Lagerhaus aussah.

»Da wären wir«, sagte sie.

Er musste den Kopf einziehen, um durch die Tür zu passen. Sie knipste ein Licht an und präsentierte ihr Zuhause. Die ganze Wohnung war sonnengelb gestrichen, sogar der Sperrholzboden. Sie bestand nur aus einem Raum, mehr oder weniger, der auch nur ein einziges Fenster hatte, das auf einen bepflanzten Hang hinausblickte. Ein Bett an der Wand, eine Spüle und ein Tresen mit Zwei-Flammen-Kocher und einem kleinen Kühlschrank, dessen Motor summte, als könnte er jeden Augenblick den Geist aufgeben. Hinter dem Bett stand die Badezimmertür offen – Toilette und Duschwanne in einem Sperrholzschrank. An der Wand gegenüber vom Bett gab es ein altes Sofa, ein Beistelltischchen samt Lampe auf Deckchen, einen Kaffeetisch mit Filmzeitschriften – und ein Radio mit eingebautem Plattenspieler. Der Holzboden reichte nur bis zum Ende vom Sofa, darunter sah man nackten Fels und feste Erde, genauso gelb gestrichen und abschüssig. Sammy fiel auf, dass neben dem Sofa etwa Grünes spross.

»Der Vermieter hat mir ein gutes Angebot gemacht«, sagte die Schnecke.

»Hübsch«, sagte Sammy. »Kuschelig.«

»Setz dich«, sagte sie und deutete aufs Sofa. »Ich stell den Herd an, dann wird es hier drinnen in null Komma nix bullig warm.«

Sammy zog seinen Mantel aus und setzte sich aufs Sofa. Sie stellte die Flasche mit dem Gimlet auf den Kaffeetisch und holte auch noch zwei Gläser aus ihrer Handtasche.

»Stammen die auch aus der Bar?«

»Nein«, sagte sie. »Sei so gut und schenk uns was ein, ja?«

»Was ist dahinten mit dem Boden passiert?«

»Ach, ursprünglich war das hier ein Kriechkeller. Der Vermieter hat mir ein Fenster eingebaut, sodass es tagsüber gar nicht so übel ist, aber nachts wurde es doch etwas unheimlich, und da habe ich die Erde einfach gelb angemalt.«

»Ja, das macht es um einiges fröhlicher.«

»Der Vermieter meinte, ich dürfte mir einen Wintergarten ausheben, wenn ich möchte. Einmal dachte ich, ich müsste mir ein Kinderzimmer graben, weil meine Periode ausblieb.«

Als sie wieder zum Sofa kam, nahm er ihre Hand und zog sie zu sich herunter. »So kaltschnäuzig bist du doch gar nicht.«

Sie stieß ihn zurück. »Du wirst schon merken, wie kaltschnäuzig ich bin, wenn du versuchst, mich zu küssen, bevor du dir die Zähne geputzt hast, Sportsfreund. Neben der Spüle steht eine Zahnbürste mit einer Dose Pepsodent.«

Er stolperte zum Waschbecken und schrubbte und schrubbte, und mittendrin sah er mit wahnsinnigem Zahnpulvergrinsen zu ihr hinüber. Sie prustete in ihren Drink und verschüttete etwas davon auf ihrer Brust.

»Ich mach es dir weg!«, sagte er. Er spuckte, spülte, spuckte noch einmal, dann führte er einen kontrollierten Satz quer durchs Zimmer aus, mit einem Riesenschritt über den Kaffeetisch hinweg, was mehr oder weniger damit endete, dass er rücklings auf ihrem Schoß landete. Die Schnecke schaffte es gerade noch, ihren Drink zu retten.

»So besser, Schneckchen?«, sagte er.

Sie küsste ihn ganz leicht, um den Geschmack zu testen. »Minzig«, sagte sie. »Und nenn mich nicht ›Schneckchen‹.«

Er nahm ihr das Glas aus der Hand, stellte es auf den Tisch, dann brachte er einen geschickten Ringergriff zum Einsatz, der sie rücklings auf das Sofa warf, mit ihm obendrauf, während er sie dumm und dusselig schmuste. Doch so leicht ließ sie sich nicht unterkriegen, warf wiederum ihn auf den Rücken, wobei sie elegant ihre Schuhe von den Füßen streifte.

Sie fingen an, beim Küssen »Mmmmmmh« zu machen, als hätten sie beide etwas Köstliches entdeckt und müssten es dem anderen dringend summen, während sie versuchten, sich gegenseitig der Kleidung zu entledigen, ohne zum Atemholen auftauchen zu müssen – bis Sammy mit ihrem Büstenhalter nicht weiterkam und sie ihn leicht von sich schob, um ihm zu helfen.

»Es sieht gar nicht so aus, als könnte es schwierig sein«,

erklärte er und stellte bei einem Kuss fest, dass das meiste bereits herausgequollen war, seit er seine Versuche begonnen hatte.

»Ist französisch«, sagte sie. »Gebaut wie ein Zoo – du weißt schon: Sperr sie ein, aber so, dass jeder sie sehen kann. Aah, ich krieg's auch nicht hin. Hilfe!«

Sie rollte auf den Bauch, damit er die Haken an ihrem Rücken besser erkennen konnte. »Freiheit für mein Volk!«

»Soll sein. Ich bin die Harriet Tubman deiner Brüste.«

Sie rollte zurück, ihr Volk von allen Fesseln befreit. »Dann will ich dir mal die *Underground Railroad* zeigen.« Und sie schob ihn nach unten, bis er fast auf den Boden glitt, wobei er den Kaffeetisch zurückstieß. Unter ihrem Kleid tauchte er wieder auf.

»Hey, sieht ja gar nicht aus wie Churchill. Eher wie Rasputin.«

»Das ist nicht das Muttermal. Weiter links.«

»Oh ja. Guck mal einer an!«

Sie fuhr mit ihren Fingern durch sein Haar und richtete seine Aufmerksamkeit auf die gewünschte historische Figur, und so nahm es seinen Lauf. Wilde, trunkene, verzweifelte Liebe – einander überall gleichzeitig wollen, eine Welt zusammenbauen –, nah genug, tief genug, schnell genug, langsam genug, hart genug, sanft und zart und stark und süß – und nur die beiden ganz allein. Sie arbeiteten sich vom Sofa zum Teppich zu ihrem kleinen Bett, wo sie voneinander abließen, einen Moment lang außer Atem, von Schweiß schimmernd, beide nun nackt bis auf die Socke an Sammys schlimmem Fuß.

Eine Weile lauschten sie dem Atem des anderen und starrten an die Decke – beider Mienen, als wären sie eben von einem Lastwagen angefahren worden, nur mit weniger

Knochenbrüchen. Sie rollte aus dem Bett und tappte zu ihrer Handtasche am Boden beim Sofa, während er sie beobachtete und dachte, dass sie das Hübscheste war, was er je gesehen hatte, was er jemals sehen würde.

Sie holte ein Päckchen Zigaretten aus ihrer Tasche. »Möchtest du eine?«

Er nickte. Er rauchte nicht viel, aber er rauchte. Alle rauchten.

Sie zündete zwei am Brenner ihres kleinen Kochers an, griff sich eine Kerze hinter der Spüle und zündete auch die an, stellte sie auf das Trockengestell und schaltete die Brenner aus. »Die brauchen wir wohl nicht mehr.«

Nickend gab er ihr recht. »Warm«, sagte er.

Sie löschte das Licht, und im rötlichgelben Schein der Kerze konnte er die Konturen ihres Körpers bewundern. *Oh wow,* dachte er. Okay, *das* war jetzt wirklich das Schönste, was er je gesehen hatte.

Sie steckte ihm eine Zigarette in den Mund, setzte sich aufs Bett und lehnte sich an ihn.

»Ascher steht unterm Bett.«

Er tastete herum und zog einen billigen Aluminiumaschenbecher hervor, Werbegeschenk eines Eisenwarenladens.

Sie nickte zu seiner einzelnen Socke. »Hast du wirklich nur zwei Zehen?«

»Nein, ich habe normal viele, aber Gefühl habe ich nur in zweien davon. Ich hab den Fehler gemacht, Sal davon zu erzählen, als er mir ein Bierfass über den Fuß gerollt hat. Seitdem nennt er mich Sammy Two-Toes.«

»Was für ein Arsch.«

»Es war ein Unfall. Er *ist* ein Arsch, aber das mit dem Fass war ein Unfall.«

»Viele wären sauer über so einen Spitznamen. Du bist ein ziemlich netter Kerl, was?«

»Ach, er hat mir nach dem Krieg einen Job gegeben. Was hat man davon, wenn man ewig sauer bleibt?«

»Du kannst deine Socke ruhig ausziehen. Ist für mich okay.«

»Nächstes Mal vielleicht.«

»Welches nächste Mal?«

Er zog ein Gesicht wie ein kleiner Junge, dem das Eis in den Dreck gefallen war.

Sie lachte, nahm ihm die Zigarette ab und drückte beide im Aschenbecher aus, dann schob sie den Ascher wieder unters Bett, kletterte auf Sammy drauf und ritt ihn zurück aufs einzige Kissen.

»Dann gibt es also ein nächstes Mal?«, fragte er.

»Oh ja«, sagte sie.

Und sie waren wieder unterwegs. Oh ja, da waren Züge und Tunnel, aufsteigende Raketen, startende Torpedos, Kolben und Zylinder, pumpende Bohrtürme, kollabierende Brücken, explodierende Sterne, expandierende Galaxien und so ein quietschendes Teil, das klang wie wütende Mäuse. Er war Romeo, und sie war Julia, er war Heathcliff, und sie war Cathy, er war Tristan, und sie war Isolde, er war Ahab, und sie war Moby Dick, sie war die Titanic, und er war der Eisberg, und das gefiel ihnen so gut, dass er eine Weile der Eisberg war, und sie war die Titanic. Sie war Schneewittchen, und er war die sieben Zwerge, er war die Vogelscheuche, und sie war die geflügelten Affen – es war ein episches und göttliches Desaster, das sie in dieser kleinen Kriechkellerwohnung aufführten, machten nur Pause, um nach Luft zu schnappen, um Gin zu trinken und zu rauchen, und sie dösten sogar im Morgengrauen zusammen ein.

Als die Sonne aufging, stieg er in seine Hose und legte sich eine Decke um die Schultern, und sie schlüpfte in einen Morgenmantel und führte ihn aus ihrer Haustür in den kleinen Garten am Telegraph Hill. Sie saßen auf einer alten Schienenschwelle, die den Garten am Hang abstützte, mit Blick über die Bay und sahen, wie sich das Silber der Oakland Bridge im Morgenrot pink färbte. Ein silbernes Wasserflugzeug, ein Pan Am Clipper, glitt wie ein großer Pelikan vom Himmel auf die Bay herab und richtete sich in seinem Nest auf Treasure Island ein. Obwohl es draußen noch frisch war und der Nebel tief über dem Wasser hing, wärmte die aufgehende Sonne doch ihre Gesichter, wobei das grelle Licht ihrem erwachenden Kater nicht ganz so willkommen war. Sie lehnten ihre Köpfe aneinander, als die Sonne hinter dem Horizont hervortrat, und wund und müde fingen sie an zu lachen, und sie lachten, bis sie einander in die Arme sanken und so fest hielten, dass ihnen die Luft ausging, unterdrückten Freudenschluchzer, denn sie hatten ihn gefunden: einen sicheren Hafen.

An einem solchen Morgen kann man ziemlich dämlichen Scheiß erzählen, und Sammy wollte gerade damit anfangen, doch sie hielt ihm sanft einen Finger an die Lippen.

»Schscht«, machte sie. »Sammy, kennst du diese Leute im Film, die ihr Leben einfach anhalten können, um sich zu verlieben, und der Liebe hinterherjagen, als hätten sie nichts anderes zu tun?«

»Klar.«

»So sind wir nicht. Ich muss zur Arbeit.«

»Okay«, sagte er. »Aber …«

»Ich weiß«, sagte sie. »Ich auch.«

»Okay«, sagte er.

»Rieche ich nach Gin?«, fragte sie.

Er schnüffelte an ihrer Schulter. »Ich finde, du riechst wie frisch gebackene Kekse.«

»Ich muss duschen und reichlich Parfum auftragen.«

»Okay. Ich ruf dich an.«

»Ich hab kein Telefon. Geh nach Hause. Wir sehen uns.«

»Okay.«

Er ging ins Haus, zog seine restlichen Sachen an, dann stand er in ihrer Tür und ließ sich ausgiebig beschmusen, bevor sie ihn auf die Reise schickte.

Er hinkte den Hügel hinunter und fand den Bengel in seinem Hauseingang, wo er saß und eine Zigarette rauchte.

»Du solltest nicht rauchen, Kleiner. Wie alt bist du, sieben?«

»Was geht dich das an? Das ist keine Ganze. So'n Typ hat sie weggeworfen. Du dreckiger Solenoid.«

»Das ist kein Schimpfwort, Kleiner. Ein Solenoid ist ein Autoteil.«

»Nein, ist es nicht. Was weißt du denn schon?«

Sammy fühlte sich dem Bengel freundlich zugewandt, allem eigentlich. »Ja, was weiß ich denn schon? Hör zu, Kleiner, was ich da gesagt habe, dass du keine Nachrichten entgegennehmen sollst – vielleicht könntest du es ab heute doch tun. Wenn von jetzt an jemand vorbeikommt, nimm die Nachricht an. Und für die letzte bin ich dir was schuldig.« Sammy fischte drei Quarter aus seiner Tasche und reichte sie dem Bengel, der ihm die Münzen aus der Hand riss und in seinem schmuddeligen Overall verschwinden ließ, dann schielte er Sammy schräg von der Seite an.

»Was soll das werden? Wirst du jetzt etwa weich? Bist du ein Waschlappen?«

»Wahrscheinlich. Geh ins Kino, Kleiner. Weck mich um drei, okay?«

»Vielleicht oder vielleicht auch nicht. Kann sein, dass ich zu tun hab.«

»Gib dein Bestes.«

Sammy schleppte sich die Treppe zu seiner Wohnung hinauf, wo er schnurstracks ins Bett kroch. Als er einschlief, konnte er sie an seinen Armen riechen, und er lächelte.

7

Tenderloin ist mehr als nur ein Steak

Der Bengel klopfte mich wach und erwartete mich draußen auf dem Flur, als ich rausging, um die Zeitung zu holen.

Der Bengel hielt sie mir hin. »Quarter.«

»Das gehört nicht zu deinem Job.«

»Der Quarter ist fürs Wecken. Die Zeitung gibt's dazu, weil ich sie schon gelesen habe.«

Die Zeitung war nicht normal zusammengefaltet, sondern sah eher aus, als hätte ein Wurf Welpen darauf sein Geschäft erledigt, und sei dann eilig zusammengerafft worden, um die Spuren zu verwischen.

»Vom Absturz steht sowieso nichts in dem Käseblatt«, sagte der Bengel. »Dieser Herb Caen beim *Chronicle* will ihn bestimmt vertuschen. Kommunistenschwein.«

»Welcher Absturz?«

»Eine von diesen Fliegenden Untertassen ist runtergekommen. Hab ich im Radio gehört.«

»Ich hab dir doch gesagt, du sollst deine krummen Ohren von meinem Radio lassen, Kleiner.«

»Nicht *dein* stinkendes Radio. Wir haben selbst eins. Onkel Clement hat es uns geschenkt.«

»Clement? Was macht der beruflich? Papst?«

»Er papst auch ein bisschen, aber vor allem wettet er auf

Pferde. Hansdampf in allen Gassen, das ist er. Jedenfalls haben sie im Radio gesagt, dass eine Fliegende Untertasse in New Mexico abgestürzt ist. Roswell.«

»Den Namen hab ich schon mal gehört«, erklärte ich dem Bengel. »Da kenne ich jemanden.«

»Nein, tust du nicht«, sagte der Bengel. »'ne halbe Stunde später kommt dieser Air-Force-Typ im Radio und meint, es war nur ein Wetterballon.«

»Wahrscheinlich war es wirklich nur ein Wetterballon«, sagte ich. Ich ging zum Küchentresen, wo ich mein Kleingeld hinwerfe, wenn ich nach Hause komme, und griff mir einen Vierteldollar. »Hier. Und jetzt verzieh dich. Ich hab was vor.«

»Um diese Tageszeit? Willst du nicht mal wieder an den Sandsack gehen? Du wirst weich, du Schlaffsack. Mach schon, probier's aus. Ich wette, du hältst keine zehn Minuten durch, wenn ich dich antreibe. Und wenn die Marsmännchen kommen, falten sie dich zusammen wie einen Hektar.«

»Das ist ein Flächenmaß. Hundert mal hundert Meter.«

»Nein, ist es nicht, und du bist ein dreckiger, verlogener Hektar, das zu behaupten. Die Marsmännchen fackeln dich ab, genau wie in diesem Hörspiel, wo sie am Ende alle an Bazillen sterben, die sie kriegen, weil sie sich an die Pimmel gefasst haben.«

»Du bist nicht alt genug, um dich an *Krieg der Welten* zu erinnern.«

»Tu ich aber.«

»Hör mal, Kleiner, hast du schon gegessen?«

»Ich hab gefrühstückt. Was geht dich das an?«

»Setz Kaffee auf und nimm dir ein paar Cornflakes, und dann kannst du mich zwanzig Minuten am Sandsack trainieren.«

»Hast du was vor?«

»Ich schätze, es könnte wichtig werden, dass ich für diese Invasion vom Mars in Form bleibe.«

»Na gut, aber ich behalte dich im Auge.«

Der Abend bei der Arbeit verlief wie Honig auf einem Eisberg. Macker, Racker und Schnacker hockten im Zigarettenqualm, waren für mich nicht mehr als eine Bestellung und ein »Hier, bitte schön«. Sobald die Tür aufging, wallte die Hoffnung in mir auf wie ein Halleluja und zersprang wie Kristall mit einem Bauchschuss, wenn es nicht die Schnecke war. Den ganzen Abend ging es so bis ungefähr neun Uhr, als das Telefon klingelte.

»Sals Bar«, sagte ich wie üblich.

»Ich habe hier General Remy für Sal Gabelli«, sagte ein junger Bursche, brüllte es mehr oder weniger, als wäre er weit weg. Musste er gar nicht. Ich hörte ihn klar und deutlich. »Könnte ich Mr Gabelli sprechen?«

»Mr Gabelli ist heute Abend nicht hier«, sagte ich. »Sie können eine Nachricht hinterlassen.«

»Der General möchte Mr Gabelli dringend sprechen«, sagte der Bursche. »In einer geschäftlichen Angelegenheit.«

»Ach, wieso haben Sie das nicht gleich gesagt?«, fragte ich. »Moment, ich sehe mich noch mal um.« Ich sah mich nicht um. »Nein, wie sich herausstellt, ist er immer noch nicht da.«

Da spielte der Typ am Telefon – wahrscheinlich irgend so ein Bürohengst von der Air Force – die beleidigte Leberwurst. »Sir«, sagte er, »wie ist Ihr Name?«

»Struffoli«, erklärte ich. »Pauley Struffoli.«

»Nun, Mr St… Mr Stru… was ist das überhaupt für ein Name?«

»Es ist ein italienischer Name. Ein stolzer italienischer Name, benannt nach einem stolzen italienischen Dessert. Bestehend aus kleinen Teigbällchen. Es ist stolz und lecker. Mein Volk ist für Struffoli in den Krieg gezogen, Sie ignoranter Sack.« Das stimmte teilweise sogar. Struffoli ist lecker.

»Nie davon gehört«, sagte er.

»Tja«, sagte ich, »dann möchte ich mich gar nicht weiter mit Ihnen unterhalten. Richten Sie dem General aus, wenn er seinen Freiermeier sprechen möchte, soll er selbst anrufen.«

Und ich legte auf.

Das durfte ich mir nicht bieten lassen. Mein Erbe zu beleidigen. Der Wicht.

Ich mixte einige Manhattans und stellte sie vor einigen Säufern ab, da klingelte das Telefon schon wieder.

»Sals Bar«, sagte ich wie üblich.

»Hier spricht General Remy«, sagte der General.

»Hey, General«, sagte ich heiter wie ein Sack voll Sonnenschein. »Sal ist nicht da. Was kann ich für Sie tun?«

»Wegen der, äh, Abendunterhaltung, für die er sorgen will. Sind Sie auf dem Laufenden?«

»Die blitzsaubere Bauernmädel-Unterhaltung? Ja, er hat davon gesprochen.«

»Nun, dann sagen Sie ihm, er soll die ganze Angelegenheit vergessen. Der Gang der Dinge hat mir eine andere Möglichkeit eröffnet, mein Ziel zu erreichen. Seine Dienste werden nicht mehr benötigt.«

Da war ich doch erleichtert, denn ich hatte wirklich keine Ahnung, wie ich einen Trupp Bettys zu seinem grenzenlosen Vergnügen auftreiben sollte, und auch keine Lust dazu. Ich sagte: »Ich werde es ihm ausrichten. Aber er wird Kompensation für seine Auslagen verlangen.«

Wenn Sal wegen dieser Sache einen Arbeitstag verlor, würde er das – wie ich ihn kannte – am Ende mir anlasten.

»Er hat ein bisschen Arbeitskapital bekommen«, sagte der General. »Ich werde dafür sorgen, dass er für seinen Zeitaufwand entschädigt wird.«

»Da wird er sich freuen. Sagen Sie mal, General. Ich habe im Radio gehört, bei Ihnen in der Gegend ist was abgestürzt. Was steckt denn jetzt wirklich dahinter?«

»Nichts. Ein Wetterballon.«

»Sie lügen wie bedruckt, Mister Fliegerkrieger.« Beim Militär wäre ich wahrscheinlich nicht so gut zurechtgekommen. Scheiß drauf. Sal hatte mit dem Penner nichts mehr am Hut.

»Richten Sie Mr Gabelli aus, ich melde mich«, sagte der General beleidigt. Und hängte ein.

Die Eingangstür schwang auf, aber es war nicht die Schnecke. Den ganzen Abend über war es nie die Schnecke. Ein Idiot, dachte ich, das bin ich.

Als ich um halb drei Uhr morgens aufs *Cookie's* zuhinkte, stand Milo dort an sein Taxi gelehnt, so wie meist.

»Wer hat dir denn in die Tuba geschissen?«, fragte der Kutscher. Milo war ein schmaler Kerl um die dreißig, kaum einsfünfundsechzig groß, mit permanentem Stoppelbart und hängenden Schulter vom vielen Sitzen hinter dem Lenkrad. Immer trug er seine karierte Schiebermütze. Immer.

»Frau«, erklärte ich. »Erzähl ich dir beim Essen.«

»Ich muss hierbleiben. Jetzt ist meine Hauptgeschäftszeit.«

»Auch gut«, sagte ich und gesellte mich zu Milo, lehnte mich an den Kotflügel seines Taxis. Gemeinsam betrachteten wir das Geschehen hinter den Fenstern vom *Cookie's*.

Dabei muss man wissen, dass es hieß, Milo Andreas habe kurz nach dem Krieg einen Parkplatz vor *Cookie's Coffee* gefunden, und da Parkplätze im Tenderloin eher der Stoff von Legenden sind, hat er damals beschlossen, den Platz nie mehr herzugeben. In Wahrheit aber hat Milo im Krieg einen Sherman-Panzer gefahren, der von einer deutschen 75-mm-Kanone unter Beschuss genommen wurde, und wenn ihn nicht ein Kumpel aus dem Wrack gezerrt hätte, wäre Milo bei lebendigem Leib verbrannt, sodass er seitdem nicht mehr so gern Auto fuhr, weil ihm oft genug vor Angst ganz anders wurde, aber er blieb bei seinem Job, weil er für die Taxilizenz immerhin schon bezahlt hatte und er nichts anderes konnte als Auto fahren.

»Neue Kellnerin«, erklärte Milo mir. Und tatsächlich bemerkte ich bei einem Blick durchs Fenster eine unbekannte briefkastenförmige Gestalt, die Burger und Fritten servierte, als hätte sie ihre ganzen fünfzig Jahre nie etwas anderes gemacht.

»Ja? Ist sie Lonius schon begegnet?«

»Das kann ich nicht sagen, aber im Zweifelsfall steht ihr in nicht allzu ferner Zukunft eine angsteinflößende Überraschung bevor.«

»Ich weiß nicht. Sie sieht aus, als wäre sie nicht so leicht unterzukriegen.«

»Frohes neues Jahr!«, grölte ein Trunkenbold, der aus dem *Cookie's* getorkelt kam, und prostete Milo mit hoch erhobenem Kaffeebecher zu.

»Entschuldige mich mal eben, Sammy«, sagte Milo. Dann zum Trinker: »Und auch Ihnen ein frohes neues Jahr.«

Der Mann sah aus wie ein Banker, den man in eine

Springteufel-Schachtel gestopft hatte, ohne dass er in der Lage wäre, seiner sprunghaften Aufgabe nachzukommen. Er taumelte über den Gehweg und hielt einen Kaffeebecher vor sich ausgestreckt, dass es aussah, als zöge dieser ihn hinter sich her. Dann hielt er Milo seinen Becher hin, als sammelte er Almosen für die Armen.

»Muntermacher«, sagte der Säufer.

»Quarter«, sagte Milo.

Der Säufer suchte in seiner Tasche, wobei er das meiste von seinem Kaffee verschüttete, dann fand er einen Vierteldollar, den er Milo reichte. Milo nahm den Kaffeebecher entgegen, öffnete seinen Mantel und schenkte einen Schluck aus einer Flasche ein, die er in der Innentasche aufbewahrte, alles heimlich, dann gab er ihm den Becher zurück.

»Frohes neues Jahr«, sagte der Säufer.

»Frohes neues Jahr«, sagte Milo. Auf diese Art und Weise verdiente sich Milo Andreas, der Taxifahrer, der nur ungern Auto fuhr, seine Miete in einer Pension im Tenderloin zusammen. Es gab da so eine Tradition im *Cookie's*, die vor vielen Jahren von Theaterleuten ins Leben gerufen wurde, die an Feiertagen immer arbeiten müssen. Sie nahmen sich vor, jeden Abend des Jahres Silvester zu feiern, als Ausgleich für all die verpassten echten Silvesterfeiern. Da wurde also nicht nur heruntergezählt, gejubelt und geknutscht, sondern die Gäste wollten unbedingt auch Spirituosen zu sich nehmen. Aber man hatte Cookie die Schanklizenz nach einem Verstoß gegen die Prohibition verweigert, nachdem vier Stadträte und ein Verwaltungsrat es fertiggebracht hatten, ein Oldsmobile auf das städtische Feuerlöschboot zu steuern, das am Pier 22 vor Anker lag. Nur drei der Männer besaßen den Anstand zu ertrinken, sodass die beiden anderen Cookie dafür verpfeifen konnten, dass er ihren Kaffee mit Fusel versetzt hatte, woraufhin der arme Kerl die Schuld an dem ganzen Schlamassel bekam. Und so kam es, dass nach dem Gesetz von Angebot, Nachfrage und Anwesenheit der Verdienst am Alkohol an Milo ging, der dort gegen sein Taxi gelehnt stand und Old Tennessee (auch bekannt als Old Tennis Shoe) für einen Quarter pro Schuss direkt aus seinem Mantel verteilte – von elf Uhr abends bis vier Uhr früh.

Milo schenkte nun also Whisky an dankbare Mitbürger aus, während er an ebenso vielen kein Fahrgeld verdiente, und ich holte mir einen Becher Kaffee von der neuen Kellnerin, die einen ganz aufrechten Eindruck machte, nicht zuletzt, weil sie sich einen dummen Spruch sparte, als sie hörte, dass ich meinen Kaffee mit Milch und Zucker nahm, und Milo schenkte mir gratis was ein, weil wir Kumpels waren.

»Also – Weiberstress?«, fragte Milo.

Und da war ich doch froh, als ich Eddie Moo Shoes die Taylor Street heraufkommen sah, seine schwarz-weißen Treter blitzten unter den Straßenlaternen wie kunstlederne Pinguine, denn wie sich herausstellte, hatte ich keinen Weiberstress im traditionellen Sinn des Wortes, nur in dem Sinn, dass mir ein Weib Stress bereitete, weil es momentan nicht bei mir war. Den ganzen Abend hatte ich darauf gewartet, dass sie in die Bar kam, und am Ende des Tages war ich die Enttäuschung in Person, weil die Schnecke weder meine Tür verdunkelt noch Licht in mein Leben geworfen hatte, denn sie war ein Geist, ein Traum, eine Erinnerung, ein Kummer, und ich war nichts anderes als ein Idiot.

»Alles fit im Schritt?«, fragte Moo Shoes aufgedrehter als ein Erdhörnchen, das Kaffeebohnen knabbert.

»Neue Kellnerin«, sagte Milo. »Sammy hat Weiberstress.«

Moo Shoes lehnte sich ans Taxi, auf der anderen Seite von Milo, und sah sich an, was im Diner los war.

»Stress mit der Käseschnecke?«, fragte Moo. »Jetzt schon?«

»Käseschnecke?«, fragte Milo.

»Die Frau heißt Stilton«, sagte ich. »Wie der Käse.«

»Ach, die kenne ich«, sagte Milo. »Rühreirührerin im *Five & Dime*, stimmt's? Blond? Holz vor der Hütte? Irgendwie ein bisschen dusselig?«

»Nein, dusselig bestimmt nicht«, sagte ich, um Stiltons Ehre zu verteidigen und so.

»Ich meine irgendwie traurig-dusselig.«

»Na ja«, sagte ich und kippte um wie ein Hochzeitskuchen im Hurrikan. »Ist alles Moos Schuld.«

»Bitte?«, fragte Moo. »Hat die neue Kellnerin Lone schon gesehen?« Er wechselte lieber schnell das Thema.

»Seit wann hinterlässt du für mich Nachrichten bei uns im Haus?« So leicht wollte ich Moo nicht davonkommen lassen.

»Eine Viertelstunde hat dieser Bengel auf mich eingeredet, dass ich ›Eichhörnchen‹ sagen soll.«

»Er wollte nur sichergehen, dass du kein Spion bist.«

»Ein grässliches Kind.«

»Ja, das ist er.«

»Und ich habe dir nur eine Nachricht hinterlassen, weil ich wusste, dass du es gern wissen wolltest.«

»Das ist keine Entschuldigung.«

»Warte«, sagte Milo. »Wir haben uns doch am Dienstag kurz gesehen. Wann war denn das mit der Braut?«

»Vorgestern Abend«, sagte Moo Shoes. »Sie kam in Sals Bar, und Sammy hat spontan den Verstand verloren. Man konnte direkt dabei zusehen.«

»Konnte man nicht«, sagte ich. Konnte er nicht.

»Dann hast du diese Frau also erst vor zwei Tagen getroffen und jetzt schon Liebeskummer? Das klingt rekordverdächtig.«

»Ich habe keinen Liebeskummer«, sagte ich. »Ich habe nur … Ich glaube, ich habe mir eine Grippe eingefangen.«

»Dann hast du sie also getroffen?«, fragte Moo.

»Ja. Hab die letzte Nacht bei ihr verbracht.«

»Sie hat dir den Kolben geschmiert *und* dich von der Bettkante gestoßen, alles in einer Nacht?«

»Nein. Es war toll. Aber, na ja, sie ist heute Abend nicht in die Bar gekommen.«

»Ruf sie an, Blödmann!«

»Sie hat kein Telefon.«

»Dann geh zu ihr nach Hause, oder warst du so besoffen, dass du nicht mehr weißt, wo sie wohnt?«

»Auf dem Telegraph Hill, fast ganz oben«, sagte Milo. »Da kommt man mit dem Auto gar nicht hin.«

»Woher weißt du das?«, fragte ich. Woher wusste er das?

»Taxi«, sagte Milo und deutete auf seine Mütze.

»Aber du …«, wollte ich schon sagen, *aber du fährst doch gar nicht,* als ich das Tappen von Lone Jones' Steppschuhen hörte und der förmlich gekleidete Ebenholzturm um die Ecke bog, mit seinem Zylinder und allem Drum und Dran. Ich wusste nicht, warum Lonius Steppschuhe trug, denn ich hatte ihn noch nie tanzen sehen, aber niemand wollte ihn darauf ansprechen.

»Gentlemen«, sagte Lone, die professionelle Begrüßung eines professionellen Begrüßers. »Wie geht es den Herren heute Abend?«

»Es gibt eine neue Kellnerin, und Sammy hat Weiberstress«, sagte Eddie Moo Shoes.

»Tut mir sehr leid, das zu hören, Sammy. Du solltest dringend mal wieder zum Sport kommen. Da geht's dir gleich besser.«

Lone und die anderen von meinem Schweißertrupp hatten sich oben in Hunters Point einen Sportclub eingerichtet, wo sie versuchten, mich in der vornehmen Kunst der Selbstverteidigung zu unterweisen. Lones Strategie bestand darin, ganz einfach riesengroß zu sein, was für mich nicht infrage kam, aber ein Bursche namens Jackson Two hatte irgendwo im Süden tatsächlich eine Weile geboxt. »Aus dir wird nie ein Boxer, weil du ein Krüppel bist, aber ich kann dir beibringen, wie man jemandem in die Eier tritt und ein paar Treffer an den Mann bringt. Könnte dir das Leben retten.«

Seitdem arbeite ich am Sandsack.

»Mir geht's gut, Lone. Die Typen hier ziehen mich nur auf.«

»Neue Kellnerin«, sagte Milo mit Sorge in der Stimme und schob sich die Mütze aus dem Gesicht. Damit wir sehen konnten, dass er die Augenbrauen hochzog, als wollte er sagen: *Ihr wisst, was das bedeutet.*

»Gut«, sagte Lone, »denn sie wird mir einen ganzen Hackbraten bringen müssen. Kommt mit, ihr könnt mir beim Essen zugucken.«

Lone spazierte in den Diner. Wir anderen sahen uns an, als hätte jemand eine Handgranate geworfen, und einer von uns müsste sich nun heroisch auf das Scheißding werfen. Ich rührte mich als Erster und hastete Lone hinterher, überholte ihn, damit ich zuerst eintrat wie ein Verteidiger, der die Reihen durchbrach, um Platz für seinen extragroßen, alles niedermähenden Stürmer zu schaffen. Doris – so hieß die neue Kellnerin ihrem Namensschild nach – stand gleich hinter der Tür, mit einer Kaffeekanne in der Hand und starrte über meinen Kopf hinweg Lonius an, der wirklich beeindruckend ist, wenn man ihm zum ersten Mal begegnet.

»Doris«, sagte ich, »ich weiß, was du denkst, aber es ist nicht, wie du denkst. Lonius hier ist ein Freund von Cookie. Und er ist in Ordnung. Er kommt oft her – da kannst du alle fragen.«

Und sie meinte: »Ich sag dir mal, was ich denke: Ich denke, dass ihm der Türrahmen gleich den Hut vom Kopf schieben wird, wenn er ihn nicht abnimmt. Wollt ihr Jungs einen Tisch oder an den Tresen?«

Da nahm Lonius den Zylinder ab und hielt ihn vor seine Brust, und mit einer halben Verbeugung sagte er: »Entschuldigen Sie, Miss, aber das ist nur Tarnung. Sie müssen wissen, trotz allem, was Sie sehen, bin ich nicht schwarz. Ich werde demnächst beim Geheimdienst für Präsident Roosevelt arbeiten, und da wäre das nämlich unzulässig, also täusche ich die Leute. Deswegen *geheim.*«

Nun, das alles hätte er gar nicht erzählen müssen. Sie wollte uns eigentlich schon zu unseren Plätzen bringen, aber Lonius hatte das noch dringend vorher loswerden müssen, und keiner brachte es übers Herz, ihn daran zu hindern. Es war etwa im Juni 1941 gewesen, sechs Monate bevor die Japse Pearl Harbour in Grund und Boden bombten, da verstand Franklin D. Roosevelt die Zeichen der Zeit und begriff, dass Onkel Sam sich für den Krieg bereit machen musste, also erließ er die *Executive Order 8802,* mit der er jegliche Rassendiskriminierung in kriegswichtigen Fabriken verbot. Nun, für Lonius und viele andere Schwarze im Süden war das wie ein zweites Kapitel der offiziellen Sklavenbefreiung, und Tausende verließen den Süden, da ihr Leben dort kaum besser war als zu Zeiten der Sklaverei. Sie zogen an die Westküste, wo sie gute Jobs bekamen und Bomben und Flugzeuge und Schiffe und was weiß ich noch alles bauten. Aber sie bekamen nicht nur gute Jobs für guten Lohn, sondern Onkel Sam sorgte auch dafür, dass sie irgendwo wohnen konnten. Lonius stammte aus Alabama, wo er und seine Mama am Hungertuch genagt hatten, und sie waren nach San Francisco gezogen, wo sie den Krieg über in einer der Baracken in Hunters Point gelebt hatten, aber inzwischen teilten sie sich ein kleines Haus im Fillmore, wo Lonius' Mama an den Fenstern sogar Blumenkästen bepflanzen konnte. Entsprechend also ließ Thelonius Jones auf Präsident Roosevelt nichts kommen. Schon draußen in Hunters Point hatte Lonius die *Executive Order 8802* mit einer Schreibmaschine abgetippt, sie eingerahmt und in der kleinen Wohnung aufgehängt, die er sich mit seiner Mutter teilte. Erst nach dem Krieg, als ich den Besitzer vom *Moonlight,* einem Jazzclub in North Beach, dazu überreden konnte, Lone als Türsteher einzustellen, und sei es nur aus Gag, und er mit seiner Mama ins Fillmore gezogen war, da erfuhren wir das mit dem Geheimdienst. Es war folgendermaßen:

Ich holte Lone nach der Arbeit ab, und wir liefen rüber zum *Cookie's* im Tenderloin. Damals war das Tenderloin ein überwiegend schwarzes Viertel gewesen, weil die Stadt dort Unterkünfte für Arbeiter der kriegswichtigen Fabriken eingerichtet hatte. (Vor dem Krieg war das Viertel schlohweiß gewesen.) Jedenfalls dachte ich mir, falls Cookie ein Problem mit Lone haben sollte, wollte ich uns einfach ein paar Burger rausholen, und wir würden uns draußen auf den Kantstein setzen und sie dort essen. Doch als Cookie ihn gleich an der Tür abfing und meinte, Neger würden dort nicht bedient, hörte ich die Geschichte zum ersten Mal.

»Ist schon okay, ich bin kein Neger«, sagte Lone. »Ich will zum Secret Service. Die nehmen keine Neger.«

Cookie war ein Mann aus einer anderen Zeit, und in den letzten zwanzig Jahren hatte sich sein Viertel schnell und schmerzlich verändert. Er verschränkte seine kräftigen Arme und meinte: »Ach so?«

»Ja, Sir. Hab ich in der Wochenschau für Farbige gesehen. Die Agenten stehen an der Tür und passen auf, dass kein verdächtiges Element ins Weiße Haus spaziert. Hab mir schon die Stelle ausgesucht, wo ich stehen will. Ist mir egal, dass unser Präsident nicht laufen kann. Macht mir nichts, einen kleinen alten Mann herumzutragen, während er die Welt regiert.«

»Wann hast du das letzte Mal eine Wochenschau gesehen, Junge?«, fragte Cookie.

»Ist schon 'ne Weile her«, erklärte Lone.

»Und du bist Türsteher im *Moonlight*? In North Beach?«

»Das bin ich, Sir.«

»Da wollte ich schon längst mal hin und ein bisschen Jazz hören. Meinst du, du könntest mir einen guten Platz besorgen?«

»Worauf Sie sich verlassen können«, sagte Lone.

Cookie schüttelte nur den Kopf – ein Mann, der sich nicht mehr erinnern konnte, wieso er uns überhaupt an der Tür abgefangen hatte. »Na, dann setzt ihr zwei euch mal dahinten in die Ecke, und wenn euch jemand Schwierigkeiten macht, berichte ihm das vom Secret Service.«

»Mach ich«, sagte Lone.

Das war zwei Jahre her, und keiner von uns hatte es bisher übers Herz gebracht, Lone zu erzählen, dass Präsident Roosevelt nicht mehr lebte.

Jetzt sagte ich zu Doris: »Oh. Es macht dir also nichts aus, dass er … also …«

»Nein, das ist mir völlig egal«, sagte sie. »Ich hab im Krieg Liberty-Schiffe auf der Kaiser-Werft in Richmond geschweißt. Da waren mehr als die Hälfte der Leute schwarz. Mit denen bin ich immer gut ausgekommen. Setzt euch hin, wo ihr wollt.«

»Ich könnte einen Hackbraten vertragen, Miss«, sagte Lone.

»Einen ganzen«, fügte ich hinzu.

»Und Stampfkartoffeln, wenn Sie haben«, sagte Lone.

»Ich geb die Bestellung weiter. Sucht euch einen Platz, und wenn das Essen fertig ist, will ich mal sehen, ob ich euch wiederfinden kann.« Und schon brüllte sie dem Koch der Nachtschicht etwas zu.

Bevor ich jedoch einen weiteren Schritt tun konnte, stand am Tresen jemand auf, und ich spürte, wie mir kurz flau im Magen wurde, denn der Kerl, der seinen Hut vom Tresen nahm und ihn auf seine feiste Birne setzte, war niemand anders als Pookie O'Hara, der Bulle. »Two-Toes«, lallte er und kam auf mich zu. »Dich hab ich schon gesucht.«

Und wie die Ruhe selbst nahm mich Lone Jones bei der Schulter und schob mich hinter sich wie eine Bärenmutter ihren Nachwuchs.

»Keinen Schritt weiter, Nigger«, sagte Pookie und marschierte direkt auf Lone zu, legte seine Hand an dessen weißes Hemd und schob den großen Mann zur Tür hinaus. Lone ließ es geschehen, und ich stolperte hinter den beiden her auf die Straße.

»Deinesgleichen ist hier nicht willkommen, Junge«, sagte Pookie.

Die Veränderung im Viertel, die Integration war der

Grund gewesen, wieso man Pookie damals von der Straße holen musste. Zwanzig Jahre lang hatte er eigenhändig versucht, das Tenderloin weiß zu halten, was so weit ging, dass ein Richter ihn ermahnte, er möge doch gelegentlich auch mal einen Verdächtigen aufs Revier zu bringen, *der keinen Turban trug,* womit er sagen wollte: ohne Bandagen, und einige dunkelhäutige Verdächtige schafften es gar nicht erst lebend bis vor Gericht. Als der Krieg die schwarze Bevölkerung von fünftausend auf über fünfunddreißigtausend steigen ließ, hatten die Behörden endgültig genug von der schlechten PR, aber Pookies Verbindungen waren zu gut, und er wusste zu viel über alle anderen, um ihn feuern zu können, also machte man ihn zum Chef des Sittendezernats. Im *Cookie's* hatte ich ihn noch nie gesehen.

»Aber, Sir …!«, sagte Lone, während er zurückwich, fast bis zu Milos Taxi.

»Widersprichst du mir, Nigger?«

Pookie war betrunken. Sturzbetrunken. Er hatte ganz vergessen, dass er meinetwegen hier war, verlor sich in altem Hass, war aber immer noch schnell genug, um gefährlich werden zu können. Er wollte in seine hintere Hosentasche greifen, in der – wie ich wusste – ein bleibeschwerter Schlagstock steckte, doch da gab Lone seinen Rückzug auf.

»Sir, ich werde demnächst Geheimagent für Präsident Roosevelt, und in dem Job sind keine Farbigen erlaubt, also habe ich mich getarnt.«

»Willst du frech werden, Junge?« Und da griff Pookie nicht mehr nach seinem Knüppel sondern in seinen Mantel, wo er seine .45er Automatik im Schulterholster trug. »Ich mach dich alle, Nigger, und keiner wird mich daran hindern!«

Da schlug ich zu. Ich holte mit meinem Stock aus, mit

beiden Händen, als wäre ich Joe DiMaggio, und traf ihn voll hinten am Hut. Es knackte auch wie beim Baseball, doch ich stellte fest, dass mein Stock gebrochen war, nicht sein Schädel.

Pookie taumelte einen Schritt nach vorn, dann machte er sich wieder daran, seine .45er zu ziehen, wobei er sich mir zuwandte, mit einem ausgesprochen zufriedenen Ausdruck im Gesicht. Allerdings hatte er die Waffe noch nicht mal aus der Jacke, als Lone zuschlug. Es klatschte, als ohrfeigte er ein Baby mit einem Schweinskotelett, und Pookie stürzte wie ein Felsen auf den Gehweg. K. o. Er knallte mit dem Gesicht auf den Zement. Klappernd landete die .45er im Rinnstein.

»Jetzt kriegen wir erst richtig Ärger«, sagte Lone kopfschüttelnd.

Ich lief an meinen Kollegen vorbei, die den bewusstlosen Cop nur anstarrten, und riss die Hintertür vom Taxi auf. »Lone, schmeiß ihn auf den Rücksitz!«

Lone antwortete nicht, packte den großen Bullen an Kragen und Gürtel und warf ihn in den Fond des Taxis. Es gab ein matschiges Geräusch, als Pookies Gesicht auf der anderen Seite gegen die Scheibe schlug. Ich hob die .45er auf und steckte sie mir in den Gürtel. Dann erst sah ich mich um. Wundersamerweise hatte niemand etwas mitbekommen. Irgendeine berühmte Schauspielerin aus den Theatern an der Market Street war hinter uns ins *Cookie's* gekommen, und alle Aufmerksamkeit richtete sich nun auf sie.

»Milo, schaff ihn hier weg, bevor irgendwer was merkt.« Ich stieg auf der Beifahrerseite ein.

»Ich weiß nicht, Sammy«, sagte Milo. »Jetzt ist für mich Hauptgeschäftszeit. Und ich fahr doch so ungern …«

»Gib mir die verdammten Schlüssel, bevor ich dich erschieße und sie mir einfach nehme, Milo!«, sagte ich mit einigem Nachdruck.

»Hey, es besteht überhaupt kein Grund für solche …«

Milo hielt mir die Schlüssel hin. Ich riss sie ihm aus der Hand und rutschte über den Sitz. »Mach schon, Moo! Und wenn er zu sich kommt, ziehst du ihm das Ding hier über den Schädel!« Ich gab meinen zerbrochenen Stock an Moo Shoes weiter, als der neben mir einstieg.

»Da ist ein Knüppel unterm Armaturenbrett, für alle Fälle«, sagte Milo hilfsbereit.

»Lone, geh nach Hause! Sofort. Milo – äh, mach einfach weiter.«

»Aber ich sollte doch einen Hackbraten kriegen!«, sagte Lone.

»Nach Hause!«, rief ich, als wir schon anfuhren, während Moo immer noch versuchte, die Tür auf seiner Seite zu schließen.

8

Eine Quittung für Pookie

Ich bog viel zu scharf von der Sutter in die Hyde Street ein, die Reifen kreischten, das Taxi knallte gegen den Bordstein, und für einen Moment fuhren wir auf zwei Rädern. Nicht zirkusreif, aber doch so halsbrecherisch, dass Moo Shoes über den Sitz auf meinen Schoß rutschte und mir dabei die Hände vom Lenkrad schlug. Fast rammten wir ein parkendes Auto, bevor ich alles wieder unter Kontrolle hatte, und auch danach folgten noch einiges Schlingern und Reifenquietschen.

»Kannst du überhaupt Auto fahren?«, fragte Moo.

»Ist schon eine Weile her.« Ich riss das Steuer nach rechts, verpasste aber den Bordstein, und wieder quietschten die Reifen, aber Moo hielt sich am Türgriff fest, also klappte es mit dieser Kurve schon viel besser.

»Warum fährst du so schnell?«

»Um zu entkommen.«

»Wem?«

»Pookie.«

»Pookie liegt auf dem Rücksitz. Du entkommst ihm nicht.«

Ich ging ein wenig vom Gaspedal. Der große Bulle stöhnte.

»Zieh ihm eins über!«

Moo beugte sich über die Lehne und versuchte, mit meinem Stock auszuholen, brachte aber nur ein paar klappernde Treffer zustande, die nicht mal einer Bananencremetorte etwas anhaben konnten, ganz zu schweigen von einem hartherzigen Bullen. »Ich komm nicht richtig ran!«

Wieder stöhnte Pookie.

»Na, dann kletter nach hinten und zieh ihm dann eins über.«

Hupen plärrten, Scheinwerfer blendeten, und um ein Haar wären wir mit einem entgegenkommenden Auto zusammengestoßen.

»Heilige Scheiße, Sammy!«, rief Moo, als er im Fond auf Pookie landete. »Washington Street ist an diesem Ende Einbahnstraße.«

»Ist sie nicht. Ich komme ständig die Washington runter.«

»Zu Fuß.«

»Oh«, sagte ich. Ich nahm einige navigatorische Justierungen vor, die Moo hinten gegen eine Scheibe warfen und Pookie zu weiterem Stöhnen veranlassten.

»Schlag zu!«

»Tu ich ja. Der Stock ist kaputt. Ich kann nicht richtig ausholen.«

»Na, dann würg ihn!«

»Ich werde ihn nicht würgen.«

»Du hast mir erzählt, die Chinesen kennen Hunderte von tödlichen Nahkampftechniken.«

»Das stimmt auch, aber ich kenne keine. Gib mir seine Waffe.«

»Was, willst ihn erschießen? Was sollen wir mit der Leiche anfangen?«

»Na, und was sollen wir lebendig mit ihm anfangen?«

Obwohl man es uns nicht ansah, stellte sich doch heraus,

dass Eddie Moo Shoes und ich eher mittelmäßig begabt waren, wenn es um Verbrechensausübung ging.

Pookie stöhnte. Moo knallte dem Bullen meinen zerbrochenen Stock an den Kopf, ohne irgendwelche Auswirkungen, nur dass er bei jedem Schlag so einen komischen *»Hawang«*-Laut von sich gab wie eine kaputte Fliegentür.

»Gib mir seine Waffe«, sagte Eddie.

»Nein, wir werden ihn nicht erschießen.«

»Ich will ihn nicht erschießen. Ich will damit zuschlagen. Sie ist schwer, oder?«

»Das wird nicht klappen.«

»Na gut. Du trainierst am Sandsack. Was hältst du davon, wenn ich fahre und du auf ihn einschlägst?«

»Okay. Aber guck nach, ob er Handschellen bei sich hat.«

»Hab sie«, sagte Moo und hob die Dinger in die Höhe.

»Leg sie ihm an. Könnte sein, dass er sauer wird, wenn er aufwacht.«

»Stimmt«, sagte Moo, »gut möglich.«

Und so hielt ich am Straßenrand, zog die Handbremse an, und Moo und ich kletterten beim Platzwechsel über- und untereinander durch. Als ich dann breitbeinig auf Pookie hockte, musste ich mich nur noch entscheiden, ob ich ihm die Faust an den Hinterkopf schlagen oder ihm doch lieber ein paarmal den Knauf seiner .45er über die Rübe ziehen wollte. Ich entschied mich für die Waffe, denn ich brauchte meine Hände noch, für die Arbeit und um die Schnecke anzufassen und so.

»Wo fahren wir hin?«, fragte Moo, als er den ersten Gang einlegte.

»Ich weiß nicht. Du fährst.«

»Wo wolltest du denn hin, als du gefahren bist?«

»Das wusste ich nicht. Ich wollte dich gerade fragen.«

»Ich weiß, wohin. Zu meinem Onkel Mao.«

»Ich dachte, du bist aus der Familie ausgestoßen.«

»Bin ich auch, aber Onkel Mao ist noch ausgestoßener als ich.«

Moo fuhr los und kurvte die Jackson Street hinunter in Richtung Chinatown. Pookie stöhnte und fing an, sich zu bewegen. Schließlich schlug ich mit der Waffe zu, dachte mir dann aber, dass der Hahn ihm vielleicht ein Loch in den Kopf schlagen könnte und er dann mit seinem Hirn Milos Taxi vollkleckerte, also nahm ich seinen Hut, einen hübschen schweren Filz-Fedora, der ihm sehr gut passte, und schlug mit der flachen Seite der Pistole zu, woraufhin er mit einem benommenen, aber lauten »Au! Scheiße!« reagierte.

»Würg ihn mit deinem Gürtel!«, sagte Moo.

»Sag ich dir, wie du fahren sollst?«

»Okay, aber wenn er aufwacht, wird er uns wahrscheinlich umbringen.«

Was mir ein gutes Argument zu sein schien, und da ich schon in Übung war, holte ich aus und schlug Pookie zweimal mit dem Colt fest hinters Ohr, was Wirkung zeigte.

»Kinderspiel«, sagte ich.

»Hier ist es«, sagte Moo, als er in eine Gasse einbog, die so schmal war, dass ich dachte, die Kotflügel würden an den Mauern entlangschrammen. »Könnte sein, dass du aussteigen musst, um ein paar Mülltonnen und Kisten zur Seite zu räumen.«

Ich hatte keine Ahnung, wo wir waren. Chinatown ist ein Mysterium, umhüllt von einem Rätsel, umhüllt von einem Wan Tan und dann frittiert. Womit ich sagen will, ich hatte keinen Schimmer, dass diese kleinen Gassen überhaupt existierten, bis Moo mich dort hineinführte. Diese eine Gasse stank nach Pisse, Diesel und faulendem Kohl.

Die Scheinwerfer fingen im Dunkel rote Pünktchen ein, Rattenaugen wie tanzende Glut, die verlosch, wenn das Ungeziefer sich verzog. Moo Shoes bremste an einer Stelle ab, wo die Gasse etwas breiter wurde. Eine nackte Glühbirne leuchtete über einer roten Stahltür mit einer Klappe darin – wie bei einem Speakeasy.

Wir hielten in einer Parkbucht vor der Tür, wo schon zwei Autos standen, aber da war nicht genug Platz, um die Fahrertür zu öffnen, sodass Moo Shoes über den Sitz rutschte und auf der Beifahrerseite ausstieg.

»Warte hier.«

Er trat an die Tür, klopfte, wartete, klopfte noch mal. Die kleine Klappe ging auf, und ich sah das obere Ende einer Seidenmütze. Mo feuerte etwas auf Kantonesisch ab, dann trat er zur Seite. Ein Paar zusammengekniffene Augen spähten über den unteren Rand der Klappe. Ich winkte, machte auf gut Freund. Dann hörte man, wie schwere Riegel geöffnet wurden, und ein winzig kleiner Mann in traditioneller chinesischer Kleidung – kastanienbraune Seidenkappe und dieses lange seidene Kaftandings, geknöpft mit Stiften und Schlaufen. Er war so alt wie die Sackhautgreise aus dem Nudelladen.

Moo Shoes und der alte Mann unterhielten sich eine Minute lang auf Kantonesisch, wobei der kleine Greis irgendwie böse wirkte. Moo wandte sich um und kam wieder zum Taxi. Ich machte die Autotür auf und schwang meine Beine hinaus. Pookies Beine rutschten hinterher.

»Das ist dein Onkel Mao?«

»Onkel Ho. Sag nicht ›Mao‹, wenn er dabei ist. Am besten sagst du ›ehrenwerter Ältester‹.«

»Wenn er uns hilft, nenne ich ihn Debbie, wenn er will.«

Onkel Ho erschien am Wagen und näselte Anweisungen, die Moo Shoes übersetzte: »Er sagt, wir sollen ihn reinbringen.«

Ich versuchte, Pookie am Kragen anzuheben, kriegte ihn aber nicht richtig zu fassen. Der Mann war wie ein nasser Sack, also griff Moo sich einen Fuß, und ich griff mir den anderen, und wir zerrten den großen Bullen aus dem Wagen – seine Stirn schlug auf den Seitenschweller, dann auf den Asphalt.

»Hoppala«, sagte Moo Shoes.

Pookie stöhnte. Ich zog die .45er aus meinem Gürtel und wollte mich gerade daranmachen, Pookie wieder ins Land der Träume zu schicken, aber Onkel Ho bellte Moo etwas auf Kantonesisch zu.

»Warte!«, übersetzte Moo.

Also wartete ich. Wir warteten. Der alte Mann schlenderte wieder durch die Tür, blieb ein paar Sekunden verschwunden, dann kam er mit einer langen Edelstahlspritze zurück. Er schob mich zur Seite, rammte sie Pookie in den Hals und drückte den Kolben halb herunter.

»Scheiße. In den Hals?«

»Du wolltest mit einer Pistole auf ihn einschlagen«, sagte Moo, was stimmte, aber eine Nadel im Hals sah einfach schlimmer aus.

Onkel Ho sagte etwas auf Kantonesisch. Moo übersetzte: »Möchtest du, dass er tot ist?«

»Nein«, sagte ich.

Onkel Ho zog die Nadel raus, schob die Kappe darauf und ließ die Spritze in einer der großen Taschen seines Kaftans verschwinden. Dann sagte er etwas zu Moo Shoes, der aussah, als wäre er nicht sonderlich begeistert von Onkel Hos Neuigkeiten.

»Er meint, wir müssen Pookie reinschaffen. Er kann dafür

sorgen, dass der Typ nicht zu sich kommt, aber die Drogen werden uns was kosten, und wir müssen die Leute bezahlen, die ihn putzen und verhindern, dass er stirbt.«

»Wie viel?«

Moo fragte. Ho antwortete. »Viel. Hängt davon ab, wie lange.«

Das konnte ich nicht sagen. Es war meine erste Entführung. »Wie lange dauert es, bis er sich an nichts mehr erinnern kann?«

Moo fragte. Ho antwortete. »Er sagt, es wäre billiger, ihn einfach umzubringen.«

»Sagen wir: eine Woche«, schlug ich vor. Als wüsste ich nach einer Woche plötzlich, was ich mit einem rassistischen Killer-Cop anfangen sollte.

Moo übersetzte. Ho nannte einen Preis.

»So viel Geld haben wir nicht«, sagte Moo. »Er will zweihundert.«

Das war für mich ein Monatslohn. »Sag ihm, in einer Woche kann ich ihm allerbeste Schlangenpisse für seine Nudeln besorgen. Alles, was er will.«

»Wo willst du die denn hernehmen?«

»Ich hab 'ne Idee. Es sollte eine Überraschung werden. Sag ihm, davon kriegt er einen Mordspimmel.«

»Das mit der Schlangenpisse ist keine gute Idee. An so was hat Onkel Ho kein Interesse.«

Bevor mir etwas einfallen wollte, nahm mir der Greis Pookies Waffe aus der Hand und sagte etwas zu Moo Shoes.

»Er sagt, dafür kriegst du zwei Tage. Danach bringst du mehr Geld, sonst setzt er Pookie auf die Straße.«

»So behandelt er Familie?«

»Er lässt sich das Risiko bezahlen.«

Dem hatte ich nicht wirklich etwas entgegenzusetzen.

Ich rechnete kurz durch, was mein eigener lieber Pa, der Papierhändler, dafür berechnen würde, einen gefährlichen bewusstlosen Cop für eine Woche zu verstecken, und ich dachte, es wäre vermutlich das, was er als *Verkäufermarkt* bezeichnen würde.

»Gut«, sagte ich.

Mao winkte und näselte noch eine Weile, womit er uns sagen wollte, dass wir Pookie reinbringen sollten, also befreite Moo den Bullen von den Handschellen, und jeder von uns nahm einen Arm. Wir hievten Pookie hoch, um ihn durch die große Stahltür zu zerren. Drinnen roch es nach Weihrauch, eklig süß, mit einem Hauch von faulendem Obst. Der Laden war kaum beleuchtet, und nachdem Onkel Ho uns einen Flur entlanggeführt hatte, kamen wir in einen Raum mit flachen Kojen rundum an den Wänden. Durch Vorhänge wurden daraus kleine Kabinen, in denen Männer lagen, manche weggetreten, auf der Seite liegend, andere zurückgelehnt, als warteten sie. Neben jeder Koje stand eine Kupferschale von der Größe einer Rührschüssel. Manche hatten eine kleine Teekanne bei sich, andere nicht. Irgendwo lief leise chinesische Musik, nur wahllose Töne, als würden sie auf einer Harfe oder so etwas gezupft, nicht dieses chinesische Stockfiedelzeug, das man von den Musikern auf der Grant Street hört und das nach fickenden Katzen klingt. Zwischen den Kojen schwebten alte Frauen wie Gespenster, zündeten lange Pfeifen an und hielten sie einem Mann nach dem anderen hin, bis er einen ordentlichen Zug davon genommen hatte, dann lehnte er sich zurück, mit glasigen Augen. Andere alte Damen kamen paarweise, drehten die Männer auf die Seite, hielten ihnen Kupferschalen unter den Kopf, während die Männer sich übergaben, dann hasteten sie mit dem Erbrochenen davon.

Da fühlte ich mich mit meinem Barkeeper-Job gleich viel besser.

Mao zeigte uns, dass wir Pookie in eine der Kojen legen und auf die Seite drehen sollten.

»Wenn man sie nicht auf die Seite dreht, übergeben sie sich und ersticken an ihrer eigenen Kotze«, sagte Moo.

»Nie im Leben lässt Pookie sich von alten Damen eine Opiumpfeife anzünden«, sagte ich.

»Nein, bei ihm nimmt Onkel Ho Heroin. Er kennt sich mit Dosierungen sehr gut aus. Pookie wird erst aufwachen, wenn Ho es will.«

»Legen wir ihm zur Sicherheit lieber die Handschellen wieder an. Ich glaube nicht, dass diese Omas ihm gewachsen wären.«

Ich half Moo Shoes dabei, den Bullen an die Koje zu fesseln. Onkel Mao schloss die Vorhänge um Pookie und wandte sich zu uns um. Der alte Mann holte einen Notizblock aus der Tasche, kritzelte etwas mit Bleistift darauf, riss ein Blatt ab, dann reichte er es mir. »Zwei Tag«, sagte er auf Englisch.

»Was ist das?«

»Deine Quittung«, sagte Moo.

Onkel Mao sagte etwas. Moo übersetzte. »Er meint, ohne Quittung kann er nicht garantieren, dass du deinen Bullen wiederkriegst.«

»Ich will ihn gar nicht wiederhaben.«

»Bewahr die Quittung einfach auf«, sagte Moo Shoes. »Das mit unserer Familienwäscherei war seine Idee. Quittungen haben für ihn eine besondere Bedeutung. Zwei Tage …«, sagte er zu seinem Onkel und nahm die Quittung entgegen.

Er verneigte sich. Onkel Mao verneigte sich. Ich verneigte mich.

Onkel Mao schielte mich schräg von der Seite an.

»Was denn? Alle haben sich verbeugt«, sagte ich. »Okay, also zwei Tage.«

Und dann? Ich wusste es nicht.

Ich fuhr. Wir mussten Milos Taxi zurückbringen. Ich parkte es einen Block weit vom *Cookie's* entfernt und legte die Schlüssel unter die Fußmatte. Moo rief von einer Telefonzelle im Diner an und hinterließ eine Nachricht für Milo, wo er den Wagen finden konnte. Gemeinsam machten wir uns wieder auf den Weg zurück nach Chinatown, liefen die Geary Street entlang.

Unterwegs fragte ich: »Glaubst du, Onkel Mao meint es ernst, dass er Pookie nach zwei Tagen irgendwo auf der Straße aussetzt, wenn wir keine zweihundert Dollar auftreiben?«

»Ja, und nenn ihn nicht Mao, nenn ihn Ho. Gewöhn es dir an. Mao ist ein Spitzname. Und zwar kein schmeichelhafter.«

»Wieso, was bedeutet er denn?«

»Er bedeutet ›Katze‹, aber der vollständige Spitzname ist *Gao Mao Yow.*«

»Und was bedeutet *das*?«

»Katzenficker.«

»Du machst Witze.«

»Nein. Deshalb wurde er aus der Familie verstoßen.«

»Jemand hat ihn erwischt, als er …«

»Mein Vater. Ja.«

»Und das darf man nicht?«

»Nein, sie wollten diese Katze gerade essen.«

»Ach so. Na, das ist natürlich was anderes.« Ich überlegte einen Moment. »Dann ist das auch der Grund, warum er kein Interesse an Schlangenpisse hat? Ich meine …«

»Ja. Er ist empfindlich, was seine Vorlieben angeht«, sagte Moo Shoes. »Also nenn ihn nicht Mao.«

»Alles klar.«

»Gackerbeeren mit Glubschaugen!«, rief Stilton. »Auf Körnerfladen mit Kälberpaste!« Sie klatschte den Bestellzettel an die Durchreiche, stach den Bleistift in ihre Haare und ließ ihn dort. Phil, der Koch, ein schlaksiger ungepflegter Typ, der aussah, als wäre er von der Schule für traurige Clowns geflogen, nahm den Zettel und betrachtete ihn wie die verdeckte Karte beim Blackjack, runzelte die Stirn und wandte sich wieder dem Grill zu.

»Im Ernst?«, fragte der Mann am Tresen, Mitte vierzig, dunkle Haare und etwas rundlich, in einem Anzug, der für den Sommer zu warm war, selbst in San Francisco. »Das habe ich bestellt?«

»Sie wollten zwei Eier, *sunnyside up,* und dazu gebutterten Roggentoast, oder?«

»Ja, aber das klang gar nicht danach.«

»Wir haben hier unsere eigene Sprache, Mister. Wie Anwälte und Wissenschaftler.«

»Knusperkuh mit Knabberstäbchen!«, rief Myrtle den Tresen entlang. »Einmal durch Holland gerollt!«

»Und was ist das?«, fragte der Typ, der vor Stilton saß.

»Cheeseburger, gut durch, mit Fritten.«

»Warum sagt sie nicht einfach ›Cheeseburger, gut durch, mit Fritten‹?«

»Hören Sie, Mister, sehe ich aus, als könnte ich Wissenschaft erklären? Sehen Sie mich an. Machen Sie nur – lesen Sie das Namensschildchen ruhig noch ein paar hundert Mal.« (Männer verbrachten viel Zeit damit, ihr Namensschildchen zu lesen. Oder so zu tun, als würden sie ihr

Namensschildchen lesen. Darauf stand *Tilly,* weil sie es leid war, die Stilton-Geschichte zu erzählen.) »Ich nehme hier Bestellungen auf, ich steh an der Friteuse, und ich schenke Kaffee aus. Soll ich Ihnen nachfüllen?«

Der Mann schüttelte den Kopf, und sie ging zum nächsten, der auf einem krummen Stock hereingestolpert war, den er mit Isolierband umwickelt hatte. Er trug ein weißes Hemd, das einmal frisch gewesen sein mochte, jetzt jedoch mit etwas verschmiert war, das Blut sein mochte. Er sah aus, als hätte er seit Tagen nicht geschlafen und sich auch nicht rasiert.

»Und du, Süßer?«

»Nur Kaffee.«

»Gut. Und wie willst du ihn?«

Er grinste seinen obersten Knopf an. »Ich mag meinen Kaffee so, wie ich meine Frauen mag …«

»Nackt und betrunken?«, schlug sie vor.

Grinsend blickte er auf. »Nein, blond und süß.«

»Ooooooh …«, machte Stilton. Sie wandte sich Myrtle zu. »Hast du das gehört? Hast du?«

Sie hatte es gehört. »Er hat Charme. Vielleicht ist er sogar stubenrein.«

»Wo warst du gestern Abend?«, fragte Sammy. »Ich bin fast verrückt geworden.«

Der Typ auf dem Hocker neben Sammy wollte aufstehen, aber Stilton streckte die Hand aus und drückte ihn wieder auf seinen Sitz. Sie winkte Sammy mit der Kaffeekanne, ihr zum Platz an der Durchreiche zu folgen.

Myrtle schob sich hinter dem Tresen entlang und baute sich vor dem Mann mit den Eiern auf Roggentoast auf, dem es eigentlich langsam reichte. »Er ist wirklich süß«, sagte Myrtle. »Sonst kommen die Typen nie mal rein, um sie zu besuchen. Er ist nicht reich, aber ihr ist das egal.«

»Wo *warst* du?«, flüsterte Sammy.

»Wo ich war? Wo ich *war*? Ich habe geschlafen, du Knallkopf. Du erinnerst dich, dass ich die ganze Nacht mit dir getrunken und Bumsfallera gemacht habe? Als du schlafen gegangen bist, musste ich zur Arbeit.«

»Sie war fix und foxi«, sagte Myrtle, die inzwischen nur noch zwei Hocker entfernt stand und nicht mal so tat, als würde sie nichts mitbekommen. »Zum Verlieben.«

»Apropos gestern Abend«, sagte die Schnecke. »Wo warst *du*?« Sie schenkte ihm seinen Kaffee ein, dann präparierte sie diesen mit Milch und Zucker, zwei Löffel, weil er zwei Finger hochhielt.

Er nippte daran, schloss die Augen und lächelte, als kostete er den Nektar der Götter. »Perfekt.«

»Na ja«, sagte sie, »kleiner Tipp am Rande: Genau wie bei deinen Frauen wirkt ein Schlückchen Alkohol wahre Wunder.«

Er lachte. Myrtle lachte, dann machte sie sich daran, eine Bestellung aufzunehmen, als ein Typ an ihrem Ende vom Diner hustete, als müsste er eigentlich gar nicht husten.

»Ich hatte eine harte Nacht«, sagte Sammy.

»Wer hätte das gedacht? Erzähl mal.«

»Na ja, es fing an mit gebrochenem Herzen und wurde danach eigentlich immer schlimmer.«

»Mit gebrochenem Herzen? Wirklich?« Sie beugte sich vor, lehnte sich auf den Tresen, blickte ihm tief in die Augen. »Erzähl mir mehr.«

»Du hättest anrufen können«, sagte er.

»Nein, hätte ich nicht. Ich habe kein Telefon. Und ich habe geschlafen. Du hättest rüberkommen können.«

»Hätte ich?«

»Klar. Vielleicht hätte ich dich sogar reingelassen.«

»Saufinger mit Knatterbeeren!«, rief Myrtle in die Durchreiche. »Zwei dicke Römer im Stroh! Einmal Semmelköter mit Schweiß und Tränen!«

Fragend zog Sammy die Augenbrauen hoch.

»Würstchen mit Bohnen, zweimal Spaghetti mit Fleischklößchen und einen Chili Dog mit Zwiebeln«, übersetzte Stilton. »Ich glaube, das Letzte hat sie sich ausgedacht, um vor dir anzugeben.«

»Woher wusstest du dann, was es war?«

»Ich bin halt Profi.«

»Wie dumm von mir. Möchtest du heute Abend was unternehmen?«

»Ich könnte in die Bar kommen.«

»Heute habe ich frei. Ich dachte, wir kommen vielleicht mal raus aus North Beach.«

»Wirst du zwischen jetzt und dann schlafen und duschen?«

»Worauf du dich verlassen kannst.«

»Dann bin ich dabei. Also, nach dem gebrochenen Herzen, was ist da passiert?«

»Ich bin mir nicht sicher.«

»Ich hasse Blackouts. Hattest du deine Unterhose falsch herum an, als du aufgewacht bist? Und nur noch einen Schuh?«

»Nein, ich meine, ja. Ich meine, ich hatte keinen Blackout. Ich weiß nur nicht genau, ob ich es erklären kann.«

»Dann also heute Abend«, sagte sie. »Ich muss arbeiten. Phil schielt mich schon schräg von der Seite an. Pass mal auf.« Sie schwenkte ihre Kaffeekanne über den Tassen ihrer Gäste, während sie den Tresen entlangschritt. »Warme Babykotze, Phil! Drück ein Karnickel drüber aus!« Sie drehte sich um und grinste Sammy an.

Der ratlose Phil stutzte und stützte sich mit beiden Händen auf seiner Seite der Durchreiche ab. »Was soll das denn sein?«

»Haferbrei mit Rosinen«, sagte sie neckisch. »Das weiß nun wirklich jeder.«

Phil nickte, als hätte er es wissen sollen, und wandte sich seinem Grill zu.

»Egal!«, sagte Stilton. »Vergiss es, Phil. Stattdessen schlachte einen Affen und setz drei Haufen drauf!«

Phil fuhr zur Durchreiche herum – ein Mann, der demnächst am Ende seines Pfannenwenders angekommen war.

»Ich nehm dich nur auf den Arm, Philly«, sagte die Schnecke. »Aber es wäre ein Banana-Split, falls du mal in die Verlegenheit kommen solltest.«

»Die Eiscreme macht ihr Mädels«, sagte Phil.

»Ich weiß, deswegen habe ich dich ja auf den Arm genommen.«

Sie tänzelte hinter dem Tresen entlang zu Sammy zurück. »Also spendiere ich dir einen Banana-Split, damit ich nicht rausfliege.«

»Mir hat noch nie ein Mädchen ein Eis spendiert.«

»Dir ist schon klar, dass ich nicht wirklich dafür bezahlen muss, oder? Ich habe nur ›spendieren‹ gesagt, damit du nicht denkst, ich wäre leicht zu haben.«

»Ach so«, sagte Sammy. »Aber das würde ich doch nie denken.«

»Sie ist nämlich kein Flittchen«, sagte Myrtle, die sich mittlerweile wieder angeschlichen hatte. »Dein Stock ist geklebt? Unfall? Ich meine, ein anderer Unfall? Nicht der, weswegen du den Stock hast?«

»Ja«, sagte Sammy, »so könnte man es wohl nennen.«

9

Munkeln im Dunkeln

Stilton willigte ein, sich abends mit Sammy an der Ecke Columbus und Broadway zu treffen, was er sehr nett von ihr fand, weil es ihm die 387 Stufen zu ihrer Wohnung ersparte, aber auch, weil es ihm Gelegenheit gab, bei Thelonius Jones reinzuschauen, der schon auf seinem Posten vor dem *Moonlight Club* stand.

»Bist du gut nach Hause gekommen, Lone?«

»Na klar. Bin seitdem allerdings etwas scheu.«

»Ja, na ja. Ich denke, das Problem haben wir so weit erst mal im Griff. Sollte jemand fragen, warst du gestern Abend nicht im *Cookie's*.«

»Was ist mit der neuen Kellnerin? Sie wird sich garantiert erinnern.«

»Da hast du recht.« Sammy schob seinen Hut in den Nacken und kratzte sich am Kopf. »Und sie hat gesehen, dass Pookie hinter dir her war. Ich glaube aber nicht, dass sie gesehen hat, was danach passiert ist. Sag einfach, Pookie hätte gemeint, du solltest dich verziehen, was du dann auch getan hast.«

»Mach ich, Sammy. Hey, ist das nicht deine neue Freundin?«

Sammy fuhr herum und sah Stilton die Columbus Avenue herunterkommen, die Haare offen, ein langer heller

Trenchcoat über einem weißen Kleid mit roten Punkten und dazu flache Schuhe, in denen man laufen konnte.

»Ja, das ist sie«, sagte Sammy. »Ja, das ist sie.«

»Hey, Lonius!« Sie winkte Lone, küsste Sammy auf die Wange. »Wie geht es uns heute?«

Lone tippte an seinen Zylinder. »Es geht uns blendend, Miss. Wollt ihr Leutchen heute Abend ausgehen?«

»Ja, das wollen wir.« Stilton hakte sich bei Sammy unter. »Unser erstes Date.«

»Sie wissen, dass Sie ihn nicht füttern dürfen, oder, Miss?«

»Ach nein, ist das schlimm? Ich habe ihm zum Frühstück einen Banana Split gegeben.«

»Na, dann haben Sie ihn jetzt an der Backe. Den werden Sie nie wieder los.«

»Ich wünschte, darüber hätte man mich vorher informiert.«

»Stimmt gar nicht«, sagte Sammy zu Lone. »Das stimmt nicht«, flüsterte er der Schnecke zu.

»Wie du meinst, Schneeflocke«, sagte Lone. »Und jetzt geht hinaus und macht euch einen schönen Abend.«

Stiltons Blick wanderte von Sammy zu Lone zu Sammy. »Schneeflocke?«

»So habe ich ihn genannt, weil er mein erster weißer Junge war.«

»Ach Schneeflöckchen, ich kann es gar nicht erwarten, die ganze Geschichte zu hören«, sagte Stilton.

Sammy richtete seinen Stock auf Lone. »Ich werde dir nie verzeihen, dass du mich so bloßgestellt hast.«

»Amüsiert euch schön.«

»Falls jemand fragt, weißt du von nichts, Lone.«

»Ganz wie du meinst, Schneeflocke.« Lones Lächeln glänzte wie der Kühlergrill eines fabrikneuen Oldsmobile.

Sammy spazierte mit Stilton über den Broadway und die Grant Avenue nach Chinatown. Auf der Grant roch alles nach diesem Fünf-Gewürze-Pulver, nach Knoblauch, totem Fisch und Weihrauch. Für die Nacht hatte man die Gemüse- und Fischstände reingeholt und die Wahrsager-, Kalligrafen- und Souvenirstände rausgerollt. In den Restaurants, Massagesalons und Nachtclubs war noch einiges los, und jüngeres Publikum drängte sich auf den Gehsteigen: Männer, Frauen, Chinesen, Hispanos, Anglos, Hobos, Seemänner, Schauerleute, Halsabschneider und Halunken – Chinatown hatte sich von einem Viertel, in dem man arbeitete, zu einem Viertel verändert, in dem man sich amüsierte. Ein junger Mann im Besitz von einem Zehner konnte sich die Zukunft weissagen lassen, den Bauch vollschlagen, den Rücken massieren und die Eier kraulen lassen und käme mit einem Jade-Buddha am Schlüsselring nach Hause, alles auf einer Strecke von kaum zehn Metern Gehsteig.

»Können wir hier mal kurz reingehen?«, fragte Sammy, als sie zu den großen goldenen Tempellöwen kamen, die den Eingang zum *Club Shanghai* bewachten.

»Klar. Wollte schon immer wissen, wie es da drinnen aussieht.«

»Mein Freund Eddie arbeitet hier. Ich will ihm nur kurz hallo sagen.«

Ein smart gekleideter Junge öffnete ihnen die Tür. Am Ende eines langen roten Teppichs blickte Eddie Moo Shoes am Empfangspult auf. Er kam ihnen entgegen.

Sammy sagte: »Stilton, mein Freund Eddie Shu. Eddie, Stilton.«

»Angenehm«, sagte Eddie, nahm Stiltons Hand und beugte sich galant darüber.

»Und wie geht es eurem Hausgast?«, fragte Sammy.

»Ruht sich aus«, sagte Eddie. »Erholt sich immer noch von seiner Reise.«

»Eddie hat einen Vetter von außerhalb zu Besuch«, erklärte Sammy.

»Erholt sich von der Reise?«, fragte Stilton.

»So was in der Art«, sagte Eddie, dann winkte er Sammy näher heran. »Entschuldige, Stilton, sehr unhöflich von uns.« Sammy beugte sich vor, und Eddie flüsterte: »Irgend so ein Trunkenbold meint, er hätte gesehen, wie Pookie von einem Mann mit Gehstock niedergeschlagen wurde. Der Typ war besoffen, also suchen sie nicht sehr intensiv, *noch nicht,* aber du solltest wissen …«

»Hab verstanden, danke«, sagte Sammy und richtete sich auf. »Na, sag deinem Onkel, ich hoffe, es geht ihm bald besser.«

Als sie den *Club Shanghai* verlassen hatten, fragte Stilton: »Hey, alles okay?«

»Alles in Butter. Muss nur noch was machen, was ich schon lange machen wollte.«

Er trat an den Rinnstein, den Gehstock unterm Arm wie eine Zeitung, entschlossen, weder zu hinken noch seinen gesunden Fuß zu bevorzugen, dann beugte er sich vor und warf den Stock in einen Gully. Sie hörten es klappern und dann ein Platschen von ganz unten.

»So«, sagte er und wischte sich die Hände, *auf Nimmerwiedersehen.* Er reichte ihr den Arm. »Wollen wir gehen?«

»Wow. Einfach so?«

»War abzusehen. Ehrlich gesagt hätte ich den Stock schon längst wegwerfen sollen. Brauchte ihn eigentlich nicht mehr.«

»Nein?«

»Nee. Er war mir nur eine Krücke.«

Sie nahm seinen Arm und kuschelte sich an ihn, während sie die Straße entlangschlenderten.

»Dafür ist so ein Stock auch da, Schneeflöckchen«, sagte sie.

»Ach so?«, sagte er. »Na, jedenfalls brauche ich ihn nicht mehr.«

»Wie du meinst. Aber wenn du jemanden zum Anlehnen suchst, stehe ich zur Verfügung.«

»Im Ernst?«

»Im Ernst.«

Sie nahmen die Linie B an der Geary Street und fuhren fast eine Stunde damit, lachten und knutschten und kommentierten jeden, der an den Haltestellen ein- und ausstieg, überlegten sich haarsträubende, alberne Geschichten über Straßenpiraten und Bushaltehexen, ohne auch nur ein Wort über den Krieg zu verlieren oder über das, was vorher gewesen war. Am Ocean Beach stiegen sie aus, zwischen dem Great Highway und dem Playland, wo wie üblich ein eiskalter Wind mit siebenhundert Meilen pro Stunde vom Pazifik heranpeitschte, durch das Riesenrad und die Achterbahn pfiff und jene Touristen mehr als überraschte, die gekommen waren, um einen milden Mittsommernachtstraum zu erleben. Sammy und die Schnecke hatten nichts gegen den Wind. Sie lebten hier und wussten, was der Autor Jack London 1902 über Ocean Beach gesagt hatte: »Blöder Scheißdreck, wie soll man denn hier jemals ein Streichholz ankriegen?« Stilton trug ihren Trenchcoat, um sich vor dem Wind zu schützen, und Sammy einen Wollmantel mit einer kleinen Flasche Old Tennis Shoe in der Tasche, zum Schutz gegen die Kälte.

»Also, was möchtest du am liebsten tun?«, fragte Sammy, als die Bahn bimmelnd davonfuhr.

»Ich würde gern was essen, wenn es dir nichts ausmacht«, sagte sie.

»Klingt gut. Dahinten beim Karussell gibt es einen Diner, falls du Diner-Essen noch ertragen kannst.«

»Ich hab mich dran gewöhnt. Gehen wir.«

Arm in Arm spazierten sie ins *Sea Lion Café,* wo sie bei einem Tresenmann mit Papiermütze Burger und Cokes bestellten. Unterm Tisch goss Sammy einen Schluck Old Tennis Shoe aus der Flasche in ihre Gläser.

»Mehr«, sagte die Schnecke.

Sammy schlürfte etwas Cola ab und goss mehr Whisky hinein – ein Barkeeper, der es gewohnt war, mit Gläsern zu jonglieren.

»Okay?«

Sie nickte, als sie die Papierhülle des Strohhalms zu ihm blies, dann trank sie ein Viertel ihrer Cola in einem Zug. »Ah, perfekt.«

»Ich freue mich, dass es dir mundet. Old Tennis Shoe wird in alten Eichenfässern gelagert, tagelang.«

»Das schmeckt man.« Sie stellte ihr Glas ab. »Sammy, ich muss dich was fragen, und sag nicht nein, nur um nett zu sein. Sei ehrlich.«

»Versprochen. Raus damit.«

»Glaubst du, ich bin Alkoholikerin?«

»Woher soll ich das wissen? Ich bin Barkeeper. Ich kenne nur Leute, die trinken, bis auf den Jungen, der auf der Treppe vor meinem Haus rumlungert, und nicht mal bei dem bin ich mir sicher.«

»Was würdest du denn vermuten?«

»Nein. Wenn man bedenkt, was du alles durchgemacht hast, bist du nüchtern wie eine Kirchenmaus.«

»Heißt es nicht *arm* wie eine Kirchenmaus?«

»Kann ja sein, aber sobald man den kleinen Rackern ein paar Drinks verpasst hat, können sie gar nicht wieder aufhören.«

»Danke«, sagte sie und lächelte um ihren Strohhalm herum, bevor sie den nächsten großen Schluck von ihrem Drink nahm.

»Die reine Wahrheit«, sagte er. »Jetzt ich.«

»Du bist definitiv ein Säufer«, sagte sie.

»Nein, jetzt darf ich eine Frage stellen.«

»Oh. Okay. Vergiss, was ich gesagt habe. Ich höre.«

»Was genau wolltest du, als du an diesem Tag in die Bar spaziert kamst?«

»Ich wollte dich. Nur dich.«

»Aber wir kannten uns doch gar nicht.«

»Ich wusste nicht, dass ich dich wollte, aber da warst du …«

»Und wenn ich nicht da gewesen wäre? Hätte es sonst wer sein können?«

»Nein, ich wollte nicht irgendwen. Und dass ich dich wollte, wusste ich erst, als ich dich gefunden hatte. Ich dachte: Das ist der Mann, den ich will, dieser Mann da.«

»Weil ich Drinks ausgeschenkt habe, stimmt's?«

»Das hat nicht geschadet. Es war nicht alles, aber auch nicht nichts.«

»Da hättest du jetzt ruhig lügen können.«

Sie sog an ihrem Strohhalm, bis dieser ein durstiges Schlürfen am Grund des Glases von sich gab, dann sagte sie: »Ich lüge nicht.«

»Ja, aber du hättest es tun können. Es wäre okay gewesen.«

»Okay, aber eines solltest du wissen, Sammy: Ich bringe dir nur Ärger. Ich bin schwierig. Ich bin leichtsinnig.

Egoistisch. Ich bin eine tickende Zeitbombe. Du solltest dich von mir fernhalten.«

»Möchtest du noch eine Coke?« Als hätte er sie gar nicht gehört.

»Ja. Bitte.« Sie hatte ihn gewarnt. Ihr konnte man keinen Vorwurf machen. »Magst du Zwiebelringe?«

»Igitt.«

»Ich auch nicht.«

Ihre Burger wurden gebracht, und sie machten sich darüber her, wobei die Schnecke ihren mit vier Bissen aß, die Backen aufgeblasen wie ein Eichhörnchen mit Lippenstift. Sammy war beeindruckt. Für eine so schlanke Braut haute sie rein wie ein Weltmeister.

Sie verputzte gerade einen kleinen Strauß von ketchupköpfigen Fritten, als er sagte: »Weißt du, für eine so schlanke Braut haust du rein wie ein Weltmeister.«

»Ja danke«, sagte sie. »Ich habe schon als Kind früh damit angefangen. Du weißt schon – reine Übungssache.«

»Ich meine, viele Mädchen würden sich beim ersten Date zieren und so tun, als hätten sie keinen Hunger. Sie würden das Essen auf ihrem Teller herumschieben. Du aber nicht.«

»Ja, aber was du nicht weißt: Danach gehen sie nach Hause, löffeln sich durch die Eiscreme im Gefrierschrank und denken schlecht über dich. Das werde ich nicht tun. Ich hab später noch Pläne mit dir, Kleiner, und deshalb muss ich bei Kräften bleiben.«

»Pläne?«

»Allerdings. Isst du deine letzten Pommes noch?«

Sammy grinste und schob seine Fritten auf ihre Seite vom Tisch. Eben wollte er ihr einen kleinen Hinweis auf ihre Pläne aus dem Kreuz leiern, als zwei Cops das Café betraten und sich an ein Fenster mit Blick auf den Weg zum Karussell setzten. Sammy bemerkte, dass sie sich im Serviettenspender spiegelten, und beobachtete sie. Sie waren jung, wirkten nicht besonders grimmig und waren offenbar eher darauf aus, sich die Mädchen anzusehen, als Verbrechen zu bekämpfen. Sie schoben eine ruhige Kugel hier im Park, wo sie es schlimmstenfalls mit einem rüpeligen Seemann oder einem Taschendieb im Gruselkabinett zu tun bekamen.

Sammy schnappte sich die letzten Fritten von seinem Teller und stopfte sie sich in den Mund.

»Zu langsam«, sagte er um den Kartoffelklumpen in seinem Mund herum. »Gehen wir.«

Stilton lachte, und die beiden Cops sahen herüber. Sammy setzte seinen Hut auf und kam auf die Beine, warf etwas Geld auf den Tisch und sagte zu dem Tresenmann: »Stimmt so.«

»Schönen Dank«, sagte der Tresenmann, doch da waren sie schon zur Tür hinaus. Sammy hatte einen Arm um ihre Taille gelegt und lenkte Stilton zum *Schiff der Freude* hinüber.

»Du hinkst gar nicht mehr«, sagte Stilton. »Da hattest du wohl recht mit deinem Stock.«

»Ich habe meistens recht«, sagte Sammy. »Es ist ein Fluch.« Er drückte sie leicht an sich, um klarzumachen, dass er Unsinn redete.

Das *Schiff der Freude* bestand aus zwei bootsförmigen Gondeln, die Platz für je zwölf Leute boten und an langen Pendeln schwangen, was sich mehr oder weniger so anfühlte, als säße man mit einem Haufen fremder Leute auf einer riesengroßen Spielplatzschaukel. Sie schaukelten, und sie lachten, vor allem über ein paar Kids, die bei jedem Schwung johlten, als würden sie über eine Klippe fliegen, aber auch über einen Vater, der schon beim ersten Schwung seinen Hut verloren hatte und dann für den Rest der Reise verzweifelt zu der Stelle hinter dem Schießstand starrte, wohin der Hut geflogen war.

Als sie Arm in Arm vom *Schiff der Freude* herabstolperten, sagte Stilton: »Ich hätte mehr Freude erwartet.«

»Auch irgendwie mumpitzig, was das Schiff anging«, sagte Sammy.

»Oh, ich liebe es, wenn du Fremdwörter benutzt. Bist du zur See gefahren?«

Sammy hoffte, er konnte die Panik in seinem Gesicht verbergen. »Nur Nachschub«, log er.

»Mein Mann hat auf einem schweren Kreuzer gedient. Ist mit der ganzen Mannschaft bei Savo Island untergegangen. August 42. Man hat ihn nie gefunden. Onkel Sam hat mir eine Flagge geschickt.«

Ganz nebenbei, wie bei ihrer ersten Begegnung in der Bar, als sie ihren Mann erwähnt hatte. Und ganz so wie beim ersten Mal wusste er auch jetzt nicht, wie er darauf reagieren sollte. Er sagte: »Das tut mir leid, Kleine.« Er zog sie an sich.

Sie schob ihn von sich, nahm seine Hand und zerrte ihn zu den Spielbuden. »Komm, gewinn mir was!«

Sammy warf Bälle nach Milchflaschen voll Beton, ohne sie je zu gefährden, obwohl Stilton ihn anfeuerte und die widerspenstigen Flaschen verfluchte. An einem Schießstand versenkte er ein paar Bleienten mit einer .22er, weil sein Vater ihm und seinem Bruder schon in jungen Jahren Luftgewehre gegeben hatte, und er war kein schlechter Schütze, wenn auch nicht gut genug, um Preise zu gewinnen.

»Komm, killen wir ein paar Clowns!«, schlug sie vor und

deutete auf eine Bude, an der man Pfeile werfen konnte, um Luftballons platzen zu lassen, die an aufgemalten Clowns befestigt waren.

»Wie steht's mit Ihnen, kleine Lady?«, rief ein Schausteller, als sie an ihm vorüberkamen. »Für einen Nickel rate ich Ihr Gewicht! Wenn ich falschliege, gewinnen Sie einen Teddybären!«

»Und wenn Sie richtigliegen, reiße ich Ihnen die Lippen ab und zertrete sie wie Würmer«, erwiderte die Schnecke. Sammy nickte dem Mann ernst zu, um ihre Aussage zu bestätigen. Stiltons Gewicht blieb ungeraten.

Schließlich gewann Sammy einen Preis für sie, als ein Pingpongball, den er geworfen hatte, in einem von hundert kleinen Goldfischgläsern zu liegen kam, was den darin schwimmenden Fisch einigermaßen erschreckte, auch wenn er das schon bald wieder vergessen hatte.

Stilton hob das Glas an und betrachtete den munteren orangefarbenen Bewohner vor den Lichtern des Riesenrads. »Er sieht so einsam aus, Sammy. Gewinn mir noch so einen, damit sie im selben Glas sind und ein bisschen Goldfisch-Bumsfallera machen können.«

»Ich glaube nicht, dass Goldfische Bumsfallera machen«, sagte Sammy.

»Na, und wo kommen dann die kleinen Goldfische her?«

»Soweit ich weiß, legt das Weibchen seine Eier am Grund ab, und dann kommt das Männchen vorbei und befruchtet sie.«

»Tatsächlich?«

»Bin mir nicht ganz sicher, was Goldfische angeht, aber so funktioniert es bei Forellen. In Idaho hatten wir Forellen. Als Kind habe ich ein Buch darüber gelesen.«

»Jep«, sagte der heruntergekommene Typ, der die Goldfischbude betrieb. Mit seinem Stoppelbart hätte man den Lack von einem Kaffeetisch abschmirgeln können. »Da hat er recht.«

Stilton gab den Fisch wieder dem Stoppelbart zurück. »Nehmen Sie dieses traurige Tier. Schenken Sie es einem Kind. Komm, Sammy, ich will mich amüsieren.« Sie nahm ihn am Arm und führte ihn zum Gruselkabinett, an dessen roter Fassade mit großen gelben Lettern MUNKELN IM DUNKELN stand. Sammy kaufte zwei Karten, und sie traten durch einen riesigen Clownsmund ein, liefen zwischen schwarzem Stoff herum, bis sie in eine drei Meter hohe rotierende Trommel taumelten. Es war noch nicht ganz dunkel, aber schon lachten und stolperten sie, bis sie auf ungewohnt weichem Untergrund auftrafen, vermutlich schwarzes Schaumgummi.

»Als würde man auf Hackbraten laufen«, kicherte die Schnecke, da fiel ein Skelett von oben herab, angestrahlt von einem roten Scheinwerfer. Stilton quiekte und sprang in Sammys Arme. Da trug er sie durch schwarzen Stoff in totale Finsternis.

»Sollte ›Pinkeln im Dunkeln‹ heißen«, sagte Stilton.

»Im Ernst?«

»Nein, aber nah dran.«

»Komm her, Schisshase«, sagte Sammy. Für jemanden, der lachte, knutschte er sie vielleicht etwas zu heftig, und sie schlugen mit den Zähnen aneinander. Daraufhin trennten sie sich und tasteten mit den Zungen nach abgebrochenen Ecken.

Leute, meist Teenager, schoben sich im Dunklen an ihnen vorbei, kichernd, grabschend und kreischend wie gut gelaunte Ketzer bei einer Clownsverbrennung. Jemand kniff Sammy in den Hintern, und er zuckte zusammen.

»Warst du das?«

»Was?«, fragte Stilton, wobei ihre Stimme klang, als wäre sie drei Meter weit entfernt.

»Ach nichts«, sagte Sammy. »Ich glaube, ich habe eben einen neuen Freund gefunden. Bleib da, ich komm zu dir.«

Er spürte sie in der Dunkelheit auf, und sie küssten sich, als wären sie monatelang getrennt gewesen, und klammerten sich aneinander, während die Leute sie kreischend und lachend anrempelten und weiterstolperten. Gemeinsam tappten sie durch die nächste Schleuse hindurch, diesmal aus schwarzer Gaze, die sich auf ihren Gesichtern wie Spinnweben anfühlte, und kamen auf eine trüb beleuchtete Ebene, die wankte und kippelte, sodass sie erst in die eine Richtung stolperten, dann gleich in die andere.

»Ich glaube, ich bin nicht betrunken genug, um so zu gehen«, sagte die Schnecke.

»Ganz ruhig, Madame, Ihr seid in guten Händen«, sagte Sammy. »Ich bin Barkeeper.«

Er zog sie durch die nächste Tür und duckte sich unter der ausgestreckten Hand einer stöhnenden Mumie hindurch, die sich auf Hüfthöhe drehte und ihren Arm nach hinten schwang, wobei sie der Schnecke beinah eine Rückhand verpasste. Sammy zog sie gerade noch rechtzeitig nach unten, und sie kauerten unter dem bandagierten Automaten. Wieder stöhnte die Mumie.

»In dem Ding steckt eine Muhbox«, sagte die Schnecke.

Sammy holte die Flasche aus seinem Mantel und drehte die Kappe ab. »Bitte?«, sagte er.

»Eine Muhbox«, sagte die Schnecke und nahm ihm die Flasche ab. »Die verkaufen wir im *Five & Dime*. Es ist wie eine kleine Dose, und wenn man sie umdreht, muht sie wie eine Kuh.«

Wieder winkte die Mumie über ihren Köpfen und stöhnte.

»Das klingt tatsächlich wie eine Kuh«, sagte Sammy.

»Muhbox«, erklärte die Schnecke. Sie deutete auf die Flasche Old Tennis Shoe. »Nichts zum Runterspülen?«

»Die Schonzeit ist vorbei«, sagte Sammy.

Sie fing ein bisschen an zu schielen, als sie einen Schluck nahm, verzog das Gesicht wie ein Kind, das in eine Zitrone biss, dann schüttelte sie den Kopf, bis das Brennen nachließ. Sie hatte Tränen in den Augen, als sie Sammy die Flasche hinhielt, als wäre darin ein Cocktail aus Nitroglyzerin und Affenspucke, was heißen soll, mit behutsamer Abscheu. »Geht runter wie Öl«, keuchte sie.

»Auch gut zum Reinigen von Maschinenteilen«, sagte Sammy, wagte selbst einen Schluck und schraubte die Flasche zu. »Verschwinden wir hier.«

Eilig ließen sie die muhende Mumie zurück und bahnten sich einen Weg über die Zimmerdecke eines kopfstehenden Raumes und durch ein Spiegellabyrinth, um dann Arm in Arm durch den Ausgang hinauszustolpern. Der Duft von Seeluft, Popcorn, Zuckerwatte und Zigarettenrauch umwehte sie. Sammy kaufte ihnen Wassereis, rot für sie, blau für ihn, und sie veredelten die eiskalte Süßigkeit mit dem letzten Rest Old Tennis Shoe.

»Nicht übel«, sagte die Schnecke.

»Könnte etwas mehr Blau vertragen«, sagte Sammy.

Sie spazierten an den Fahrgeschäften und Souvenirständen vorbei und versuchten, mit den Leuten am Kinderkarussell Wetten abzuschließen.

»Ich biete sechs zu fünf für das lustige Kind auf dem Kamel!«, rief Stilton und wedelte mit einem Fächer aus abgerissenen Eintrittskarten, um glaubwürdig zu wirken.

»Ich glaube, das soll eine Giraffe sein«, sagte Sammy.

»Dann eben sechs zu fünf auf Sieg für das lustige Kind«, sagte Stilton.

Sammy zog sie mit sich, bevor sich noch jemand darauf einließ, und sie landeten bei einem Karikaturisten, der im Malerkittel mit Baskenmütze auf einem Hocker saß.

»Pin-up der kleinen Lady, Sir? Nur einen Dollar.«

»Ich weiß nicht …« Stilton wollte weitergehen.

»Ich denke, sie ist einen zweiten Blick wert«, sagte der Maler. »Sie nicht auch?«

»Absolut«, sagte Sammy. Er schwang Stilton am Arm herum. »Komm schon, Püppi, ich finde, du bist es wert, du nicht auch?«

»Nenn mich nicht …« Sie begriff, dass sie ihm auf den Leim gegangen war. »Ach, na gut.« Sie schlürfte den Rest von ihrem Wassereis, reichte Sammy das aufgeweichte Papier, dann setzte sie sich dem Künstler gegenüber auf einen zweiten Hocker und ließ den Trenchcoat von ihren Schultern gleiten.

»Mal mich hübsch!«, sagte sie.

Stilton und der Künstler wechselten einen Blick, und es sah aus, als hätte sie dem Mann am liebsten eine gescheuert.

»Das fällt mir nicht schwer«, sagte der Künstler und fing an zu zeichnen, hielt sein Zeichenbrett so, dass Sammy nichts erkennen konnte.

»Na schön«, sagte Sammy. Er ging ein Stück und kämpfte mit einem halben Streichholzheftchen, um sich eine Zigarette anzuzünden, wobei ihm auffiel, dass der Wind gedreht hatte und nicht mehr landeinwärts wehte – weshalb es für einen Sommerabend am Strand von San Francisco ungewöhnlich warm war.

»Wie wär's, wenn du da vorn drei bis vier Knöpfe aufmachst, Püppi?«, sagte der Künstler, als er dachte, Sammy könnte ihn nicht hören.

»Wie wär's, wenn ich dir so eins in die Fresse schlage, dass deine Baskenmütze rotiert?«, sagte die Schnecke.

»Ist ja gut«, sagte der Künstler. »Kein Grund, gleich scharf zu werden.«

»Und nenn mich nicht Püppi«, fauchte die Schnecke.

Der Künstler war mit seiner Zeichnung fertig, als Sammy seine Kippe auf dem Kies austrat.

»Voilá!«, sagte der Künstler in makellosem Franzmännisch. Er drehte sein Zeichenbrett um.

Sammy warf einen Blick darauf, dann wich er zurück und stieß einen Pfiff aus. »Donnerwetter!«

»Sie sind ein wahrer Glückspilz«, sagte der Künstler.

»Ja, das bin ich«, sagte Sammy.

Die Karikatur stellte Stilton in der Pose von Rosie der Nieterin dar, diesem berühmten Plakat aus dem Krieg – eine Blondine, die Muskeln zeigt, die Haare mit einem gepunkteten Tuch hochgebunden, im klassischen Leinenhemd – nur dass diese Rosie den Künstler direkt ansah, nicht über die Schulter hinweg, und dass sie ihr Hemd so weit aufgeknöpft hatte und ihre Teile derart übertrieben dargestellt waren, dass sie jeden Augenblick herausfallen konnten und die ganze Welt sie zu sehen bekäme. Es war wohl Stilton, aber runder an den Stellen, an denen sie rund war, und schärfer an den Stellen, an denen sie scharf war: unfassbar sexy.

»Das sollte auf einen Bomber gemalt werden oder so«, sagte Sammy.

»Macht einen Dollar«, sagte der Künstler.

»Sollen Sie haben.« Sammy reichte dem Mann einen

Dollar. Der Künstler riss die Zeichnung von seinem Block und wollte sie aufrollen.

»Nein, noch nicht!«, sagte Sammy. Er nahm das Bild, hielt es hoch und verglich Details mit dem Modell, wobei sein Blick zwischen Stilton und der Zeichnung hin und her ging. »Ich muss mir diese Rosie genauer ansehen.«

»Ihnen beiden noch einen schönen Abend, Sir«, sagte der Künstler, wobei er der Schnecke zuzwinkerte.

»Wendy«, sagte Stilton, als sie aufstand und sich zu Sammy gesellte, um mit ihm die Zeichnung zu bewundern, vom Künstler abgewandt. »›Rosie, die Nieterin‹ war für die Mädchen in den Flugzeugfabriken gedacht. Wir auf den Werften waren ›Wendy, die Schweißerin‹.«

»Ein echtes Vollweib«, sagte Sammy. Dann wandte er sich von der Zeichnung ab und küsste sie.

»Gefällt sie dir?« Sie zog eine erwartungsvolle Schnute.

»Das Modell gefällt mir«, sagte Sammy. »Das Modell gefällt mir sehr.«

»Gehen wir ein Stück«, sagte Stilton.

»Es ist warm geworden«, sagte Sammy. »Hast du das schon bemerkt?«

»Oh ja«, sagte sie.

Sammy rollte die Zeichnung auf und wickelte ein Gummiband darum, das der Künstler ihm gegeben hatte, und steckte das Bild in seine Tasche. Arm in Arm liefen sie durchs Playland, dann aus dem Park hinaus und in die Dünen. Sie fanden eine geschützte Mulde, wo sie nur Sand und Sterne sehen konnten und wo mit dem warmen ablandigen Wind Orgelmusik vom Karussell über sie hinwegwehte. Sie legten sich auf ihre Mäntel, bedeckt nur von den Sternen, und liebten sich, bis die Zeit verschwand.

Die Zeit kehrte zurück, kurz vor dem Morgengrauen, gehüllt in kalten Nebel, und Sammy wachte auf, weil ihm die Zeichnung des Karikaturisten in die Rippen stach. »Hey«, sagte er, »woher wusste dieser Typ eigentlich, dass du im Krieg auf einer Werft gearbeitet hast?«

10

Überraschung

Als Sal Gabelli durch die Hintertür in die Bar kam, fand er eine Holzkiste vor, je einen Meter hoch und breit, auf der die Worte *VORSICHT! LEBENDES REPTIL!* in großen schwarzen Lettern standen.

»Was ist denn das schon wieder?«, sagte Sal zu sich selbst und zu den vier Straßenkötern, die vor der Tür warteten. Sal hatte mit seiner Hundepizza-Idee herumexperimentiert, und Hunde unterschiedlichster Größen und Farben zeigten Interesse an seinem Experiment. Jeden Morgen warteten sie schon auf ihn, wenn er den Laden aufschloss, und hofften auf die nächste Hundepizzakreation, die sich Sals Frau am Abend vorher ausgedacht hatte. »Heute gibt's keine Pizza, ihr Schnorrer«, sagte Sal und knallte ihnen die Tür vor den Schnauzen zu.

Folle donnola! (irres Wiesel), bellten die Hunde im Chor, bevor sie sich Sal von den Hinterpfoten wischten wie vollgeschissenes Gras und sich auf die Suche nach besserer Kost machten. (Es ist allgemein bekannt, dass alle Hunde in North Beach auf Italienisch bellen.)

Da steckte ein Umschlag an der Kiste, adressiert an Sam Tiffin, c/o Sals Bar, mit dem Stempel PERSÖNLICH. Sal überlegte volle drei Sekunden lang, ohne den Umschlag aufzureißen, dann sog er sich fünf Punkte aus den

Fingern, warum er es doch tun sollte. Sie lauteten folgendermaßen:

1. Der Brief ist an *meinen* Laden gerichtet.
2. *Sammy* hat heute Abend frei.
3. Bennie, der Ersatzbarkeeper, macht neben der Arbeit keinen Finger für mich krumm und ist von daher unbrauchbar.
4. Der Krüppel hat ganz schön Nerven, sich Pakete hierherschicken zu lassen.
5. Scheiß drauf. Pookie O'Hara buchtet ihn wahrscheinlich sowieso ein.

Sal nahm den Umschlag von der Kiste und wartete weitere zwei Sekunden, während er überlegte, ihn über Dampf zu öffnen, dann ging er seine fünf Punkte durch, bis er auf Nr. 5 stieß, und riss den Brief auf. Darin stand:

Sammy Boy,

lass die Kiste von jemandem öffnen, der weiß, was er tut.
Diese Viecher sind blitzschnell und absolut tödlich.
Hoffe, dein Unternehmen zahlt sich aus.
Bin jetzt nach China unterwegs. Komme im September wieder. Dann sehen wir uns.
Cheers

Bokker

Sal las den Brief noch mal, musterte die Kiste, dann las er den Brief *noch* mal, dann legte er ihn auf die Kiste. Er konnte einfach sagen, er hätte ihn so vorgefunden. Wo kein

Kläger, da kein Richter. *Der Brief war offen, als ich reinkam,* übte Sal im Stillen. *Muss wohl Bennie gewesen sein. Wenn du mich fragst, ist der Typ nicht zu gebrauchen. Wechselt am Ende seiner Schicht nie das Fass.* Als das geklärt war, ging Sal rüber zum Zapfhahn, stellte ein Bierglas darunter, öffnete den Hahn, und tatsächlich spuckte und spritzte nur Schaum ins Glas, dann zischte es, leer. *Nicht zu gebrauchen, ich sag's doch!*

Jetzt stand Sal vor der Entscheidung, das Fass zu wechseln, was er nicht so gern tun wollte, oder die Kiste aufzustemmen, was er sehr gern tun wollte. Was trieb Two-Toes hier eigentlich? Wen wollte er mit diesem *VORSICHT! LEBENDES REPTIL!*-Quatsch auf den Arm nehmen? Und wieso hatte er sich die Kiste nicht nach Hause liefern lassen? Es sei denn, Two-Toes hätte damit gerechnet, dass sie kam, wenn er arbeitete, doch dann war sie gebracht worden, als Bennie für ihn eingesprungen war, und der Ersatzmann hatte die Kiste angenommen. So musste es gewesen sein.

Hatte Two-Toes etwa ein Geschäft laufen, ohne Sal daran zu beteiligen? Würde er es wagen? Sollten diese Warnungen auf der Kiste nur Gesetzeshüter davon abhalten, sich den Inhalt näher anzusehen? War er dem Krüppel irgendwas schuldig? Hmhm … Hatte Sammy ihm diese Dorothys für die Bohemians beschafft? Nein. Die Aufgabe war zu hundert Prozent an ihm, Sally Gab, hängen geblieben. Für Two-Toes wäre ein hübscher Batzen Geld drin gewesen, wenn er seinen Teil dazu beigetragen hätte. Hatte er aber nicht. Siehe Nr. 5. Scheiß drauf. Der Typ verdiente keine Rücksicht.

Sal kehrte in den Lagerraum zurück und sah sich die Kiste näher an. Sie musste irgendwie illegal sein oder zumindest dubios, was beides Sals Domäne darstellte, denn er war der Herr über alles, was an Dubiosem und/oder Illegalem in seiner Bar vor sich ging. Was auch immer Two-Toes da laufen hatte – Sal wollte seinen Anteil.

Er schlug mit der flachen Hand auf die Kiste, sodass sie einen Satz machte und wieder auf den Fliesen landete. Sie war nicht schwer. Also war kein Alkohol darin. Falsche Größe, und außerdem musste inzwischen nur noch Absinth geschmuggelt werden, und den wollte sowieso keiner trinken, weil er scheiße schmeckte und viel zu viel kostete für etwas, mit dem man sich umbringen konnte. Er hob die Kiste leicht an und ließ sie fallen. Nein, nicht schwer. Es hätte ihn überrascht, wenn sie voll gewesen wäre. Sal nahm die Kiste an zwei Ecken und schüttelte sie kräftig – etwas rutschte hin und her. Da war definitiv was drin. Klang wie Stroh.

An einem Haken über der Spüle hing ein kurzes Stemmeisen, mit dem sie die Kisten der wenigen Spirituosen öffneten, die noch in Holzkisten geliefert wurden, meist Scotch und ein paar rote Italiener, die er für die alten Männer aus der Nachbarschaft immer auf Lager hatte. Das konnte klappen. Sal nahm das Stemmeisen vom Haken und ging wieder zu der Kiste. Er schob das Eisen unter eine Ecke vom Deckel, schlug mit dem Handballen dagegen, dann legte er sich mit seinem ganzen Gewicht darauf. Die Nägel quietschten, und der Deckel öffnete sich einen Daumenbreit. *Einmal Schnapsschmuggler, immer Schnapsschmuggler,* dachte Sal. Wie viele Kisten hatte er während der Prohibition aufstemmen müssen? Kanadischer Whisky segelte auf Privatbooten heran und wurde eilig in Obst- und Gemüsekisten umgepackt, unter echtem Obst und Gemüse, bevor man ihn ans Ufer ruderte.

Sal ging die nächste Ecke mit dem Stemmeisen an und drückte fest nach unten. Nägel knarrten. Der Deckel hob sich noch mal um zwei Daumenbreit. Er ruckelte das kurze

Ende des Eisens einmal um die Ecke herum, so wie einen Dosenöffner, da löste sich der Deckel. Sal lehnte ihn seitlich an die Kiste, dann spähte er hinein. Nichts. Halb voll mit diesen gelockten Holzspänen, in denen man Tassen und Teller verpackte. Nur lagen darin keine Tassen und Teller. Im Grunde war es nur eine Kiste mit Stroh. Aber dafür war sie eigentlich zu schwer gewesen.

Sal nahm eine Handvoll Stroh und hielt sie hoch. Nichts. Er stocherte mit dem Stemmeisen im Stroh, rührte darin herum, arbeitete sich zum Boden vor. Nichts. Doch, da! In der Ecke, etwas Braunes. Er beugte sich hinein und bekam es mit den Fingerspitzen zu fassen. Ein Leinensack.

»Two-Toes, du Schwachkopf«, schimpfte er enttäuscht. Der Leinensack war oben zugebunden, und während er einmal fünfundzwanzig Kilo Mehl oder Reis enthalten haben mochte, enthielt er jetzt rein gar nichts. Tatsächlich war eine Ecke davon aufgerissen, hing in Fetzen, wie von Ratten angefressen. Außerdem stank dieser Sack fürchterlich. Sal warf ihn zur Mülltonne an der Hintertür, die er um ein gutes Stück verfehlte. Wütend hob er den Sack mit dem Stemmeisen auf und schwang ihn in die Tonne. Da sah er aus dem Augenwinkel, dass sich etwas bewegte.

»Wie jetzt?«

Er wandte sich der Kiste zu, und dort stand die Schlange, ragte wie eine schwarze Eisenstange aus der Kiste auf, ihr Kopf aufs Sals Augenhöhe, starrte ihn an, zuckte mit der Zunge. Sal spürte, wie ihm ganz kalt wurde. Adrenalin. Er hielt das Stemmeisen in der Hand, bereit auszuholen. Er stand der Tür zugewandt. Die Schlange war keine Armeslänge von ihm entfernt. Sal wusste, dass er etwas unternehmen musste – flüchten, kämpfen, ducken, schreien –, doch er tat rein gar nichts.

Die Mamba griff an, schlug Sal ihre Giftzähne in den Hals, die unteren hakten sich in seinen Adamsapfel, während das Tier Gift pumpte, auf langer Reise angestautes Gift, direkt in Sals Adern, woraufhin Sal all das tat, woran er einen Augenblick zuvor gedacht hatte. Er schwang das Eisen, er duckte sich, er stürmte zur Tür, er stieß ein hohes Schreckenskreischen aus, er riss die Tür auf, schlug sie sich voll ins Gesicht und taumelte nach hinten, fiel und knallte dabei mit dem Kopf an den Rand der Spüle.

Die Schlange huschte davon und fand eine Stelle in der gegenüberliegenden Ecke des Lagerraums, wo sie sich einrollte und beobachtete, wie Sal sich zuckend auf dem Boden wand.

Da Sal in der Stadt geboren und aufgewachsen war, hatte er noch nie eine echte Schlange gesehen. Sein erster Eindruck war nicht so toll.

Die Schnecke sagte zu mir: »Nimmst du mich jetzt ins Kreuzverhör, nachdem du die ganze Nacht mit mir Bumsfallera gemacht hast? Im Sand wie ein Hobo?«

Es war so gegen sechs Uhr morgens, und wir saßen in einer Straßenbahn auf dem Weg zurück nach North Beach. Ich hätte liebend gern ein Taxi genommen, aber versuch mal, morgens um sechs am Strand ein Taxi aufzutreiben. Die Schnecke hatte ihre Haare zu diesem lockigen Springbrunnen hochgesteckt, der mir so gut gefiel, aber ansonsten sah sie aus, als hätte sie möglicherweise mit jemandem Bumsfallera gemacht, im Sand wie ein Hobo. Speziell ihr Kleid sah aus, als wäre es zerknüllt und in einer Katzenbox aufbewahrt worden, zusammen mit der Katze, und an einem ihrer Nasenlöcher hatte sie einen kleinen Halbmond vom Lippenstift. Ich wusste nicht, wie der dorthin gekommen war, aber ich wollte sie nur ungern darauf hinweisen, da sie ohnehin nicht gut auf mich zu sprechen war.

»Erstens war es toll. Und zweitens habe ich dich wie ein Gentleman nach oben gelassen, also hast du ja wohl *mit mir* Bumsfallera gemacht, im Sand wie ein Hobo.«

»Es war toll? Wozu dann das Verhör?«

»Ich habe mich nur gefragt, woher dieser Künstler wusste, dass du mal auf einer Werft gearbeitet hast. Er musste kaum hinsehen, als er dich gezeichnet hat. Als hätte er es schon mal getan.«

»Ich soll also zugeben, dass ich schon mal mit einem anderen Mann im Playland war. Ja, war ich. Und vielleicht wollten sie ein Andenken, bevor sie in den Krieg zogen, also habe ich dem Zeichner schon mal Modell gesessen.«

»*Sie?*«, fragte ich. Ich wollte es eigentlich gar nicht wissen, doch da war es schon raus. Ich stellte mir so einen armen Kerl in einem Erdloch auf einer gottverlassenen Insel im Pazifik vor, der im Todeskampf ein Bild von der Schnecke vollblutete. Dennoch konnte ich mich nicht zurückhalten. »Mehr als einer?«

Am anderen Ende der Straßenbahn saß ein altes Pärchen aneinandergelehnt, als würden beide schlafen, oder vielleicht hatte man sie tot in die Straßenbahn gesetzt, für eine Fahrt zum Friedhof, denn seit wir eingestiegen waren, hatten sie sich nicht bewegt. Der Hut des alten Mannes verdeckte die Augen. Die alte Frau trug einen Schal um den Kopf, mit dem sie aussah wie eine dieser französischen Bäuerinnen, wie man sie von Gemälden kennt. Ja, sie hätten auch tot sein können.

»Und was, wenn es mehr als einer gewesen wäre?«, fragte die Schnecke. »Der Krieg war lang, und ich war einsam. Die Typen, die eingeschifft wurden, hatten Angst, sie würden ihr Zuhause vielleicht nie wiedersehen. Also habe ich ihnen zur Erinnerung was Hübsches mitgegeben. Wenn mich das in deinen Augen zum Flittchen macht, solltest du vielleicht mal überlegen, wie *du* zu diesem Bild gekommen bist.«

Stilton deutete auf meinen Mantel. Mir fiel auf, dass die alte Frau am anderen Ende der Straßenbahn ein Auge aufschlug, als das Wort *Flittchen* fiel, dann schloss sie es ganz schnell wieder, als ich sie ansah. Also doch nicht tot. Ich war nicht erleichtert. Ganz und gar nicht. Ich ragte über der Schnecke auf, hielt mich an der Stange fest und hatte so ein Gefühl, als müsste ich mich übergeben.

»Das ist alles?«, fragte ich. »Du hattest Mitleid mit mir?«

»Nein, das ist überhaupt nicht alles«, erwiderte die Schnecke. »Ich mag dich, Sammy. Ich mag dich sehr. Aber du weißt doch selbst, wie es war.« Sie holte Luft, als wäre es nun an mir, etwas zu sagen, doch das tat ich nicht, also sprang sie ein, zu meiner Rettung. »Ich weiß nicht, wie schlimm es für dich da drüben war, und ich frage auch nicht nach, aber wenigstens bist du wieder nach Hause gekommen. Wenigstens kannst du lachen. Und du bringst mich zum Lachen. Aber ein paar von diesen Jungs haben vermutlich an diesem Abend zum letzten Mal gelacht. Dafür kannst du mir nicht böse sein …«

Konnte ich aber doch. Ich hatte kein Recht dazu, aber ich *war* böse. Vielleicht weniger böse als leer, als wäre meine Brust ganz ausgehöhlt. Für einen Moment hatte es auf der Welt nur mich und die Schnecke gegeben, und das war mir ganz recht gewesen. Plötzlich jedoch waren da all diese anderen Männer, die ihr folgten wie Gespenster. Mir fehlten die Worte.

Also setzte ich mich hin. Nicht auf den Platz neben ihr, sondern gegenüber vom Gang. Ich fühlte mich so richtig scheiße. Ich saß nur da, quer auf zwei Sitzen, die Füße im Gang, und starrte meine Schuhe an. Ich sagte nichts, die Schnecke sagte nichts.

Leute stiegen in die Straßenbahn. Leute stiegen aus. Leute schlurften und murmelten und lasen Zeitung. Das tote Pärchen schlenderte davon, die Frau blickte sich um, sah mich finster an, als sie hinunter auf die Straße stieg. *Deinen bösen Blick kannst du dir sparen, Oma. Davon habe ich einen ganzen Spiegel voll. Der wartet schon auf mich, wenn ich nach Hause komme.*

Nach der Van Ness Avenue zog Stilton an der Leine, damit die Glocke läutete. Der Fahrer hielt einen Block weiter bei der Kreuzung von Market und Polk. »Ich steig hier aus«, sagte Stilton. »Meine Uniform hängt bei der Arbeit. Ich zieh mich da um.«

»Okay, ich fahre bis zur Grant«, sagte ich. Mehr nicht.

Im Vorbeigehen tippte sie mit dem Finger an meinen Fuß. »Bis bald mal«, sagte sie.

»Ja«, sagte ich.

»Vorsicht beim Aussteigen«, rief der Fahrer.

Ich beobachtete, wie die Schnecke aus der Straßenbahn stieg und noch einen bedrückten Blick über ihre Schulter warf, als schämte sie sich, und ich fühlte mich, als hätte ich eben einen Stein nach der Straßenlaterne geworfen, die das einzige Licht in meinem elenden Leben gewesen war.

Als ich nach Hause kam, lag der Bengel vor meiner Tür, eingerollt wie ein schlafendes Hörnchen, den Hintern in die Luft gestreckt, seine Zeitungsjungenmütze vor sich auf dem Boden. Ich wusste weder, wieso ihn seine Mutter gestern Abend nicht reinlassen wollte, noch, wieso er nicht mit seinem Schlüssel meine Wohnung aufgeschlossen hatte, aber ich war so müde, dass ich mich gleich neben ihm im Flur hätte hinhauen können. Also schloss ich die Tür auf, packte den Bengel am Rücken seines Overalls und setzte ihn in meiner Wohnung ab. Ich kickte seine Mütze hinein und schloss hinter uns ab.

Wenn ich den Bengel draußen ließ, lief er Gefahr, von Ratten gefressen zu werden, und so fertig, wie ich war, würde ich es ohne den Weckdienst des Bengels nie im Leben pünktlich zur Arbeit schaffen. Ich ließ ihn dort am Boden, wo er Bäume sägte, mit diesem leisen Kinderschnarchen, wie man es von einem Welpen oder vielleicht einem kleinen Ferkel kennt, denn ein Mal in der Minute etwa gab er so ein kleines Schnauben von sich. Er ließ sich überhaupt nicht stören, und ich war ein wenig neidisch, dass er schlief wie ein unschuldiges Baby, wie man so sagt, trotz der Tatsache, dass er ein grässliches Kind war.

Also, ich schlief gut, aber es war der unruhige Schlaf eines Mannes, der das Beste zerstört hatte, was ihm je passiert war, und es kam mir vor, als hätte ich kaum die Augen zugemacht, als der Bengel an meine Tür hämmerte und brüllte, als stünde das Haus in Flammen. Offenbar war er rausgegangen, während ich schlief. Meine Uhr behauptete, ich hätte sieben Stunden geschlafen, aber es kam mir vor wie sieben Minuten, vier davon nichts als Bauchschmerzen und Reue.

»Ich bin wach, Kleiner«, sagte ich und riss die Tür auf. »Warum nimmst du nicht deinen Schlüssel?«

Der Bengel stampfte an mir vorbei, als wäre ich nur ein Schatten, und hielt direkt auf den Kühlschrank zu.

»Kann sein, dass ich ihn verloren hab«, erwiderte er. »Wer weiß?« Schon nahm er die Milch und den Laib Brot heraus, den ich im Kühlschrank aufbewahre, um Rüsselkäfer und dergleichen zu entmutigen. »Du hast keine Cornflakes mehr. Lass mir Geld da, dann kauf ich dir was ein, ohne Aufschlag.«

»Da ist Zucker. Mach dir einen Milchtoast«, erklärte ich ihm, aber er hatte schon zwei Scheiben auf den Bratrost gelegt und wollte eben das Gas aufdrehen.

»Hör zu, Kleiner, ich muss unter die Dusche.« Ich nahm meine Hose vom Stuhl, holte einen Dollar aus der Brieftasche und legte ihn neben die Spüle. »Besorg ein paar Cornflakes, etwas Butter, und geh zum Eisenwarenladen und lass dir einen Schlüssel nachmachen.« Ich legte meinen Schlüssel neben den Dollar. »Das kriegst du doch hin, oder?«

»Seh ich aus wie ein Sklave? Ich bin doch nicht dein Laufbursche. Ich bin doch nicht irgend so ein dreckiger Mascarpone!«

»Das ist Käse, Kleiner.«

»Nein, ist es nicht.«

Der Schmerz traf mich an den Schläfen, als würde mir jemand heiße Nieten in den Kopf schießen, und das kam nicht von Old Tennis Shoe. »Hör mal, Kleiner, der Schlüssel ist für dich, das Essen ist für dich. Wieso hast du gestern Nacht im Flur geschlafen?«

»Geht dich nichts an. Meine Ma könnte was mit Onkel Clement vorhaben.«

»Dem Papst?«

»Streng geheim.« Der Bengel beobachtete seinen Toast wie ein wissenschaftliches Experiment – beugte sich so nah an den Bratrost, dass die Kappe seiner Mütze eine kleine Rauchwolke von sich gab. »Musste schnell weg. Hat mich aus Versehen ausgesperrt. Was soll man machen? Weiber machen manchmal dumme Sachen, wenn sie blank sind.«

Schon wollte ich anfügen: »Wem sagst du das.« Schon

wollte ich anfügen, dass er vielleicht nichts dafür konnte, so ein grässliches Kind zu sein, weil seine Mutter eine grässliche Mutter war.

Aber ich sagte: »Tja. Was soll man machen?«, und ging unter die Dusche. Als ich zurückkam, war der Bengel bei seiner zweiten Runde Milchtoast. Er schlürfte, während ich mich anzog.

»Wo ist dein Stock?«

»Hab ich bei der Arbeit vergessen. Lass dir diesen Schlüssel nachmachen, Kleiner. Und leg mir meinen unter die Fußmatte.«

»Heute Abend muss ich was in deinem Radio hören. Um zu wissen, ob die fliegenden Untertassen angreifen. Hier in der Stadt kann man sie nicht kommen sehen, wegen der vielen Lichter. So ist man leichte Beute.«

Ich wollte ihm schon wie üblich raten, seine dreckigen Ohren von meinem Radio zu nehmen, doch dann sagte ich: »Ja, Kleiner, stell die Lauscher auf. Aber mach die Kiste aus, wenn du fertig bist. Sollte dir eine Röhre durchbrennen, zahlst du die von deinem Geld.«

»Versuch's doch, du dreckiger Manchego.«

»Auch ein Käse.«

»Nein, ist es nicht, du lausiger …«

Ich knallte dem Jungen die Tür vor der Nase zu. Nach zwei Schritten auf die Straße hinaus, war mir, als sollte ich rüber zum *Five & Dime* an der Polk Street laufen und bei Stilton um Gnade betteln, sie anflehen, mir zu verzeihen, ihr sagen, dass ich den Fehler meines Lebens gemacht hatte und dass ich kein Kriegsveteran war, sondern ein Lügner und ein Idiot. Frauen mögen so was.

Wahrscheinlich.

Aber ich wollte ihr nicht auch noch einen ganzen Sack

mit meinen Problemen aufladen. Das wäre mies. Das wäre nicht in Ordnung.

Also lief ich zu Sals Bar und winkte unterwegs den Leuten, die ich auf der Straße so kenne.

»Hey, Vinnie! Wie geht's deiner Mutter? ... Tony! Wie läuft's denn so? ... Hey, Enzo, *va fangul,* du elender Spaghettificker!« (Ich darf das sagen, denn als Sal mich eingestellt hat, habe ich ihm erzählt, der Name meiner Familie sei ursprünglich Tuffelo gewesen, nicht Tiffin, und so hieß er mich in der Itaker-Gemeinde willkommen, und alle im Viertel halten mich für einen Italiener. Ich lasse sie gern in dem Glauben.)

Während ich so ging, winkend und verstümmeltes Italienisch sprechend, wurde mir bewusst, dass ich mich normalerweise auf meinen Stock stützte, und urplötzlich wünschte ich, ich hätte meinen Stock dabei, denn ich hinkte, und mein Fuß tat weh. Ich dachte an Stilton hinter dem Essenstresen, wie sie den ganzen Tag lang Teller schleppte, während ich geschlafen hatte, sich mit allen möglichen Schnackern und zwielichtigen Gestalten abgeben musste, verletzt, wie sie war. Und ich wusste, dass ihr Schmerz schlimmer war als mein blöder Fuß, denn sie war ein guter Mensch, etwas dusselig vielleicht, traurig-dusselig, wie Milo gesagt hatte, aber lieb-dusselig. Ich tat ihr nicht gut, und ich wusste es.

Als ich zu Sals Bar kam, war der Eingang verriegelt, das GESCHLOSSEN-Schild hing noch im Fenster. Ich dachte, Sal sei mal kurz weggegangen, aber normalerweise schloss er dann nur die Kasse ab und ließ einen der Tagtrinker ein Auge darauf haben, bis er wiederkam. Die Hintertür war nicht abgeschlossen. Sie war nicht mal zu. Irgendwas hielt sie eine Handbreit offen. Ein Schuh. Es war ein Schuh, den Sal Gabelli trug, und seiner bläulichen Hautfarbe nach zu urteilen war klar, dass Sal nicht mehr unter den Lebenden weilte.

Da fand ich also oben erwähnte Schlangenkiste ohne die schwarze Mamba und folgerte daraus, dass die Schlange tatsächlich noch irgendwo in der Bar sein mochte, und ich befleißigte mich zweier kräftiger Männerschreie in kurzer Folge, einen, als ich Sal fand, und den anderen, als ich auf die beiden Typen in schwarzen Anzügen traf, die sich mir in den Weg stellten, als ich gerade Moo Shoes suchen und ihm mitteilen wollte, dass mein Boss Opfer unserer Geschäftsidee geworden war – und dass wir überhaupt eine Geschäftsidee hatten.

Die Typen erschraken ob meiner männlichen Schreie kurz, doch fingen sie sich, bevor ich es tat, und während ich versuchte, die Tür hinter mir ins Schloss zu ziehen, trat mir einer der beiden in den Weg.

»Sind Sie Sal Gabelli?«

»Nein«, sagte ich, »Sal hat sich einen Tag freigenommen.«

»Wer sind Sie?«, fragte der andere Lulatsch. Ich konnte die beiden nur auseinanderhalten, weil der eine buschige Augenbrauen über seiner Sonnenbrille hatte und der andere welche, die aussahen wie aufgemalt.

»Ich bin der Hausmeister«, sagte ich, obwohl ich meine Barkeeper-Kleidung trug, samt Weste, Fliege und Ärmelhaltern (nur meine Schürze hatte ich nicht umgebunden, wegen der Sache mit der Leiche und so).

»Wann wird Sal wieder hier sein?«, fragte Dünnbraue.

»Weiß nicht, vielleicht Montag. Ich bin hier nur der Hausmeister.«

Dickbraue zückte ein Notizbuch aus seiner Jackentasche und schrieb mit kurzem Bleistift etwas hinein.

»Haben Sie eben notiert, dass ich der Hausmeister bin?«

»Mit Datum und Uhrzeit«, sagte Dickbraue.

Sie fragten mich nicht nach meinem Namen. Sie zweifelten nicht daran, dass ich der Hausmeister war, obwohl ich nicht entsprechend gekleidet war, und sie wiesen sich auch nicht aus, notierten sich aber die Zeit und vermutlich auch, dass sie mit dem Hausmeister gesprochen hatten. Sie bemerkten nicht, dass ich schwitzte wie eine Hure in der Kirche, trotz der kühlen Witterung. Es waren also keine Bullen, es sei denn, sie wären extrem schlechte Bullen, und für Mafiosi waren sie insgesamt zu verspannt, aber die Anzüge, die Hüte, die Sonnenbrillen wirkten wie eine Uniform, bis hin zu den hochglanzpolierten Florsheims. Vielleicht, dachte ich, gehören sie zu einer dieser durchgeknallten Kirchen, die ihre Leute in Schlips und Kragen raus in den Dschungel schicken, um Kannibalen und dergleichen zu bekehren. Vielleicht hatte Sal mit denen was laufen.

»Kann ich Sal etwas von Ihnen ausrichten?«, fragte ich. »Soll ich ihm sagen, dass Sie da waren?«

»Nein, tun Sie das nicht«, meinte Dünnbraue.

»Okey-dokey«, sagte ich. »Ich muss los, Leute«, sagte ich. »Anderer Job. Geht mit Gott oder mit wem ihr wollt«, und ich schob mich an ihnen vorbei und lief den Broadway hinauf, während das Herz in meiner Brust trommelte wie Gene Krupa. Definitiv durchgeknallte Kirchenheinis.

11

Auf Eis gelegt

Wie sich herausstellte, kam ich bestens auch ohne Stock zurecht, wenn ich einen ordentlichen Schreck bekommen hatte, und so war ich bald am *Club Shanghai,* wo mich der Türsteher schräg von der Seite anschielte, als ich an ihm vorbeistürmte. Eddie Moo Shoes stand nicht am Empfangspult, dafür aber der junge Bursche. Wie er hieß, wusste ich nicht mehr.

»Hey, Skippy, ist Eddie da?«

»Ich bin Lou«, sagte der Junge. Da fiel es mir wieder ein.

»Ich dachte, du heißt Low.«

»Nicht mehr«, sagte er. »Eddie ist in der Lounge.« Er wies nickend zu einer Seitentür. Die Cocktail-Lounge bestand ganz aus rotem Samt und goldenen Drachen, nicht so funkelnd wie der Saal. Eddie lehnte an einer dunklen Eichenbar neben Lois Fong, die noch nicht ihre Abendgarderobe trug, aber dennoch ausgesprochen wohlgeformt aussah, selbst in ihrer Alltagskleidung, die aus einem salbeigrünen Leinenkleid und dunkelgrünen Pumps bestand, deren Absätze so hoch waren, dass selbst einer Bergziege darauf schwindlig werden würde. Sie saß am Tresen, hatte ihre Absätze hinter den unteren Messingring ihres Hockers gehakt.

»Sag mal, Kleiner, würdest du mir wohl Eddie rausholen? Sag ihm, ich muss ihn kurz sprechen.«

»Sie dürfen reingehen.«

»Ach, ich glaube, Lois kann mich nicht so gut leiden, und er scheint bei ihr gerade landen zu können. Sag ihm, es wird nicht lange dauern.«

Ich trat ein paar Schritte zurück. Der Teppich war so weich, dass er mich an den Boden im Gruselkabinett gestern Abend erinnerte. »Wie Hackbraten«, hatte die Schnecke gesagt, und ich spürte einen Stich in meinem Herzen.

»Was macht das Wetter, Vetter?«, sagte Moo Shoes. Rotes Seidenjackett, Fliege aus Goldlamé und natürlich schwarzweiße Budapester.

»Problem«, sagte ich.

»Diese andere Sache? Denn wir sollten diese andere Sache nicht erwähnen. Meinen Onkel.«

»Nein, nicht das«, sagte ich.

»Wieder Weiberstress?«

»Ja. Aber nein. Anderer Stress.«

»Gestehe, Sünder!«

»Wo hast du das denn her?«

»Bing-Crosby-Film. Vielleicht. Ich weiß nicht. Wie geht der Song, Armstrong? Ich muss wieder zu Lois. Sie schüttet mir gerade ihr Herz aus. Läuft gut für mich.«

Lou kam zum Pult zurück, doch Eddie schickte ihn weg. »Mach 'ne Pause, Lou«, sagte Eddie. »Ich übernehm das hier.« Lou verzog sich. Zu mir sagte Moo Shoes: »Also …?«

»Könnte sein, dass Sal Gabelli tot ist.«

Das war offensichtlich nicht, was Moo Shoes erwartet hatte, denn er hatte ein Riesenfragezeichen im Gesicht. »Könnte tot sein, insofern, als er vermisst wird? Oder könnte tot sein, insofern, als jemand ihn in einen Sack gesteckt und in die Bay gestoßen hat? Was nur zu verständlich wäre. Oder könnte tot sein, insofern, als er mit einem Herzkasper im Krankenhaus liegt und nur noch Stunden zu leben hat?«

»Könnte tot sein, insofern, als er definitiv tot im Lagerraum der Bar liegt.«

»Oha!« Moos Shoes sah sich um, warf einen Blick in die Lounge, winkte und zwinkerte Lois zu – er wäre gleich wieder da – und dann: »Was soll das heißen, Sammy? Hast du ihn umgebracht?«

»Nein!«

»Gut.«

»Na ja. Also, irgendwie schon …«

»Wie hast du ihn *irgendwie schon* umgebracht? Denn wenn es ein Unfall war …«

»Na ja, *wir* haben ihn umgebracht …«

»*Wir?* Du und diese Käseschnecke?«

»Nein, *wir* – du und ich.«

»Hör mal, du weißt, ich steh für dich ein, aber wenn du jemanden umbringst …«

»Es war unsere Schlange«, fiel ich ihm ins Wort. »Unsere Schlange hat Sal getötet.«

Moo Shoes war etwas perplex. Ich sah es und ließ ihm einen Moment Zeit, seine Gedanken zu sortieren, doch da schob Lois Fong ihren Kopf um die Ecke.

»Ed-dieeeee, ich muss mit dir reden!«

Mir war klar, dass ich mich mal kurz unbeliebt machen musste, sonst würde Moo Shoes bei seinem Projekt der Begierde an Boden verlieren. »Lois«, sagte ich mit meiner allerbesten Kondolenzstimme, ließ Eddie stehen und ging auf Lois zu, »sei so nett und gib uns einen Moment Zeit. Ich habe ein persönliches Problem, und Eddie berät mich, weil er das so gut kann. Okay?«

Daraufhin zog sie sich wieder in die Lounge zurück. »Na

gut, okay. Aber, Eddie, ich muss mich bald für die Arbeit fertig machen.«

Moo Shoes nickte, lächelte, hob einen Finger an: *Bin sofort bei dir!*

»*Unsere* Schlange?«, fragte er.

»Ja, wir haben eine Schlange. Tödlich giftige schwarze Mamba.«

»Eine Schlange?«

»Du erinnerst dich an diesen südafrikanischen Seemann, der neulich Abend bei Sal war, der Typ mit den vielen Tieren? Also …«

»Du hast ihm eine Schlange abgekauft?«

»Es war *deine* Idee«, sagte ich.

»Wie, zum Teufel, kann es meine Idee sein, wenn ich erst jetzt davon erfahre?«

»Weil du mich in diesen Nudelladen mitgenommen hast, in dem Schlangenpisse zwanzig Dollar pro Kelle kostet. Also war es ja wohl eine Investition.«

»Moment, *das* war die Geschäftsidee, von der du gesprochen hast, als du Onkel Mao mit Schlangenpisse bezahlen wolltest? Dafür hast du eine Schlange gekauft?«

»Das sage ich doch gerade.«

»Und diese Schlange hat Sal umgebracht?«

»Zu meiner Verteidigung möchte ich anmerken«, erklärte ich, »dass die Schlange an mich adressiert war. Es lag sogar ein Brief dabei, in dem stand, dass man vorsichtig sein soll. Sal hat den Brief einfach ignoriert und die Kiste aufgemacht.«

»Du hast sie in Sals Bar liefern lassen?«

»Na, ich dachte, das wäre sicherer als meine Wohnung. Bei mir würden sie so eine Kiste einfach draußen vor der Tür abstellen. Man kann doch eine so wertvolle Schlange nicht einfach irgendwo rumstehen lassen. Irgendjemand würde …«

»Also hat die Schlange Sal gebissen, und jetzt ist er tot?«

»Das ist korrekt. Liegt im Lagerraum.«

»Und wo ist die Schlange?«

»Keine Ahnung. Vielleicht noch in der Bar.«

»Zusammen mit Sals Leiche?«

»Du verstehst das Problem?«

»Ja«, sagte Eddie, »ich verstehe das Problem. Die Bullen werden überall nach dir suchen.«

»Nicht unbedingt«, sagte ich. »Niemand kann beweisen, dass die Schlange uns gehört hat.«

»Nur dass sie an dich adressiert war.«

»Das ist es ja gerade. Deshalb werde ich so tun, als wollte mich jemand umbringen, aber Sal hätte die Kiste aufgemacht und mir damit das Leben gerettet.«

»Das glaubt dir doch kein Mensch«, sagte Moo Shoes.

»Ed-diiieeee!«, jammerte Lois in der Tür.

Ich ging hinüber und nahm ganz zärtlich ihre Hand, als führte ich sie auf den Tanzboden. »Komm schon, Süße, nur noch ein bisschen. Du weißt, was für ein unglaublicher Macher Eddie ist, oder? Eine Minute brauche ich seine Hilfe noch, dann gehört er wieder ganz dir.«

»Na schön.« Lois schmollte und machte kleine schmollige Schritte rückwärts in die Bar.

Ich drehte mich wieder zu Moo Shoes um. »Du musst mir helfen, die Leiche loszuwerden.«

»Was? Nein! Ich weiß nicht, wie man eine Leiche loswird.«

»Ja, aber du kennst jemanden, oder?«

»Warum sollte ich was davon verstehen? Ich bin in der Wäschereibranche groß geworden.«

»Aber du bist ein Macher, Eddie.«

»Nein, bin ich nicht.«

»Na, aber du wärst einer geworden, wenn diese Sache mit der Schlange geklappt hätte. Was ist mit deinem Onkel?«

»Ja. Vielleicht.« Moo Shoes überlegte. »Nein. Er hat sich spezialisiert.«

»Was? Er ist darauf spezialisiert, einen entführten Bullen unter Drogen zu setzen, bis wir uns entschieden haben, was wir mit ihm machen wollen, aber wenn es um einen lausigen Toten geht, ist er überfordert?«

»Nur wenn es um einen toten *Weißen* geht.«

»Wie? Er hat keine Probleme, mein Geld für Drogen zu nehmen, aber an einer Leiche will er sich nicht die Finger schmutzig machen? Dreist.«

»Nein, ihr Anglos seid zu groß.«

»Unsinn, Sal wiegt selbst klatschnass keine fünfundsiebzig Kilo. Und er hat jetzt schon einiges eingebüßt. Höchstens siebzig, würde ich sagen.«

»Ho meint, die Schweine brauchen zu lange, um einen weißen Teufel zu fressen.«

»Könnte er für Stammkunden nicht mal eine Ausnahme machen?«

»Das würde er nicht tun. Außerdem will er mehr Geld, wenn er Pookie noch ein paar Tage bei sich behalten soll. Er sagt, er muss ihn so weit aufwecken, dass er Wasser in ihn reingießen kann, sonst vertrocknet er und stirbt.«

»Na, dann wären wir aber echt gearscht«, sagte ich. »Denn dann hätten wir zwei Leichen, und Pookie ist riesig.«

»Ed-diiiieeee!«, heulte Lois.

»Du hältst jetzt endlich mal die Klappe, Lois!«, bellte ich. »Und zwar sofort! Lass uns eine beschissene Minute Zeit!«

Möglicherweise klang ich dabei nicht ganz so zartfühlend wie beabsichtigt.

»*Gwai lo*«, murmelte Lois, als sie sich zurückzog.

»Das habe ich gehört! Ich weiß, was es heißt! Ich bin kein weißer Teufel!«

»Scheiße, jetzt hast du es geschafft«, sagte Eddie.

»Tut mir leid, Mann.«

»Geld her«, sagte Eddie.

»Ich hab nichts«, sagte ich.

»Ich habe dir neulich Abend hundert Dollar geliehen.«

»Ich weiß. Warum hast du mich genötigt, die Nudeln zu bezahlen?«

»Ich hab's dir doch gesagt. Es durfte nicht so aussehen, als hätte ich Geld. Darum geht es nicht.«

»Ich habe es für die Schlange ausgegeben. Zusammen mit einem Hunderter von mir.«

»Du hast zweihundert Dollar für eine Schlange bezahlt?«

»Es ist eine erstklassige Schlange, wie wir jetzt gesehen haben.«

»Ed-diiiieeeeeee!«

Moo Shoes fuhr zu der Tänzerin herum. »Halt die Klappe, Lois! Es ist geschäftlich. Ich bin gleich bei dir.«

Sie schniefte und fing an zu weinen, als sie weglief. Moo Shoes wandte sich zu mir um, und ich musste einen Schritt zurückweichen, denn ich war mir nicht ganz sicher, ob er mir vielleicht eine reinhauen würde, weil ich ihm die Tour vermasselt hatte. Doch er war plötzlich wie verwandelt und kam mir ganz bedrohlich und flüsterig vor, wie ich ihn noch nie erlebt hatte, was mich einigermaßen beunruhigte.

»Du musst wieder an die Arbeit. Wenn die Bar nicht aufmacht, werden die Leute was merken. Und außerdem suchen sie jetzt schon nach einem Mann mit Stock. Hey, wo ist eigentlich deiner?«

»Brauch ich nicht.«

»Gut. Versteck Sals Leiche, schließ die Bar auf, bring deine Schicht hinter dich, und wir überlegen uns heute Abend nach dcr Arbeit was.«

»Was ist, wenn die Schlange noch da ist?«

»Dann fang sie.«

»Ich weiß nicht, wie man eine Schlange fängt. Wahrscheinlich ist es eine große Schlange. Bokker meinte, er wollte eine große besorgen. Und wahrscheinlich ist sie sauer, weil sie immer noch Sals Geschmack im Maul hat.«

»Nimm einen Besen oder irgendwas.«

»Einen Besen?«

»Ja. Ich ruf dich nachher an.«

»Was ist mit den Hodensackgesichtern?«

»Wer sind die Hodensackgesichter?«

»Die alten Männer im Nudelladen. Die aussehen, als wären sie aus Hodensackhaut.«

»Das ist respektlos, Sammy. Das sind die ehrenwerten Alten.«

»Sie trinken Schlangenpisse, Eddie, wie ehrenwert ist das? Die sind doch an allem schuld.«

»Wieso sind die schuld?«

»Angebot und Nachfrage. Bringen sie euch in Chinatown nicht mal die Grundlagen der Wirtschaft bei?«

»Geh arbeiten. Bleib am Leben. Mal sehen, was ich tun kann. Ich ruf dich an.«

»Sag Lois, es tut mir leid. Ich bin in letzter Zeit etwas angespannt.«

»Ich werde ihr sagen, ich lasse dir die Arme brechen.«

»Klar, das wäre auch eine Möglichkeit.«

»Ich muss nur das Geld auftreiben, um jemanden dafür bezahlen zu können.«

Und damit lief Moo Shoes seiner Lois hinterher und überließ es mir, meinen Weg zurück zur Bar zu finden, ganz auf mich allein gestellt.

Wenn man Leute sagen hört, jemand wurde in einen Sack gesteckt, klingt das viel einfacher, als es tatsächlich ist. So kam es mir im Laufe des Abends zumindest vor.

Als ich an der Bar ankam, hatte ich mich wieder beruhigt, und die beiden Typen mit den Sonnenbrillen waren nirgendwo zu sehen, nur ein paar traurige Hunde saßen da und wachten oder warteten vielleicht auch nur auf Hundepizza. Jedenfalls verschaffte ich mir Zugang durch die Hintertür, wobei ich mich ein bisschen umsah, um sicherzugehen, dass die schwarze Mamba nicht hinter der Tür lauerte, um mich kaltzumachen wie Sal, aber die Luft war rein. Ich stieg über erwähnten Sal hinweg, dem meine schlechten Manieren erfreulich wenig auszumachen schienen, dann nahm ich den Mopp aus dem großen Waschbecken neben seinem Kopf. Blut und Haare klebten am Beckenrand, sodass ich mit sherlockschem Scharfsinn – geschärft in Jahren des Gabelstaplerfahrens, Schiffeschweißens und Getränkeausschenkens – deduzierte, dass Sal den Kopf auf dem Weg nach unten dort angeschlagen hatte, was die serviettengroße Blutlache auf dem Boden neben seinem Gesicht erklärte.

Mir blieb etwa eine Stunde Zeit, die Bar vorzubereiten und zu öffnen, bis den ersten Feierabendtrinkern der Verdacht käme, dass irgendwas im Busch war, und – bei allem gebotenen Respekt vor den Toten – ich wischte doch nicht als Erstes um Sal herum, weil ich nicht scharf darauf war, beim Putzen von der schwarzen Mamba überrascht zu werden, also schwenkte ich den Mopp, die Waffe meiner Wahl im Kampf gegen die tödlichste Schlange der Welt, wovon der verblichene Armleuchter unter der Spüle ein Lied singen konnte. Ich dachte mir, wenn ich sie fände, würde sie vielleicht den Mopp beißen statt mich, und dann könnte ich rausrennen und mit einem anderen Plan wieder reinkommen. Der Südafrikaner hatte gesagt, Mambas wären in der Lage, einen Menschen einzuholen, aber konnten sie auch einen Türknauf drehen, hm?

Ich griff mir eine Lederjacke aus der Kiste mit den Fundsachen und zog sie zum Schutz über, dann machte ich mich daran, alle Ecken abzusuchen, unter jedem Tisch, hinter jedem Hocker, in jedem Schrank – riss die Türen auf und sprang zurück, mit dem Mopp in der Hand, fluchtbereit. Eine halbe Stunde später war da immer noch keine Schlange, aber dafür überraschte ich eine kleine graue Maus in einem Schrank hinter dem Tresen und machte sie mit meinem bereits erwähnten *Riesendödel-in-der-Drehtür*-Männerschrei bekannt, der uns beide eilig das Weite suchen ließ. Da die Luft also einigermaßen rein war, wurde es Zeit, sich um Sal zu kümmern.

Sal war schon unter normalen Bedingungen nicht der bestriechende Mensch der Welt gewesen, doch mittlerweile war er ausgesprochen überreif. Unter der Spüle befand sich ein Abfluss im Boden, und so begann ich, ihn eimerweise mit warmem Seifenwasser zu übergießen, bis er einigermaßen erfrischt wirkte, wenn auch etwas feucht.

Ich vermutete, dass er nicht bis zum Feierabend so frisch bleiben würde, und außerdem könnten die Gäste am Ende vom Tresen sehen, dass Sal dort unter dem Waschbecken lag, und ihre Neugier wäre geweckt, sodass ich ihn dringend umbetten musste. Wie möglicherweise bereits erwähnt, verfüge ich über sehr begrenzte Erfahrung, was das Verbergen von Leichen angeht, und so wollte mir nicht gleich ein gutes Versteck einfallen. Doch plötzlich war es da – wie der Heilige Gral oder ein Zauberspruch oder ein kostenloses Schäferstündchen (vermutlich ebenfalls per Zauberspruch).

Kurz nach Kriegsende, als Sal mich damals einstellte, kamen viele Maschinen aus Armeebeständen auf den Markt, die nicht mehr gebraucht wurden, weil die Achsenmächte besiegt waren. Darunter befanden sich Schlachtschiffe, Bomber, Panzer, Flammenwerfer, Atombomben und Eismaschinen. Und es war Letztere, die Sal für seine Bar haben wollte, denn der Preis war so gering, dass die Maschine fast nichts kostete, besonders dann, wenn man bedachte, was man einsparte, weil man sich nicht mehr jeden Tag Eis liefern lassen musste. Und da stand sie. Zu groß, um unter den Tresen zu passen. Sogar zu groß, um durch die Tür in die Bar zu passen. Ursprünglich war sie dafür gedacht gewesen, den Jungs im Pazifik das Leben irgendwie weniger höllisch zu machen, doch nun stand sie in der Ecke vom Lagerraum, gegenüber vom Waschbecken, tuckerte und zischte und gab diverse knackende Geräusche von sich, den ganzen Tag, die ganze Nacht, ununterbrochen. Sie war etwa dreimal so groß wie ein normaler Kühlschrank und hatte einen Behälter, der fünfhundert Pfund Eis halten sollte und nun, wie ich hoffte, seinem Besitzer Unterschlupf gewähren würde.

Nie im Leben würde ich den toten, nassen Sal allein dort hineinhieven können und eine halbe Stunde später immer noch halbwegs präsentabel bei der Arbeit sein, also zog ich mich bis auf die Unterwäsche aus, faltete meine Barkeeper-Kluft zusammen und legte sie auf den Tresen, dann ging ich ins Lager zurück, packte Sal unter den Achseln, hob ihn an und zerrte ihn rüber zur Eismaschine. Wie sich herausstellte, ist der Ausdruck *Totenstarre* keineswegs eine Metapher, womit ich sagen will, dass Sal seit seinem letzten Atemzug doch einigermaßen steif geworden war. Die Luke der Eismaschine befand sich etwa einen Meter über dem Boden und war mit einer schweren Klappe versehen. Zwar mochte die Öffnung für einen kleinen Eimer groß genug sein, doch besaß sie nicht die ideale Größe, um einen widerborstigen toten Armleuchter hineinzubefördern, und in der Folge brüllte ich ein paarmal farbenfroh ins Waschbecken. Unvermittelt wurde mir bewusst, wie kompliziert es sein musste, jemanden in einen Sack zu stecken, wenn ich nicht mal ein gut geschmiertes Weltergewicht in eine Eismaschine kriegte. Und als mir klar wurde, dass ich es möglicherweise nicht fertigbringen würde, Sal in Teile zu zersägen, damit er in die Eismaschine passte, selbst wenn das Küchenmesser, mit dem wir die Zitronen in Scheiben schnitten, ziemlich scharf war, da klingelte das Telefon. Ich ließ Sal halb aus der Maschine hängen und ging ran.

»Sals Bar«, sagte ich.

»Könnte ich bitte mit Mr Gabelli sprechen?«, fragte eine Frau ernst und hochoffiziell.

»Mr Gabelli ist kurz weg«, erklärte ich ihr. »Kann ich ihm was ausrichten?«

»Bitte sagen Sie ihm, er möchte so bald wie möglich diese Nummer anrufen«, erwiderte sie, dann gab sie mir die Nummer, die ich auf den Notizblock schrieb, den wir für solche Gelegenheiten beim Telefon liegen hatten.

»Nach wem soll er fragen?«

»Er muss nur sagen, wer er ist, dann leite ich seinen Anruf weiter.«

»Wird gemacht«, erklärte ich ihr. Sie legte auf. Ich hielt die Telefongabel fünf Sekunden lang gedrückt, dann rief ich die Nummer an, die sie mir gegeben hatte.

»Stoddard, Whittaker & Crock«, antwortete dieselbe Dame, die eben grußlos aufgelegt hatte. Grußlos erwiderte ich den Gefallen.

Was hatte Sal mit einer Anwaltskanzlei zu tun? Und noch dazu mit einer Anwaltskanzlei, die ihren Namen nicht nennen wollte? Ich nahm mir vor, später darüber nachzudenken, und widmete mich erneut der anstehenden Aufgabe.

Als ich wieder bei Sal war, sah ich die Lösung. Direkt vor meiner Nase stand eine praktische Schlangenkiste ohne Schlange, und ich würde Sal nur an einer Stelle biegen müssen, um ihn reinzukriegen, was leicht zu erreichen war, indem ich ihn flach oben auf die offene Kiste legte und dann auf ihn draufsprang.

Bevor man Jack Robinson sagen konnte, saß Sal friedlich in der Kiste, die ich rüber zum Abfluss schob, und ich goss eimerweise Eis über ihm aus. Als es Zeit wurde, das GEÖFFNET-Schild umzudrehen, war nur noch Sals kahle Stelle am Kopf im Eis zu sehen, also legte ich den Deckel auf die Schlangenkiste und klopfte sie mit dem Stemmeisen fest, um ihm etwas Privatsphäre zu ermöglichen.

Mit einem Geschirrhandtuch wischte ich mir den Schweiß aus dem Gesicht. Und als ich eben meine Hose anzog, klingelte das Telefon schon wieder.

»Sammy«, sagte Moo Shoes, »ich bringe gute Nachricht.« Moo klang, als hätte er einen heißen Tipp für ein schnelles Pferd.

»Toll«, sagte ich.

»In einer kleinen Gasse an der Kearny Street wurde ein toter Chinese gefunden.«

Also kein Tipp für ein Pferd. »Das ist wunderbar, Moo. Aber ich bin gerade etwas beschäftigt …«

»Das ist es doch. Du suchst noch immer deine Schlange?«

»Mehr oder weniger. Ich habe überall nachgesehen, aber ich weiß nicht, wie gut die Viecher sich verstecken können. Ich will gerade die Bar aufschließen. Ich möchte ein paar Leute hier drinnen haben. Sollte sie jemanden beißen wollen, verringert das die Chance, dass ich derjenige bin.«

»Mach dir keine Sorgen. Sie ist nicht da. Der Tote, den sie gefunden haben, ist an einem Schlangenbiss gestorben. Er war noch nicht tot, als er gefunden wurde, aber kurz danach, also wissen sie, dass es tatsächlich eine tödliche Schlange war. Die alten Männer in Chinatown reden von nichts anderem.«

»Ich fühle mich schlecht damit.« Ich fühlte mich wirklich schlecht. Ein wenig erleichtert, aber schlecht.

»Nein, das ist die gute Nachricht. Die wollen alle was abhaben.«

»Wer will was abhaben?«

»Die alten Männer im Jook-Laden.«

»Die Hodensackgesichter?«

»Nenn sie nicht so. Aber ja, die meine ich.«

»Was ist mit den Bullen? Mit den Papieren?«

»Wir reden hier von Chinatown. Da kommt nichts raus, wenn die alten Männer es nicht wollen. So eine Schlange darf ihnen nicht durch die Lappen gehen.«

»Aber wir haben die Schlange nicht.«

»Ich weiß. Wir müssen sie fangen. Also habe ich mit Onkel Mao gesprochen. Er will uns helfen.«

»Ich dachte, er hat sich spezialisiert.«

»Ja. Das ist eine seiner Spezialitäten.«

»Oh gut«, sagte ich, obwohl ich nicht das Gefühl hatte, dass es eine gute Nachricht war. »Würde er uns dafür vielleicht auch helfen, eine Leiche loszuwerden?«

»Weiß nicht. Was ist mit Sal?«

»Noch tot. Ich hab ihn auf Eis gelegt.«

»Ich hatte eine Idee«, sagte Moo Shoes. »Wie wäre es, wenn wir ihn rausschaffen und irgendwo in den Wald setzen? Im Marin County oder an der East Bay, oben bei Piedmont oder sonst wo. Bis sie ihn gefunden haben, werden sie glauben, er wäre da draußen von einer Schlange gebissen worden.«

»Geht nicht. Sal hat die Stadt in seinem ganzen Leben nicht verlassen. Alle werden wissen, dass da was nicht stimmt.«

Plötzlich klickte es laut in der Leitung, als hätte Moo aufgelegt.

»Sammy?«, sagte Moo.

»Ja, ich bin hier. Hast du das gehört?«

»Ja, ist wahrscheinlich jemand von der Vermittlung in Chinatown. Die hören manchmal zu.«

»Vielleicht sollten wir besser nicht mehr am Telefon darüber sprechen, hm?«

»Okay. Wir sehen uns nach der Arbeit.«

»Okay. Wir sehen uns. Kannst du herkommen? Und ein Auto mitbringen?«

»Nein, komm du her. Außerdem fahre ich nicht.«

»Du bist doch neulich auch gefahren, als wir Pookie weggebracht haben.«

»Na ja, aber nur, weil ich verhindern wollte, dass du uns umbringst. Ich kann das eigentlich gar nicht.«

»Ach«, sagte ich. »Aha.«

»Hast du Sals Frau angerufen?«, fragte Moo. »Sie wird sich wundern, wo er bleibt.«

»Oh Mist, daran habe ich gar nicht gedacht«, sagte ich. »Das sollte ich besser tun. Bis heute Abend.«

Ich sah Umrisse durch das Buntglas der Tür, Stammgäste, die darauf warteten, dass ich aufschloss, und trotz allem, bei aller Hast und Panik, hüpfte mein Herz bei dem Gedanken, dass dort draußen vielleicht auch die Schnecke wartete.

12

Mao spielen

Armer Sammy. Sein Boss war tot, seine Schlange war weg, er hatte kein Geld, um Ho, den katzenfickenden Onkel, für die Unterkunft seines gekidnappten Cops zu bezahlen, und vor seiner Tür stand auch keine Schnecke. Als er aufschloss, erwarteten ihn dort ganz normale durstige Mitbürger, von denen einige verärgert waren, dass die Bar nicht früher geöffnet hatte, also beschwichtigte Sammy sie mit Freigetränken und erzählte ihnen, Sal habe einen Trauerfall in der Familie zu beklagen, was den zusätzlichen Vorteil hatte, teilweise wahr zu sein, wobei Sal selbst der Trauerfall war.

Außerdem tat Sammys kaputter Fuß weh, und er hatte seinen einzigen Stock in den Rinnstein geworfen, sodass er nun so sehr hinkte, dass es aussah, als hüpfte er hinter dem Tresen auf und ab. Dennoch fand er irgendwie in den Rhythmus des Jobs, schenkte Drinks aus, spülte Gläser und plauderte belangloses Zeug, als zwei uniformierte Polizisten die Tür verdunkelten wie ein Unheil verheißendes Gewitter. Alle Gäste dämpften ihre Stimmen, bis sie nur noch wisperten – selbst Leute, die nichts Illegales zu besprechen hatten, fingen an zu flüstern, damit umtriebigere Ganoven sie nicht für Spitzel hielten.

»Was darf ich den Herren bringen?«, fragte Sammy mit unschuldigem, wohlwollendem Lächeln.

»Wir sind im Dienst«, sagte der jüngere Cop, schlaksig und kaum alt genug, um sich zu rasieren.

»Dann nur ein Bier?« Sammy lächelte. Der junge Cop musste grinsen.

»Haben Sie Pookie O'Hara gesehen?«, fragte der ältere Cop, hartgesottener Kugelkopf, wenig bis gar keinen Hals.

Sammy suchte die Decke ab, als verwahrte er dort seine Erinnerung. »Groß wie ein Haus, Nase wie 'ne Landkarte, mit einem Anzug, der aussieht, als hätte er schon vor dem Krieg darin geschlafen?«

»Genau der«, sagte der junge Cop.

»Nie von ihm gehört«, sagte Sammy.

Der Kugelkopf rückte seinen Waffengürtel zurecht. »Hör mal zu, Schlaumeier …«

Sammy grinste, hob die Hände, breites Lächeln. »Kleiner Scherz. Ja, er war hier, vor – ich weiß nicht – vier, fünf Tagen. Hat kurz was getrunken und war schon wieder unterwegs.«

»Hat er was gesagt?«

»Ja, er hat mir ein hübsches Trinkgeld gegeben und meinte, ich sollte Sal bestellen, dass er hier war.«

»Noch was?«

»Von dem Trinkgeld habe ich mir Frühstück und eine Zeitung gekauft.«

»Ob er noch was gesagt hat.«

»Nein.«

»Ist dieser Sal da?«

Und in diesem Moment kam Sammy eine Idee. Wie flackerndes Neonlicht blitzte sie in seinem Kopf auf, gab aber auch dieses nervige Summen von sich, als er sagte: »Nein. Sal meinte, er wollte ein bisschen rausfahren – rauf in den Norden, glaube ich, und soweit ich weiß, wollte Pookie mit. Deshalb hat Pookie ihn gesucht, glaube ich.«

»Rauf in den Norden? Wohin?«

»Keine Ahnung, aber ich habe den Laden heute erst spät aufgemacht. Sal hat seine Schicht ausfallen lassen – normalerweise öffnet er schon morgens. Vielleicht sind die beiden angeln oder irgendwas.«

Die Cops sahen sich an, dann sahen sie Sammy an, als hätte er gefurzt. »Angeln?«, fragte der Kugelkopf.

»Ich weiß es ja nicht«, sagte Sammy. »Ich bin hier der Barkeeper. Ich versuche nur zu helfen.«

Kugelkopf nickte. »Wir kümmern uns darum.«

Sie wollten schon gehen, da blieb der jüngere Cop in der Tür stehen. »Hey«, sagte er, »kennen Sie einen dünnen Mann, der am Stock geht?«

Sammy hielt die Luft an. Alle Stammgäste im Laden, die sich darauf konzentrierten, sich um ihre eigenen Angelegenheiten zu kümmern, hielten die Luft an. Sammy schüttelte den Kopf. »Seit dem Krieg gehen viele am Stock. Wissen Sie noch irgendwas? Alter? Haarfarbe?«

»Nein«, sagte der junge Cop, »ein Zeuge meint, vor ein paar Tagen abends gesehen zu haben, wie ein Mann mit seinem Gehstock auf Pookie eingeschlagen hat.«

Sammy starrte in den Eimer mit den Kronkorken unter dem Flaschenöffner, als müsste er scharf nachdenken. »Fragen Sie mal unten an der Third Street, bei der Suppenküche.« Sammy dachte: *Dieser Zeuge muss blau wie eine Strandhaubitze gewesen sein, wenn ihm ein dürrer Kerl mit Gehstock aufgefallen ist, aber nicht der schwarze Schrank im Pinguin-Aufzug, der Pookie schlafen geschickt hat.* Sammy sagte: »Auf der Third kann man keine Kippe wegschnippen, ohne jemanden zu treffen, der am Stock oder an Krücken geht.«

»Ja, schönen Dank auch«, sagte der junge Cop. Angewidert schob sich der Kugelkopf durch die Tür. Sie waren weg.

Sammy drehte sich zu seinen Gästen um. Alle starrten ihn an. »Was? Ich war das nicht.« Einige Dutzend Augenbrauen gingen hoch. »Das war ich nicht. Ich gehe überhaupt nicht mehr am Stock.«

Ein paar Leute räusperten sich, zündeten sich eine an, warteten.

»Eine Runde aufs Haus!«, rief Sammy, und mit einem Mal redeten alle durcheinander und bestellten sich was und erzählten Seemannsgarn, und alle freuten sich des Lebens.

Eine halbe Stunde, nachdem die Plattfüße gegangen waren, nahm ich meinen Plan in Angriff, Sals Frau anzurufen, die ich genau ein Mal getroffen hatte, als sie eines Tages in die Bar kam, um von Sal Bargeld für Einkäufe zu holen. Sie schien ganz okay zu sein.

»Hallo?«, sagte sie. Sie klang genervt.

»Mrs Gabelli, hier ist Sammy aus der Bar. Tut mir leid, wenn ich störe, aber Sal hat mich gebeten, Sie anzurufen.«

»Ja, wieso?«

»Na ja, er war auf dem Weg zum Angeln mit ein paar Freunden, und er wird noch etwas unterwegs sein« – ich versuchte, mir zu überlegen, wie viel Zeit ich herausschinden konnte – »bis mindestens Montag.« Das gab mir zwei weitere Tage.

»Ja, ich weiß«, sagte Mrs Gabelli.

»Ach so?«

»Ja, aber mir hat er gesagt, er geht zelten. Schön wär's. Der Armleuchter könnte einen Schlafsack nicht von einer Sodaflasche unterscheiden. Dir hat er erzählt, er geht angeln? Schön für dich, Kleiner.«

»Könnte auch zelten gewesen sein«, sagte ich. »Sie kennen ja Sal …« Sogar seine eigene Frau bezeichnete ihn als Armleuchter? Möglicherweise hatte die Schlange allen einen Gefallen getan.

»Wenn ich was von ihm will, rufe ich einfach im *Mabel's* an. Die tun dann so, als wäre er nicht da, und eine Stunde später ist er zu Hause.«

»Okay, Mrs Gabelli, er hat mich nur gebeten, Sie anzurufen.«

»Ja, und wenn du ihn siehst, sag ihm, er soll sich gehackt legen.«

»Ja, Ma'am.«

Verglichen damit, Sal in die Eismaschine zu bugsieren, war das Trösten seiner Witwe doch das reinste Kinderspiel.

Da meine kriminelle Karriere nun also wild voranpreschte, wie man beim Pferderennen sagt, war es Mitternacht, als ich beschloss, meinen ersten Raub zu begehen. Moo Shoes und ich mussten einiges an Dukaten auftreiben, um den Unterhalt unseres entführten Schnüfflers zu sichern. Da Sal für Bargeld ja wohl keine Verwendung mehr hatte, entschied ich, dass er den Inhalt der Kasse für Pookies Unterhalt spenden würde, doch als ich zwei Stunden vor Feierabend einen Blick in die Kasse warf und mir die paar triefnasigen Trinker ansah, die noch in der Bar saßen, wurde mir klar, dass uns ein paar Scheinchen fehlen würden, und ich ging davon aus, dass Onkel Mao nicht bereit wäre, uns die Differenz zu stunden.

Nachdem ich alle rausgeworfen hatte, machte ich mich auf die Suche nach dem Fehlbetrag. Wie erfahrene Räuber bestätigen werden, ist man, wenn man jemandem die Brieftasche abnehmen will, gut beraten, selbiges zu tun, bevor man ihn unter eimerweise Eis in eine Schlangenkiste setzt, denn wenn man Stunden später zurückkommt, stellt man fest, dass das Eis zu einem festen Block geworden ist, was einige Aufmerksamkeit erforderlich macht, um die Brieftasche daraus zu befreien. Zwar sah Sal ziemlich blau aus, aber er wirkte so frisch wie zum Zeitpunkt seiner Verpackung, wenn man von einigen geringfügigen Blessuren absah, die auf nicht ganz präzise ausgeführte Schläge mit dem Eispickel zurückzuführen waren. Und *zack* hatte ich genug Geld, um Onkel Mao zu bezahlen und mir selbst ein paar Dukaten einzustecken, außerdem einen aufgeweichten Führerschein und den Ausweis für eine lebenslange Mitgliedschaft bei den *Knights of Columbus,* die ganz praktisch sein könnte, sollte ich jemals rumsitzen und mit einer Bande alter Spaghettifresser Zigarre rauchen wollen.

Die Zeiger der Uhr näherten sich der drei. Ich sollte Moo Shoes beim *Club Shanghai* abholen, aber ich konnte nicht. Nicht ohne vorher nach ihr gesehen zu haben.

So schnell wie möglich begrub ich Sal wieder bis zum Scheitel unter Eis, und bevor ich den Deckel erneut auf der Schlangenkiste befestigte, gestand ich Sal, dass er gut daran getan hatte, eine Eismaschine vom Militär zu kaufen, denn ohne die wäre das alles gar nicht möglich gewesen.

Ich ließ alles stehen und liegen, trat auf die Gasse hinaus und verriegelte die Tür. Aus der Bäckerei unten an der Straße roch es nach frisch gebackenem Brot und einem Hauch von Zimt, der von etwas anderem stammen musste, was sie heute Morgen vorbereiteten. Die Luft war klar und kühl, wofür ich dankbar war, denn als ich die Treppe zum Telegraph Hill zur Hälfte bewältigt hatte, trug ich meinen Mantel über der Schulter, und mein Hemd dampfte vor Schweiß.

Den ganzen Aufstieg und den halben Weg hinunter übte

ich mich darin, zu Kreuze zu kriechen. Je näher ich der Kuppe des Hügels kam, desto verzweifelter und panischer wurde ich. Was, wenn sie nein sagte? Keine zweite Chance? Würde ich betteln? Wahrscheinlich würde ich nicht gleich mit dem Betteln anfangen, aber bestimmt wäre ich früher oder später so weit. Oder vielleicht gab sie mir noch eine Chance, und es ging gleich los mit einem dicken, fetten Knutscher, und wir machten genau da weiter, wo wir aufgehört hatten. Oder vielleicht kam ich dort an, und sie machte gerade Bumsfallera mit irgendeinem anderen Typen, und ich stand draußen vor dem Fenster, während mein Herz brach und auf die kleinen Trittsteine im Garten fiel. Nein, bei dem bloßen Gedanken daran wollte ich zusammenbrechen und den Hügel runterrollen und einfach sterben wie ein Hund im Dreck.

Als ich zu ihrer Wohnung kam, brannte dort kein Licht. Von drinnen war nichts zu hören. Einen Moment lauschte ich an der Tür, hielt die Luft an, dann klopfte ich auf leise Weise.

»Stilton?« Nur ein Flüstern. Wieder leises Klopfen. »Komm schon! Püppi?« Ich konnte es mir nicht verkneifen. Ich lächelte und stellte mir vor, dass sie da drinnen auch lächelte. Doch das tat sie nicht. Fünf oder sechs weitere Versuche, klopfend, gespickt mit Entschuldigungen, dann probierte ich den Türknauf. Nicht abgeschlossen.

Ohne sie kam mir ihre kleine, selbst gegrabene Wohnung vor wie ein Grab. Das Bett war gemacht. Es sah aus wie ein Kinderbett, klein und sauber und ordentlich, mit einer weißen Tagesdecke, so frisch, als käme sie direkt von der Leine, als bliebe das Bett auf ewig unangetastet – wie das Bett von einem ertrunkenen Kind, das so belassen wurde, wie es immer gewesen war, wie ein Bett für ein Kind, das nie mehr nach Hause kommen würde.

Heilige Scheiße, ich musste hier raus!

Auf ihrem kleinen Küchentisch lag ein Kellnerblock, daneben ein Bleistift im Becher. Ich hinterließ ihr eine Nachricht. *Verzeih mir, verzeih mir, verzeih mir, ich möchte dich sehen,* und darunter *Ich liebe dich, Sammy.* Und schon war ich draußen und lief auf ihrer Seite den Hügel hinab zur Kearny Street, so schnell ich konnte, ohne über meine eigenen Tentakeln zu stolpern und mir das Genick zu brechen, wobei es vielleicht gar keine schlechte Idee gewesen wäre, angesichts meiner Lage.

Bis ich am *Club Shanghai* ankam, war der Türsteher bereits nach Hause gegangen, und ich marschierte einfach rein, als wäre ich der Oberdrache. Eddie Moo Shoes stand allein an seinem Empfangspult. Er blickte auf, hob seinen *Moment-mal*-Finger in die Luft, dann rief er etwas in die Cocktail-Lounge. Mit einem Mal schlang sich Lois Fong um ihn wie eine Anaconda aus Goldlamé, schmiegte sich an ihn, so wie sich das lange goldene Abendkleid an sie schmiegte, womit ich sagen will: ziemlich eng. Lois knutschte gnadenlos auf ihn ein, sodass Moo Shoes sich am Empfangspult abstützen musste. Als ich gerade dachte: *Okay, sie will es tun, sie will Bumsfallera machen, gleich hier und jetzt,* entwand Eddie sich ihren Krallen, küsste sie kurz auf die Schläfe und klopfte ihr auf den Hintern, um sie zurück in die Cocktail-Lounge zu schicken, wohin sie auf zutiefst enttäuschte Weise schmollend wackelte.

Eddie sah mich an und grinste wie ein Vollidiot, dann tänzelte er den Flur entlang, um mich zu begrüßen.

»Was macht die Blase, Hase?«, sagte er, noch immer grinsend.

»Tu nicht so unschuldig. Dein blödes Grinsen ist voller

Lippenstift.« Ich reichte ihm ein Taschentuch, und er wischte sich das Gesicht ab, während wir nach draußen gingen.

»Ich weiß«, sagte er. »Kannst du es glauben? Seit du ihr gesagt hast, dass sie verschwinden soll, klebt sie an mir wie das Weiß am Reis.«

»*Du* hast ihr auch gesagt, dass sie verschwinden soll.«

»Es ist wie ein Zauberspruch«, meinte Eddie. »Männer erzählen mir immer, dass Frauen darauf stehen, und ich wollte es nicht glauben, aber jetzt …«

»Ich bin ja kein Experte, aber ich kann mir kaum vorstellen, dass die Masche bei allen Frauen funktioniert. Aber ich will nicht zwischen dir und deinem Glück stehen. Ich komm schon damit zurecht, wenn du Lois' Wünschen und/oder Bedürfnissen entsprechen möchtest.«

»Nein, kommst du nicht. Und ich will mein Glück nicht überstrapazieren. Wenn sie mir wieder Druck macht, sage ich ihr einfach, dass sie verschwinden soll.«

Ich nickte. »Du bist ein echter Macher, Moo Shoes, das muss ich schon sagen.« Als wir die Grant hinunterliefen und links auf die Pine einbogen, sagte ich: »Ich hab das Geld für Onkel Mao.«

»Onkel Ho«, korrigierte Moo Shoes mich. »Und gut, denn da wollen wir jetzt hin.«

»Oh«, sagte ich, »ja, das weiß ich.« Wusste ich nicht.

Schon bald befanden wir uns in einer Gasse mit unzureichender Beleuchtung, aber übermäßigem Müllgestank und huschenden Tieren in der Dunkelheit. »Was macht dein Fuß?«, fragte Eddie.

»Geht schon. Tut ein bisschen weh, aber ich bin abgelenkt.«

»Kommst du ohne Stock zurecht?«

»Könnte man meinen«, sagte ich.

Bevor ich mich weiter darüber auslassen konnte, klopften wir schon an die Stahltür, und Onkel Mao ließ uns rein. Eddie sagte irgendwelchen Quatsch auf Kantonesisch und dann zu mir: »Gib ihm das Geld.« Das tat ich, und der alte Mann zählte es, dann führte er uns durch die trübe beleuchtete Opiumhöhle zu der Koje, in der wir Pookie aufbewahrten. Er zog den Vorhang zurück, und dort lag Pookie O'Hara, eingerollt wie ein kleines Schweinchen, nackt bis auf einen rosa Seidenkimono, der ihm in jeder Hinsicht zu klein war. Ich sah mehr von Pookie, als ich jemals hatte sehen wollen, und hätte ich meinen Tag nicht damit verbracht, meine Entschlossenheit zu stählen, indem ich eine Leiche ver- und entpackt hatte, wäre mir beim Anblick dieses Bullen vermutlich mein Mittagessen hochgekommen.

Onkel Mao sagte etwas, und Eddie übersetzte. »So kann man ihn leichter putzen und versorgen.«

»Schön«, sagte ich. »Aber wir werden seine Sachen brauchen, wenn mein Plan funktionieren soll.« Dann erzählte ich den beiden von meinem Plan. Ich redete und wartete, redete und wartete, damit Moo Shoes seinem Onkel Mao übersetzen konnte.

Wir würden Pookie in einen Zustand versetzen, aus dem er fast nicht mehr aufwachte, dann würden wir ihn zusammen mit Sals Leiche irgendwo raus aufs Land fahren, wo es Wälder gab, aber wir würden uns merken, wo wir sie absetzten. Wir würden es so hindrehen, dass es aussah, als hätte Pookie Sal umgelegt, dann würden wir Pookie eine letzte Dosis verpassen, ihn mit etwas Alkohol überschütten, damit man ihn für betrunken hielt, falls er gefunden wurde, dann würden wir die Bullen rufen, anonym, und sagen, wir hätten zwei kämpfende Männer am Straßenrand gesehen, und wir glaubten, einer sei verletzt. Wenn die Cops dann kämen, würden sie Pookie finden, ohnmächtig betrunken, und Sal, noch immer tot, aber es würde aussehen, als wäre er von Pookie O'Haras Hand gestorben.

Als ich fertig war und Moo kurz nach mir auf Chinesisch fertig war, sahen mich die beiden an.

»Dann sieht es so aus, als hätte Pookie ihn ermordet?«, fragte Moo.

»Jep.«

»Mit einer Schlange?«

Onkel Mao sagte etwas. Moo erwiderte etwas. Ich begriff, dass ich diesen Plan möglicherweise nicht so komplett wie nötig durchdacht hatte.

»Dann müssen wir es eben so aussehen lassen, als wäre Sal so zu Tode gekommen, wie Pookie ihn ermorden würde.«

»Wie soll das sein? Totschlag?«

»Ich weiß nicht. Wecken wir Pookie auf und fragen ihn.« Also klatschte ich Pookie leicht auf die Wange, um ihn aufzuwecken, so wie man einen Betrunkenen weckt, dessen Kopf auf den Tresen gesunken ist, aber es klappte nicht. Also drehte ich den Bullen auf den Rücken, und sein Kopf rollte zur Seite, dann verpasste ich ihm eine kräftige Ohrfeige.

»Pookie! Wie würdest du jemanden kaltmachen?«, fragte ich. Zu Moo sagte ich: »Wo ist Pookies Waffe? Wir könnten Sal ordentlich durchlöchern, um den Schlangenbiss zu verbergen.«

Onkel Mao sagte was. Moo übersetzte. »Er meint, er hat die Waffe schon verkauft. Du wirst Pookie töten müssen.«

Ich widmete mich wieder dem Versuch, mit der flachen Hand Pookies Aufmerksamkeit zu erregen.

BATSCH! »Raus damit, Pookie! Hörst du mich? Wie würdest jemanden kaltmachen?« BATSCH!

Moo sagte: »Vielleicht finden wir eine Möglichkeit, seinen Verstand zu zerstören, damit er alles vergisst, und wenn er aufwacht, nur noch sabbert und Erbsenbrei und so Zeug essen kann, das man nicht zu kauen braucht?«

»Ja, das wäre humaner«, sagte ich.

»Wohl wahr«, sagte Moo Shoes. Er trat vor und versetzte Pookie einen Schlag. »Komm schon, Pookie. Wenn du jemanden auf Eis legen wolltest, wie würdest du es tun?«

»Sag nicht ›auf Eis legen‹«, bat ich. »Das weckt unangenehme Erinnerungen.«

»'tschuldigung«, sagte Moo.

Onkel Mao machte hinter Moos Rücken eine halsabschneidende Bewegung und deutete dabei auf Pookie.

BATSCH! Jetzt war ich dran. »Raus damit, Pookie! Wie würdest du es machen?« BATSCH! »Wie ist deine Tour, Plattfuß?« BATSCH! Doch Pookie lächelte nur milde. Selbst im trüben Licht der Opiumhöhle konnte ich sehen, dass seine Wangen von den Ohrfeigen ganz rot waren, aber dennoch spürte er nichts davon.

Mao hielt zwei Finger wie eine Waffe an seine Schläfe und drückte ab.

BATSCH! »Wie würdest du jemanden umbringen, Pookie?« BATSCH! Offenbar hatte ich noch immer einigen Restzorn auf Pookie in mir, weil er Lone Jones mit seiner .45er durchlöchern wollte, für das Verbrechen, schwarz zu sein, und so hatte ich es weniger darauf abgesehen, ihn zum Reden zu bringen, als ihm Ohrfeigen zu verpassen.

Mao band eine imaginäre Schlinge und hängte sich auf, um seine Meinung kundzutun.

BATSCH! Ich schlug noch mal zu. Da kam Pookies Pranke von der kleinen Matratze hoch und packte meine Hand. »Nein«, sagte er mit einer Stimme, die klang, als gurgelte er Murmeln. »Ich würde doch niemandem wehtun.« Dann wurde seine Hand schlaff, er verdrehte die Augen und war schon wieder im Land der Träume.

»Na, jetzt hast du es verdorben«, sagte Moo Shoes. »Jetzt müssen wir ihn töten.«

Breites Grinsen bei Onkel Mao, der tat, als würde er von Pfeilen durchbohrt, und bei jedem Treffer machte er dieses *zzzzt-zzzzzt*-Geräusch, dann gab er den Sterbenden mit raushängender Zunge.

»Wir werden ihn nicht töten«, sagte ich. BATSCH!

»Er wird dir nichts verraten.«

»Ich weiß«, sagte ich. »Aber wahrscheinlich bietet sich mir eine solche Gelegenheit nie wieder.«

»Gutes Argument«, sagte Moo Shoes, der die Chance nutzte, Pookie auch noch ein paar ordentliche Maulschellen zu verpassen, zur Sicherheit.

»Sag deinem Onkel, er soll ihn ausschalten, aber nicht ganz. Wir brauchen etwas Zeit, um uns was zu überlegen. Leihen wir uns Milos Taxi und holen Sal ab.«

Als wir zur Tür gingen, sagte Moo Shoes etwas zu seinem Onkel, und als der Alte antwortete, brauchte ich keinen Rechenschieber, um zu verstehen, dass er uns noch zwei Tage Zeit gab. Dann folgte eine lange Auseinandersetzung auf Chinesisch, und ich bekam das Gefühl, die Uhr tickte, während der Alte redete.

Moo Shoes wandte sich zu mir um. »Er sagt, er kann uns helfen, die Mamba zu fangen.«

»Ich hab aber kein Geld mehr.«

»Das weiß er. Er meint, dafür behält er die Schlange.«

»Wir haben eine Menge Kohle für diese Schlange bezahlt.«

Moo Shoes sah mich mit diesem unerforschlichen Blick

an, den nur Chinesen beherrschen. Ich flüsterte: »Meinst du, er schafft das?«

Moo nickte. »Du weißt, dass er nur fragt, weil ich zur Familie gehöre? Er braucht deine Genehmigung eigentlich nicht.«

»Klar«, sagte ich.

Onkel Ho sagte etwas.

»Er wird ein paar Ratten brauchen.«

»Da ist eine gottverdammte Gasse voller Ratten auf der anderen Seite dieser Tür.«

Onkel Ho schüttelte den Kopf, sabbelte irgendwelchen Unsinn.

»Frische Ratten«, übersetzte Moo.

»Klar.«

Dann ließ Onkel Ho uns raus, und als wir schon auf dem Weg waren, rief er Moo Shoes durch die kleine Klappe noch etwas hinterher.

»Was hat er gesagt?«, fragte ich.

»Er findet, wir sollten Pookie umlegen.«

»Natürlich findet er das«, erwiderte ich. »Dann hätten wir zwei tote weiße Teufel, und Onkel Katzenficker hätte eine Möglichkeit, uns damit zu erpressen.«

»Das stimmt vermutlich«, sagte Moo Shoes. »Kümmern wir uns erst mal um Sal.«

Wir holten Milos Taxi, leierten es ihm mit einem Zehner und einem Versprechen aus dem Kreuz, doch als ich wieder zur Bar kam, war Sals Leiche nicht mehr da. Die Kiste, das Eis, alles weg.

»Hattest du die Tür abgeschlossen?«, fragte Eddie.

»Jep.«

»Hat noch jemand einen Schlüssel?«

»Nur Sal und ich. Wenn ich freihabe, gibt er seinen an Bennie, den Ersatzbarkeeper. Und ich habe alle beide.«

Ich sah mich um, warf einen Blick in den Schankraum, der wie eine dunkle, leere Bar aussah – und nach saurem Bier und Zigaretten roch.

»Du glaubst also, jemand hat eingebrochen, die Leiche in eine andere Ecke der Bar geschafft und die Tür hinter sich abgeschlossen?«, stichelte Moo. »Kann ich mir nicht vorstellen.«

Da hatte er recht. »Da hast du recht.«

Moo zuckte mit den Schultern. »Na, das war einfach. Kannst du Milo das Taxi zurückbringen und mich beim Club absetzen? Lois ist bestimmt noch da.«

Ich wollte nein sagen und dass ich mehr Zeit brauchte, um perplex zu sein, dass ich gern vielleicht panisch werden und ein bisschen schreien und kreischen würde, aber Eddie war ein guter Freund und Lois Fang in der Tat eine Augenweide, also sagte ich: »Klar.«

Bis ich Milos Taxi zurückgebracht und einen Vortrag über die Unbill, die ich ihm bereitete, über mich hatte ergehen lassen, ging die Sonne pinkfarben über der East Bay auf. Selbst das Tenderloin sah in diesem Licht aus wie im Traum, wie eines von diesen Max-Parrish-Gemälden, die hinter der Bar im *Palace Hotel* hängen, auf denen schlanke blonde Kinder auf Handtüchern sitzen, als wollten sie jeden Moment schwimmen gehen. Ich hätte selbst vierzig bis hundert Mützen im Land der Träume brauchen können, doch statt nach Hause hinkte ich rüber zum *Five & Dime* an der Polk Street.

Der Laden roch nach Comicheften und Kaffee und Zedernspänen von den Käfigen hinten in der Haustierabteilung, was mich daran erinnerte, dass ich ein paar Ratten kaufen musste. Eine gelangweilte rundliche Rothaarige mit Katzenbrille wünschte mir einen guten Morgen, als ich an der Kasse vorbeikam, und ich nickte ihr zu. Ich spürte, wie sich bei mir ein Lächeln breitmachte, als ich um die Ecke in den Restaurantbereich kam, weil ich davon ausging, gleich meinen Blick an der schönen Schnecke laben zu dürfen, doch stattdessen war da nur Phil, der dürre schmuddelige Koch, der sich, eine Kaffeekanne in der Hand, zwei Typen gegenüber aufspielte, die am Tresen saßen, die Hüte tief ins Gesicht gezogen, als versteckten sie sich vor einem zornigen Priester.

Keine Stilton. Ich setzte mich in die Nähe der beiden Kleinlauten.

»Zwei Gerichte gibt es heute«, sagte Phil. »Kaffee und Rührei mit Speck auf weißem Toast oder nur Kaffee.«

»Kann ich meinen Speck knusprig kriegen?«, fragte ich in dem Versuch, das Gespräch vielleicht ein wenig zu entspannen ...

»Du kannst ihn so kriegen, wie er rauskommt, und der Toast könnte kalt sein.«

»Kaffee, bitte«, sagte ich. Phil schob eine Tasse – ohne Untertasse – auf den Tresen und schwappte Kaffee größtenteils hinein.

»Stilton da?«

»Tilly? Nee, ist heute nicht aufgetaucht und hat auch nicht angerufen.«

»Was ist mit der anderen? Myrtle?«

»Auch desertiert. Ich bin hier allein. Also gibt es Rührei mit Speck, und wenn dir das nicht passt, schieß in den Wind. Ohne diesen Quatsch von wegen ›Zieh 'ne Kuh durch 'ne Windmühle auf 'ner Matratze mit Saft dabei‹.«

»Ist das ein Gericht?«

»Woher soll ich das wissen? Manchmal denke ich, die Weiber haben sich das nur ausgedacht, um mir das Leben schwer zu machen. Aber die Zeiten sind vorbei. Ab heute schmeiße ich den Laden. Ihr kriegt das Frühstück, so wie ich es mache, und entweder es schmeckt euch, oder ihr könnt meinetwegen verhungern.«

»Du erinnerst mich an meine Ma.«

Er wollte sich abwenden, um zu gehen.

»Hey, einfach nur Kaffee ist okay«, sagte ich. Er blieb stehen. »Weißt du denn, wo sie sein könnten? Deine Kellnerinnen?«

»Sie wollten dieses Wochenende zu irgend so einer großen Feier. Schwarzarbeit. Ein bisschen Geld nebenher. Als hätten sie das nötig. Wenn hier drinnen was los ist, machen sie extra viel Tip, und weißt du, was ich kriege?«

Ich schüttelte den Kopf.

»Nichts krieg ich! Und dann lassen sie mich hier auch noch allein sitzen! Ich kann den beiden nur wünschen, dass sie genug Kohle machen, um damit 'ne Weile auszukommen, denn wenn sie hier wieder auftauchen, fliegen sie als Erstes raus.«

»Und wenn ihnen was passiert ist?«, sagte ich und dachte: *UND WENN IHNEN WAS PASSIERT IST?*

»Nichts ist passiert, außer dass sie sich zu gut amüsieren. Wahrscheinlich sind sie zu Hause und schlafen ihren Rausch aus.«

»Stilton ist nicht zu Hause.«

Zum ersten Mal, seit ich hereingekommen war, wich der Zorn aus seinem Blick.

»Ach, stimmt … du warst neulich hier, um sie zu besuchen …«

»Ja«, sagte ich, und der schmuddelige Koch musste wohl etwas in meinem Gesicht gelesen haben, denn er stellte die Kaffeekanne auf die Platte und kam zurück.

»Vielleicht hat sie bei Myrtle übernachtet. Pyjamaparty. Du weißt doch, wie die Weiber sind. Myrtle geht nicht ans Telefon, aber das bedeutet nicht …«

»Hast du ihre Adresse?«

»Hinten. Ich geh sie holen.«

Ich wollte zu ihr. So bald wie möglich. Vorher musste ich essen, duschen und schlafen. Als Phil wiederkam, bestellte ich Rührei auf kaltem Toast und schlang das Zeug hinunter. Phil wollte kein Geld von mir. Ich ging rüber in den Verkaufsbereich vom *Five & Dime* und erwarb ein paar Ratten.

13

Ratten

Als ich schließlich hinkend die Treppe zu unserem Haus erklomm, hundemüde und dem Kollaps nah, hockte der Bengel auf dem Absatz.

»Was hast du in der Tüte?«

»Ratten.«

»Nein, hast du nicht.«

Ich machte die Tüte auf, ein ganz normale Papiertüte, wenn auch doppelt. Ich hielt sie ihm hin. Darin befanden sich sechs weiße Ratten, die einen verwirrten Eindruck machten und zwischen Zedernspänen herumwetzten.

»Hast du auch braune?«

»Nein. Nur weiße.«

Der Bengel zuckte mit den Schultern. »Die sind, glaub ich, auch okay. Kann ich eine haben?«

»Du musst für mich auf sie aufpassen. Setz sie in eine Kiste oder irgendwas, aus dem sie sich nicht so leicht befreien können. Schaffst du das? Es ist ein bezahlter Job.«

»Glaub schon.« Er warf mir einen skeptischen Blick zu. »Hast du irgendwie Ärger? Bist du auf der Flucht wie ein stinkender Landstreicher?«

»Nein, alles gut.«

»Bist du sicher? Hier waren ein paar Typen, die nach dir gesucht haben.«

»Ach so?«, sagte ich. »Erzähl mal.«

»Na gut«, sagte der Bengel. »Zwei Typen in schwarzen Anzügen. Sahen aus, als hätte ihre Mama sie für die Kirche hübsch rausgeputzt. Trugen Sonnenbrillen, als wären sie blind.«

»Und was hast du denen erzählt?«

»Sehe ich aus wie ein Spitzel? Hab ihnen gesagt, du wohnst hier nicht, und ich hätte noch nie von dir gehört. Hab ihnen erzählt, ich sitz hier schon seit 38, und wenn es hier einen Typen namens Sammy gäbe, müsste ich ihn kennen, ich kenne aber keinen. Gar nichts habe ich denen erzählt, den dreckigen Marimbas.«

»Eine Marimba ist ein Musikinstrument. So was wie ein Xylofon.«

»Nein, ist es nicht. Du bist ein stinkender Lügner.«

»Hör mal, wenn du ein neues Wort lernst, kannst du mich ruhig fragen, ob es zulässig ist. Du weißt schon – dessen Verwendung. Meine Ma war Englischlehrerin, also weiß ich ganz gut Bescheid, was Vokabular und so weiter angeht.«

»Ach, das muss ich nicht wissen. Ich sag nur irgendwas, weil du immer gleich den Affen machst, wenn ich mal jemanden ›Schwanzlutscher‹ nenne.«

»Ach so. Ja, das stimmt. Dann muss ich mich wohl bei dir bedanken.«

»Okay, jedenfalls sag ich dieses xylofonischen Schwanzlutschern, dass ich noch nie von dir gehört habe, und wenn sie sich nicht verpissen, hole ich meinen Onkel Bert von oben, und der ballert sie mit seiner .45er weg, weil er nicht auf Fremde steht, die mich Sachen fragen, denn er ist Bulle.«

»Und, ist er?« Ich lebte kurz auf, wenn auch nicht im positiven Sinn – *ein Bulle in unserem Haus*?

»Nee. Ich hab gar keinen Onkel Bert. Ich hab sie nur verarscht.«

»Haben sie denn nicht meinen Namen am Briefkasten gesehen?« Sechs Stück davon hängen bei uns im Flur.

»Sie wollten schon einen Blick darauf werfen, aber da habe ich so getan, als würde ich Onkel Bert holen, um sie wegballern zu lassen, also sind sie abgehauen.«

»Gut gemacht, Kleiner.« Ich nahm meine Barschaft und schälte einen Dollar ab. »Hier. Du musst heute die Augen offen halten. Wenn du diese Typen kommen siehst, warte nicht, bis sie hier sind, lauf rauf und weck mich. Und pass auf meine Ratten auf.«

»Ein ganzer Dollar?« Seine Augen wurden groß wie Kaffeetassen. »Was läuft hier?«

»Das sind üble Typen. Und bleib hier, geh nicht weg, nicht ins Kino und auch nicht Eis holen. Wenn du Hunger hast, komm rauf zu mir und nimm dir was. Aber sei leise. Weck mich, wenn die Kirchenuhr Mittag schlägt. Kapiert?« Die Glocken der Kirche unten am Washington Square dienten dem Bengel als Uhr. Ich dachte mir, da die beiden Finstermänner heute schon mal da waren, würden sie vormittags nicht noch mal zurückkommen.

Der Bengel linste unter seiner Mütze hervor. »Steckst du irgendwie in der Klemme? Brauchst du ’ne Wumme?«

»*Du* kannst mir eine Waffe besorgen?«

»Vielleicht kenne ich jemanden.«

»Ich sag dir Bescheid.« Ich hoffte wirklich, ich würde keine Waffe brauchen. Ich hatte keine Angst vor Waffen. Ich wollte aber lieber keine bei mir haben. Ich konnte schießen. Als mein Fuß damals verheilte, war ich manchmal auf dem Schießstand und habe verschiedene Waffen kennengelernt, aber ich war nie sonderlich scharf auf die Ballerei.

Ich hinkte die Stufen zu meiner Wohnung hinauf und kippte der Länge nach ins Bett, noch in meinen Barkeeper-Klamotten, und war sofort weg, als hätte mir jemand einen bleiernen Schlagstock über den Schädel gezogen.

Das Schild über dem Laden an der Ecke Stockton und Pacific war mit chinesischen Buchstaben beschriftet, die »Hohes Haus Harmonischen Kohls« bedeuteten. Gemüse war ihr Gewerbe, und sie verkauften eine Tonne davon täglich. Mrs Wong war die Matriarchin im *Harmonischen Kohl,* und sie führte die Bücher, feilschte mit Bauern und Lastwagenfahrern, stellte Schilder draußen auf den Gehweg und bellte Preise und Ammenmärchen von Frische und Geschmack, jeden Tag, vom Morgengrauen bis zur Abenddämmerung. Sie war sich nicht zu schade, den Boden selbst zu wischen, wenn ihr nutzloser Ehemann, die nutzlosen Töchter und die meist abwesenden Söhne dafür zu faul waren, und genau das tat sie heute. Ihre metallene Kehrschaufel – die schwarze Farbe größtenteils abgewetzt, das Metall vom Staub poliert, die Kante nach Jahren des Scharrens auf dem Betonboden messerscharf –, diese Kehrschaufel also war so breit wie die Schultern eines erwachsenen Mannes (gerade schmal genug, um durch die Gänge im *Harmonischen Kohl* zu passen) und beförderte einen Haufen Erde von Wurzelgemüse, abgerissenes Grünzeug, diverse Karottenspitzen und Tomatenstängel, Schalen von Orangenproben und anderen Abfall des Gewerbes.

Jetzt war die Schaufel voll, also rempelte sie durch die Hintertür in die Gasse hinaus, um den Abfall in einer der Mülltonnen zu entsorgen. Dort draußen nun hockte allen Ernstes eine große graue Ratte oben auf der Tonne, als könnte ihr nichts und niemand was anhaben. Mrs Wong war an Ratten gewöhnt, sie hatte keine Angst vor ihnen und freute sich im Stillen sogar, dass dieses Tier nicht weghuschte, denn sie beabsichtigte, ihre Kehrschaufel auszuschütten und der Ratte, bevor sie weglaufen konnte, eine vernichtende Rückhand mit der scharfen Kante zu verpassen. Sie schmiedete ihren Plan und machte sich langsam bereit, ließ den Unrat am Boden auf die Steine rieseln. Da sah sie sie.

Sie war nicht die Einzige, die es auf diese leichtsinnige Ratte abgesehen hatte. Hinter der Mülltonne lauerte ein Räuber. Eine schimmernde asphaltfarbene Schlange erhob sich langsam wie rinnende Flüssigkeit, bis sie aufrecht dastand, eine dunkle, elegante Kreatur des Todes, die Mrs Wong überragte. Zwischen den beiden hockte die Ratte. Angst führte zur Aktion, und so schlugen Mrs Wong und die Mamba gleichzeitig zu.

Das Telefon weckte mich. Es war Eddie Moo Shoes.

»Wo bleiben meine Ratten?«, fragte Moo.

»Ich hab welche besorgt. Ich musste nur schlafen.«

»Okay, ich muss jetzt zur Arbeit. Kannst du sie direkt zu Onkel Ho bringen?«

»Du musst zur Arbeit? Moment mal, wie spät ist es?«

»Fast fünf.«

»Der verdammte Bengel sollte mich doch wecken.«

»Ich schaffe es jetzt vorher nicht mehr. Könntest du es machen?«

»Ja, kann sein. Klar. Hör mal, ich hab noch was zu erledigen. Ich bring sie hin, sobald ich kann.«

»Tu das. Es ist die Gasse an der Pacific.«

»Ich weiß.«

»Zwischen Powell und …«

»Ich weiß! Ich war schon zweimal da.«

»Okay. Muss los.« Moo legte auf.

Ich hatte keine Ahnung, wie ich Ho, den katzenfickenden Onkel, finden sollte, also dachte ich mir, ich wandere einfach mit meinem Sack voller Ratten durch die Seitenstraßen von Chinatown, bis ich ihn gefunden hatte. Auf keinen Fall wollte ich Moo Shoes die Genugtuung lassen, mir den Weg erklären zu müssen.

Ich riss meine Wohnungstür auf und erwartete, dort den Bengel vorzufinden, damit ich ihn übers Knie legen konnte, doch ich fand nur die Tüte mit den Ratten. Allerdings hatte der Bengel einen kleinen Pappkarton hineingestellt. Dieser war mit Luftlöchern versehen und mit einer Schnur zugebunden. Als ich den Karton aufklappte, enthielt er sechs weiße Ratten, die zwischen Zeitungsfetzen lümmelten, neben einem Glasdeckel voll Wasser und ein paar Cornflakes.

Ach, und dann war noch ein Zettel. *Du schuldest mir einen Quarter, weil ich deine Ratten versorgt habe.*

Das musste ich dem Bengel lassen: Er hatte den Tieren ein echtes Ratten-Ritz gebastelt, aber er hatte vergessen, mich zu wecken, was mich daran erinnerte, dass er immer noch ein grässliches Kind war. Um die Ratten konnte ich mich später kümmern. Erst mal musste ich die Bar aufschließen, um keinen Verdacht zu erregen.

Ich hatte die Nummer von Bennie, unserem Ersatzmann, also rief ich ihn an, um ihm zu sagen, dass Sal zum Zelten war und ich zu tun hatte und es nett wäre, wenn er die Bar aufschließen und bis Feierabend arbeiten würde. Bennie ist das, was wir einen Pegeltrinker nennen, was bedeutet, dass er mit einem gleichbleibend hohen Promillewert in der Lage ist, ein ziemlich normales Leben zu führen, bis auf die Male, wenn er voll über die Stränge schlägt, und dann kann man ihn üblicherweise aus dem County-Gefängnis abholen. Eigentlich ist er noch zu jung, um so drauf zu sein, vielleicht fünfundzwanzig, aber er war im Krieg drüben in Europa, was ihn noch heute manchmal zittern und schreien lässt, sodass man es ihm durchgehen lässt. Jedenfalls freute er sich, arbeiten zu können, hatte aber keinen Schlüssel für die Bar, also verabredeten wir, uns dort in einer halben Stunde zu treffen.

Ich war froh, endlich aus meinen Arbeitsklamotten rauszukommen, da sie nach den Ereignissen des Abends doch ein wenig mitgenommen waren, und so stieg ich – frisch geduscht und rasiert – in den grauen zweireihigen Nadelstreifenanzug, den ich mir kurz nach Schließung der Werft für die Arbeitssuche angeschafft hatte. Ich zog ein graues Leinenhemd an, das ich in den Dampf gehängt hatte, als ich unter der Dusche stand, und dazu eine schwarze Seidenkrawatte. Das Ganze krönte ich mit einem breitkrempigen Fedora, den ich mal von jemandem bei einer Tresenwette gewonnen hatte, und schon war ich unterwegs. Ein Ladykiller. Ein Macher. Mit meinem Sack Ratten.

Ich wünschte, die Schnecke könnte mich sehen, so smart und nur ganz leicht nach Mottenkugeln riechend. Der Gedanke an sie traf mich wie ein Hieb aufs Herz. Ich versuchte, ihn abzuschütteln. Ich musste nur die Schlüssel abgeben und mich wieder auf die Suche nach ihr machen, wenn auch mit einiger Verspätung, weil der Bengel mich nicht geweckt hatte.

Bennie, der blonde Ochse, erwartete mich schon an der Hintertür der Bar. Ich gab ihm meine Schlüssel (behielt aber Sals), wünschte ihm Glück und machte ihn darauf aufmerksam, dass kaum Wechselgeld in der Kasse lag, was nicht ungewöhnlich war, weil Sal das Bargeld sowieso meist an sich nahm.

Die Adresse, die mir Phil, der schmuddelige Koch, für Myrtle gegeben hatte, befand sich drüben an der Ecke Fourth und Mission. Zu Fuß war das etwa eine halbe Stunde, aber ich nahm das Cable Car an der Powell und fuhr damit über den Hügel, sodass ich schon nach zehn Minuten an der Market Street ausstieg, nur einen Block entfernt. Nicht mal meine Ratten hatten was davon mitbekommen.

Das Gebäude stammte aus den Zwanzigern, und sowohl die guten Zeiten als auch die Vernachlässigung waren ihm deutlich anzusehen – zehn Stockwerke rosiger Granitfassade mit bronzenen Art-déco-Intarsien von stromlinienförmigen griechischen Göttern, die über den Fries tanzten, als hätten sie noch nie was von Börsensturz, Weltwirtschaftskrise und Zweitem Weltkrieg gehört. Vermutlich hatte das Haus zu Beginn seines Lebens geglaubt, es würde ein hübsches Hotel werden, aber mittlerweile hatte man es in winzige Apartments aufgeteilt, mit Blick auf ein heruntergekommenes Viertel voll gebrochener Kriegsveteranen und Kleinganoven. Schwere Zeiten im Olymp.

Ich läutete im Apartment Nr. 403. Die Klingel war eines von diesen Drehdingern an der Tür, direkt unter dem Spion, was mir bestätigte, dass dieses Haus einmal ein Hotel gewesen sein musste. Sie klang wie eine Fahrradklingel, und da nach einer Minute noch niemand antwortete und auch keine Schritte zu hören waren, läutete ich noch mal. Allmählich bekam ich so ein komisches Gefühl und lehnte mich an die Wand, holte tief Luft und versuchte, mich nicht von der Sorge um die Schnecke unterkriegen zu lassen. Es war meine einzige Spur, und wenn auch Myrtle nicht aufzufinden war – ach, vielleicht hatte dieser Phil recht, vielleicht amüsierten sich die beiden irgendwo außerhalb der Stadt.

Es wollte mir nicht gelingen, mich zu beruhigen, und ich stellte fest, dass selbst meine Ratten zappelig wurden, da bemerkte ich eine Bewegung im Guckloch der Wohnungstür gegenüber – hell, dann dunkel –, jemand guckte, dann guckte er weg. Im Lichtspalt unter der Tür waren dunkle Schatten von Füßen zu sehen, die sich nicht bewegten.

Ich beschloss, mein Glück zu versuchen, weil ich annahm, dass hinter diesem Verhalten eine Gewohnheit steckte.

Also drehte ich die Klingel noch einmal, dann klopfte ich laut an Myrtles Tür. »Jetzt komm schon, Schwesterchen, hab ein Herz! Ma braucht dich doch. Sie möchte nur, dass du nach Hause kommst. Ihr bleibt nicht mehr viel Zeit.« Nächstes Klingeln. »Um Himmels willen, Myrt, sie liegt im Sterben!« Am Ende ließ ich meine Stimme brechen – es war entsetzlich traurig. Meine Ratten weinten.

Da hörte ich das erhoffte Klicken an der Tür der neugierigen Nachbarn hinter mir.

»Ist nicht da«, sagte eine ältere Frau – Hauskleid mit welken Blumen, Stützstrümpfe und Pantoffeln, Statur wie ein Linebacker bei einem kleinen europäischen Footballteam der Omaliga. »Ist schon zwei Tage nicht zu Hause«, sagte Oma Nagurski. »Du bist Bruder?«

»Ja, ja. Aber wir hatten keinen Kontakt mehr. Entfremdet, wissen Sie. Alte Wunden. Aber unsere Ma ist krank.«

»Sie mir gesagt, Mutter ist gestorben vor drei Jahren.«

»Da sehen Sie es. Myrt meinte, wir wären für sie gestorben. Sie wissen ja, wie es ist …«

»Oh, ich weiß. Weiß ich? Oh, ich weiß. Sind viele für mich gestorben. Viele, viele.« Sie begann, an ihren Fingern abzuzählen. »Nichtsnutziger Bruder. Tot! Nichtsnutziger Neffe ...«

»Sie wissen nicht zufällig, wo sie hin ist, oder?« Tut mir leid, Oma, keine Zeit für Inventur. »Hat sie Ihnen eine Nummer dagelassen? Irgendwas? Ehrlich, unsere Ma möchte sich nur wieder mit ihr vertragen, bevor sie gehen muss.«

»Nein. Sie nichts gesagt. Wir nicht gut Freund. Nur Nachbarn. Sie ein bisschen Flittchen, wenn du mich fragst.«

»War noch jemand hier? Außer mir?«

»Ja. War junger Mann. Dünn. Dunkle Haare. Hatte Schlüssel. Ging in ihre Wohnung, kam mit Sachen wieder raus. Kleider vielleicht.«

Mir wurde kalt. Dünn? Dunkle Haare? »Nur einer?«

»Ja, einer.«

»Großer Mann? Schwarzer Anzug, weißes Hemd? Schwarzer Fedora? Brille vielleicht?«

»Nein, war kein Anzug. War Anzug mit – wie sagt man? Wie Vogel.« Sie machte eine Geste unter ihrem Hintern.

»Schwalbenschwanz? Ein Frack? Mit Rockschößen?«

»Ja, genau. Schwalbenschwanz. Sehr glänzend. Sehr glänzende Schuhe. Haare glatt zurückgekämmt.«

»Ein kleiner Mann im Frack?« Ich holte tief Luft. Wenigstens waren es nicht die beiden Typen, die mich verfolgten.

»Ich glaube, ist vielleicht Schauspieler.«

»Warum sagen Sie das?«

»Lippen waren sehr rot, Augen dunkel, wie für Bühne vielleicht.«

»Oh.« Nun, wir waren nicht weit vom Theaterviertel, fünf, sechs Blocks vermutlich. »Hatten Sie diesen Mann im Frack schon mal gesehen?«

»Nein. Myrtle hatte sonst nie Männerbesuch. Nur der Dünne und du.«

»Warum halten Sie sie dann für ein Flittchen?«

»Schwester kleidet sich wie Hure. Verzeihung. Aber geht aus und zeigt dies und das.« Sie deutete bei sich selbst auf dies und das, und ich spürte das brüderliche Bedürfnis, meine Schwester, das Flittchen, in Schutz zu nehmen. Meine echte kleine Schwester hatte ich seit Jahren nicht gesehen, und mir fehlte das Gefühl, jemanden in ihrem Namen zu verprügeln, doch diese russische oder polnische Oma war vermutlich nicht das beste Opfer meines Beschützerinstinkts. Ich zuckte mit den Schultern.

»Okay, vielen Dank. Wenn Myrtle kommt, seien Sie doch so nett, ihr auszurichten, sie möchte diese Nummer anrufen und eine Nachricht für Sammy hinterlassen.« Ich schrieb ihr die Nummer von Sals Bar auf. Bronko Nagurski im Hauskleid nahm das Cable-Car-Ticket, auf dem ich die Nummer notiert hatte, und musterte es, als hätte ich eben Cholera darauf geschmiert.

»Okay«, sagte sie. »Mach ich.«

Draußen auf den Stufen vor Myrtles Haus steckte ich mir einen Sargnagel an und überlegte, wie ich weiter vorgehen wollte, als mir ein schwarzer Chrysler auffiel, der an der Fourth Street um die Ecke bog und in dem die beiden Typen mit den schwarzen Anzügen saßen, die mich vor Sals Bar erwartet hatten. Ich wusste sofort, dass sie es waren, als ich die Sonnenbrille des Beifahrers sah, denn zwar hatten wir noch etwas Tageslicht, weil Sommer war, doch es zog Nebel auf, und ein Mann mit Sonnenbrille sollte lieber in einem verrauchten Club Klavier spielen oder auf der Straße Bleistifte verkaufen, weil er sonst doch ziemlich auffiel. Ich wusste nicht, wer diese Typen sein mochten oder ob sie mir zu Myrtles Haus gefolgt waren, aber ich wusste, wohin sie jetzt wollten, und plötzlich bereute ich, der russischen Oma meinen Namen und meine Nummer gegeben zu haben. Aber vielleicht hatte ich ja Glück, und die alte Dame würde sich um ihre eigenen Angelegenheiten kümmern. Die Chancen standen sechs zu fünf dagegen.

Ich zog meinen Hut in die Stirn, lief mit meinem Sack Ratten den Gehweg entlang und war in eine Gasse abgebogen, bevor die Männer aussteigen konnten. Ich wartete und lauschte. Um diese Uhrzeit war auf der Mission Street noch einiges los – brave Bürger spät auf dem Weg von der Arbeit nach Hause oder früh auf dem Weg zum Essen. Penner schlurften zu ihrer nächsten Flasche oder einem Türeingang zum Übernachten – aber Myrtles Haus hatte doppelte Drehtüren, die klangen wie jazzige Ride-Becken, wenn sie sich drehten, und als ich das Rauschen hörte, riskierte ich einen Blick um die Ecke. Ja, sie waren im Haus. Und, ja, der Kofferraum des Chrysler war mehr als groß genug, um eine Kiste mit dem toten Sal auf Eis darin unterzubringen. Das Wasser, das unter der Stoßstange herauströpfelte, deutete darauf hin, dass Sal möglicherweise noch darin saß.

Ich konnte es mir nicht erklären. Die zwei waren keine Mafiosi, und es waren definitiv keine Cops, es sei denn, Cops würden plötzlich Leichen aus verschlossenen Räumen klauen, ohne den Zeitungen davon zu erzählen. Aber andererseits hatte ich heute noch keine Zeitung gelesen. Vielleicht sollte ich mal nachsehen, dachte ich. Nichts ist schlimmer, als zu glauben, man hätte etwas durchschaut, und dann erzählt dir jemand, er hat es letzte Woche im Lokalteil gelesen. Ich dachte, ich hole mir einen *Chronicle,* sobald ich aus der kleinen Gasse raus war, um zu sehen, was ich herausfinden konnte. Nicht dass ich davon ausging, die Zeitung aufzuschlagen und eine Schlagzeile zu lesen:

»Käseschnecke schläft Rausch in Absteige an der Van Ness aus.« Nein, wenn ich ihren Namen in der Zeitung fand, dann deshalb, weil sie geheiratet hatte oder irgendwie zu Tode gekommen war. Bei dem Gedanken wurde mir ganz kalt. Ich schlug den Kragen hoch und wünschte, ich hätte meinen Mantel angezogen.

Ich kam in der Mitte vom Block aus der kleinen Gasse auf die Third Street hinaus – der Nebel von der Bay her zog sich zwischen den Häusern hindurch wie ein Tuch zwischen den Beinen einer Stripperin. Alles war feucht und roch nach zerbrochenen Seemannsträumen. Ein paar ruppig wirkende Typen drückten sich in der Nähe in einen Hauseingang, teilten sich den Inhalt einer unbeschrifteten grünen Flasche, vermutlich süß und stark, wahrscheinlich aufgespriteter Wein – vier Mann garantiert betrunken für einen Dollar. Auf dem Bürgersteig gegenüber spielte jemand Saxofon, hatte den Kasten vor sich aufgeklappt, blies ein Bluesriff, schwermütig und klagend. Für einen Moment war kein Verkehr, keine Bahn bimmelte weit und breit, das Murmeln der Penner und das Summen der Drähte über unseren Köpfen. Was das Saxofon da spielte, packte mich direkt an der Kehle, die vor lauter Herzschmerz und Hoffnung ganz zugeschnürt war, also hinkte ich hinüber.

Der Saxofonmann hörte auf zu spielen, richtete sein Blättchen, lächelte mich von der Seite an.

»Schmerzen im Bein bei feuchter Witterung, hm?«

»Im Fuß«, sagte ich. »Ja.«

Der Saxofonmann zog sein Hosenbein hoch und legte einen Unterschenkel aus dunklem Holz frei. Er klopfte darauf. »Tut weh wie ein fauler Zahn, wenn der Nebel kommt, dabei ist er gar nicht mehr da. Landmine.«

Ich sah einen einsamen Nickel auf dem schmutzigen

roten Samt seines Saxofonkastens. Ich kramte hervor, was ich an Barem besaß, sechsunddreißig Dollar und etwas Kleingeld. Ich warf die Münzen hinein, dann betrachtete ich die Scheine in meiner Hand und warf den Zehner und den Zwanziger hinein. Sechs Dollar für den Rest meines Lebens. Das musste reichen. Kleiner Preis.

Er sah in den Kasten, dann zu mir auf.

»Bist du verrückt?«

»Wahrscheinlich. Dafür müsstest du ein Zimmer kriegen und auch die eine oder andere Mahlzeit.«

»Ich könnte was zu trinken brauchen. Trinkst du was mit?«

»Zu früh für mich. Viel zu tun«, erklärte ich. »Aber sieh du zu, dass du aus der Kälte rauskommst, und trink einen für mich mit.«

»Gut.« Der Saxmann tippte an sein Horn. »Was willst du hören?«

»Was du vorher gespielt hast, war gut.«

»Traurig.«

»Ja.«

Während er spielte, trug ich meine Ratten rauf zur Market Street, zurück in den Strom der Ungebrochenen. An einem Kiosk kaufte ich eine Zeitung und versuchte, sie so zu falten, dass man sie im Gehen lesen konnte, klemmte mir die Ratten unter den Arm wie ein Banker einen Strauß Blumen für seine Frau und las auf dem Weg nach Chinatown von einer Laterne zur nächsten.

»Brauch mehr Ratte«, sagte Onkel Ho.

Ich machte einen Umweg von dreißig Blocks, lief im Zickzack, bis ich die rote Tür der Opiumhöhle gefunden hatte. Ein großer Chinese in traditioneller Seidenjacke und

Mütze ließ mich herein und führte mich durch den eklig-süßlichen Qualm in ein Hinterzimmer, in dem Onkel Ho an einem geschnitzten Mahagonitisch unter einer roten Papierlaterne mit nackter Glühbirne saß und Tee trank. Offenbar gehörten Opiumhöhlen nicht zum Aufgabenbereich des Brandinspektors.

Ich stellte meinen Sack Ratten auf den Tisch neben Hos Tee. Er öffnete den Sack, band den Karton auf, warf einen Blick hinein.

Dann sagte er: »Brauch mehr Ratte.«

»Wenn Sie die aufgebraucht haben, besorge ich neue.«

Onkel Ho verknautschte missbilligend sein Gesicht, bis es aussah wie eines von diesen vertrockneten Gesichtern, die man in der dritten Klasse aus einem Apfel schnitzen muss, um zu lernen, dass Zeit etwas Grausames ist und wir alle verschrumpeln und sterben werden, sodass es keinen Sinn hat, überhaupt erst aus dem Bett zu steigen. (In der dritten Klasse wurde mir das Herz gebrochen, also wäre es möglich, dass ich dem vertrockneten Apfelgesicht nicht dieselbe Lektion entnommen habe wie andere Kinder.) So ein Gesicht machte Ho.

»Brauch viel Ratte, um zu locken Schlange.«

»Draußen auf der Straße gibt es reichlich Ratten. Sollen Ihre Gorillas doch welche fangen.«

»Nur weiße Ratte geht.«

»Das ist doch Quatsch«, sagte ich. »Woher wollen Sie das überhaupt wissen? Sind Sie sicher, dass Sie mit diesen Ratten eine Schlange fangen wollen? Vielleicht beschaffen Sie sich damit ja die eine oder andere Katze? Huh?«

Sobald das Wort *Katze* raus war, wurde mir bewusst, dass ich, was Onkel Ho anging, voll in die Hundescheiße getreten war. Mit eindringlicher Dörrapfelmiene sah er mich an.

»Bruder lügt! Ich nur mit Katze gespielt!«

»Ach ja, unsere kleinen Freunde. Wer hatte als Kind denn kein Lieblingshaustier?« Ich zuckte so heftig mit den Schultern, dass ich aussah, als wollte ich mir Flügel wachsen lassen.

»Bring mehr Ratte am Morgen«, sagte Ho.

»Okey-dokey«, sagte ich, »wird gemacht.« Ich salutierte, wobei ich mir nicht sicher sein konnte, ob das in chinesischen Kreisen eigentlich koscher war, also verneigte ich mich auch noch ein paarmal, für alle Fälle.

»Und nimm fette Cop am Morgen mit.«

»Onkel Ho.« Ich flehte. »Ich weiß nicht … Eddie wollte eigentlich …« Ich stotterte. Ich hatte nichts anzubieten.

Was, zum Teufel, sollten wir morgen früh mit Pookie O'Hara machen? Oder sonst wann? Ich meine, Eddie und ich waren übereingekommen, dass wir noch keine Lösung für das Pookie-Problem hatten, aber hofften, dass uns etwas einfallen würde, bevor uns die Miete für die Opium-Koje ausging. »Hey, Ho, wir haben für zwei Tage bezahlt. Sie sagten doch …«

»Morgen«, sagte Ho. Er winkte, dass ich mich entfernen sollte, und Handlanger in der Seidenjacke griff nach meinem Arm, um der Geste Nachdruck zu verleihen.

»Verdammt, das sind erstklassige Ratten«, fügte ich hinzu, als man mich zur Tür hinausgeleitete.

14

Klammerblues im Jimmy's

Ich machte mich an den Aufstieg, 387 Stufen und auf der anderen Seite noch mal die Hälfte wieder abwärts zu Stiltons Wohnung, nur um nachzusehen, ob sie vielleicht inzwischen wieder zu Hause war. Alles war noch da, bis auf die Nachricht, die ich ihr hinterlassen hatte. Die ich unterschrieben hatte. Mit meinem Namen. Was für ein Idiot. Irgendwer war hier gewesen, aber von der Schnecke keine Spur. Keine herumliegenden Kleider. Duschwanne und Waschbecken waren trocken.

Ich lief überall in dem Dreieck um die City Hall herum, das man »Theaterviertel« nennt, von der Van Ness Avenue zur Market Street zur Golden Gate Avenue. Eigentlich nennt niemand es so, und wenn doch, dann deshalb, weil er von außerhalb kommt, denn es ist das Tenderloin, aber rein zufällig befinden sich dort auch die meisten großen Theater der Stadt, und in jedes einzelne warf ich einen Blick, auf der Suche nach einer Frack-und-Zylinder-Revue, fragte sogar herum, ob irgendwo ein historisches Stück lief, in dem möglicherweise ein Schauspieler derart gekleidet war, hatte aber kein Glück. Niemand hatte so etwas mehr gesehen, seit Gene Kelly das letzte Mal in der Stadt war, um das Tanzbein zu schwingen und zu steppen und was weiß ich noch alles. Auch im *Chronicle* stand nichts von einer solchen

Revue in einem der diversen Clubs, also wusste ich nicht mehr, in welcher Richtung ich die Schnecke suchen sollte.

Ich machte mich auf den Weg zum *Cookie's,* in der Hoffnung auf Trost und Rat, vielleicht auch auf überbackenen Käse und Klatsch und Tratsch. Milo stand auf seinem Posten, schenkte Alkohol aus und wünschte aller Welt ein frohes neues Jahr. Ich stellte mich zu ihm neben sein Taxi.

»Frohes neues Jahr«, sagte Milo. »Das ist ein echt schicker Anzug, Sammy. Wirklich sehr schick, aber er kann die Trauer nicht verbergen, die du mit jeder Faser deines Körpers ausstrahlst.«

»Echt?«

»Echt«, antwortete Milo. »Darf ich dir einen Becher Frohsinn spendieren, um deiner Laune ein wenig auf die Sprünge zu helfen?«

»Das wäre nett, Milo. Danke.«

Milo fing den Blick der neuen Kellnerin – Doris – auf, die gar nicht mehr so neu war, und gab ihr ein Zeichen, woraufhin sie fragend auf mich deutete und Milo nickte, und in null Komma nichts brachte Doris mir einen Kaffee mit Milch und zwei Löffeln Zucker raus auf den Gehweg. Was neu war.

»Das ist neu.«

Milo sagte: »Ja, sie ist eine tolle Frau, die Doris. Wir haben eine Abmachung getroffen.«

»Eine Abmachung, um den Kuchen zu verteilen, oder eine Abmachung, um die Banane zu verstecken?«

»Leider«, sagte Milo, »hat Doris ein paar Jahre mehr auf dem Buckel, als mir bei Frauen lieb ist, und sie erinnert mich ein bisschen an meine Mutter. Außerdem hält sie hartnäckig an ihrer Ehe mit einem Schauermann fest, der – nach allem, was man hört – leicht zu verärgern ist.«

»Leider«, seufzte ich, »aber ihr Kaffee ist erste Sahne, knapp vor perfekt.« Und sie zieht mich nicht damit auf, dass ich ihn mit Milch und Zucker nehme, was ich ihr hoch anrechne.

Milo verhalf meinem Kaffee mit einem Schluck aus seiner Pulle zur Perfektion.

»Und?«, erkundigte sich Milo.

»Tja«, sagte ich und musste mal kurz überlegen, wie weit ich ins Detail gehen wollte. Milo wusste natürlich von Pookie, weil wir sein Taxi für die Entführung gekapert hatten, und er wusste, dass wir ihn irgendwo versteckt hatten, aber er wusste weder etwas von der Schlange noch von meinem toten Boss oder den seltsamen Typen in den schwarzen Anzügen, die mich offenbar beschatteten. Statt also einen Freund mit nutzlosen Details in Gefahr zu bringen, kaute ich schnell die Lage mit Pookie durch, brachte ihn auf den neuesten Stand, was meine kurze und herzzerreißende Geschichte mit der Schnecke anging, und schloss damit, dass ich beunruhigt war, weil ich sie nicht finden konnte.

»Ach, Weiber«, sagte Milo. »Ich hab dir ja gesagt, die ist ein bisschen dusselig.«

Und plötzlich fühlte ich mich direkt auf den Schlips getreten, weil Milo die Schnecke verunglimpfte. »Milo, du hast doch überhaupt gar keine Ahnung von Frauen. Jedenfalls habe ich dich noch nie mit einer Frau gesehen.«

Milo bemerkte nichts von meinem Ärger und antwortete eher pseudowissenschaftlich. »Sammy«, sagte er, »du würdest staunen, wie viele Frauen sich nie im Leben für Sex verkaufen würden, aber durchaus bereit sind, ihren Körper herzugeben, um das Taxigeld zu sparen, wenn es spät ist und sie nach Hause wollen.«

Er hatte recht. Ich staunte. Die näheren Umstände von

Milos Privatleben waren mir vorher nie in den Sinn gekommen. Ich hatte ihn immer als Solisten gesehen, trotz der Sprüche, die Männer so klopften, wenn sie gemeinsam an ein Taxi gelehnt standen. Plötzlich kam mir ein schrecklicher Verdacht.

Also fragte ich: »Milo, du sagtest doch, dass du Stilton kennst. Hat sie sich je für eine Taxifahrt hergegeben?«

»Nein, die war ein harter Brocken. Ich habe ihr mal angeboten, sie vom Fillmore nach Hause zu fahren, für fünf Sekunden Blick auf ihre Hupen, aber sie meinte nur, ich hätte ja wohl den Affenarsch offen.«

Braves Kind. Ich war so erleichtert, dass ich aus Versehen fast meinen Kaffee verschüttete. »Ich schätze, sie hat dich wohl runtergehandelt …«

»Machst du Witze? Sie wäre es wert gewesen. Die Braut hatte ein Paar mörderische Möpse.«

Hat, dachte ich. *Hat* ein paar mörderische Möpse. »Hat«, sagte ich. In diesem Moment hätte ich einen Jahreslohn gegeben, um mich an die üppige Schlucht ihres Dekolletés zu schmiegen und in ihren Armen die Welt zu vergessen …

Die Schnecke hatte wirklich ein Paar mörderische Möpse, aber Milo sollte nicht so über sie sprechen.

»Du erzählst doch Märchen, Milo. Keine Frau bietet dir mehr als einen Knutscher auf die Wange, wenn du deine Uhr abschaltest.«

»Doch, tun sie. Mir haben schon so einige angeboten, mir einen runterzuholen« – und da nahm Milo seinen Hut ab, zum ersten Mal, seit ich ihn kannte, und ich staunte, dass sich darunter ein respektabler Schopf von dunklem Haar befand –, »aber ich muss ja immer fahren, und dann bin ich nervös, und mir ist nicht romantisch zumute.«

»Romantisch?«

»Jawohl, romantisch.«

»Dir von einer Braut fürs Fahrgeld einen runterholen zu lassen, das ist romantisch?«

»Im Grunde meines Herzens bin ich ein Poet, Sammy.«

»Ja? Ich auch.« Ich hätte alles gegeben, wenn ich wüsste, dass es ihr gut ging, in wessen Armen sie auch liegen mochte.

Beide standen wir ans Taxi gelehnt und starrten sehnsüchtig in den Diner, in dem spätabendlichen Vergnügungen nachgegangen wurde. Draußen beim Taxi konnte davon keine Rede sein.

Schließlich sagte Milo: »Du warst also bei der Wohnung ihrer Freundin?«

»Genau. Und die Nachbarin hat einen dürren Kerl im Frack gesehen. Ich war in jedem Theater dieser Stadt, aber nirgendwo spielt jemand im Frack mit Bühnenschminke und roten Lippen.«

»Ho, ho, ho«, sagte Milo. »Frack und rote Lippen?«

»Ja, wie gesagt. Niemand hat ihn gesehen.«

»Aber bisher hast du nichts von roten Lippen gesagt, Sammy. Du kannst den Mann nicht finden, weil er kein Mann ist. Was du beschreibst, ist ein Entertainer. Die Show läuft im *Jimmy's Joynt.*«

»*Jimmy's Joynt*? Am Embarcadero?« Ich hatte davon gehört, kannte es aber nicht.

»Ja, das ist eine Travestie-Show.«

»Wie das *Paper Dolls*? Wie *Finocchio's*?« Beides waren bekannte Travestie-Theater, die es schon seit den Dreißigern in North Beach gab. Ich war im *Paper Dolls* gewesen, wo man es ganz groß aufzog. Die Typen verkleideten sich als Mae West und Sophie Tucker. Die malten sich nicht nur die Lippen rot.

»Nein, so nicht«, sagte Milo. »Frauen im Frack. Verkleidet als Sinatra, Fred Astaire. Kesse Väter.«

»Das ist es! Milo, wieso wusste ich nichts davon?«

»Als Poet mangelt es dir vielleicht an manch nützlichen Kenntnissen.«

»Ich muss dein Taxi leihen. Ich kann nicht schon wieder den ganzen Weg rüber zum Telegraph Hill laufen.«

»Aber ich brauche es, um darin zu schlafen. Hab diese Woche irgendwie vergessen, meine Miete zu bezahlen. Ich fahr dich hin.«

»Aber jetzt ist deine Hauptgeschäftszeit.«

»Das ist wahr«, sagte Milo. »Ich könnte dich absetzen und wäre in null Komma nichts wieder zurück.«

»Aber ich hol dir keinen runter.«

»Schon okay«, sagte Milo. »Ich bin ein Poet.«

Jimmy Vasco mochte Wodka Martinis, blutige Steaks und Rothaarige mit langen Beinen. Jimmy hatte schwarze, glatt zurückgekämmte Haare, trug einen Frack, eine diamantene Anstecknadel von der Größe eines Welpenauges und Gamaschen auf lackledernen Steppschuhen. Jimmy rauchte Pall Malls mit einer langen schwarzen Spitze, fuhr ein pechschwarzes 36er Ford Coupé mit Schwiegermuttersitz und hatte, wenn die Umstände es erforderlich machten, eine deutsche Pistole vom Kaliber .380 dabei. Jimmy spielte Billard wie ein Hecht, steppte wie Bojangles und sang sanft und seidig wie Mel Tormé. Jimmy war Inhaber und Conférencier von *Jimmy's Joynt,* gleich beim Embarcadero, und sie war eine Dame durch und durch.

Das alles erzählte Milo Sammy, während er ihn durch die Nebelsuppe zu *Jimmy's Joynt* fuhr, einem ehemaligen Lagerhaus auf dem Pier 29, sodass Sammy vorbereitet war und sich keinerlei Überraschung anmerken ließ, als er an der Tür von einer Frau im zweireihigen Nadelstreifenanzug begrüßt wurde, der seinem nicht unähnlich war, wenn auch um einiges *größer* und nicht so zerknittert.

»Guten Abend, Sir«, sagte die Empfangsdame. »Willkommen in *Jimmy's Joynt.* Sind Sie allein, oder gesellen sich noch Freunde zu Ihnen?«

»Nur ich. Hübscher Zwirn«, sagte Sammy mit Blick auf den Anzug der Dame.

»Danke«, sagte sie. »Gleichfalls. Darf ich Ihnen einen Tisch suchen, oder möchten Sie lieber an der Bar Platz nehmen? Leider haben Sie die letzte Show verpasst.«

»Nun …« Er stutzte, dachte *Ma'am,* dachte *Miss,* dachte vielleicht *Kumpel.* Seine Erfahrung mit der lesbischen Gemeinde war doch eher beschränkt, was heißen soll, beschränkt auf das, was er gewissen Romanen wie *Sportliche Revolverheldin aus der Lesbo-Schlucht, Rollige Sex-Häschen hinter Gittern, Betty und ihre Schwestern* und dergleichen entnehmen konnte.

»Butch«, sagte die Türsteherin – breites Grinsen, eher freundlich als herausfordernd. Das hier war ihre Domäne, und sie kümmerte sich mit Begeisterung darum.

»Butch«, sagte Sammy und erwiderte das Grinsen. »Ich bin Sammy.« Er reichte ihr die Hand, und sie drückte zu, als wollte sie einen Beagle erdrosseln, für den Fall, dass er sich fragte, woher sie ihren Namen hatte, was nicht der Fall war. »Ich stehe in Sals Bar in North Beach hinter dem Tresen. Nicht so ein feiner Laden wie der hier. Der Schnaps ist gestreckt und das Publikum größtenteils Gesocks, aber die langen Schichten und das lausige Trinkgeld machen es wieder wett.«

Jetzt widmete Butch ihm ein Nicken und ein echtes

Lächeln – er war aus der Branche. »Was kann ich für dich tun, Sammy?«

»Ich suche eine Freundin von mir. Eigentlich die Freundin einer Freundin. Jemand hat sie mit einem dünnen Typen mit gegelten schwarzen Haaren gesehen – Frack und Lippenstift. Klingt vertraut?«

»Hat diese Freundin einer Freundin einen Namen?«

»Myrtle. Ihren Nachnamen weiß ich nicht. Rote Haare, eher groß. Sie arbeitet mit einer Frau zusammen, der ich möglicherweise verfallen sein könnte und die nicht mehr aufzufinden ist. Ich will nur wissen, ob es ihr gut geht.«

Butch musterte ihn einen Moment – wollte herausfinden, wie Sammy drauf war. »Such dir einen Platz am Ende der Bar. Wink dir den Barkeeper ran. Sie heißt Mel.«

Butch schob sich durch den Club wie ein Hai, der vor einem Riff patrouillierte, was heißen soll, mit würdevoller Eleganz in dem Bewusstsein, dass sich niemand mit ihr anlegen würde. Sammy dachte, dass Jimmy offenbar gut darin war, Talente zu entdecken, und dachte selbiges gleich noch einmal, als Mel, die Barfrau, zu ihm kam. Sie war ein Hingucker – groß, schlank, androgyn. Kurze blonde Haare zu einer Schmalzlocke hochgekämmt. Sie wäre eine Augenweide im Abendkleid auf einer Cocktailparty, sähe aber genauso gut aus im Frack, wenn sie eine Nob-Hill-Dame in die Oper begleitete. Heute Abend trug sie das Gleiche, was auch Sammy bei der Arbeit trug, Weste und Ärmelhalter, nur trug sie dazu eine Perlenkette mit einem Tropfen aus Onyx unter ihrem offenen Kragen anstelle einer Krawatte.

»Butch meint, ich soll dich versorgen«, sagte sie. »Aufs Haus. Was kann ich dir bringen?«

»Gimlet«, sagte Sammy, dann schauderte es ihn ein wenig, als bestellte er eine Erinnerung – dieser erste Abend, als sie bei Stilton zu Hause Gimlet direkt aus der Flasche getrunken hatten … »Beefeater, wenn ihr habt, aber Hausmarke ist auch gut.«

»Geht los«, sagte Mel. Während sie seinen Drink mixte, sah Sammy sich um. Der Laden war dunkel, verraucht und hatte eine Bühne, die in den Raum hineinreichte – mit reichlich Flitter und Lametta. Während der Show konnte man vermutlich nur die Künstler und die Scheinwerfer sehen, aber noch war durch den dämmrigen Dunst zu erkennen, dass der Laden früher ein Lagerhaus gewesen war. Die Lüftungsrohre und Kabel hatte man schwarz gestrichen, damit sie nicht auffielen, schwere Flaschenzüge und Haken versteckten sich zwischen den Dachsparren. Der Teppich war dunkelrot, gezeichnet von unzähligen Fußtritten und Tausenden verschütteter Drinks. An den Tischen saßen meist Pärchen, unterhielten sich leise, steckten die Köpfe zusammen, in Anzug und Kleidern, manche umarmten einander, andere rauchten und lauschten und blickten sich über verglimmende Kerzen und halb getrunkene Cocktails tief in die Augen. Allesamt Frauen.

An einem Tisch bei der Bühne blickte eine Frau, die angezogen war wie ein Mann, von ihrer mädchenhaften Begleitung auf und warf Sammy einen *Suchst du Ärger?*-Blick zu. Er wandte sich ab. Nicht nur suchte er keinen Ärger, er wusste auch nicht, wenn er ihn gefunden hätte, wie er mit einer Frau in einer solchen Situation umgehen sollte, da sein Pop ihm beigebracht hatte, dass man Mädchen nicht schlug, besonders wenn es sich dabei um die eigene Schwester handelte, selbst wenn sie eine Pest sein mochte.

Butch kam in dem Moment zurück, als Sammys Drink eintraf.

»Komm«, sagte Butch, »deinen Drink kannst du mitnehmen.«

Sammy schnippte Trinkgeld auf den Tresen, grüßte Mel über die Schulter hinweg, als er Butch durch den Club zu einer diskreten Tür hinter einem Wandschirm führte, dann einen kurzen Flur aus grobem Holz entlang, das blutrot angemalt war, hin zu einer schwarz lackierten Tür mit der Aufschrift PRIVAT. Butch hielt Sammy die Tür auf. Er trat ein und fand sich vor einem flugzeugträgergroßen Schreibtisch aus dunklem Holz wieder, Walnuss vielleicht – schnittig, mit Messingteilen im Holz –, der Lack an den abgerundeten Ecken war abgewetzt von zahllosen Schenkeln, die daran vorbeigestrichen waren. Sammy vermutete, dass der Schreibtisch etwa so alt war wie er selbst, die Dame dahinter um einiges älter.

Jimmy Vasco stand auf, als Sammy eintrat. Sie war genau so, wie Milo und die russische Oma sie beschrieben hatten, nur trug sie weder Lippenstift noch Frack – aber dafür das Smokinghemd mit französischen Manschetten, zusammengehalten von diamantbesetzten Initialen: J. V. Sie war kleiner und älter, als Sammy erwartet hatte – einsfünfundfünfzig, vielleicht vierzig Jahre alt –, aber sie wäre auch ohne Weiteres als jüngerer Mann durchgegangen.

»Jimmy. Jimmy Vasco«, sagte sie und reichte ihm die Hand.

»Sammy Tiffin«, sagte Sammy und griff zu, wobei er ihr in die Augen sah, so wie sein Dad es ihm beigebracht hatte, von Mann zu Mann. Sie lächelte ein schiefes Lächeln, als hätte sie ein Ass im Ärmel.

Sie bedeutet ihm, Platz zu nehmen. Er setzte sich. Sie setzte sich. Sie sagte: »Kennen Sie Myrtle gut?« Kam sofort zur Sache.

»Eigentlich nicht, Mr …« Er stockte.

Jimmy warf ihren Kopf in den Nacken und lachte schallend über sein Unbehagen. »Schon okay. Einfach Jimmy. Fahren Sie fort.«

Sammy mochte sie sofort. Seit er in die Stadt gekommen war, hatte er sich daran gewöhnt, der ewige Außenseiter zu sein, aber noch nie hatte ihm jemand seine Befangenheit so schnell genommen. Was Milo ihm nicht verraten hatte? Jimmy Vasco war ein feiner Kerl – sozusagen. Er konnte sich sehr gut vorstellen, wie sie bei Kaffee mit Schuss und Hackbraten mit den Jungs im *Cookie's* Geschichten erzählte.

»Ich kenne Myrtle kaum«, sagte Sammy. »Hab sie nur ein Mal getroffen. Sie arbeitet im *Five & Dime* zusammen mit dem Mädchen, mit dem ich mehr oder weniger zusammen bin. Die beiden sind nicht aufzutreiben. Zumindest nach dem, was ich so rausgefunden habe. Ich könnte mir vorstellen, dass sie gemeinsam unterwegs sind. Ich bin ganz krank vor Sorge.«

»Und was führt Sie hierher?«

»Myrtles Nachbarin hat durch ihren Spion jemanden beobachtet, der Ihnen ähnlich sah und Kleider und so was aus der Wohnung geholt hat. Ich habe mich umgehört.«

Jimmy nickte, steckte eine Pall Mall in ihre Zigarettenspitze und bot Sammy eine an. Er schüttelte den Kopf. Sie zündete ihre an.

Sie sagte: »Wissen Sie, Sammy, wenn hier ein Mann auftaucht und nach seinem Mädchen sucht, erwartet ihn meist eine handfeste Überraschung. Manchmal gehen die Mädchen mit dem Mann nach Hause und behaupten, es sei alles ein großer Fehler gewesen, sie seien nur wegen der Show hier. Manchmal bleiben sie, und manchmal wird es unangenehm, und wir müssen den guten Mann bitten zu gehen.«

»So einer bin ich nicht«, sagte Sammy.

»Sie haben Ihr Herz verloren, richtig?«

»Könnte man so sagen«, bestätigte er.

Jimmy nickte, rauchte nachdenklich – blies einen Strom von Rauch in die Ecke.

»Myrt, möchtest du kurz reinkommen und diesem armen Mann beistehen?«

Eine Jalousietür bei den Aktenschränken ging auf, und daraus hervor trat der schlaksige Rotschopf namens Myrtle – graue Hose, weiße Seidenbluse, hohe Absätze. Mit gesenktem Blick trippelte sie seitwärts am Schreibtisch vorbei zu Jimmy. Die legte ihr schützend eine Hand an die Taille.

»Hi, Sammy«, sagte Myrtle, ohne aufzublicken.

Sammy sah von der Tür, die ihm vorher gar nicht aufgefallen war, zu Myrtle, dann wieder zur Tür.

»Hi, Myrtle.« Dann zu Jimmy. »Ist das etwa ein Schrank?«

Jimmy prustete vor Lachen eine Wolke von Rauch und Speicheltropfen über den Schreibtisch – das Lachen endete in einem Husten. Sie keuchte. Im nächsten Moment fand sie ihre Fassung wieder, drückte die Zigarette in einem marmornen Aschenbecher aus und wischte sich eine Träne aus dem Auge. Dann zog sie Myrtle an sich, drückte sie.

»Nun ja, Sammy, in gewisser Weise. Das ist es wohl, aber außerdem ist es meine Garderobe, und weiter hinten gibt es ein Bett und eine Dusche. Bei den Arbeitszeiten im Club schläft man, wo man kann.« Liebevoll drückte sie Myrtle an sich. Myrtle starrte etwas beschämt den Schreibtisch an.

»Du musst mir versprechen, dass du Tilly nichts erzählst«, sagte Myrtle zu Sammy. »Sie würde kotzen.«

»Dann ist sie nicht hier?«, fragte Sammy. Als er Myrtle sah, hatte er wirklich gehofft, er hätte sie beide gefunden.

»Nein«, sagte Myrtle, »ich weiß nicht genau, wo sie ist.«

»Aber du hast sie gesehen?« Irgendwas in ihrer Stimme verursachte ihm Unbehagen.

»Sag es ihm«, meinte Jimmy.

Myrtle kam um den Schreibtisch herum, als wollte sie ein Plädoyer halten. »Tilly ist kein Flittchen, das darfst du nicht denken. Wir wollten uns nur ein bisschen etwas nebenher verdienen. Und dieser Armleuchter Sal hat uns hundert Dollar für eine Nacht geboten. Eigentlich nur fünfzig, aber Tilly hat ihn hochgehandelt.«

»Sal Gabelli?«

»Ja, der Typ, dem die Bar gehört, in der du arbeitest. Er hat Tilly und mich letzte Woche im *Vanessi's* angesprochen und meinte, wenn wir zum Camping mit rauf nach Sonoma kommen, gibt er uns hundert pro Nase. Wir müssten nur zu ein paar reichen Knackern nett sein, vielleicht ein bisschen tanzen. Nichts weiter. Also dachten wir, wieso nicht?«

»Bei dieser Sache mit dem *Bohemian Club*?«, fragte Sammy. Langsam wurde ihm einiges klar. Arschloch Sal. Er hatte gedacht, das mit dem Zelten sei nur wieder einer von Sals bescheuerten Plänen – wie die Hundepizza.

»Ja genau. Also ruft Sal mich an und meint, er holt uns an meiner Wohnung ab. Wir rechnen mit einer Limousine, aber dann taucht da ein Bus auf, so ein Kleinbus, und darin sitzen noch ein paar andere Mädchen – ich weiß nicht, achtzehn, zwanzig, und alle sehen aus wie Bauernmädchen aus dem Bilderbuch. Ohne Make-up oder Lippenstift. Tilly und ich hatten unsere ganz normalen Klamotten an, aber ich kann dir sagen, als wir diesen Trupp sahen, kamen wir uns beide wie Landstreicher vor. Viele von denen sahen aus wie Dorothy aus dem *Zauberer von Oz,* und ich hab erst nicht begriffen, wieso. Aber dann, auf der Fahrt dahin, die anderthalb Stunden dauert, haben wir rausgefunden, dass es gar keine Bauernmädchen waren – sie waren allesamt Professionelle aus dem *Mabel's*.«

Sammy hob eine Hand, um sie zu bremsen. »Myrtle, wo ist Stilton?«

»Dazu komme ich noch. Lass mir einen Moment Zeit. Wir erreichen also dieses Camp, und ich muss sagen, die Typen müssen richtig Schotter haben, denn denen gehören so ziemlich die größten Bäume, die ich je gesehen habe.«

»Püppi …«, warf Jimmy ein. »Streng genommen glaube ich nicht, dass die Größe der Bäume irgendwas mit dem Einkommen dieser Leute zu tun hat.« Jimmy warf Sammy einen Blick zu und rollte mit den Augen: *Mädchen, was soll man machen?*

»Stilton?«, sagte Sammy, damit Myrtle zur Sache kam.

»Da wird der Bus am Tor angehalten, und die Typen erklären ganz ernst, dass Frauen auf dem Gelände nicht erlaubt sind. Aber der Fahrer sagt nur: ›Alton Stoddard der Dritte‹, und ich erinnere mich an den Namen, weil er wie ein Zauberspruch wirkt und die Typen am Tor uns durchwinken. Dann setzt uns der Fahrer einfach auf diesem verlassenen Parkplatz mitten im Wald ab. Versteh mich nicht falsch, das ist ein hübscher Wald, aber ganz plötzlich sind wir nur noch ein Haufen Mädchen, die rumstehen und darauf warten, vergewaltigt und ermordet zu werden oder irgendwas.«

Sammy verzog das Gesicht, doch Myrtle winkte ab.

»Aber alles ist gut. Schon bald tauchen ein paar Typen in Rangerhemden auf und sagen, dass Frauen dort ›streng verboten‹ sind. Dann sagt Pearl, eine von den Professionellen, ein großes schlankes Mädchen wie ich, nur blond: ›Alton Stoddard der Dritte.‹ Und wieder wirkt das wie ein

Zauberspruch. Also führen uns die Ranger diesen kleinen Weg zu einem Speisesaal mit Küche, und da gibt es Chili und alles Mögliche zu essen, und Kellner in weißen Jacketts mit allem Drum und Dran. Die Barkeeper und Kellner sind aus der Stadt. Die Typen in Rangerhemden kommen alle aus diesen kleinen Orten oben in den Redwoods. Aber die verdrücken sich eilig, und die Barkeeper sind total nervös, weil doch keine Frauen erlaubt sind, selbst als Pearl ›Alton Stoddard der Dritte‹ sagt, bringen sie uns in ein Zimmer hinter der Küche, das wohl ihr Personalraum ist. Plötzlich sind Tilly und ich froh, dass wir unsere hundert Dollar im Voraus bekommen haben, was die Professionellen richtig sauer macht, als wir es erwähnen, denn sie wurden nicht im Voraus bezahlt und bekommen auch nicht mal ansatzweise hundert Dollar.

Also spähen wir durch den Türspalt, als die Bohemians eintrudeln. Die meisten sind ältere Männer, Typ Bankier, aber man kann es nicht sagen, weil sie Arbeitshosen und so was tragen, obwohl keiner von denen aussieht, als hätte er auch nur einen Tag in seinem Leben gearbeitet.

Schon bald haben sie sich alle verteilt und auf ihre Campingplätze verzogen, und die Barkeeper sagen, wir sollen uns entspannen, bis sie mit dem gesprochen haben, der uns hergebracht hat. Keiner von denen hat je von Sal gehört, aber alle haben von *Alton Stoddard dem Dritten* gehört, und Tilly meint, das ist schon mal gut, denn wenn nicht, könnte es sein, dass wir vielleicht allesamt irgendwo in einem Erdloch begraben werden. Sie hat echt Humor. Dieses Mädchen ist ein echter Spaßvogel.« Da beugte sich Myrtle über den Schreibtisch, sodass ihr Gesicht auf derselben Höhe mit Sammys war, und sagte: »Zu diesem Zeitpunkt habe ich das jedenfalls gedacht!«

»Oje«, sagte Sammy hoffnungslos.

»Baby, tu das nicht«, sagte Jimmy.

»Was?«

»Das Drama. Mach es nicht noch dramatischer, als es ohnehin schon ist.«

»So erzähle ich aber Geschichten.«

»Aber Sammy braucht kein zusätzliches Drama. Sieh dir doch den armen Kerl mal an. Der hat jetzt schon genug Drama. Außerdem kann er sich vermutlich denken, dass du am Ende dieser Geschichte nicht in einem Erdloch begraben wirst.«

»Entschuldige, Sammy«, sagte Myrtle schüchtern. Sie kam um den Schreibtisch herum, setzte sich auf den Stuhl neben ihn und tätschelte seinen Arm. »Ach, du Ärmster. Tilly liegt wahrscheinlich gar nicht tot im Graben.«

»Wer weiß«, sagte Jimmy wie ein kleiner Sonnenstrahl.

15

Nehmen wir zum Beispiel Steuerfahnder

Weil er einen höheren Rang hatte, bekam Bailey die Füße, und Hatch musste die Schultern nehmen. Wenn man einen kalten, nassen, toten Italiener in ein Flugzeug verlädt, wird der Mann, der die Schultern trägt, erheblich nasser. Ein hoher Rang bringt Vorteile mit sich. Bailey wusste über Hatch – abgesehen davon, dass sie etwa dieselbe Statur hatten – nur, dass er von niedrigerem Rang war. Er wusste weder seinen richtigen Namen, noch woher er kam oder ob er verheiratet war, und er sollte es auch nicht wissen. Sie arbeiteten für eine Behörde, die so neu und so geheim war, dass sie ihren Auftrag bereits an dem Tag verfehlt hatte, als ein zweiter Mann hinzukam, und so wussten sie nichts voneinander, kannten nur die unmittelbaren Anweisungen für die Mission, die sie von einer monotonen Stimme am anderen Ende einer Fernsprechleitung erhielten. Bis zu diesem Abend, an dem sie die Anweisung erhielten, sich mit zwei anderen Agenten zu treffen und den Italiener abzuliefern, hatten Bailey und Hatch geglaubt, sie seien die einzigen Mitarbeiter der Behörde.

Bailey war nervös deswegen. Er traute diesen anderen Agenten nicht. Das sollte er auch nicht.

Der Chrysler parkte am Ende einer leeren Startbahn auf

dem Santa Rosa Airport, etwa zwanzig Meter entfernt von einer DC-3 mit Air-Force-Kennung, zu der sie den toten Italiener brachten. Sal Gabelli war in sitzender Haltung gefroren, und kleine Eisklumpen baumelten an seiner Kleidung. Schmelzwasser rann auf den Asphalt, während sie ihn schleppten.

»Ich kann es kaum erwarten, dass die Sache hier vorbei ist und wir wieder Nazis jagen können.«

»Kommies«, sagte Bailey.

»Ach ja. Das meinte ich. Kommunisten. Sorry. Alte Angewohnheit.«

»Runter«, sagte Bailey, als sie unter dem linken Flügel standen. Sie setzten die Tiefkühlleiche ab.

Hatch rieb sich die Hände, um sie aufzuwärmen, und versuchte, hinter den Seitenfenstern der Maschine etwas zu erkennen. »Ich kann nichts sehen. Sind die da drinnen?«

Bailey blickte über den Rand seiner Sonnenbrille hinweg. Die Brillen hatte man ihnen zugeteilt und befohlen, sie immer und überall zu tragen. Offenbar gab das *Subjekt* möglicherweise eine Art von Strahlung ab, welche die Netzhaut versengen konnte, und die Brillen boten Schutz davor. Manchmal nahm Bailey sie zum Schlafen ab, und dabei fühlte er sich wie ein richtiger Rebell. Über die Sonnenbrille hinweg konnte er den Lichtstrahl einer Taschenlampe im Inneren des Flugzeugs sehen. Sie waren da drinnen.

Bestimmt hatten sie den Chrysler gehört, dann die Kofferraumklappe und schließlich Hatch, der wie ein Auktionator auf Wahrheitsserum über Nazis und Sonnenbrillen schwadronierte. Warum waren sie nicht herausgekommen? Er fischte einen Quarter aus der Tasche und tippte damit an den Flügel. Der Riegel der kleinen Tür wurde gedreht, und sie öffnete sich. In der Tür kniete ein Mann mit schwarzem

Hut und klappte eine Art Treppe herunter, dann stieg er aus und gesellte sich zu ihnen, neben den schmelzenden Italiener.

»Clarence«, sagte der neue Agent. Er reichte ihnen nicht die Hand. Er trug einen schwarzen Anzug, ein weißes Hemd, eine schmale schwarze Krawatte und Sonnenbrille.

»Bailey«, sagte Bailey. »Hatch«, sagte er und deutete auf Hatch.

Hatch tippte sich an die Hutkrempe. Rudimentärer Salutierinstinkt. Bailey runzelte missbilligend die Stirn.

»Alles in Ordnung?«, fragte Bailey Clarence.

»Zwei an Bord.«

»Tot?«

»Bald. Äther und Penthotal. Genug Treibstoff, um sie auf Höhe zu bringen. Müssen nur noch den hier an Bord schaffen.«

»Nur zwei?«

»Um die anderen kümmern Sie sich«, sagte Clarence.

»Sonst noch was? Haben die Ihnen irgendwas verraten?«

»Nichts. Der General hat alles abgestritten. Er war unwillig. Die Frau wusste nichts.«

Bailey steckte fest. Clarence hatte das *Subjekt* nicht mal erwähnt. Wusste er nicht, dass Bailey danach suchte – dass sie nur deshalb gekommen waren? Er konnte Clarence fragen, was er wusste, doch damit würde er durchblicken lassen, dass er mehr wusste. Natürlich konnte Bailey lügen, aber sollte er das tun? Er wusste nicht mal, ob Clarence rangmäßig über oder unter ihm stand.

»Haben Sie irgendwelche Spuren zu den anderen?«, fragte Clarence.

»Möglicherweise verstecken sie sich bei einem Clubbesitzer namens Jimmy Vasco«, sagte Bailey. »Wir waren gerade auf dem Weg dorthin, als wir uns um Null-Nullhundert Uhr wegen weiterer Befehle melden mussten.«

»Was ist mit dem *Subjekt*?«, fragte Hatch. Am liebsten hätte Bailey seine .45er gezückt und seinen Partner auf der Stelle erschossen. Schwätzer!

»Kein Wort«, sagte Clarence. »Der General behauptet, man hätte ihn bewusstlos geschlagen. Als er wieder zu sich kam, war das *Subjekt* weg.«

»Entwendet?«, fragte Bailey.

»Na wahrscheinlich«, sagte Clarence sarkastischer, als Bailey recht war.

»Danach?«

»Sammle meinen Partner ein, dann zurück zum *Grove*«, sagte Clarence. »Bedeckt halten bis zu neuen Befehlen um Null-achthundert.«

Aus der Maschine hörte man Schritte. Bailey drehte sich um und sah einen weiteren Agenten die Treppe heruntersteigen. »Potter«, sagte der neue Mann. »Bringen wir den hier an Bord, damit ich loskann.« Potter trug Sonnenbrille, einen schwarzen Hut und einen Fallschirm auf dem Rücken. Über einem blauen Anzug.

Ein blauer Anzug.

Bailey hatte das Gefühl, als versänke seine Welt im Chaos.

Es wurde spät, und Sammy musste Bennie in der Bar anrufen, bevor der Laden zumachte, aber erst musste er verhindern, dass er Myrtle erwürgte, weil sie nicht zur Sache kam, was den Aufenthaltsort der Schnecke anging.

Myrtle sagte: »Jedenfalls sind wir Mädchen alle in diesem Raum hinter der Küche und trinken Cocktails, feilen unsere Nägel und reden über Filme und so Zeug. Als es dunkel wird, hören wir Musik von weiter hinten im Wald. Und Tilly sagt, sie will mal nachsehen, was da los ist, obwohl man uns gesagt hat, dass wir bleiben sollen, wo wir sind. Na ja, den anderen Mädchen ist es völlig egal, die wollen nur tun, wofür sie hergebracht wurden, und dann wieder in die Stadt zurück, aber davon will Tilly nichts wissen. Wir hatten ein paar Cocktails intus, und ich weiß nicht, ob du schon mal mit ihr zusammen warst, wenn sie der Hafer sticht, aber sie kann abgehen wie eine Rakete. Man sagt nur, der Himmel ist blau, und sie fängt an, mit dir darüber zu streiten. Jedenfalls entschuldigen Tilly und ich uns, um für kleine Mädchen zu gehen, was da draußen gar nicht vorgesehen ist, und Pearl will mitkommen, was sie auch tut. Tilly findet eine Hintertür durch die Küche, und schon sind wir draußen.

Da gibt es einen Weg, mit Kies und allem, aber ich bin ein Mädchen aus der Stadt, und wir sind im Wald, mitten in der Nacht, also denke ich natürlich: Löwen und Tiger und Bären, ojemine! Stimmt's? Ich will wieder zurück zum Tor, aber irgendwo dahinten läuft ein Benny-Goodman-Song, und Tilly sagt, Löwen und Tiger und Bären stehen nicht auf Swingmusik, also laufe ich ihr und Pearl hinterher, die sich als ziemlich ausgebufft entpuppt, denn als wir auf diese große Lichtung kommen, mit Fackeln und Stühlen, die wie im Theater aufgestellt sind, holt sie einen Fotoapparat aus ihrer Handtasche. Eines von diesen kleinen deutschen Dingern, wie man sie in Filmen sieht.

Also schleichen wir auf diese Lichtung mit einem kleinen See, und da sitzen tausend Typen auf Klappstühlen, und in der Mitte vom See steht eine riesengroße Eule. Fünf Stockwerke hoch, was – wenn man mich fragt – eine ziemlich große Eule ist. Aber die hier ist aus Stein oder Beton oder was und wird voll unheimlich mit Fackeln und so beleuchtet. Und die Band fängt an, gruselige Musik zu spielen, nur Trommeln und Tuben, und da kommen diese Typen in roten Roben hinter der Eule hervor, mit Kapuzen, um ihre Gesichter zu verbergen.

Da kauern wir nun hinter einem von diesen riesigen Bäumen, und Pearl knipst mit ihrer kleinen Kamera los und kriecht näher ran, um mehr erkennen zu können, aber Tilly hält mich zurück und flüstert, das ist doch irgendwie gaga. Was stimmt. Aber Pearl hockt schon fast hinter den Typen in der letzten Reihe und klickt mit ihrer Kamera vor sich hin.

Urplötzlich tauchen hinter der Eule ein paar alte Männer auf, die wie Frauen angezogen sind. Aber nicht etwa wie normale Frauen, sondern mit römischen Roben und so Zeug und mit kleinen Krönchen in den Perücken. Unbeleckte Jungfrauen.«

»Meine Lieblingssorte«, sagte Jimmy.

Myrtle warf Jimmy einen scharfen *Halt-die-Klappe*-Blick zu, dem Sammy nur beipflichten konnte.

»Und diese Typen in Frauenkleidern – und ich will ja nicht unfreundlich klingen, aber die sehen als Frauen wirklich besonders hässlich aus –, die tragen jedenfalls so einen kleinen Sarg und halten ihn hoch, mit einem Kind darin. Und der Anführer von den Robenmännern, den man daran erkennt, dass er einen langen Stock hat, fängt an, von der *Kremation der Sorge* zu erzählen.

Und Tilly sagt so was wie: ›Die wollen das kleine Kind verbrennen.‹

Und ich will schon losschreien, denn ich bin voll dagegen, Leute zu verbrennen, besonders kleine Kinder, aber Tilly hält mir den Mund zu und sagt so was wie: ›Schscht, das Kind ist schon tot. Die wollen ihm nur einen Abschied bereiten.‹

Dann werden die Trommeln so richtig laut, und die unbeleckten Jungfrauen legen das Kind auf diesen großen Holzhaufen, und zwei von den Robentypen halten Fackeln an den Haufen, und da reicht es mir – ich will losschreien, so oder so, aber in diesem Moment wird Tilly nach hinten gerissen, jemand hält ihr den Mund zu, und dann hält mir jemand den Mund zu, dann kommen zwei Typen in Rangerhemden an mir vorbeigelaufen und greifen sich Pearl, und schon werden wir von der Zeremonie weggezerrt und in diese kleine Hütte in der Nähe gesperrt.

Sobald die Männer Pearl loslassen, schreit sie: ›Alton Stoddard der Dritte!‹ Und ich kann euch sagen, am meisten Angst macht mir, dass diese Rangertypen in diesem Augenblick mehr Angst zu haben scheinen als wir. Und die armen Kerle sagen uns, wir sollen bleiben, wo wir sind, und dann schließen sie die Tür ab und sperren uns einfach ein. Wir hören noch, wie einer zum anderen sagt: ›Lauf rüber zu den *Drachentötern* und frag nach, was wir tun sollen.‹ Und schon sind sie weg.

Also frage ich Pearl: ›Wer ist dieser Alton Stoddard der Dritte?‹

Und sie meint: ›Keine Ahnung, aber wenn ich sehe, wie alle springen, wenn sein Name fällt, denke ich, es ist jemand, den wir kennenlernen sollten.‹

Diese Pearl ist echt abgebrüht, selbst für eine Bordsteinschwalbe. Ich hoffe, sie kommt da lebend raus.«

»Du weißt also nicht, wo *sie* ist?«, fragte Sammy.

»Nein, das will ich ja gerade erzählen. Wir haben versucht, irgendwie aus dieser Hütte rauszukommen. Sie ist ziemlich mickrig, keine Küche, nicht mal ein Kühlschrank, nur ein kleiner Tresen, Schlafkojen und zwei Fenster, die nicht aufgehen. Und die Ranger nehmen den Türgriff von unserer Seite mit. Wir wissen also zuerst nicht, was wir machen sollen. Aber da fängt Tilly an, unter dem kleinen Tresen herumzuwühlen, und findet ein Messer. Da hab ich ihr erklärt: ›Man muss ihnen in den Hals stechen, weil sie sonst losschreien.‹ Aber sie guckt mich nur an, als wäre ich blöd oder was, dann geht sie rüber und stochert mit dem Messer im Türspalt herum. Da war ich aber echt erleichtert, denn diese Rangerjungs schienen mir eigentlich ganz okay zu sein. Die machen nur ihren Job. Aber als sie es fast geschafft hat, hören wir Stimmen draußen vor der Tür, und Tilly schiebt das Messer ganz schnell unter eines von den Betten, als dieser Typ in Uniform reinkommt. Wie die Uniform von einem General. Mit reichlich Orden und so. Und er sagt: ›Wegtreten!‹, zu den Rangern, die ihn geholt haben, als wären sie Soldaten oder was und nicht ein Haufen Bauernbengel aus Sonoma County. Und die sagen: ›Jawohl, Sir!‹, und wollen schon gehen. Aber er nimmt ihnen noch den Türgriff ab, bevor er sie wegschickt.

Also versucht Pearl es bei ihm mit ›Alan Stoddard der Dritte‹, aber der General beißt nicht an. Er sagt so was wie: ›Ja, Mr Stoddard ist mir wohlbekannt.‹«

Dann sagte Myrtle mit sonorer Männerstimme: »›Meine Damen, ich fürchte, hier ist jemandem ein Fehler unterlaufen. Sie sollten gar nicht hier sein.‹

Stellt sich raus, dieser Typ ist irgendwie ein hohes Tier bei der Air Force, und er hat dafür gesorgt, dass wir in ihr Zeltlager kommen, was mir neu war, weil ich die ganze Zeit dachte, Sal Gabelli hat das alles organisiert. Jedenfalls, dieser General Ramsey oder so ähnlich …«

»Remy?«, fragte Sammy.

»Ja genau. Er wirkt nicht so, als gehörte er zu diesen anderen Typen. Erstens trägt er Uniform, und die anderen sind in Zivil. Zweitens stolpert er in der Hütte herum, als wüsste er nicht, was er machen soll. Schwitzt und murmelt und so.«

Wieder die sonore Männerstimme: »›Als sie sagten, sie wollten keine Frauen dabeihaben, wusste ich nicht, dass sie meinten, sie wollten *wirklich* keine Frauen dabeihaben. Ich dachte, sie sagen es nur, um ihre Ehefrauen loszuwerden. Na gut, Sie werden alle hierblieben müssen, bis wir geklärt haben, was wir mit Ihnen machen. Das muss ich mit den Mitgliedern besprechen. Ich bin hier nur zu Gast. Aber nach dem heutigen Abend wird sich das ändern. Vielleicht behalten wir Sie hier, bis ich meine Präsentation gezeigt habe.‹ Er denkt irgendwie laut nach, rennt auf und ab und brabbelt vor sich hin. Wir Mädchen gucken uns an, als wären wir einem Irren ausgeliefert.

Also sagt Tilly: ›Sie sollten lieber mal klären, wo unsere hundert Dollar pro Nase bleiben.‹

Und der General meint, na klar, er will sich gleich darum kümmern und so weiter. Er guckt sogar in seine Brieftasche, hat aber nur vielleicht hundertfünfzig Dollar bei sich, also gibt er jeder von uns fünfzig und verspricht den Rest später, wir sollen nur bleiben, wo wir sind. Dann fragt er uns, ob wir was vom Ritual mitbekommen haben.

Aber wir schütteln alle den Kopf und tun so, als wären wir erst vor fünf Minuten angekommen und hätten uns urplötzlich im Wald wiedergefunden. Pearl hatte es irgendwie geschafft, die kleine Kamera unter ihrem Dorothy-Kleid zu verstecken, und tat so, als wäre sie eben erst vom Heuboden gefallen.

Also sagt Tilly: ›Oh nein, Freundchen, hundert Scheine

pro Nase, *auf der Stelle,* oder ich schrei los, und meine beiden Freundinnen hier schreien gleich mit.‹

Aber der General sagt, so viel hat er nicht bei sich, und außerdem hat er auch schon jemanden bezahlt, also meint Tilly, na gut und holt schon Luft, um loszuschreien, da sagt der General, sie soll warten, er wohnt bei den *Drachentötern*, einem anderen Camp, und da muss er hin, um es zu holen. Und Tilly meint, gut, aber sie will mit, und schon hakt sie sich bei ihm unter und erklärt: ›Nur Sie und ich, General, wir holen das Geld zusammen‹, und an uns gewandt: ›Könnte ein Weilchen dauern.‹ Sie zwinkert mir zu.

Na, und der General benimmt sich, als wäre er noch nie von einer Dame angesprochen worden, denn er wird ganz rot und schüchtern und doof und sagt ständig ›Aber gern doch‹, und Tilly hat ihn direkt am Haken. Auf manche Männer wirkt sie so.«

»Ja, ich weiß«, sagte Sammy und spürte einen Stich im Herzen bei dem Gedanken daran, dass die Schnecke mit dem General rummachte.

»Also«, fuhr Myrtle fort, »kommt Tilly, um mir ein Küsschen auf die Wange zu geben, *tudelu,* und flüstert mir ins Ohr: ›Nimm das Messer, mach die Tür auf, und dann haut beide ab.‹, und laut sagt sie dann: ›Wartet nicht auf mich.‹ Und im nächsten Moment ist sie am Arm vom General zur Tür hinaus, aber der Blödmann nimmt den Türgriff mit. Ich fühl mich richtig schlecht wegen Tilly, doch schon ist Pearl unterm Bett und wieder zurück und bearbeitet das Schloss mit dem Küchenmesser, und bevor man ›Sesam öffne dich‹ sagen kann, hat sie es geschafft. Die Ranger sind längst weg.

Ich will gerade dahin losrennen, wo wir die anderen Mädchen zurückgelassen haben, aber als ich mich umdrehe, hat Pearl ihre Kamera gezückt und will in die andere Richtung. Sie sagt zu mir: ›Mach nur, ich hab noch einen kleinen Job zu erledigen.‹ Und ich will es ihr noch ausreden, aber sie hört nicht auf mich, also renne ich runter zum Speisesaal. Ehrlich, ich fühle mich schrecklich wegen Tilly, aber ich denke, dass wir zusammen mit den anderen Mädchen mehr ausrichten können. Wir können diese Leute zwingen, sie gehen zu lassen, und dann können wir alle gemeinsam nach Hause fahren. Alles ein großes Missverständnis. Das denke ich, während ich im Dunkeln von einem dieser kleinen Camps zum nächsten laufe. Die sind eingezäunt, und darauf stehen Hütten, manche haben nur eine Feuerstelle und Bänke, manche große Zelte, aber überall sitzen alte Herren, die schon den einen oder anderen im Tee haben.

Und als ich zum Speisesaal komme, sind die anderen Mädchen alle weg, und auch von den Barkeepern und dem Küchenpersonal keine Spur. Da weiß ich nicht mehr, was ich tun soll. Und nirgends gibt es ein Telefon. Also renne ich den Weg hinunter durch den Wald, ums Tor herum, bis ich zu so einem kleinen Ort komme, der eigentlich nur aus einer Tankstelle mit Kiosk besteht. Da habe ich endlich ein Telefon gefunden und konnte Jimmy anrufen. Bis er kam, um mich abzuholen, habe ich mich im Dunkeln hinter der Tankstelle versteckt.«

Jimmy sagte: »Normalerweise fährt man anderthalb Stunden nach Monto Rio, aber ich habe keine Stunde gebraucht.«

»Jimmy kann toll Auto fahren«, sagte Myrtle. Dann: »Ach Sammy, es tut mir so leid. Ich komme mir vor wie die allerletzte Memme, weil ich Tilly allein zurückgelassen habe, aber was sollte ich tun?«

»Sie ist ein gutes Kind«, sagte Jimmy. »Sie hat sich nur gefürchtet. Sei nicht zu streng mit ihr.«

Sammy winkte ab. »Myrtle, kannst du mir diese Campinganlage aufzeichnen?«

»Ich weiß nicht, Sammy, es war dunkel. Ich bin nur Tilly und Pearl nachgelaufen.«

»Ich kann dir sagen, wie du dahin kommst«, sagte Jimmy.

Sammy überlegte eine Sekunde, aber nur eine Sekunde. »Okay, ich mach mich auf die Suche nach Stilton, aber ihr zwei solltet wissen, dass mir ein paar Typen auf den Fersen sind, die nach Myrtle suchen. Sie waren kurz nach mir bei ihrer Wohnung, und wenn ich sie finden konnte, dann können die es auch, und das sind keine netten Menschen.«

»Dieser miese Sal«, sagte Myrtle.

»Wahrscheinlich hat Phil aus dem *Five & Dime* es ihnen erzählt, Myrtle. Sal ist tot.«

Jimmy stand auf. »Diese Leute, die hinter Myrtle her sind, haben Sally Gab umgelegt?«

Sammy bedachte seine Antwort, die ganze Sache mit der Schlange und den Nudeln und sagte: »Sie fahren mit seiner Leiche im Kofferraum herum.«

»Okay, das war's dann«, sagte Jimmy. »Wenn diese Typen Myrtle schon fast gefunden haben, müssen wir etwas tun, von dem sie nichts wissen. Du musst sie verstecken, Sammy, irgendwo, wo sie noch nie war, und ich selbst darf auch nicht wissen, wo sie ist.«

»Das könnte ich tun, Jimmy, aber ich habe nicht mal ein Auto.«

»Wie wolltest du denn rauf nach Monte Rio kommen?«

»So weit hatte ich noch nicht überlegt.«

Jimmy griff in ihre Tasche und holte ein paar Schlüssel heraus. »Nimm meines. Es ist das schwarze Ford Coupé hinter dem Haus.« Zu Myrtle sagte Jimmy: »Pack dir ein paar Sachen ein, Süße. Aber schnell, schnell! Nimm das Zeug aus deiner Wohnung und eine Zahnbürste. Ein paar Kleider von mir. Die sind dir wahrscheinlich zu knapp, aber da wird sich schon niemand beklagen.«

Bei der Erwähnung von Kleidern zog Sammy die Augenbrauen hoch.

»Was?«, meinte Jimmy. »Manchmal freue ich mich, ein Mädchen zu sein, manchmal freue ich mich an einem Mädchen, und manchmal beides. Muss ich mich dafür rechtfertigen?«

»Meinetwegen nicht.«

Jimmy begleitete ihn aus dem Büro über den Flur zu einer stählernen Feuertür. Davor blieb sie stehen und sagte: »Highway 101 Richtung Norden. Abfahrt River Road gleich hinter Santa Rosa. Nach zwanzig Meilen bist du in Monte Rio. Da ist das Waldstück der Bohemians.« Dann holte sie eine kleine Walther Automatic aus der Hosentasche. Sie zog den Schlitten zurück und ließ ihn schnappen, spannte den Hahn, dann hielt sie Sammy die Waffe hin. »Hier, nimm. Geladen und schussbereit.« Er dachte daran, das Angebot abzulehnen und ihr zu sagen, er käme auch so zurecht, er wüsste jemanden, doch da fiel ihm ein, dass dieser Jemand erst neun Jahre alt war. Er griff nach der Waffe.

»Sicherung hier, Magazinauswurf hier.« Jimmy deutete auf die entsprechenden Stellen an der Waffe, holte aus ihrer anderen Hosentasche ein Ersatzmagazin und gab es ihm. »Wenn einer von diesen Wichsern Myrtle zu nahekommt oder dich daran hindern will, Stilton zu finden, bläst du den Schwanzlutscher weg.«

Sammy lächelte. »Hast du schon mal an Adoption

gedacht? Ich kenne da einen Bengel, mit dem du dich gut verstehen würdest.«

»Ich glaube, der Mutterzug ist für mich wohl abgefahren.«

»Sei mal nicht so hart gegen dich selbst«, sagte Sammy. Er nickte Myrtle zu, die jetzt hinter Jimmy stand, mit einer kleinen Reisetasche in der Hand.

»Schlaumeier«, sagte Jimmy. »Ich bin nicht viel älter als sie. Komm her, Süße.« Und damit legte der zierliche Conférencier einen halsbrecherischen argentinischen Zungentango mit Myrtle hin, von dem sich die Rothaarige noch erholen musste, als Sammy sie schon hinter sich zur Tür hinauszog.

16

Dies und das, dann und wann, hier und da

Möglicherweise war Bennie, der Ersatz-Barkeeper, nicht der hellste Stern am Firmament, aber Nachrichten nahm er entgegen wie ein Großer. Er wischte gerade durch, als ich gegen zwei Uhr früh in Jimmy Vascos Ford vorbeikam, mit Myrtle im Schlepptau. Ich stellte die beiden einander gar nicht erst vor. Myrtle wartete in der Tür, trat von einem Fuß auf den anderen, als müsste sie Pipi.

Bennie sagte: »Da hat einer angerufen, der hieß Eddie Shu und meinte, du sollst ihn so schnell wie möglich zurückrufen oder bei seiner Arbeit vorbeikommen.«

Der verdammte Moo Shoes. Was jetzt? Mehr Ratten?

»Noch was?«

»Nicht für dich. Ein paar Anrufe für Sal.«

»Sal hat mich gebeten, alle Nachrichten für ihn entgegenzunehmen«, log ich.

Bennie parkte seinen Besen und ging zum Notizblock beim Telefon. »Ein Typ namens General Remy hat angerufen, aber keine Nummer hinterlassen, und eine Dame namens Mabel, auch ohne Nummer. Sie meinte, wir sollen Sal sagen, sie will ihr Geld haben und ihre Perlen zurück, sonst hackt sie ihm die Eier ab. War ganz schön in Fahrt. Sie hat noch ein paarmal angerufen und sagte, Sal weiß, wo sie zu erreichen ist.« Bennie blickte vom Notizblock auf. »Sal kennt einen General?«

Bennie war ein kleiner Landser gewesen und hatte im Krieg sein Sturmgewehr einmal quer durch Europa geschleppt, ohne dabei jemals einen General zu Gesicht zu bekommen. Deshalb kam es ihm komisch vor.

»Air Force«, sagte ich. »Kein echter General.«

»Oh, okay.«

»Bennie, Sal hat angefragt, ob du morgen Abend auch einspringen könntest. Wäre das wohl machbar?«

»Das wäre wunderbar.« Bennie grinste wie ein dickes Kind in einer Bäckerei. Normalerweise war er schon im siebten Himmel, wenn er eine Schicht hinter sich brachte, ohne auszurasten, doch da es hier um die Nachtschicht ging, mit mehr Druck und Kohle, flog er so hoch am siebten Himmel, dass ihm ganz schwindlig wurde. Zweimal hatte Sal mich rufen müssen, als Bennie während der Tagesschicht eingeknickt war – ein trauriger und beunruhigender Anblick. Sal behielt Bennie, weil der arme Kerl bereit war, für bloßes Trinkgeld zu arbeiten, und Bennie blieb, weil er sonst in einem Hauseingang unten an der Third Street bei den anderen gebrochenen Soldaten wohnen würde.

Ich hängte ein Schild an die Tür, um die Tagtrinker auf die späteren Öffnungszeiten aufmerksam zu machen, dann trat ich an die Kasse und zog sie auf. Darin lagen um die hundert Dollar plus Kleingeld. »Du hattest einen guten Abend«, sagte ich zu Bennie.

Ich hatte vorgehabt, das Geld zu nehmen und davon Milos Miete zu bezahlen, damit ich sein Taxi borgen konnte, aber jetzt nahm ich sechzig für Spesen, ließ zehn als

Wechselgeld in der Kasse und gab den Rest Bennie, der grinste wie ein Honigkuchenpferd, als er die Scheine in die Hand bekam.

»Bist du sicher?«

»Ja. Notfallbonus. Auf Sals Anweisung. Versauf es nicht.«

»Bestimmt nicht. Versprochen.«

Ich hoffte es. Sals prekärer Zustand musste geheim bleiben, bis ich wusste, wo sich seine Leiche befand. Andererseits war Sal streng genommen nicht länger mein Problem, und die Schlangenkiste war auch weg, und alle Welt dachte, Sal sei mit Pookie O'Hara zum Angeln aufs Land gefahren. Trotzdem musste die Bar aufmachen, zumindest am Abend.

»Hör mal, Kleiner«, sagte ich zu Bennie, der vielleicht zwei Jahre jünger war als ich, »du musst Nachrichten für mich entgegennehmen, und falls jemand kommt, der nach mir sucht, sagst du ihm, dass Sal zum Angeln ist und ich hier war und mir das Geld aus der Kasse genommen habe. Das alles kannst du ruhig erzählen.« Ich dachte mir, die üblen Typen wussten sowieso alles andere, was Bennie ihnen erzählen konnte, zum Beispiel, wo ich wohnte, also gab es keinen Grund, ihnen das Gefühl zu vermitteln, da gäbe es noch mehr herauszufinden. »Aber du erwähnst nicht die Frau da drüben, und du hast auch keine Nachrichten entgegengenommen, verstanden?«

»Hab ich verstanden«, sagte Bennie und schüttelte den Kopf wie ein Löwe mit einem Floh im Ohr.

Ich verabschiedete mich von Bennie und fragte Myrtle, ob sie Pipi müsse.

»Nee, ich bin nur nervös. Wohin wollen wir jetzt?«

»Keine Ahnung, Süße«, sagte ich, denn ich hatte wirklich keine.

Langsam bekam ich ein Gefühl für dieses Ford Coupé, und hierherzufahren war erheblich angenehmer als die Kletterei über den Telegraph Hill, obwohl ich zum allerersten Mal bei Nebel durch die Bay City fuhr. Es war, als müsste man sich in einem geschüttelten Martini voller Leuchtkäfer orientieren. Ich fuhr die Grant Avenue hinauf nach Chinatown, weil ich sicher wusste, dass sie keine Einbahnstraße war. Schließlich wollte ich zum *Club Shanghai.*

Selbst um zwei Uhr morgens gibt es an der Grant Avenue keine Parkplätze, also stellte ich den Ford in zweiter Reihe davor ab und ließ den Motor laufen. Zu Myrtle sagte ich: »Falls jemand kommt, sag ihm, ich bin gleich wieder da, und dass ich ihn wegballer, wenn ihm das nicht passt.«

»Und falls es ein Cop ist?«

»Dann lass das mit dem Ballern weg.«

Der Türsteher war schon nach Hause gegangen, sodass ich gleich auf Eddie Moo Shoes traf, der rauchend am Empfangspult lehnte, im Dinnerjacket mit roten Pailletten.

»Alles heiter auf der Leiter?«, fragte er begrüßungstechnisch.

»Du siehst aus, als solltest du an einem Tannenbaum hängen«, sagte ich antworttechnisch.

»Der Conférencier ist heute schon früher nach Hause, weil er Dünnpfiff hatte, also bin ich eingesprungen. Warst du bei Onkel Ho?«

»Vorhin. Hab die Ratten abgeliefert. Deine Nachricht habe ich eben erst bekommen. Es war einfach viel los.« Dann erzählte ich ihm, dass mich diese Typen in schwarzen Anzügen verfolgten, dass sie diejenigen waren, die Sals Leiche geklaut hatten, dass ich Myrtle gefunden hatte und so weiter und so fort. Ich schloss mit einem kurzen Überblick der Geschichte mit den Bohemians und dass ich dringend die Schnecke finden musste.

»Und Jimmy hat dir ihr Auto anvertraut?«, fragte Moo.

»Und ihr Mädchen. Warten beide draußen in zweiter Reihe.«

»Du machst nicht den Eindruck, als wärst du ausgebufft genug, um auf der Flucht zu sein, Sammy.«

»Das würde erklären, warum ich es nicht besonders gut kann, Moo. Also halt nach diesen Typen in schwarzen Anzügen Ausschau .«

»Wie der Zufall es will, waren die schon hier. Da drückten sich so mumpitzige Steuerfahnder draußen vor der Tür herum.«

»Steuerfahnder?«

»Ja, sie meinten, sie ermitteln fürs Finanzamt. Mitten in der Nacht. Trugen Sonnenbrillen. Die dachten wohl, ich bin vom Blödmannsbaum gefallen.«

»Haben sie nach mir gefragt?«

»Haben sie.«

»Was hast du ihnen gesagt?«

»Hab so getan, als könnte ich kein Englisch.«

»Auf die Idee hätte ich auch kommen können.«

»Na, du lernst ja noch. Außerdem bist du kein Chinese und sprichst kein Kantonesisch.«

»Acht bis zehn Wörter kenne ich.«

»*Chop* und *suey* sind keine kantonesischen Wörter.«

»Acht Wörter.«

»Die beiden haben mich immer weiter ausgefragt, obwohl ich sie doch gar nicht verstehen konnte, und ich habe auf Kantonesisch verschiedene farbenfrohe Dinge über ihre Mütter gesagt, aber trotzdem wollten sie nicht verschwinden. Irgendwann kam Lois raus und hat angeboten zu übersetzen, wenn sie ihr einen Drink spendieren, und da sind sie dann schnellstens abgehauen, denn Lois kann einem schon richtig Angst einjagen, wenn sie was haben will.«

»Anscheinend ist mit ihr doch was anzufangen. Wie läuft's denn?«

Eddie wackelte mit den Augenbrauen wie jemand, der den Drachen geglasnudelt hat und im Verbotenen Palast parken darf, wann immer er möchte, doch als Gentleman wechselte er das Thema. »Was glaubst du, wieso die Steuerfahnder Sally Gabs Leiche mitgenommen haben?«

»Hilfsbereitschaft?«, schlug ich vor.

»Ich hatte nicht gerade das Gefühl, Hilfsbereitschaft könnte eine ihrer Stärken sein.«

»Es hat irgendwas mit diesem General zu tun, für den Sal die ganzen Mädchen suchen sollte.«

»Für den du den Zuhälter geben wolltest?«

»Ja. Vielleicht ein Militärgeheimnis oder irgendwas. Vielleicht will der General zu den Kommies überlaufen. In New Mexico ist ja sonst nicht viel los.«

»Ja, vielleicht haben die da ein besonders gutes Kommunistenklima«, sagte Moo. »Hör zu, du musst für mich ein paar Sachen rüber zu Onkel Ho bringen.«

»Kannst du das nicht machen? Dein Onkel mag mich nicht besonders.«

»Du hast die Katze erwähnt, stimmt's?«

»Nein, hab ich nicht.«

»Das hier«, sagte Moo. Hinter dem Pult holte er einen Regenschirm und einen CO_2-Feuerlöscher hervor.

»Wieso kannst du das nicht machen?«

»Er besteht darauf, dass du es tust. Er meinte: ›Soll mir Schlaumeier-*gwai-lo* das Zeug bringen.‹«

»*Eventuell* könnte es unter Umständen doch möglich sein,

dass ich eine Katze erwähnt habe. Möglicherweise kam es zu einer beiläufigen Katzenerwähnung.«

»Er meinte, du sollst ein Auto mitbringen«, sagte Moo. »Gut, dass du ein Auto hast.«

»Regenschirm und Feuerlöscher?«

Hinter Moo sah ich, wie sich Lois Fong den langen Flur vom Club entlangschlängelte. Ihr silbernes Cheongsam war seitlich bis über die Hüfte hinauf geschlitzt. Sie war nicht zu übersehen.

»Edd-ieeeee!«

»Geh«, sagte Moo und hielt mir Regenschirm und Feuerlöscher hin. »Nimm das mit. Ruf mich an, wenn du kannst. Und lass dich nicht in einen Sack stecken.«

»Ich doch nicht«, sagte ich und war kaum den Flur hinunter und zur Tür hinaus, als ich Myrtle, die draußen im Auto mit laufendem Motor wartete, in ein Gespräch mit einem Cop verwickelt sah.

»Oh gut!«, rief Myrtle mir zu. »Du hast das Zeug. Eben erzähle ich Officer Bill hier, dass wir uns ein paar Sachen für Jimmy ausleihen wollen.«

Da fiel mir auf, dass sie mit dem Fahrzeugschein herumwedelte, der normalerweise an der Lenkradsäule klemmte.

»Ich habe dem netten Officer erklärt, dass du niemals in zweiter Reihe parken würdest, aber dass es ein Notfall ist und ich deshalb hier draußen gewartet habe, um aufzupassen.«

Ich stieg auf meiner Seite ein. Myrtle nahm mir den Feuerlöscher ab, als hätte sie schon darauf gewartet, und klemmte ihn sich zwischen die Knie. Ich warf den Regenschirm hinter den Sitz und nickte dem Cop zu.

»Danke, dass Sie eine Ausnahme machen«, sagte ich.

»Ein Feuerlöscher?«, fragte der Cop.

»Ich sage doch, es ist ein Notfall«, sagte Myrtle.

»Na, dann sollten Sie sich besser mal beeilen«, sagte der Cop. »Aber parken Sie in diesem Viertel nie wieder in zweiter Reihe. Egal, zu welcher Uhrzeit.«

»Bestimmt«, sagte ich. »Danke.« Ich startete den Ford, quälte das Getriebe etwas, um den ersten Gang reinzukriegen, und wir waren wieder unterwegs. Dann atmete ich aus.

»Ziemlich schlau«, sagte ich zu Myrtle. Bars und Restaurants borgten sich ständig gegenseitig etwas aus – Gläser, Getränke, Stühle. Was dir auch fehlen mag, der Typ von gegenüber oder sogar am anderen Ende der Stadt wird es dir leihen, weil er eines Tages selbst in diese Lage kommen könnte. Es ist ein ungeschriebenes Gesetz, und bis irgendein Laden kneift und den Gefallen nicht erwidert, halten sich alle daran. Myrtle wusste das und offenbar auch Officer Bill. Als Myrtle die Plastikhülle wieder an der Lenkradsäule befestigte, sah ich, dass der Wagen auf *Jimmy's Joynt* angemeldet war. »Echt schlau«, sagte ich.

»Als alleinstehendes Mädchen in der Stadt lernt man zu improvisieren«, sagte Myrtle. »Außerdem wollte ich nicht, dass du jemanden wegballerst, bevor ich in Sicherheit bin.«

»Was bald der Fall sein wird«, sagte ich, obwohl mir in ebendiesem Augenblick aufgefallen war, dass ich kein Versteck kannte, das nicht auch den falschen Steuerfahndern bekannt wäre. »Nur ein Zwischenstopp noch.«

Myrtle gab die unverbesserliche Optimistin, bis wir etwa einen halben Block von Onkel Hos Opium- und Schlangenhöhle entfernt waren. Unter den Reifen knirschte es, als rollten wir über Krabben, und die Kotflügel scharrten auf beiden Seiten an schwankenden Kisten entlang. Eine Katze schoss durchs Licht der Scheinwerfer und verschwand im Dunkel. *Lauf, Kitty! Sonst musst du Onkel Ho zu Willen sein!*

»Das ist unheimlich«, sagte Myrtle. Zitternd schlang sie die Arme um sich.

»Wird nicht lange dauern. Ich muss nur eben das Zeug reinbringen, das wir abgeholt haben.«

In der Parkbucht vor der roten Tür war Platz für vielleicht drei Autos. Als ich dort einbog, strichen die Scheinwerfer über einen rosaroten Schwabbelberg, der neben einer Mülltonne an der Wand lehnte. Pookie O'Hara.

»Warte hier, Süße«, sagte ich und stieg aus dem Ford. Ich ließ den Motor laufen und das Licht an. Ich konnte Pookie auf drei Meter Entfernung riechen – faulendes Fleisch und Ammoniak –, und ich dachte, *tot.* Ich hielt die Luft an und trat näher, bis ich sehen konnte, dass er noch atmete. Also doch nicht tot. Bewusstlos vor sich hin stinkend und nackt bis auf einen viel zu kleinen Kimono, aber definitiv nicht tot.

Myrtle kurbelte ihre Scheibe herunter. »Ich weiß nicht, ob du da mit Regenschirm und Feuerlöscher noch irgendwas ausrichten kannst, Sammy.«

»Die sind nicht für ihn«, sagte ich, doch in diesem Moment roch auch Myrtle den Gestank und kurbelte eilig die Scheibe wieder hoch, als holte sie eine Flunder ein.

Ob tot oder lebendig – es gab nichts, was ich für Pookie hätte tun können, außer ihn für die Ratten nachzuwürzen, also klopfte ich an die rote Tür, und Onkel Ho höchstpersönlich öffnete die Klappe. Er musste auf Zehenspitzen stehen, um durch die kleine Luke sehen zu können.

»Ich bringe Ihren Regenschirm und den Feuerlöscher.«

»Stell bei Tür. Nimm Cop mit.«

»Gut«, sagte ich. »Dann packe ich den Feuerlöscher und den Regenschirm gleich wieder ein.«

»Gut! Nimm Cop.« Er schlug die kleine Klappe zu.

Und da wusste ich, dass mich der Katzenschänder übertölpelt hatte. Ich durfte Pookie nicht in der Gosse liegen lassen. Selbst wenn ich es tat und die Ratten ihn nicht fraßen, wäre er bestimmt ziemlich angefressen, wenn er wieder zu sich kam. Ich klopfte noch mal. Die Klappe ging auf – Ho, auf Zehenspitzen, spähte heraus.

»Okay, aber ich brauche Hilfe, um ihn in den Wagen zu kriegen.«

Ho gab ein zufriedenes Seufzen von sich, als hätte er eben einen lebenslangen Feind vernichtet oder könnte endlich seine pralle Blase erleichtern. Man hörte, dass Riegel verschoben wurden, und zwei große chinesische Kerle kamen heraus, gefolgt von Onkel Ho, der Befehle auf Kantonesisch bellte. Entsetzt beobachtete Myrtle, dass sie Pookie O'Hara zum Ford schleppten. Ich klappte den Schwiegermuttersitz aus, und sie gossen Pookie hinein, mit dem Kopf voran, dann, nach einigem Gezeter meinerseits, zogen sie ihn wieder raus und setzten ihn mit den Füßen voran hinein. Fast nahm der große Bulle den ganzen Sitz in Anspruch, und seine Arme baumelten über den Kotflügeln, als lümmelte er vor einer Unterwasserdüse im Pool.

»Ich brauche seine Klamotten«, erklärte ich Ho, der einen seiner Gorillas losschickte, Pookies Zeug zu holen. Inzwischen ging ich zu Myrtle auf die Beifahrerseite, um ihr Feuerlöscher und Regenschirm abzunehmen.

»Der tote Mann kommt mit uns?«, erkundigte sie sich.

»Er ist nicht tot. Schläft nur. Und – ja.«

»Was ist das hier für ein Laden?«

Ich überlegte kurz. »Badehaus. Er hat einfach zu viel Dampf abgekriegt.«

»Worin baden die? Jauche?«

Möglicherweise war die Idee mit dem Badehaus nicht

der Weisheit letzter Schluss. »Bleib hier«, erklärte ich und schloss die Autotür.

Ich übergab Ho die Schlangenfanggeräte. Er reichte sie an seine Männer weiter und wandte sich mir wieder zu. »Mehr Ratte?«

»Keine Ratten mehr. Sagen Sie, Ho, wie lange wird Pookie noch weggetreten sein?«

»Drei, vier Stunden vielleicht.« Er machte eine wackelnde Geste mit runzliger Hand.

»Das reicht möglicherweise nicht. Können Sie mir was mitgeben, damit er ausgeschaltet bleibt?«

Ho tat, als würde er sich selbst in den Kopf schießen, sich die Kehle durchschneiden, Pfeile ins Herz bekommen …

»Na los, Ho. Geben Sie mir noch ein paar Stunden mehr.« Was ich mit noch ein paar Stunden mehr anfangen wollte, wusste ich nicht, aber ich würde sie nehmen, wenn ich sie kriegen konnte. »Wie wäre es, wenn ich wiederkomme und Ihnen dann mehr Ratten bringe? Tun Sie es für Eddie. Er gehört doch zur Familie.«

Da musste ich bei dem alten Knacker wohl den richtigen Hebel erwischt haben, denn er sagte: »Warte«, und schlurfte wieder zurück in die Opiumhöhle. Einer von Hos Gorillas legte Pookies Klamotten auf die Motorhaube des Wagens und folgte dem alten Mann ins Haus.

Myrtle kurbelte die Scheibe herunter und hielt eine zusammengefaltete Wolldecke hoch. »Hey, Sammy! Jimmy hat die hier immer hinter dem Sitz. Möchtest du deinen Freund einwickeln? Nachts wird es ziemlich frisch im Hemdchen.«

»Danke, Süße.« Ich nahm die Decke und legte sie Pookie um die Schultern, verstaute seine Arme neben dem Sitz. Unter Pookies Klamotten waren auch Hosenträger, die ich als Spanngurte nutzte, sodass Pookie schließlich bis zum

Hals voll kuschelig eingewickelt war. Ich setzte ihm den Hut fest auf seine dicke Birne und trat zurück. *Voilà!* Für das ungeübte Auge sah er unverdächtig aus: ein besinnungsloser Trunkenbold in einer Decke auf dem Notsitz eines Ford.

Als ich schon langsam nervös wurde, kam Ho mit einem kleinen Lederetui zurück, in dem man vielleicht einen hübschen Füllfederhalter aufbewahren würde, sofern man auf so was steht. Er klappte es auf und zeigte mir eine volle Glasspritze mit langer Nadel.

»Warte vier Stunden, dann stich Cop hier.« Er tippte gegen die Vene an meinem Hals. Es fühlte sich an, als berührte mich ein Gespenst aus Krepppapier, und plötzlich fühlte ich mich allen Katzen Chinatowns – damals wie heute – verbunden, hätte am liebsten gefaucht und einen Buckel gemacht.

»Danke, Ho.« Ich nahm ihm das Etui ab.

»Warte zwei, drei Stunden. Er vielleicht nicht schlafen, kann aber nicht bewegen.«

»Okay.« Ich steckte das Lederetui in meine Jackentasche und sprang in den Ford.

Myrtle fragte: »Was war das?«

»Medizin«, sagte ich. »Für ihn.« Ich nickte nach hinten, ließ den Ford an und lenkte den Wagen langsam aus der Gasse auf die Jackson Street hinaus, wo ich diesmal so abbog, wie die Pfeile es anzeigten. Ich fuhr links und rechts, und schon war ich auf der California Street, den Nob Hill hinauf, alles klappte wie am Schnürchen.

»Da ist das Mark Hopkins Hotel«, sagte Myrtle, als wir daran vorbeikamen. Zusammen mit dem *Fairmont* gegenüber auf der anderen Straßenseite bildete es eine tiefe Schlucht aus Licht und Nebel. »Im Krieg war ich oft oben im Top of the Mark. Wir Mädchen haben uns hübsch gemacht, um die Jungs zu verabschieden, die ausgeschifft werden sollten. Die sind da immer raufgefahren, um den guten alten USA Lebewohl zu sagen. Da oben hat man einen Ausblick von der Golden Gate Bridge bis rüber zu den Oakland Hills. Wir haben die ganze Nacht getanzt und mussten nie für unsere Drinks bezahlen. Heute ist der Laden natürlich zu fein für mich, aber im Krieg haben sie uns aus Patriotismus reingelassen.«

»Ach so?«, sagte ich. »Daher kennst du Stilton?«

»Nee, der bin ich erst nach dem Krieg begegnet, als ich den Job im *Five & Dime* bekam. Nachdem ihr Mann gefallen war, hat sie oben auf der Kayser-Werft in Richmond gearbeitet. Ich hab drüben auf der anderen Seite der Bay in Sausalito Liberty-Schiffe gebaut. Sie hatte es schwerer als ich. Ich habe niemanden Nahestehendes verloren, aber mit vielen getanzt, die nicht wieder nach Hause gekommen sind. Man denkt nicht gern daran, aber die Wahrscheinlichkeit …«

»Das war nett von dir«, sagte ich. »Da raufzufahren und mit diesen Jungs zu tanzen. So ein Tag auf der Werft ist bestimmt kein Zuckerschlecken. Du warst doch sicher total erledigt.« Und soweit ich es beurteilen konnte, *stand* sie noch nicht mal auf Männer.

»Ja, aber man hat ein paar kostenlose Cocktails intus, das Klavier spielt – dein Gegenüber hält dich für das letzte Gute, das ihm in seinem Leben noch passieren wird, er sagt dir, wie schön du bist. Ich hatte nun wirklich nichts auszustehen.«

Unwillkürlich musste ich lachen, dann fiel mir meine letzte Begegnung mit der Schnecke ein und wie ich sie behandelt hatte. Myrtle spürte, dass was mit mir los war, und tätschelte meine Hand am Schalthebel.

»Mach dir keine Sorgen, Sammy. Tilly ist hart im Nehmen. Die kommt bestimmt zurecht. Und du wirst schon auf sie aufpassen. Ich sehe doch, wie du auf mich aufpasst. Sie hatte mir ja bereits erzählt, was für ein toller Typ du bist, aber jetzt sehe ich es mit eigenen Augen.«

Ich warf ihr nur ein kurzes Lächeln zu. Von wegen aufpassen. Ich hatte keine Ahnung, wohin ich sie bringen sollte. Ich hatte hier weder Familie noch einen nennenswerten Job – nichts eigentlich –, nur ein paar Leute, die auf mich aufpassten. Ein paar Leute, die alle einen kleinen Schaden hatten, aber, na ja, Kumpels eben.

»Du bist schon ein irre guter Freund«, fuhr Myrtle fort, »wenn du keinen Moment zögerst, deinen Buddy abzuholen, den sie hinter so einem Laden draußen auf die Straße gesetzt haben. Nee, Sammy, du bist ein toller Typ. Tilly hat Glück, dich gefunden zu haben.« Wieder mit diesem Tätscheln.

Ich fühlte mich zum Kotzen.

»Meinst du, Tilly wird es verstehen?« Jetzt drückte Myrtle meine Hand so fest, als wollte sie eine Antwort daraus hervorpressen. »Das mit mir? Ich meine, mit Jimmy und mir? Ich meine, sie ist so ziemlich die beste Freundin, die ich je hatte – ich liebe sie wirklich –, aber eben anders. Es würde mir das Herz brechen, wenn sie von mir enttäuscht wäre.«

»Das geht uns beiden so, Kleine. Deshalb müssen wir dich irgendwo in Sicherheit bringen, wo die Steuerfahnder nie im Leben nach dir suchen würden.«

»Steuerfahnder?«

»Böse Männer«, sagte ich. Ich schaltete runter und steuerte den Wagen durch die Lichter der Van Ness Avenue in Richtung Western Addition, Fillmore und dem, was früher einmal Japantown gewesen war und das die Cops heute nur noch Dark Town nannten.

17

Onkel Lonius' Hütte

Jeder Mensch wird mehr oder weniger von seinen Wünschen und Ängsten gelenkt. Was Sammy sich in diesem Moment wünschte, war, Stilton zu finden. Und Angst hatte er davor, dass ihr etwas zugestoßen sein könnte und er sie möglicherweise niemals wiedersehen würde. Was er sich wünschte, falls er sie fand, *sobald* er sie fand, war, sie heil und unversehrt nach Hause zu bringen und ihr zu zeigen, wie viel sie ihm bedeutete. Aber er hatte Angst, sie könnte herausfinden, dass er sich den Fuß gar nicht an der Front verletzt hatte, dass er in Wahrheit nie an der Front gewesen war und dass sie dann nichts mehr von ihm wissen wollte, wenn sie es herausfände. Er hatte Angst davor, weil es ihm schon mal passiert war, und zwar folgendermaßen:

Sammy wuchs in Boise, Idaho, auf, der zweite Sohn eines Papierhändlers und einer Lehrerin, zwei Brüder und eine Schwester, Braten am Sonntag, Kirche an Weihnachten und Ostern, Kino am Samstag, Baseball, Weltwirtschaftskrise, der eine oder andere Penner auf der Straße, als Kind verliebt in Shirley Temple, die ganze Dose der amerikanischen Suppe.

Als Sammy fünfzehn Jahre alt war, fragte sein Vater ihn: »Sam, möchtest du Auto fahren, wenn du sechzehn wirst?« Und Sammy gab zu, dass ihm das bestimmt sehr gut gefallen würde. Und Pop sagte: »Dann wirst du dir wohl einen Job suchen müssen.« Und bevor der Junge etwas einwenden konnte, hatte sein Vater schon dafür gesorgt, dass Sammy im Lager der Papierfirma angeheuert wurde, für die sein Dad arbeitete, und er verteilte, stapelte und zählte unzählige Arten von gepresster Holzpampe, immer nach der Schule und an Wochenenden, wobei sein Pop ihn unablässig daran erinnerte, was für ein Privileg das war, da es genug erwachsene Männer gäbe, die diesen Job liebend gern hätten, also halt die Klappe, Junge.

Sammys älterer Bruder Judges arbeitete auch für die Papierfirma, und Sammy ging davon aus, dass er vor einem Jahr dieselbe »Willst du Auto fahren«-Frage beantwortet hatte. Judges war nach einem Buch der Bibel benannt worden, so wie auch Sammy – Samuel –, da seine Mutter während der Wehen großen Trost in ihrem Glauben gefunden hatte, als sie Gott schwor: Sollte Sammys Dad je wieder mit diesem Ding in ihre Nähe kommen, würde sie ihn im Schlaf ermorden. Sammys Schwester Ruth entging dem Namen Deuteronomium nur, weil Pop so gewitzt war, dem Arzt einen Zwanziger zuzustecken, damit Mum sediert war, als es Zeit wurde, die Geburtsurkunde auszufüllen. Unglücklicherweise geschah das erst, nachdem Sammys jüngerer Bruder den Spitznamen »Zweiter Samuel« bekommen hatte, was im Haus für ein nicht unerhebliches Maß an Verwirrung sorgte, bis er zwei Jahre alt wurde und sie beschlossen, ihn von da an Skip zu nennen.

Mit siebzehn hatte Sammy einen alten Chevrolet und eine Freundin namens Shirley, ein süßes katholisches Mädchen, und er war ziemlich sicher, dass er sie eines Tages heiraten würde, wenn auch nur, weil sie nicht wollte, dass er ein Kondom benutzte, was der Papst zur Sünde erklärt hatte (obwohl sie sich weniger Sorgen darum machte, wie der Papst darüber denken mochte, als um die Rücksitznummer an sich).

Sammy brachte die Highschool hinter sich und stand kurz davor, neunzehn Jahre alt zu werden, da sollte er eines Tages bei der Arbeit die Verladung von ein paar riesigen Rollen Zeitungspapier auf einen Lastwagen beaufsichtigen. Er warf gerade einen kurzen Blick auf sein Klemmbrett, als dem Mann auf dem Gabelstapler das Lenkrad aus der Hand rutschte und ihm eine volle Palette herunterfiel, die Sammys rechten Fuß zu einem Brei aus Blut und Knochen zerquetschte. Als er wieder zu sich kam, hatten die Japse inzwischen Pearl Harbor bombardiert, und seine Mutter wollte gerade der Amputation von Sammys Fuß zustimmen, weil nach Aussage der Ärzte die Gefahr von Wundbrand bestand, doch Sammy weigerte sich.

»Kleben Sie ihn zusammen, Doc, und bringen Sie mich wieder auf die Beine. Ich muss meinen Beitrag leisten.«

Die Ärzte gaben ihr Bestes, nähten und schienten und bandagierten den Fuß, und nach ein paar Monaten lief Sammy schon wieder an Krücken. Derweil hatten sich seine Brüder und so ziemlich alle Klassenkameraden rekrutieren lassen und waren ausgeschifft worden, um gegen Japse und Nazis zu kämpfen. Anfangs hatte Shirley noch versucht, zu Sammy zu halten, und besuchte ihn jeden Tag, doch nach einem Monat etwa kam sie immer seltener vorbei, was sie damit entschuldigte, sie müsse ihren Teil zur Unterstützung des Kriegseinsatzes beitragen. Nach drei Monaten stand sie mit Tränen in den Augen vor der Tür.

»Ich kann das nicht mehr. Ich kann es einfach nicht. Die Leute sagen Sachen. Schreckliche Sachen über dich.«

»Was denn für Sachen?«

»Dass du feige bist. Dass du dich bei der Arbeit absichtlich verletzt hast, um nicht in den Krieg zu müssen. Wie diese Leute, die sich in den Fuß schießen, damit sie nach Hause können.«

»Aber ich habe mich verletzt, bevor wir in den Krieg eingetreten sind.«

»Die Leute glauben das nicht.«

»Was für Leute?«

»Du weißt schon, Leute, die in den Krieg ziehen.«

»Leute, die gern ein bisschen mit dir allein wären?«

»Nein. Tapfere Jungs, die ihrem Land dienen.«

»Wie Johnny McElhenny?« Johnny scharwenzelte um Shirley herum, seit Sammy mit ihr zusammen war.

»Wir wollen heiraten, bevor er eingeschifft wird.«

Erst Jahre später war Sammy klar geworden, dass er einer Shirley-förmigen Kugel entgangen war und der nächste Soldat in der Reihe sie abbekommen hatte, doch selbst da wollte der Schmerz nicht vergehen. Der nächste Soldat – nämlicher Johnny McElhenny – wurde tatsächlich in den Pazifik verschifft und achtzehn Monate später auf irgendeinem gottverlassenen Korallenklumpen voller Vogelscheiße in die Luft gesprengt. Sammy wusste nicht, wie Shirley es aufgenommen hatte, denn da war er längst weggezogen, trotz aller Proteste seiner Familie und besonders seiner Schwester, die ihm geholfen hatte, wieder laufen zu lernen, und ihm endlose Unterstützung und *Du kannst doch nichts dafür*-Vorträge angedeihen ließ. Sammy packte seine Scham und seine Schande in einen Lederkoffer und machte sich auf den Weg an die Westküste, wo ihn keiner kannte, keiner von seinem Unfall wusste, keiner ihn für einen dreckigen Feigling hielt und keiner bei seinem ehemaligen Arbeitgeber anrief, um herauszufinden, wieso er seit Winter 41 nicht mehr gearbeitet und sich erst im Frühjahr 43 für den Kriegsdienst gemeldet hatte.

Sein Fuß heilte. Er besaß so gut wie keine Wölbung mehr, und Frankenstein-Narben verliefen kreuz und quer darüber wie ein Eisenbahnnetz, aber er heilte. Er brauchte etwas größere Schuhe als früher, aber, verdammt, es gab Schlimmeres. Sein Kopf dagegen war nicht ganz so gut verheilt, und er fand sich oft genug inmitten von Schlägereien wieder und verbrachte einige Nächte im Gefängnis, weil er beweisen musste, dass er kein Feigling war, obwohl es außer ihm in San Francisco niemanden gab, den das wirklich interessierte.

»Junge«, sagte der Navy-Arzt, »mit dem Fuß kann ich dich unmöglich losschicken. Was willst du tun, wenn der erste Dreißig-Kilometer-Marsch ansteht?«

»Deshalb habe ich mich ja auch für die Navy gemeldet«, sagte Sammy. »Wie weit kann man da schon marschieren? Einmal quer übers Schiff?«

»So funktioniert das nicht, Junge. Wenn du unbedingt umkommen willst, ist das deine Sache, aber sobald du im Dienst stehst, ist das Leben anderer von dir abhängig. Es gibt Mindestanforderungen, Junge, und die erfüllst du nicht.«

»Wieso nicht? Ich kann voll arbeiten und acht Kilometer rennen, wenn es sein muss. Hab ich schon gemacht.«

Er *hatte* es gemacht und den nächsten Tag mit einer Flasche Old Tennis Shoe im Bett verbracht, um das Feuer in seinem Fuß zu löschen, aber davon musste die Navy ja nichts wissen.

»Hör mal, es gibt viele Möglichkeiten, seinem Land zu dienen, ohne an die Front zu müssen. Auf den Werften werden Arbeiter gebraucht. Ein schlauer Junge wie du sollte in der Lage sein, einen guten Job zu ergattern, vielleicht irgendwas, bei dem du nicht den ganzen Tag stehen musst. Vielleicht Gabelstaplerfahrer oder so was.«

»Ja«, sagte Sammy, »oder so was.« Er riss dem Arzt die Wehruntüchtigkeitsbescheinigung aus der Hand und stürmte aus dem Untersuchungsraum.

Da seine Ersparnisse zur Neige gingen, nahm Sammy zwei Tage später den Bus raus zur Werft in Hunters Point, füllte irgendwelche Papiere aus und stand einem Kerl gegenüber, der aussah, als wäre er mit Hosenträgern zur Welt gekommen und seinem babyförmigen Körper nie entwachsen, obwohl er mittlerweile Mitte fünfzig sein mochte, sich mal rasieren müsste und auf einer Zigarre herumkaute. An seiner Bürotür stand MAX UTLEY, VORARBEITER.

»Und kannst du denn irgendwas?«, fragte der Vorarbeiter mit Blick auf Sammys Bewerbung.

»Steht alles da drin«, sagte Sammy und nickte zu dem Zettel hin.

»Ich sehe, was hier steht. Aber ich sehe nichts, was ich brauchen könnte. Du bist ausgemustert. Wieso das?«

»Gabelstapler hat meinen Fuß zerquetscht.«

»Für den Militärdienst bist du also ungeeignet. Und wofür *bist* du geeignet?«

»Ich schätze, ich könnte ganz gut auf meinem fetten Arsch im Büro sitzen, auf 'ner Zigarre rumkauen und Leute anmachen, weil sie Arbeit suchen, um ihren Lebensunterhalt zu verdienen.«

Zu den zahlreichen Fähigkeiten, nach denen der Vorarbeiter suchte, gehörte offenbar nicht, seine Klappe halten zu können, also sagte er: »Da hab ich genau den richtigen Job für dich, Junge. Wann kannst du anfangen?«

Sammy war etwas verblüfft, denn er hatte eher erwartet, vor die Tür gesetzt zu werden, als einen Job angeboten zu bekommen, doch er brachte es fertig, sich so weit zu fangen, dass er sagen konnte: »Jederzeit. Jetzt gleich, wenn Sie mich brauchen können.«

»Oh, ich kann dich brauchen, Junge. Ich steck dich in den Trupp zu den *Präsidenten.* Komm mal mit.«

Sammy folgte Max Utley, der ihn mit Schutzbrille, Lederschürze und Handschuhen ausstattete. Als Sammy dem korpulenten Vorarbeiter einen langen betonierten Gang hinunterfolgte, vorbei an riesigen Lagerhallen, schien es ihm, als hätte er vielleicht erwähnen sollen, dass er mit keiner Tätigkeit vertraut war, welche die Verwendung schwerer Lederhandschuhe nötig machte, außer vielleicht einen Schneemann bauen.

Sie kletterten Gerüste hinauf, zehn Stockwerke hoch, bis sie auf dem Deck eines Schiffes standen, das gerade im Trockendock gebaut wurde. Weitere zehn Stockwerke des Rumpfes lagen in einem Dock unter der Wasserlinie der Bay. Funken regneten im hohen Bogen am Rumpf herab. Presslufthämmer und Bohrer, Schleifmaschinen und Schweißgeräte klirrten und zischten und surrten, während große Kräne unentwegt Stahlplatten hoben und verschoben, die dick wie Sahnetorten und breit wie Handballfelder waren. Vom Deck des Schiffes aus – Stahlplatte, die darauf wartete, mit Hartholz eingefasst zu werden – konnte Sammy die Ladekräne auf der anderen Seite der Bay in Oakland sehen, und in Richtung Süden verschwanden endlose Reihen von Güterwaggons im dichten Nebel.

Der Vorarbeiter führte ihn über schmale Treppen mehrere Stockwerke abwärts, dann Leitern hinab, bis es kein Tageslicht mehr gab und nur noch nackte Glühbirnen in

Käfigen die Welt beleuchteten. Sammy hatte einige Probleme, in der Lederschürze die Leitern hinunterzukommen, und dachte, dass er den Fettsack vielleicht ein wenig voreilig beurteilt hatte, denn die Kletterei auf diesen Leitern war kein Kinderspiel.

»Setz deine Brille auf«, sagte der Vorarbeiter. »Guck nie direkt ins Licht eines Schweißers. Du versengst dir die Netzhaut und läufst den Rest deines Lebens blind *und* blöd durch die Gegend.«

»Bitte?«, sagte Sammy. Aber er tat es dem Vorarbeiter nach, schob sich die Schutzbrille vor die Augen und trat auf der nächsten Leiter fast daneben, weil er nichts mehr sehen konnte, bis sie dann in einen Raum kamen, der vom Zischen und Knacken der Schweißgeräte erfüllt war – dem Geruch von verbranntem Rost und Ozon und von Männern, die schmutzige, schweißtreibende Arbeit verrichteten. Bei einem Blick in die Runde sah er fünf Männer, von denen vier in Zweierteams arbeiteten – einer bediente das Schweißgerät, und der andere versorgte ihn mit Schlauch und Kabel. Der fünfte Mann fuhr mit einem Schleifgerät an den zu schweißenden Nähten entlang. Durch seine dunkle Brille wirkten sie wie blitzende Gespenster. Sammy hatte das Gefühl, als würde der Raum immer kleiner werden, obwohl er keine Ahnung hatte, wie groß der Raum eigentlich sein mochte – das künstliche Dunkel ließ alle Konturen verschwimmen.

»Macht mal Pause!«, bellte Utley. Die Schweißer ließen es noch ein paarmal knallen, dann verglühten die Funken, und die Männer standen auf und drehten sich um. Da keine Funken mehr flogen, hörte auch der Schleifer auf, und durch Sammys Brille waren die Männer nur noch dunkle Schatten. »Ich nenne diesen Trupp ›Die toten Präsidenten‹!«, bellte der Vorarbeiter. Er rief die Namen auf, und die Männer nickten nacheinander. »Jefferson, Jackson, Washington, Lincoln und Jackson Zwei, nicht verwandt. Männer, dieser nutzlose Taugenichts heißt Tiffin.«

»Nett, euch kennenzulernen«, sagte Sammy.

»Nimm deine gottverdammte Brille ab, Tiffin«, sagte der Vorarbeiter.

Sammy schob seine Brille auf die Stirn und sah, dass alle Männer schwarz waren, wobei er nicht den Eindruck hatte, als freute sich einer davon, ihn zu sehen.

»Und Jones«, hörte man eine Stimme aus einer Luke weiter unten.

»Jones war doch kein Präsident, du Blödbirne«, sagte einer der Männer, ein großer Farbiger um die vierzig, mit Muskeln wie Drahtseile und dem grauen Schatten eines Bartes.

»War er wohl«, rief die Stimme aus der Tiefe. Eine laute Stimme. »Präsident John Paul Jones.«

»John Paul Jones war kein Präsident, Blödbirne!«

»Das ist Jones«, erklärte Jackson Zwei – vierzig bis fünfundvierzig, der Kleinste von ihnen, mächtige Schultern und Arme, schweißnass, eine hellrote Narbe teilte seine Augenbraue. »Er ist ein bisschen blöd. Seine Mama hat ihn als Baby auf den Kopf fallen lassen. Wegen der Beule im Boden hat der Vermieter sie rausgeschmissen.«

Alle lachten.

»Rede nicht von meiner Mama«, sagte die laute Stimme. »Ich leg dich übers Knie.«

Wieder lachten alle, boxten sich gegenseitig an die Arme und kicherten, bis es klang, als hätten sie einen gemeinschaftlichen Asthmaanfall, aber von da an sagte keiner mehr was zu Jones da unten.

»Washington«, sagte der Vorarbeiter, »Tiffin hat keinen blassen Schimmer von irgendwas. Zeig ihm, wie alles geht, damit er sich nicht umbringt und auch sonst niemanden.«

Washington, Ende dreißig, vielleicht Anfang vierzig, trug eine Lederschürze, mit nacktem Oberkörper, schlank wie ein Windhund, das Gesicht eckig wie ein gesplitterter Obsidian. »Wir kriegen also noch eine Blödbirne? Jones allein ist schon blöd für zwei, und jetzt kriegen wir noch einen weißen Jungen dazu, der auch von nichts 'ne Ahnung hat? Scheiiiii-ße.« Zwei traurig gesungene Silben der Enttäuschung in diesem einen Wort.

»Bring es ihm bei«, sagte Utley. Zu Sammy sagte er: »Tu, was Washington dir sagt, und mach ihm keinen Ärger. Er ist der Chef von diesem Trupp. Komm nach der Schicht vorbei und füll deine Unterlagen aus.«

»Äh, danke«, sagte Sammy, während er dabei zusah, wie Utley seinen fetten Arsch die Leiter hinaufbugsierte.

Washington sagte: »Na, du musst ja ordentlich was angestellt haben, um hier unten im Dunkeln bei den Schwarzen zu landen.«

»Du musst ja wohl richtig Scheiße gebaut haben, kleiner weißer Mann«, sagte Jackson Zwei.

»Ich habe einen Bruder, der heißt Zweiter Samuel«, sagte Sammy, weil er dachte, Jackson Zwei würde da vielleicht eine Verbindung sehen.

Jackson Zwei rollte mit den Augen. »Na, dann muss deine Mama wohl auch ein bisschen blöd sein.«

»Rede nicht über die Mama von jemandem«, warnte Jones' laute Stimme.

»Schnauze, Blödbirne«, sagte Washington. »Schleif weiter.«

»Dann haben wir jetzt einen Milchbubi im Trupp?«, fragte Jones. »Ich hoffe, er bleibt. Der lernt das schon.«

»Du hast ihn noch nicht mal gesehen …«

»Aber jetzt kann er die Blödbirne sein, und ich muss das nicht mehr.«

»Halt bloß die Klappe, Jones. Du wirst immer die Blödbirne bleiben.« Zu Sammy sagte Washington: »Und du bist die *weiße* Blödbirne. Setz deine Brille auf und komm hier rüber. Du musst ja nicht auch noch die blinde weiße Blödbirne sein.«

»Lass nicht zu, dass er über deine Mama redet, weiße Blödbirne«, rief Jones von unten. »Leg ihn übers Knie.«

Sammy hatte sich noch nie in der Gesellschaft schwarzer Männer aufgehalten, denn die Bevölkerung von Boise war eher unschwarz, sodass es eine vage Vermutung blieb, dass diese Typen ihn wahrscheinlich ermorden wollten.

Nach der Hälfte der Schicht ertönte ein Pfiff, und der Trupp kletterte die Leitern hinauf und raus aufs Deck des unfertigen Schiffes, um dort in der Sonne zu sitzen und zu essen, während Sammy zum ersten Mal einen Blick auf Thelonius Jones werfen konnte, den Mann, der vorhin mit seiner Schleifmaschine das Unterdeck bearbeitet hatte. Jones kroch ans Tageslicht wie ein Bär, der aus dem Winterschlaf aufwachte, blinzelte im Sonnenschein, rollte seine Schultern, als bräuchte er die ganze Weite des Himmels, um sich zu strecken. Die toten Präsidenten saßen beisammen, aßen, tranken Kaffee aus Thermoskannen, lachten, rauchten, klopften Sprüche. Jones hockte ein paar Meter abseits und aß aus einer großkalibrigen Munitionsbox, die er als Brotbüchse verwendete. Sammy saß allein, wo er sie alle im Blick hatte. Jones holte gerade sein drittes Sandwich aus der Büchse, nachdem die ersten beiden so schnell im dunklen Riesen verschwunden waren wie Spielkarten im Ärmel eines korrupten Kartendealers, als sein Blick auf Sammy fiel.

»Wo ist deine Brotdose?«

»Hab keine«, sagte Sammy. »Wusste ja nicht, dass ich hier gleich anfangen kann.«

»Du brauchst 'ne Brotdose. Es gibt 'ne Kantine, aber man schafft es nicht, vor dem Pfiff wieder zurück zu sein.«

»Morgen.«

Jones betrachtete sein drittes Sandwich, liebevoll in Wachspapier gewickelt, von zarteren Händen als denen des riesigen Mannes. Traurig, als gäbe er einen Freund auf, hielt er Sammy das Sandwich hin. »Hier, nimm.«

»Tu das nicht, Lone!«, rief Washington.

»Man darf sie nicht füttern«, sagte Jefferson. »Wenn du ihn einmal fütterst, wirst du ihn nie wieder los.«

»Eiersalat«, sagte Lone. »Meine Mama hat Mixed Pickles reingemacht. Ich mag Mixed Pickles in meinem Eiersalat.«

»Ich komm schon zurecht.« Sammy winkte ab.

»Hat meine Mama geschmiert«, sagte der große Mann, was Sammy als Ende der Diskussion deutete.

Sammy stand auf, ging zu Lone, nahm das Sandwich, setzte sich ihm gegenüber und lehnte sich gegen einen großen Eisenflansch, an dem eines Tages eine Kanone verankert sein würde. »Danke.«

»Gern geschehen«, sagte Lone.

»Jetzt hast du es getan, du Blödbirne«, sagte Washington. »Hat deine Mama dir nicht beigebracht, dass man keine streunenden Hunde füttert? Der geht nie wieder weg. Der gehört jetzt dir.«

»Sprich nicht über meine Mama, Wash. Ich leg dich übers Knie.« Klare Ansage.

»Red du nur, Blödbirne«, sagte Washington, aber er und

die anderen zügelten sich in ihrem Lachen und wandten ihre Aufmerksamkeit wieder anderen, weniger bedrohlichen Themen zu.

Sammy wickelte das Sandwich aus und biss hinein. Es war gut. Er lächelte.

»Schmeckt?«, fragte der große Mann. Er wartete auf eine Antwort, und Sammy begriff, dass es in seinem Interesse war, die richtige Antwort zu geben.

»Das Beste, was ich je gegessen habe«, sagte Sammy um einen Mundvoll Eiersalat herum.

Lones breites Grinsen schnitt durch sein Gesicht wie eine zahnreiche Mondsichel. »Ich hab nichts Kaltes für dich zu trinken, aber auf allen Decks stehen Wasserspender. Die mussten uns Wasser geben, weil früher mal ein paar von den Jungs vertrocknet und gestorben sind.«

»Gut zu wissen«, sagte Sammy. »Danke.«

»Ich hatte noch nie meinen eigenen Weißen«, sagte Lone Jones.

Abends nahm Sammy drei Busse zurück zu seinem Hotel im Mission District, und am Morgen wieder drei, um nach Hunters Point zu kommen, in der einen Jackentasche ein Sandwich, in der anderen eine Coca-Cola. Er hinkte am Personalbüro vorbei, weil er keinen anderen Weg zur Werft kannte, eine Viertelstunde nach dem Pfiff zu Schichtbeginn. Vorarbeiter Utley stand auf der Treppe, drehte tatsächlich eine Zigarre über einem Streichholz. Bis dahin hatte Sammy gedacht, Utley sei einer von diesen Typen, denen man bei der Geburt einen Zigarrenstummel im Mundwinkel befestigt hatte, damit sie für den Rest ihres stinkenden Lebens am selben teerverseuchten Scheißding herumnuckelten, doch nein, er zündete sich tatsächlich einen neue an.

»Du kommst zu spät, Tiffin.«

»Ja, die ersten beiden Busse waren voll.«

»Du wohnst im Hotel, stimmt's?«

»Ja, Sir.« Sammy wusste, dass er in der Klemme saß, und da sich seine Ersparnisse auf die Fussel in seinen Taschen beschränkten, konnte er es sich nicht leisten, diesen Job zu verlieren, selbst wenn sein Trupp ihn wahrscheinlich ermorden wollte.

Utley nickte, bewunderte die Glut an seinem Stumpen, wedelte das Streichholz aus. »Wir haben Unterkünfte für unsere Arbeiter. Komm nach der Schicht vorbei. Ich besorg dir eine Wohnung. Zu Fuß fünf Minuten zur Arbeit.«

»Das wäre ja genial!«

Sammy war bester Dinge. Ein ganzer Arbeitstag, ohne von seinem Trupp ermordet worden zu sein, ein Job, bei dem er nicht viel laufen musste, und die Aussicht auf ein eigenes Zuhause. Es war nicht dasselbe, wie für Gott, Freiheit und Onkel Sam über den Jordan zu gehen, aber immer noch besser als grün und blau geprügelt und verkatert im Gefängnis aufzuwachen, wie es mehr oder weniger zur Gewohnheit geworden war, seit er in San Francisco lebte. Er bemerkte Utleys Grinsen nicht, als der Vorarbeiter wieder zurück in das triste Bürogebäude ging, sonst wäre er vielleicht etwas misstrauischer gewesen, als er sich nach Schichtende zurückmeldete.

Es war Dezember und die Wintersonne längst hinter der Golden Gate Bridge im Meer versunken. Utley empfing ihn auf den Stufen des Bürogebäudes mit einem Schlüssel und einem halben braunzahnigen Grinsen, das wie der Schweif eines verrottenden Kometen an seiner Zigarre zu hängen schien.

»Guck mal hier, Kleiner.« Utley ließ die Schlüssel

baumeln, als handelte es sich um eine Halskette aus einem Piratenschatz. »Deine eigene Wohnung.«

Sammy nahm den Schlüssel. Eine Nummer war in das Messing gestanzt wie bei einem Hotelschlüssel: FF-27.

»Lauf an den Kränen dahinten vorbei, immer geradeaus, direkt auf die Hügel zu, da siehst du die Baracken schon. Du hast dein eigenes Zimmer, aber Bad und Dusche teilst du dir mit acht anderen Männern. Die Miete wird gleich vom Lohn abgezogen, im Grunde nur die Kosten für Heizung und Wasser. Schließlich leistet ihr Männer einen wichtigen Dienst zur Unterstützung unseres Kriegseinsatzes. Und du zahlst erheblich weniger als für dieses Rattenloch im Mission District.

Während der ersten und zweiten Schicht hat eine Cafeteria geöffnet, und es gibt drei Kantinen, in denen du Lebensmittel und Rasierklingen und so was kaufen kannst. Zeig denen deinen Schlüssel, dann geben sie dir Kredit, bis du deinen ersten Lohn kriegst. Es gibt sogar einen Billardsalon und ein paar Bars am Rande der Werft. Die Jungs aus deinem Trupp werden sie dir schon zeigen. Alles klar?«

»Denke schon.«

»Okay. Gott segne Amerika. Und jetzt zisch ab.«

Sammy sah Utley an, als wollte der ihn irgendwie übers Ohr hauen – zog eine Augenbraue hoch, wie es seine Art war, eine Geste, mit der man sich nicht nur Freunde machte, wie er bald würde einsehen müssen.

»Geh rüber zu den verfluchten Hügeln, Knalltüte«, sagte Utley. »Die Baracken sind nach Alphabet und Zahlen sortiert. Du kannst doch buchstabieren und bis siebenundzwanzig zählen, oder?«

Hundert oberschlaue Antworten kamen Sammy in den Sinn, doch er rang sie nieder, sagte brav: »Danke, Boss«, und starrte seine Schuhspitzen an, weil er den Job brauchte. Diesem Penner eine blutige Nase zu verpassen würde ihn nur wieder hinter schwedische Gardinen bringen.

»Und jetzt verschwinde.« Utley kicherte in sich hinein und schlurfte zurück in sein Büro.

Alle Lampen waren abgedunkelt, die Fensterscheiben der Produktionshallen geschwärzt und Planen gespannt, wo Männer außen an der Bordwand schweißten, damit die Japse sie nicht von oben ausmachen konnten. Sammy orientierte sich im Mondschein am Knacken und Zischen der Schweißgeräte, am Kreischen der Schleifmaschinen, das von den Wellblechbauten widerhallte. Industriemaschinerie schuf Kriegsmaschinerie. Der Weg war länger als erwartet, doch als er zu den Reihen der Baracken kam, fast einen Kilometer entfernt, war er doch froh. Der Lärm hatte so weit nachgelassen, dass Sammy glaubte, hier die eine oder andere Mütze voll Schlaf kriegen zu können. Wenn er erst sein Zimmer gefunden hatte, wollte er den Spätbus in die Stadt nehmen, seinen Koffer holen, sich im Hotel abmelden und wieder zu seiner neuen Bleibe fahren. Vielleicht könnte er sogar noch was zu Abend essen.

Im Mondschein sah er Gestalten, die sich dort bewegten, Leute, die sich unterhielten, eine Frauenstimme, ein Kinderlachen. Ein Kind? Die Leute brachten ihre Kinder mit hierher? Wer hätte das gedacht? An den Seiten der Baracken waren große weiße Buchstaben angebracht: A, B, C, D. Er lief ein Alphabet von Gebäuden entlang, manche mit nur einem Eingang, andere mit kleinen Veranden, jede Baracke in acht Wohnungen aufgeteilt. Kinder auf der Veranda. Männer saßen draußen, rauchten, plauderten mit Nachbarn, tranken Bier zusammen. Es roch nach Essen.

Niemand achtete auf ihn, als er durchs Dunkel schlich.

Es war eine kleine Stadt, und keiner kannte ihn, keiner wusste, warum er nicht in Übersee kämpfte. Es fühlte sich an, als streifte er die Scham ab. AA, BB, CC, immer weiter lief er, da fiel ihm etwas auf, als er in die Straße zwischen den Häusern EE und FF einbog. Seit die Buchstaben sich verdoppelt hatten, sprachen alle mit Südstaatenakzent. Und alle waren schwarz. Haus FF, 1 bis 10. Haus FF, 20 bis 40.

Draußen vor seinem neuen Zuhause würfelten ein paar Männer im Kerzenschein – lachten, fluchten, beschworen Jesus und den Teufel, für die richtige Zahl zu sorgen. Sammy überquerte die Straße, dachte, er wollte sich dort vorbeidrücken, um von der anderen Seite zum Eingang von Haus FF, 20–40 zu gelangen.

»Ich glaub, hier bist du falsch, Schneeflocke«, hörte er eine tiefe Stimme von gegenüber.

»Falscher Ort, falsche Zeit«, sagte eine andere Stimme.

Es wäre klug wäre gewesen, kehrtzumachen und wegzulaufen, doch Sammy war nicht bekannt dafür, dass er klug handelte. Tapfere Männer verreckten in Europa im Dreck, kämpften im ganzen Pazifik, und genau das würde er auch tun, wenn man ihn ließe. Nein, Sammy Tiffin lief nicht weg, verdammt. Er war kein Feigling.

»Ich habe einen Schlüssel«, sagte er und trat zu den Würfelspielern, hielt seinen Schlüssel hoch wie eine Marke.

»Lass mal sehen«, sagte ein großer dürrer Kerl in Arbeitskleidung voller Ruß- und Schweißflecken. Er roch nach Schnaps. Zwei weitere Würfelspieler steckten kleine und größere Flaschen in ihre Taschen, während sie sich um Sammy versammelten. Der große Kerl riss Sammy den Schlüssel aus der Hand.

»FF-27. Tja, dieser Schlüssel passt zu diesem Haus, aber

du passt nicht zu diesem Schlüssel. Das hier ist ein streng *schneeflockenfreies* Haus.«

»Verdammte Schneeflocken«, sagte ein anderer Würfler.

»Gib mir meinen Schlüssel«, sagte Sammy und griff danach. Der große Mann zog ihn weg, schubste Sammy nach hinten.

Sammy schlug die Hand des großen Mannes von seiner Brust und holte zu einem Schwinger aus, als wollte er Hitler persönlich k. o. schlagen. Der große Mann wich ihm problemlos aus und lachte.

»Ach Schneeflöckchen«, sagte er. Bevor Sammy wieder so weit war, schlug ihm der große Mann auf den Mund, zweimal, zwei schnelle Schläge, die ihn weiter nach hinten taumeln ließen, wo ihn einer der anderen Würfler auffing.

»Jetzt bist du dran, Weißbrot«, sagte der Mann, der Sammys rechten Arm festhielt und ihn dann zu dem großen Kerl hinüberstieß. Sammy schmeckte Blut, versuchte, dem Mann einen Kinnhaken zu verpassen, und verlor wieder das Gleichgewicht. Eine Faust traf ihn an der Schläfe, und grelles Licht ging hinter seinem linken Auge an. Bevor er es abschütteln konnte, wurde er schon von der anderen Seite getroffen, sodass es ihn beinah herumriss. Er richtete sich auf, mit erhobenen Fäusten, und sah, dass er dem Falschen gegenüberstand. Einer der Würfler, die ihn aufgefangen hatten, schüttelte traurig den Kopf und deutete in die Richtung, wo der große Kerl schon wartete, die Fäuste erhoben, leichtfüßig tänzelnd im Mondlicht. Grinsend.

Der nächste Schlag schickte Sammy auf alle viere. Er blinzelte und konnte gerade noch sehen, wie das Blut auf seine Hände tropfte. In stetem Strom lief es aus seiner Nase. Ein Klirren links von ihm – die Colaflasche aus seiner Tasche schlitterte über den Asphalt.

»Was ist das?«

»Die gehört mir«, sagte Sammy. Er blickte zu dem großen Mann auf, der die Flasche am Hals hochhielt. »Ich will sie abgeben, um mir das Pfand abzuholen.«

»Hier hast du dein Pfand …«, sagte der große Mann.

Sammy versuchte, seine Hände hochzureißen, bevor die Flasche ihn am Kopf traf, verlor das Gleichgewicht, sodass er auf dem Hintern landete – doch der Schlag kam nicht. Stattdessen sah er, wie der große Mann zurückgerissen wurde, als hätte er eine Kanonenkugel aufgefangen, und er taumelte immer weiter, bis er gegen die Schindelwand der Baracke knallte. Eine noch größere, breitere Gestalt schob ihn an der Wand hoch und hielt ihn dort fest, auf eine Art und Weise, wie es vor langer Zeit in einer fernen Galaxie in Mode war.

»Finger weg von der Colaflasche eines Mannes«, sagte Thelonius Jones. »Darauf gibt es Pfand.«

Der große Mann versuchte zu nicken und reichte die Flasche nach unten zu Lone.

»Der weiße Junge hier ist meiner. Ich wäre dir dankbar, wenn du ihn in Frieden lassen würdest.«

Wieder versuchte der erstickende Mann zu nicken. Lone sah sich um, und alle anderen Würfelspieler nickten in tiefer Aufrichtigkeit.

»Na gut.« Lone nahm den Mann von der Wand und stieß ihn zu Boden. Der ehemals große Mann warf Sammys Schlüssel vor Lones Füße, dann kroch er über den Beton hinüber zu seinen Kumpanen, die ihm aufhalfen.

»Geht nach Hause!«, sagte Lone, und mit verbeultem Stolz humpelten sie davon.

Sammy saß breitbeinig auf dem Asphalt, prustete Blut und Schleim auf Hemd und Jacke, während er um Luft rang. Lone warf den Schlüssel auf den Gehweg zwischen Sammys Beine.

»Schneeflocke, du wirst lernen müssen, wie man kämpft, bevor du dich mit einem Typen wie Louis anlegst.«

»Ich habe keine Angst vor ihm.«

»Das habe ich auch nicht gesagt.«

Sammy blies eine Blutblase nach dem großen Mann. »Gib meine gottverdammte Colaflasche her, bevor ich dich übers Knie lege.«

Als Lone endlich aufhörte zu lachen, saß er auf dem Gehweg neben Sammy, hielt sich den Bauch, wiegte sich vor und zurück und wischte sich die Tränen aus den Augen.

18

Dark Town

Jemand hatte ein Klavier raus auf den Bürgersteig gerollt, draußen vor dem Jazzclub *Jackson's Nook,* und ein Pianist warf sich mit einem Saxofonisten Melodien zu, während haufenweise Leute bis auf die Straße hinaus tanzten. Sammy kurvte vorsichtig um sie herum. Da war kein einziges weißes Gesicht in der Menge zu erkennen.

»Hier könnten wir Pookie bestimmt problemlos absetzen«, sagte Sammy und deutete mit dem Daumen durch die Heckscheibe auf den sabbernden Cop. Sammy grinste. Myrtle wusste nicht, wieso.

»Ich glaube, zum Tanzen ist er nicht richtig angezogen«, sagte Myrtle. Sie rückte von der Scheibe ab, bis ihr linkes Bein beinah den Schaltknauf berührte.

Sie fuhren weiter.

Ein großer Teil von Fillmore war beim Erdbeben und dem darauf folgenden Brand von 1906 zerstört worden, nur ein paar der prächtigen viktorianischen Villen hatten überlebt. Nach dem Erdbeben war das Viertel größtenteils mit bescheidenen Holzhäusern wiederaufgebaut worden – Erdbebenhütten, gerade groß genug, um eine kleine Familie darin unterzubringen. Später sollten stabilere Häuser gebaut werden, was allerdings nie geschah, und im Laufe der Jahre war aus dem Fillmore ein Slum geworden, in dem die Ärmsten der Armen lebten – abgesehen von Chinatown. Eine Weile hieß es Japantown, bis die Japaner während des Krieges in Internierungslager gesteckt wurden. Da verwandelte es sich vorübergehend in eine Geisterstadt, bis dringend Unterkünfte für Arbeiter gebraucht wurden, schneller, als man sie in Hunters Point, Richmond und Marin City bauen konnte. Und so füllte sich das Fillmore um 43 herum mit schwarzen Familien, die auf der Suche nach Arbeit aus dem Süden hierhergezogen waren. Von da an hieß das Viertel bei den Cops nur noch *Dark Town.*

Es war noch immer eine arme Gegend, geprägt von baufälligen Holzhütten, doch nach wie vor lebten hier Menschen. Das Fillmore bot vielen Leuten eine Heimat, die nicht wegziehen konnten, selbst wenn sie es sich hätten leisten können, weil Schwarze sich aufgrund der Baugesetze in den meisten anderen Stadtteilen nicht niederlassen durften. Manche Leute behandelten diese gemieteten Erdbebenhütten wie ihr Eigentum und verwandelten sie in kleine Schmuckkästchen, mit frischer Farbe, manikürtem Minirasen und Fenstern voller Blumen.

Gegen drei Uhr morgens hielt Sammy vor genau so einem Häuschen. Die beiden Fenster links und rechts der Eingangstür schimmerten gelb im Nebel, was die Köpfe ein paar roter Geranien in den Kästen davor leuchten ließ.

»Da sind wir«, sagte Sammy. Er sprang aus dem Ford und ging auf das kleine Haus zu. Auf halbem Weg drehte er sich um und sah, dass Myrtle reglos auf ihrem Sitz verharrte. (Und Pookie auf dem Schwiegermuttersitz nicht minder reglos, wenn auch aus anderen Gründen.) Sammy ging zurück, um sie zu holen. Sie hatte ihre Tür verriegelt.

»Wir sind da«, sagte Sammy und klopfte ans Fenster. »Komm schon. Hier ist es.«

»Wo sind wir?«

»Bei einem Freund, dem ich mal bei einem Streit geholfen habe.«

»Hier fühle ich mich nicht sicher.«

»Im Ernst? Du wirst Lone *lieben.*«

Sammy lockte sie aus dem Wagen und führte sie den Weg entlang, wobei Myrtle ihre kleine Reisetasche an die Brust presste wie ein Schulmädchen seine Bücher. Sammy klopfte an die Tür.

»Es ist ziemlich spät«, sagte Myrtle.

»Macht nichts. Da brennt Licht. Lone kommt eben von der Arbeit.«

Das Schloss klickte, die Tür ging auf, und Lone Jones trat heraus, noch in weißem Frackhemd und schwarzer Hose, und verdeckte das Licht im Haus. Myrtle quiekte und schreckte zurück.

»Hey, Sammy«, sagte Lone Jones, mit vollem Mund kauend. Er hatte sich ein Küchenhandtuch als Serviette ins Hemd gesteckt. »Kommt rein.« Lone trat einen Schritt zur Seite und verbeugte sich leicht, wobei er immer noch den Türrahmen überragte.

»'n Abend, Miss«, sagte Lone zu Myrtle und griff nach der Krempe seines Zylinders, den er gar nicht trug. Aus Gewohnheit.

Myrtle versuchte, einen großen Bogen um ihn herumzumachen, als sie eintrat, was schlichtweg unmöglich war, weil es sich um eine besonders schmale Tür handelte, und am Ende stolperte sie über ihre eigenen Füße in das winzige Wohnzimmer hinein. Sammy hielt sie am Ellenbogen fest, um sie zu stützen.

»Myrtle, das ist Thelonius Jones. Lone, das ist Myrtle. Sie steckt in der Klemme, und du musst für mich auf sie aufpassen – aber ohne dass jemand was davon mitbekommt.«

»Ist mir ein Vergnügen, Miss«, sagte Lone Jones.

»Angenehm«, sagte Myrtle, die Augen so groß, dass zwei Gespenster hätten eintreten können.

»Entschuldige, dass wir so spät noch hier auftauchen«, sagte Sammy.

»Kein Problem«, sagte Lone. »Wir sind ja noch wach.«

Lone sah auf die Straße hinaus, bevor er die Tür schloss. »Hast du einen neuen Wagen, Schneeflocke?«

»Von einem Freund geliehen.«

»Hast du einen neuen Freund?«

»Das könnte man in gewisser Weise wohl so sagen«, antwortete Sammy.

»Ist das da auf dem Notsitz der Polizist, dem ich eins übergebraten habe?«

»Das ist er«, sagte Sammy und blickte an Lone vorbei, um nachzusehen, ob Pookie sich rührte. Tat er nicht.

Die Stimme einer Frau von hinten aus dem Flur: »Ist das Sammy?« Myrtle zuckte zusammen.

»Hey, Mrs Jones!«, rief Sammy.

»Mama ist aufgestanden und hat mir Hackbraten gemacht«, sagte Lone. »Weil ich nach der Arbeit nicht mehr ins *Cookie's* gehen kann.«

»Vorübergehend«, sagte Sammy.

»Kommt ihr mit in die Küche? Ihr könnt mir beim Hackbratenessen zusehen.«

»Klar«, sagte Sammy. Lone verneigte sich noch mal, immer professionell, und präsentierte den schmalen Flur mit eleganter Geste. »Nach euch.«

Sammy schob Myrtle, die sich mit kurzen, widerstrebenden Schritten vorwärtsbewegte, durch den Flur in eine bescheidene Küche, in der eine zierliche schwarze Frau mit Hausmantel und Haarnetz am Herd stand. Unter einem kleinen Fenster befand sich ein Klapptisch, der gerade genug Platz für zwei Stühle bot. Auf der einen Seite stand ein Teller, auf dem ein halb verwüsteter Hackbraten aus einem Berg von Stampfkartoffeln aufragte, was aussah, als hätte ein Schiff aus Fleisch einen Eisberg aus dampfenden Erdäpfeln gerammt.

Mrs Jones kam zu Sammy herübergeschlurft. Sie trug flauschige Pantoffeln und ging, als würden sie ihr von den Füßen rutschen, wenn sie es wagte, diese vom Boden anzuheben. Sie tätschelte Sammys Oberarme, dann trat sie zurück und betrachtete ihn.

»Das ist ein schicker Anzug, Sammy, aber du bist dürr. Passt Thelonius denn gut auf dich auf?«

»Das tut er wirklich, Mrs Jones. Weiß gar nicht, wie ich ohne ihn zurechtkommen sollte.«

»Recht so. Ich hab ihm gesagt, wenn er nicht für dich sorgt, findet er nie 'ne Frau. Als Junge hatte er einen jungen Wels aus dem Bach gefischt – klitzekleines Tierchen. Wohnte im Glas neben seinem Bett. Ist aber gestorben.«

»War nicht meine Schuld«, sagte Lone, der inzwischen wieder vor seinem Hackbraten saß.

»Das sagst *du*!«, fuhr Mrs Jones ihren Sohn an. »Deshalb durfte er später keine Tiere mehr haben, bis er dann mit dir nach Hause kam. Er war so aufgeregt, und du warst so traurig und übel zugerichtet, da habe ich es nicht übers Herz gebracht, es euch beiden zu verbieten.«

»Und darüber bin ich sehr froh«, sagte Sammy.

»Aber wer ist *das*?« Mrs Jones musterte Myrtle von Kopf bis Fuß.

Myrtle machte einen Knicks, ließ beinah ihre Reisetasche fallen. »Ich bin Myrtle, Ma'am.«

»Sind Sie Sammys Mädchen?«

»Nein, Mrs Jones«, sagte Sammy. »Myrtle ist eine Freundin. Sie steckt in Schwierigkeiten. Sie selbst kann nichts dafür, aber ein paar böse Männer sind hinter ihr her. Ich hatte gehofft, sie könnte vielleicht hier bei Ihnen und Thelonius bleiben, bis die Sache geklärt ist.«

»Ich denke schon«, sagte Mrs Jones. »In Dark Town wird man sie nicht suchen.«

»Das hatte ich gehofft«, sagte Sammy.

»Na, dann wollen wir sie mal unterbringen. Ich will morgen früh in die Kirche.«

»Sie kann doch auf der Couch schlafen, Mama«, sagte Lone.

»*Du* kannst auf dem Sofa schlafen. Sie ist unser Gast.«

»Ich passe nicht auf das Sofa, Mama.«

»Du schläfst auf dem Sofa und überlässt der jungen Dame dein Bett, sonst leg ich dich übers Knie, Thelonius W. Jones.«

Sammy stieß Myrtle an und flüsterte: »Siehst du? Alles wird gut. Man passt auf dich auf.«

»Schon okay«, sagte Myrtle und schien sich zum ersten Mal ein wenig zu entspannen. »Mir gefällt die Couch. Die reicht mir völlig.«

»Thelonius *W.* Jones?«, fragte Sammy. »Das ist neu. Wofür steht das *W*, Lone?«

»Das musst du nicht wissen. Mama, du sagst es ihm nicht.«

»Wedgewood«, sagte Mrs Jones. »Thelonius *Wedgewood* Jones.«

»Das ist doch ein hübscher Name«, sagte Myrtle. »Klingt so britisch. Irgendwie edel.«

»Das mit Wedgewood war eine Idee von seinem Daddy.«

»Ach Mama, jetzt erzähl nicht auch noch die Geschichte dazu.« Lone ließ seine Gabel auf die Stampfkartoffeln fallen.

»Weil Lonius auf einem *Wedgewood*-Herd gezeugt wurde«, sagte Mrs Jones. »Mitten in der Küche. Lonius' Daddy, möge er in Frieden ruhen, kam einfach zu mir hin und hat mir ins Ohr gesäuselt, wie nur er es konnte …«

»Erzähl das nicht, Mama!« Lone stand von seinem Stuhl auf, war mit zwei Schritten aus der Küche und den Flur hinunter zu seinem Schlafzimmer. »Kommen Sie hier entlang, Miss. Ich zeige Ihnen mein Zimmer.«

Mrs Jones beugte sich verschwörerisch zu Myrtle vor. »Dieser Mann hatte einen Pimmel wie ein Dinosaurier.«

»Ach Mama!«

»Haben Sie schon mal Bilder von diesen Dinosauriern gesehen? Genau so. Ich meine, auf den Bildern sind die Pimmel zwar nicht abgebildet, aber man weiß, dass sie groß sein müssen. Es war eine echte Zerreißprobe. Verstehen Sie mich nicht falsch, ich hab mich dran gewöhnt, aber die ersten paar Male – tja, also – war ich doch immer wieder überrascht.«

»Möchten Sie ein Kissen oder zwei?«, rief Lone aus dem kleinen Zimmer am Ende des Flurs. »Ich hätte zwei. Sie können beide haben, wenn Sie wollen.«

»Bestimmt konnte ich deshalb nach Lonius keine Kinder mehr bekommen. Der Mann hat mich zerstört. Er war nicht so groß wie Lonius, aber sein Pimmel war eine Plage.«

»Mama, bitte!«, rief Lone.

»Verstehen Sie mich nicht falsch. Lonius hat auch einen ganz ansehnlichen Pimmel – manchmal braucht er eine halbe Stunde, um ihn zu waschen –, aber nicht wie der von seinem Daddy.«

»Okay, ich sollte lieber mal los«, sagte Sammy. »Ich hab noch eine lange Fahrt vor mir.«

»Soll ich dir eine Tasse Kaffee machen, Sammy? Und Lonius isst seinen Hackbraten wohl nicht mehr. Wenn du Hunger hast, schmier ich dir ein Sandwich zum Mitnehmen.«

»Das wäre wirklich nett, Mrs Jones.«

»Mama, er hat gesagt, er will los.«

»Myrtle, haben Sie Hunger?«

»Ein Sandwich wäre schön«, sagte Myrtle, die sich in diesem Haus mittlerweile wohler fühlte als Lonius in diesem Augenblick.

»Ich glaube, deshalb ist er so früh gestorben«, sagte Mrs Jones. »Mit zweiunddreißig. Sein Herz hat irgendwann schlappgemacht, weil es dauernd diesen gewaltigen Saurierpimmel aufpumpen musste.«

»Mama, Sammy muss los, seine Lady retten.«

»Passt schon, Wedgewood«, sagte Sammy.

»Ich leg dich übers Knie, Schneeflocke.«

»Red nicht so mit deinem Weißen, Thelonius. Sonst kommst du nie zum Secret Service.«

»Secret Service?«, fragte Myrtle.

»Lone wird es dir erklären«, sagte Sammy. »Erzähl ihm nichts von Präsident Roosevelt.«

»Was ist mit Präsident Roosevelt?«

»Du wirst schon sehen«, sagte Sammy. »Lone hat ein Telefon. Ich ruf euch an und sag Bescheid, wann du wieder nach Hause kannst. Lass Mrs Jones rangehen.«

»Ruf mich an, wenn du Tilly gefunden hast. Damit ich mir keine Sorgen mehr machen muss«, sagte Myrtle.

»Mach ich. Und ich melde mich bei Jimmy. Nicht dass du da anrufst. Es könnte sein, dass diese Typen die Leitung angezapft haben. Und wie hieß noch dieses Camp, bei dem die Wächter sich rückversichern wollten, nachdem sie euch in die Hütte eingesperrt hatten?«

»*Drachentöter.* Das weiß ich noch, weil es zu all dem anderen gruseligen Zeug passte.«

Sammy nahm ihre Hand und drückte sie. »Danke.«

Lone Jones tauchte hinter ihnen auf, füllte den ganzen Flur aus. »Im Wohnzimmer hängt die *Executive Order 8802* von Präsident Roosevelt an der Wand«, sagte Lone. »Möchten Sie die mal sehen?«

»Liebend gern«, sagte Myrtle.

»Möchtest du Ketchup auf dein Hacksandwich, Sammy?«, fragte Mrs Jones.

»Ja bitte, Ma'am«, sagte Sammy. Zu Lone sagte er leise: »Lone, wenn du zwei weiße Typen in schwarzen Anzügen zur Tür hereinkommen siehst, bringst du Myrtle hinten raus. Wenn dafür keine Zeit mehr ist, zögere nicht zu tun, was du tun musst.«

»Tu ich immer, Schneeflocke«, sagte Lone.

Zehn Minuten später prüfte Sammy Pookies Puls: schwach. Der Mann war kalt, aber lebendig. Sammy stieg in den Ford, legte die Tasche mit Thermoskanne, Tasse und Hacksandwich im Wachspapier neben sich auf den Sitz, dann fuhr er quer durch die Stadt zum *Mabel's* an der Post Street für den unwahrscheinlichen Fall, dass Stilton es zurück in die Stadt geschafft hatte, dann raste er Richtung Norden in den Wald der Mammutbäume.

19

Stippvisite im Herrenclub

Es mag ein Zeichen mangelnder Kultiviertheit sein oder auch ein Zeichen mangelnder Verzweiflung, aber ich war noch nie in einem Bordell gewesen. Weder war ich mit der Etikette vertraut, noch hatte ich die Absicht, die Dienste eines der Mädchen in Anspruch zu nehmen, und doch ahnte ich, dass es nicht koscher wäre, einfach reinzuspazieren und zu verkünden, ich wolle mich nur mal umsehen und ob ich mit Mädchen sprechen könne, die kürzlich mit einem kleinen Bus gefahren waren. Ich dachte mir, ich sage es freiheraus, und hoffe, dass es funktioniert.

Nachdem ich den Ford draußen vor dem *Mabel's* an der Post Street geparkt und Pookie ein paar Ohrfeigen verpasst hatte, um sicherzugehen, dass er atmete, aber nicht wach war, schlenderte ich die Stufen der viktorianischen Villa hinauf und durch die Glastüren in ein vornehmes Foyer, wo mich ein extragroßer Gentleman im Anzug begrüßte, der mir einen guten Morgen wünschte und sich erkundigte, ob das schwere Ding in meiner Jacke eine Knarre sei, was ich bestätigte.

»Die müssen Sie abgeben«, sagte der Hüne und machte mit der Hand so eine *Her-damit*-Geste. Er sagte es ohne jede Bosheit oder unterschwellige Drohung. »Keine Waffen im Haus. Sie kriegen sie wieder, wenn Sie gehen.«

»Natürlich«, sagte ich und reichte ihm die Walther, die er mit zwei Fingern nahm, als hätte er es mit einem toten Vogel zu tun.

»Die Walther ist was für Ladys«, sagte er.

»Stimmt«, bestätigte ich. »Ich habe sie auch von einer Lady. Da ist eine Kugel in der Kammer, mein Freund, also pass auf, dass sie dir nicht runterfällt.«

Er zuckte mit den Schultern, als würde das in Millionen Jahren nicht passieren, dann verschloss er die Waffe in einer dunklen Anrichte, auf der silberne Kerzenleuchter standen – Figuren von Pärchen, verschlungen im Bumsfallera.

»Viel Vergnügen«, sagte der Hüne und winkte mich durch in einen weitläufigen Salon, bevölkert von unzähligen Bettys verschiedenster Form und Größe, die auf dem Mobiliar herumlümmelten, rauchten, einen gelangweilten Eindruck machten und den aktuell herrschenden Herrenmangel beklagten. Als ich eintrat, zog ich wohl den einen oder anderen Blick auf mich, doch nur eine beleibte Dame im grünen Paillettenkleid mit so viel Farbe im Gesicht, dass man damit eine ganze Wagenladung Clowns hätte bemalen können, trat auf mich zu: Mabel. Ich wusste um ihren Ruf, und man hatte sie mir beschrieben, aber außerdem war sie neben mir und dem Barkeeper der einzige Mensch, der mehr als nur Unterwäsche trug.

»Na, wen haben wir denn da?«, fragte Mabel und warf eine rotblonde Locke über ihre Schulter. »Was kann ich für dich tun, Hübscher?«

Als Mabel »Hübscher« zu mir sagte, in demselben Tonfall wie die Schnecke, weniger ein Kosename als ein Versprechen, bemerkte ich, dass ich zusammenzuckte. Das Problem war nicht, dass sie älter als meine Mutter war, was sie war. Das Problem war, dass sich all meine Gedanken um sie drehten wie Spaghetti um eine Gabel.

»Ich bin Sammy«, sagte ich. »Sammy Tiffin. Ich arbeite in Sal Gabellis Laden. Hätten Sie einen Moment Zeit?«

Ein Hohngrinsen zog Mabels aufgemaltes Lächeln in die Breite. »Komm in mein Büro.« Sie fuhr auf dem Absatz herum und tänzelte grünlich glitzernd an den Tresen, wo der Barkeeper ihr eine Zigarette in einer langen Elfenbeinspitze reichte und sie anzündete, während Mabel mich musterte, als besäße ich den Charme eines feuchten Niesens. Sie sagte: »Du kannst dem verfluchten Sal sagen, er schuldet mir …«

»Sal ist tot«, sagte ich, was sie mitten im Satz innehalten ließ. »Er war …«

»Schschscht.« Sie hob eine Hand, hielt den Blick gesenkt, und zog langsam an ihrer Zigarette, deren Rauch sie aus Nase und Mundwinkeln blies.

»Aber er …«

»Schschscht«, sagte sie. »Schweigeminute.«

»Verzeihung«, sagte ich. Ich ließ ihr die Minute. Mehr oder weniger. »Möchten Sie ein paar Worte sagen?«

Sie nickte, ohne aufzublicken, erwies Sal die letzte Ehre, als fände sie ihn im Muster des Perserteppichs wieder.

Tiefes Atmen. »Er war ein Armleuchter.«

»Amen«, sagte der Barkeeper.

»Amen«, wiederholte ich.

»Amen«, sagte Mabel. Sie beendete Sals Trauerfeier mit einer Geste ihrer Zigarettenspitze. »Also, Sammy Tiffin, wo, zum Teufel, ist Pearl? Wo, zum Teufel, ist mein Geld? Was, zum Teufel, ist bei den Bohemians passiert? Und wer, zum Teufel, sind diese Typen in den schwarzen Anzügen, die hier waren und Fragen gestellt haben, aber keine Antworten geben wollten?«

»Und auch ihre Waffen nicht abgeben wollten«, sagte der Barkeeper.

»Möchten Sie nicht wissen, was mit Sal passiert ist?«, fragte ich.

»Beantwortet dies irgendeine meiner anderen Fragen?«

»Na ja, seine Leiche wurde zuletzt im Kofferraum von diesen Typen mit den schwarzen Anzügen gesehen, und ich weiß nicht, wer die beiden sind, aber sie scheinen mir recht hartnäckig zu ein, wenn auch nicht sonderlich schlau. Ich weiß nicht, wo Ihr Geld ist. Und ich weiß auch nicht, wo Pearl ist, aber als sie zuletzt gesehen wurde, war sie oben im *Bohemian Grove* mit einem Mädchen namens Stilton, das mir sehr ans Herz gewachsen ist und sich ebenfalls nicht auffinden lässt, und genau deshalb bin ich hier.«

»Tut mir leid, Kleiner«, sagte Mabel. »Hier ist dein Mädchen nicht.« Das ließ sie sacken. Der Barmann schob ihr einen Zettel zu, auf den sie einen kurzen Blick warf, um ihn dann zurückzugeben. »Diese Männer in schwarzen Anzügen wollten alle Mädchen sprechen, die im *Grove* waren. Wollten wissen, wen und was sie gesehen hatten. Ich habe denen erklärt, dass es der Job der Mädchen ist, nichts zu sehen und sich an niemanden zu erinnern, und außerdem sind sie da oben nie aus dem Speisesaal rausgekommen und haben auch mit niemandem gesprochen, außer mit ein paar Barkeepern. Als die Typen immer noch mehr wissen wollten, musste Mr Powers, den du im Foyer kennengelernt hast, sie bitten, uns zu verlassen.«

Der Barmann beugte sich vor. »Unter Zuhilfenahme einer abgesägten Schrotflinte, die er für solche Gelegenheiten hinter der Anrichte aufbewahrt.«

Plötzlich war ich ganz froh, dass ich mich nicht gewehrt

hatte, als Mr Powers mich um meine Knarre bat. »Dann haben Sie von Ihrer Pearl auch noch nichts gehört?«

»Leider nicht«, sagte Mabel. »Und ich mache mir Sorgen um sie. Sie hatte eine ganz besondere Spezialaufgabe übernommen. Das Mädchen hat Mumm für drei – ich glaube, sie könnte sich damit Ärger eingehandelt haben.«

Mabel erkannte wohl etwas in der Art, wie ich darauf reagierte, denn sie drückte ihre Zigarette aus und legte mir eine Hand auf die Schulter. »Ich würde dir gern helfen, Kleiner, aber ich habe den Typen die Wahrheit gesagt. Keines von meinen Mädchen hat irgendwas gesehen. Ich habe sie selbst ins Kreuzverhör genommen, als sie einen Tag zu früh und ohne Bezahlung zurückkamen, und auch ohne Pearl.«

Ich nickte. »Ich fahre hin, um Stilton zu suchen. Sollte ich Ihre Pearl finden, bringe ich die auch mit.«

»Du willst einfach so den *Bohemian Grove* stürmen und sie auffordern, dein Mädchen freizugeben?«

»Nein. Ich weiß, wo das Camp von diesem Mann ist, mit dem Sal die ganze Sache aufgezogen hat. Ein Air-Force-General. Und irgend so ein Bonze namens Alton Stoddard der Dritte.«

»Anwalt«, sagte Mabel. »Bankenviertel. Altes Geld. Noch aus der Zeit lange vor dem Erdbeben. Einer dieser Anwälte, die nie was vor Gericht verhandeln müssen, sondern eigentlich immer nur hinter ihrem Riesenschreibtisch in ihrem Riesenbüro sitzen und von dort aus die Fäden ziehen. Willst du etwa einfach hingehen und ihn fragen, wo dein Mädchen ist?«

»Ich bin neu auf diesem Gebiet, aber ich dachte mir, ich schieße ihm nacheinander in verschiedene Körperteile, bis er es mir verrät.«

»Es könnte keinen reizenderen Herrn treffen. Sei so nett und verpass ihm auch eine Kugel von mir, sogar dann, wenn er gleich bereit ist, alles auszuplaudern.«

»Aber gern. Die Mädchen könnten mir wohl nicht zufällig mit einem Plan vom *Grove* aushelfen, was? Damit ich weiß, wo das *Drachentöter*-Camp liegt?«

»Leider nicht, aber im Clubhaus der Bohemians an der Taylor hängt eine Karte an der Wand.«

»Woher wissen Sie das? Ich dachte, Damen sind da nicht erlaubt.«

»Sehe ich aus, als könnte mich das an irgendetwas hindern?« Sie grinste breit, ein Bumerang aus Lippenstift und Zähnen, dann boxte sie mir an die Schulter, wobei sie darauf achtete, dass sie mit ihrer edelsteinbesetzten Faust nicht an meiner Jacke hängen blieb. »Ich nehm dich nur auf den Arm, Kleiner. Im *Chronicle* stand ein Artikel von Herb Caen darüber. Hat die ganze Mischpoke beschrieben. Er meinte, in der vorderen Bar hängt eine Karte vom Camp an der Wand.«

»Sehr gut. Danke.« Ich wollte schon gehen, aber sie hielt mich zurück.

»Und, Kleiner, sollte Pookie O'Hara bei deinen Abenteuern rein zufällig dauerhaft verloren gehen, kannst du dein Portemonnaie von jetzt an zu Hause lassen, wenn du herkommst.«

Ich schüttelte den Kopf. »Sie wissen von Pookie?«

»Mr Powers hat mich über deinen Passagier informiert, kurz nachdem du reinkamst.«

»Lange Geschichte«, erklärte ich.

»Ist mir egal«, sagte Mabel.

»Sie verraten nichts?«

»Diskretion ist mein Geschäft.«

»Und warum haben Sie mir dann von Stoddard und der Karte erzählt?«

»Weißt du, was man lernt, wenn man dreißig Jahre lang Sex verkauft?«

Ich schüttelte den Kopf.

»Man lernt zu erkennen, wie ein verliebter Mann aussieht. An dir kann ich sowieso nichts verdienen. Pass auf dich auf, Kleiner. Sprich beim Hinausgehen kurz mit Mr Powers.«

Ich folgte ihrem Rat, und nachdem Mr Powers mir die Walther zurückgegeben hatte, sagte er: »Ziehen Sie Ihren Gürtel enger und tragen Sie die Waffe im Kreuz. Da hätte ich sie nie bemerkt. Ich taste niemanden ab. Ich frage nur direkt danach, wenn sie nicht zu übersehen ist. Außerdem kriegen Sie das Eisen bei Bedarf nicht schnell genug aus der Jackentasche, sodass Ihnen nur ein einziger Schuss bleibt, bevor sich der Schlitten am Stoff verhakt, und schon ist die schönste Jacke ruiniert. Besorgen Sie sich ein Hüftholster, falls es zur Gewohnheit werden soll. Haben Sie Pookies Polizeimarke noch?«

»Ja, ich glaub schon. Jemand anders hat sein Geld und seine Waffe genommen, aber ich glaube, die Marke ist bei seinen Klamotten.«

»Gut, die könnten Sie brauchen«, sagte Mr Powers.

Ich betrat den *Bohemian Club* mit Pookies Marke am ausgestreckten Arm. Ich sagte nichts, und es gab keinen Türsteher, nur einen sehr müden Barkeeper, der fast einnickte. Der Laden war leer. Eine große verspiegelte Eichenbar, leere Lehnsessel, ein breiter Türbogen, der zu weiteren Türbogen führte. Nach allem, was ich sehen konnte, gab es da reichlich Ledersessel und teure Teppiche, kristallene

Aschenbecher und Zeitungen, die an einem Ständer hingen. Keine Menschenseele weit und breit.

»Inspector«, sagte der Barkeeper, »der Club hat ein Arrangement mit der Polizei. Zu unseren Mitgliedern zählen nicht wenige Polizisten.«

»Ach, ja?«, sagte ich und ließ die Polizeimarke sinken. »Wo sind denn alle?« Eigentlich hatte ich mit erheblichem Widerstand gerechnet. Männer mit großen weißen Schnauzbärten, die sagten: *»Hören Sie mal, guter Mann, das geht nun aber nicht«* und dergleichen. Zu tun hatte ich es jedoch mit einem müden Herrn um die sechzig im weißen Kellnerjackett, der eigentlich längst nach Hause wollte, um zu frühstücken und sich aufs Ohr zu hauen.

Der Barkeeper warf einen Blick auf seine Armbanduhr. »Es ist morgens um halb fünf, und selbst wenn es das nicht wäre: Alle sind oben im *Grove*. Das wissen Sie doch.«

Woher sollte ich das wissen? Gehörte das zur Allgemeinbildung? »Ist Alton Stoddard der Dritte auch da?«

»Das darf ich Ihnen nicht sagen, Officer. Wir sind hier im *Bohemian Club* …« Er sagte es, als erklärte dies alles.

Ich war müde, aufgedreht vom Kaffee und krank vor Sorge um die Schnecke, also zog ich die Walther aus meinem Kreuz, richtete sie auf seine Stirn und spannte den Hahn. Eigentlich war das gar nicht nötig, wenn ich ihn erschießen wollte, aber es unterstrich in gewisser Weise meine Entschlossenheit.

»Warum erzählst du mir nicht einfach alles, was ich wissen will, damit ich dein Hirn nicht über diesen Spiegel da hinter dir verteilen muss.« Schon als ich es sagte, wusste ich, dass es ihm eine Heidenangst einjagte, denn als Barkeeper musste ich selbst schon mal so einen großen Kristallspiegel putzen, und die Vorstellung, ihn wieder zum Glänzen zu bringen, nachdem Hirn darauf verspritzt war … nun, es war ein Albtraum. Und außerdem wäre es sein Hirn.

»Er ist im *Grove*«, sagte der Barkeeper. »Ich weiß nicht, in welchem Camp er wohnt. Aber er gehört zu Mandalay.«

Das war eine Information, die mir rein gar nichts sagte, doch da er meine Frage beantwortet hatte, erschoss ich ihn nicht.

»Wo ist die Karte vom Camp?« Ich schwenkte die Walther ein wenig hin und her, wie ich es in diversen Filmen gesehen hatte.

Der Barkeeper deutete mit dem Finger. Da war sie, an der Wand vor dem großen Türbogen. Ein breites Rechteck, vielleicht einen Meter lang, mit einer detaillierten handbeschrifteten Karte. THE GROVE stand über der Legende. Jedes Camp war markiert, und ich fand das *Drachentöter-Camp* sofort. Ich versuchte, die Karte von der Wand zu nehmen, samt Rahmen und allem, was dazugehörte, aber sie war festgeschraubt.

»Gib mir deinen Eispickel«, sagte ich zum Barkeeper. Er fing an, mit den Schultern zu zucken, als wüsste er nicht, wovon ich redete, und ich erwiderte das Schulterzucken mit einem Blick auf die Walther. *Was willst du tun, Buddy?*

Er griff unter den Tresen, holte einen versilberten Eispickel hervor und präsentierte ihn mir mit dem Rosenholzgriff voran.

»Silber? Im Ernst?« In Sals Bar nahmen wir dafür einen Fleischklopfer.

Er zuckte mit den Schultern. *Der Club.*

Ich stopfte die Waffe in meinen Hosenbund und wandte mich ab, als ich die Glasscheibe im Rahmen zerschlug. Noch ein paar leichte Schläge am Rand entlang, um die spitzen Scherben herauszulösen, dann legte ich den Eispickel wieder auf den Tresen.

»Messer?«, fragte ich. Der Barkeeper wollte nach einem Weinmesser greifen. »Kleiner«, sagte ich. Er nahm ein Gemüsemesser vom Schneidebrett und legte es vorsichtig auf den Tresen. »Danke«, sagte ich.

Mit vier schnellen Schnitten war die Karte aus dem Rahmen, und ich hatte sie aufgerollt und in die Innentasche meiner Jacke gesteckt. Ich nahm einen Dollar, warf ihn zu dem Gemüsemesser. »Tut mir leid, das mit dem Glas.«

»Wir dürfen kein Trinkgeld annehmen, Sir.«

»Na, dann hoffe ich, Sie bezahlen euch gut genug.« Ich ließ den Dollar auf dem Tresen und ging hinaus.

An der Ecke warf ein Mann ein Zeitungsbündel von einem Lastwagen herab. Ein Junge schnitt das Bündel mit dem Taschenmesser auf. »Zeitung, Mister?«, fragte der Junge und hielt die Morgenausgabe des *Examiner* hoch. Ich winkte ab, doch als ich näher hinsah, fiel mir über einem zweispaltigen Artikel eine große Schlagzeile auf: FLUGZEUG VON AIR-FORCE-GENERAL BEI NAPA ABGESTÜRZT – DREI TOTE.

»Doch, gib mir eine, Kleiner.« Er reichte mir die Zeitung. Ich warf ihm einen Nickel hin.

»Wie wär's mit einer für Ihren Freund?«, fragte der Junge und nickte zu Pookie hinüber.

»Nee, der schläft. Aber danke.«

Zweimal kurz in Pookies Wangen gekniffen, um sicherzugehen, dass er noch unter den Lebenden, wenn auch nicht unter den Lebendigen weilte. Ich nahm seinen Hut, damit ihm dieser auf dem Highway nicht wegflog, und warf ihn zusammen mit der Zeitung auf den Sitz zu meiner Thermoskanne und dem Hacksandwich. Dann war ich unterwegs.

20

Der Name der Schlange

Der Name der Schlange ist Petey. Kein Grund, daraus eine große Sache zu machen. Und ich bin derjenige, der diese Geschichte erzählt, wenn Sammy dieser Aufgabe nicht gewachsen ist oder eben einfach keine Ahnung hat. Denn wie gesagt, ich weiß so manches. Mein Volk weiß so manches, aber ich musste mich bis jetzt zurückhalten, denn mal ehrlich – wie glaubwürdig kann eine Geschichte sein, die mit einer sprechenden Schlange anfängt? Habe ich recht? Natürlich habe ich recht. Ich habe immer recht. Es ist ein Fluch.

Und außerdem – bevor ich weitermache –, wenn ich hier schon aus dem Nähkästchen plaudere: Chinatown-Ratten sind echt lecker. Da gleitet man so vor sich hin, denkt an nichts Böses, und plötzlich schmeckt die Zunge Fünf-Gewürze-Pulver, Angst, Knoblauch und Chilipaste. Zum Sterben, sag ich nur. Zugegeben, hier in San Francisco ist es erheblich kühler, als mir lieb ist, denn eigentlich stehe ich eher auf Wüste und Savanne, aber ich komme auch zurecht, wenn ich ein Plätzchen unter einem Heizungsrohr finde oder mich neben einem Rauchabzug auf dem Dach zusammenrolle. Auf dem Dach suchen sie einen nie.

Einmal habe ich mich abends in einem Taubenstall niedergelassen, den ein Mann auf seinem Dach eingerichtet hatte. Es war traumhaft. Warm, ein kleines Nickerchen zum Aufwärmen, die ganze Nacht das sanfte Gurren *und* leckeres Frühstück im Bett. Obwohl der Taubenfreund doch ein wenig überreagiert hat, als er in den Stall griff, um seine Mädels zu beruhigen, und mich dort vorfand, lächelnd und allein von dem Wunsch beseelt, ihm einen »wunderschönen guten Morgen« zu wünschen und mich für die leckeren Jungvögel zu bedanken. Aber nein, er musste ja unbedingt losrennen und rumschreien und dann ärgerlicherweise nach dem Besen greifen, und da konnte ich nicht anders, als ihn zu beißen. BISS, BISS, BISS. Gift pumpen. Also, ich muss sagen, fast hätte er mich mit in die Tiefe gerissen, als er vom Dach sprang, und ich konnte meine Zähne kaum schnell genug aus ihm rauskriegen, bevor er den großen Sprung nach Splattersville wagte. Sechs Stockwerke. Nicht meine Schuld. Ich habe mich aufgerichtet, ihm die Zunge gezeigt und leicht genickt, was allgemein als Zeichen gilt für: »Freund der Sonne, ich beiß dir gleich so was von in den Arsch.« Aber hat er nachgegeben? Hat er nicht. Ruhe in Frieden, Taubenmann.

Eines möchte ich allerdings klarstellen, damit nicht der Eindruck entsteht, ich wäre nur so ein mörderisches Viech: Ich beiße Menschen nicht gern. Im Grunde stimmt das, was in den Büchern steht – wenn ich nicht jage, beiße ich nur, wenn ich bedroht werde. Andererseits fühle ich mich schnell bedroht. Was guckst du mich so an?

Menschen sind reine Giftverschwendung. Man kann sie nicht mal essen. Eine Ratte, die beißt man, und zehn, zwanzig Sekunden später ist sie eine zuckende Mahlzeit. Beim Menschen kann es manchmal sechs Stunden dauern, und selbst dann kann man sie nicht essen. Ich habe es versucht. Eine Hand kriegt man runter, vielleicht bis rauf zum

Ellenbogen, dann muss man sie wieder auskotzen und sich einen Nager oder einen Vogel oder irgendwas Vernünftiges zu essen besorgen. Damit das klar ist: Ich bin hier nicht der Schurke, ich bin nur der Erzähler.

Ich habe die alte Chinesin hinter dem Kohlgeschäft fair gewarnt. Und wie. Sie hatte ein Auge auf meine Ratte geworfen, und dann schlägt sie mit der Kehrschaufel nach mir? Oma, seh ich aus wie ein kleines zappeliges Kind, frisch aus dem Ei? Schlag nach mir, und du kriegst den Zahn. Dieser zweite Typ in der dunklen Seitenstraße wollte mich greifen, als ich mich gerade an ihm vorbeischlängelte, was wirklich selten dämlich ist, also sah ich mich gezwungen, ihm etwas von dem Zeug zu verpassen, das ich als meinen *San Francisco Edeltropfen* bezeichnen möchte. *BISS, BISS, BISS!*

Und Sal, nun, es ist allgemein bekannt, dass Sal Gabelli ein Armleuchter war und es nicht besser verdient hatte. Außerdem wusste er nichts davon, dass man mir, als ich in Kapstadt in einen Leinensack gesteckt wurde, zwei Ratten mitgegeben hatte, um während der Überfahrt nicht zu verhungern. Aber ich habe sie nicht gleich gefressen, denn einen Sack durchzunagen zählt nicht zu meinen diversen Begabungen, und es stellte sich heraus, dass Ratten ganz gut darin sind. Tja, ein paar Tage machen wir es uns in dem Sack gemütlich, erzählen uns was, lachen zusammen, und zum Zeitvertreib nagen die Ratten ein Loch in den Sack. Da erst sagte ich ihnen liebevoll Lebewohl und schickte sie ins Häppchen-Walhalla. Also, ja, Sal und ich waren beide überrascht, als er den Deckel der Kiste aufstemmte. Wobei ich zugeben muss – er wahrscheinlich mehr als ich.

Was mich zu Ho, dem katzenfickenden Onkel, führt. Zu den vielen Dingen, die ich weiß, zählt auch, dass Ho seinen schlechten Ruf vor vielen Jahren zu Unrecht bekam. Er war erst zehn Jahre alt und streichelte die Katze eigentlich nur. Es stimmt, er trug zu diesem Zeitpunkt keine Hose, doch wenn das verboten ist, säßen wir alle ein. Ich selbst bin oft genug unten ohne. Nein, Ho ist ein kleiner Junge, der nur nett zu dem Kätzchen sein will, aber sein Bruder – Eddie Moo Shoes Großvater – ist eine Ratte, und zwar nicht im leckeren Sinn des Wortes, und der denkt sich die Geschichte aus, dass Ho die Katze geschändet hat, und erzählt sie überall in Chinatown herum, sodass er es als Heranwachsender nicht leicht hat und am Ende deutlich unberechenbarer wird, als er es durch einen kindischen Katzenfick geworden wäre. Und so wäre ich bereit gewesen, Ho zu übergehen, hätte er sich nicht zu seinen momentanen Späßchen hinreißen lassen.

Da gleite ich eines frühen Morgens entspannt ebenjene Gasse entlang, in der ich diese Chinesin abmurksen musste, und denke mir nichts Böses, als ich plötzlich eine Zunge voll Rattenpanik schmecke. Der Duft kommt von oben, also werfe ich einen Blick über ein paar Mülltonnen hinweg, fünf oder sechs davon zusammengeschoben, und jede Tonne bis oben hin voll mit Papier und Gemüseresten und anderem Abfall aus der Gastro-Branche, die Ratten besonders attraktiv finden, obwohl ich selbst keinen gegabelten Spritzer Schlangenspucke für die sechs vollen Tonnen geben würde. Und was sehe ich über das Pak Choi und die Karottenspitzen hinweg, wenn nicht sechs weiße Ratten, die an ihren Stricken reißen und dabei zahllose Düfte von Stress und anderen köstlichen Geschmackssorten absondern, während sie, wie ich vermute, wie blöde quieken, obwohl ich das nicht genau sagen kann, da ich selbst mehr als nur ein wenig taub bin. Doch die Vibrationen, die ich über den Müll hinweg wahrnehme, scheinen mir zu sagen: »Friss mich bitte, denn ich bin besonders schmackhaft.«

Und so schleiche ich mich vorsichtig an die Ratten heran, von der Seite her, denn obwohl diese kleinen Leckerbissen zu einer Sternformation angeleint sind, bin ich doch nicht scharf darauf, aus Sorglosigkeit gebissen zu werden. Also nah, näher und BAM! BISS. BISS. BISS. Und schon ist der Erste im Nimmernimmerland. Ich will zu seinen Kollegen übergehen und ihn etwas zucken und zart werden lassen, was ein zusätzlicher Vorteil des Giftes ist. Doch als ich mich der zweiten Ratte zuwenden will, erhebt sie sich, wie auch ihre Kollegen, und in der Mitte der Sternformation taucht ein großer glockenförmiger Strohhut auf, wie ihn japanische Gärtner manchmal tragen, mit Gucklöchern darin. Sofort sehe ich, dass die Ratten an den langen nackten Streben von etwas festgebunden sind, das einmal ein Regenschirm gewesen sein muss, und die Streben des Regenschirms sind an der Krone des Hutes befestigt, und unter dem Hut befindet sich ein Mann, bei dem es sich um niemand anders als den katzenfickenden Onkel handelt, der schon die ganze Zeit in der mittleren Tonne gehockt hat.

Ach Ho, wie wurdest du zu Unrecht in Verruf gebracht, wie wurdest du auf eine Lüge hin von deiner Familie verstoßen, doch ich erteile dir Absolution, Katzenficker. Ich schenke dir einen Platz bei deinen Vorfahren.

Wohin beißen? Wohin beißen? Dieser Strohhut fängt meine Zähne ab, bevor sie zuschlagen können.

Aus seinem Fass holt Ho etwas Rundes, richtet es auf mich – ein Maul groß wie eine Donnerbüchse. Keine Waffe, ein Feuerlöscher. Zeit zu verschwinden. Aber mir wird kalt. So kalt war mir noch nie. Ich wusste gar nicht, dass einem so kalt sein kann. Etwas wird mir über den Kopf gezogen, hält mich, erstickt mich. BISS! BISS! BISS! Ich treffe nichts. So kalt. Kann mich kaum noch bewegen. Ho, du dreckiger Scheißkerl, du hast mich erwischt.

Ich hätte es kommen sehen sollen. Der CO_2-Feuerlöscher macht mich langsam. So kalt! Ich hätte es wissen müssen. Denn ich weiß so manches. Mein Volk weiß so manches.

Hatch fuhr, während Bailey auf dem Beifahrersitz kauerte und im trüben Licht der Innenraumbeleuchtung seine Notizen mit Zaubertinte vom Taschenbuch auf einen großen Schreibblock übertrug. Immer wenn eine Seite aus seinem Taschenbuch übertragen war, riss er sie heraus, zündete sie mit seinem Zippo an und hielt sie so lange an den Ecken fest, wie es ihm möglich war, ohne sich die Finger zu verbrennen, dann warf er sie in den Aschenbecher. (Manchmal aber verbrannte er sich die Finger absichtlich.) Die Tinte auf dem Schreibblock blieb nur fünf Minuten lesbar, also gab es keine echte Reinschrift. Den fertigen Bericht würde er im wasserdichten Umschlag in einen toten Briefkasten stecken, den die Stimme am Telefon noch zu spezifizieren hatte. Später würde der Umschlag dann abgeholt und nach Washington befördert, wo ein eingeweihter Agent die unsichtbare Tinte sichtbar machen und einer Sekretärin mit verbundenen Augen jedes zweite Wort vorlesen würde. Noch später würde eine andere Sekretärin die fehlenden Wörter aufschreiben, woraufhin man das Original verbrennen und die Asche in der Toilette herunterspülen würde, dann würde das zusammengeführte Schriftstück als TOP SECRET markiert, jedes Wort – bis auf Konjunktionen – geschwärzt, und schließlich landete die Akte in einem verschlossenen Schrank in einem verschlossenen Raum, zu dem – unter Umständen – jemand einen Schlüssel hatte.

Bailey war sehr nervös, als er den Bericht schrieb, weil Hatch bei einem Seitenblick möglicherweise etwas lesen könnte, von dem er bisher nichts gewusst hatte, und dann würde er anfangen, Fragen zu stellen.

Bailey schrieb: *Leichnam war in Eis gepackt und saß in einer Kiste, zeigte bei näherer Untersuchung jedoch Spuren der Injektion eines Giftes. Agent kam zu dem Schluss, dass die Untersuchung des Leichnams durch einen Gerichtsmediziner ein mögliches Sicherheitsrisiko für das Projekt darstellen könnte …*

»Wieso mussten wir diesen Italiener eigentlich zu dem General in die Maschine setzen?«, fragte Hatch. »Den hat ja offensichtlich jemand anders umgebracht und wollte die Leiche loswerden.«

Genervt knipste Bailey die Innenraumbeleuchtung aus. Er hatte die Spuren an Sal Gabellis Hals nicht erwähnt, und Hatch waren sie nicht aufgefallen. »Zur Sicherheit«, sagte Bailey. »Gabelli gehörte zu den Verbindungen des Generals. Wir wissen nicht, wie viel er wusste. Der Befehl lautete, alles zu bündeln und zum Abschluss zu bringen. Einen Mord würde man untersuchen. Ein Flugzeugabsturz ist nur ein Unfall.«

Das war der längste Vortrag, den Bailey Hatch je gehalten hatte, und er fühlte etwas. War es Scham? Ihm war selbst nicht klar, wieso sie die Leiche transportiert hatten, und dabei wusste er mehr über diese Operation als Hatch.

»Aber warum diese Frau? Clarence und Potter meinten, sie wusste nichts. Wieso war sie in der Maschine?«

»Anweisung«, sagte Bailey. Er wusste nicht, wieso. Der General, na ja, er hatte eine absurde Sicherheitslücke entstehen lassen, die geschlossen werden musste, aber irgend so ein Freudenmädchen? Und schon brachte Hatch ihn dazu, Anweisungen zu hinterfragen, was man nicht tat.

Eine Minute verging. Hatch sagte: »Wird der wahre Mörder nicht wissen, dass Sal Gabelli gar nicht beim Flugzeugabsturz ums Leben gekommen ist?«

Bailey überlegte. »Das ist eine Sicherheitslücke, die es zu füllen gilt.« Er sah auf seine Uhr. »In drei Stunden rufen wir an, um neue Befehle zu bekommen. Am besten keine Fragen stellen.«

Zwei Minuten vergingen. Bailey knipste die Innenbeleuchtung wieder an, um an seinem Bericht weiterzuarbeiten. Der bisherige Text war verschwunden. Er konnte sich nicht erinnern, wo er aufgehört hatte. Was hatte er geschrieben? Er knipste die Innenbeleuchtung gleich wieder aus.

Hatch fragte: »Fertig mit dem Bericht?«

»Ja«, sagte Bailey.

Hatch war aufgefallen, dass Bailey nicht mal eine halbe Seite geschrieben hatte. Dabei war viel mehr passiert als nur eine halbe Seite.

»Irgendwie habe ich Probleme, die Straße zu erkennen«, sagte Hatch.

»Sie tragen Ihre Sonnenbrille«, sagte Bailey. »Es ist Nacht. Nehmen Sie sie ab.«

»Was ist mit der Strahlung?«

»Das ist nur eine Theorie.«

Hatch nahm seine Sonnenbrille ab, seufzte erleichtert.

Fünf Minuten verstrichen. Autos kamen ihnen entgegen, nicht mehr als schwebende Lichter und ein *wuuuusch,* wenn sie vorbeizischten. Nebelschwaden sickerten in die Täler ein, von der Bay her, die noch vierzig Minuten entfernt war. Wie Schwärme von Geistern strichen sie über den Wagen hinweg.

Hatch sagte: »Haben Sie auch manchmal das Gefühl, Sie könnten das Konstrukt einer unnachsichtigen, allsehenden

Bürokratie jenseits unserer Vorstellung sein, welche die Menschheit nach eigenem Gutdünken formt?«

Ständig, dachte Bailey. *Manchmal, wenn Sie schlafen, Hatch, schleiche ich mich fort, um meine Frau anzurufen und dabei ein Foto von uns beiden zu betrachten, während sie meinen richtigen Namen sagt, immer wieder, nur um mir zu bestätigen, dass es mich wirklich gibt.*

»Nein«, sagte Bailey.

Hatch nickte, fuhr eine Weile schweigend, dann sagte er: »Denken Sie auch manchmal, es könnte sein, dass wir nur Teile einer sich selbst weiterentwickelnden Maschine sind, die es darauf abgesehen hat, den menschlichen Geist zu vernichten?«

Jeden gottverdammten Tag, dachte Bailey. »Muffins«, sagte er. »Wenn Sie merken, dass Sie so denken, dann denken Sie an Muffins. Ihre Lieblingssorte. Muffins sind real. Alles andere ist nur Ihr Kopf, der Ihnen Streiche spielt.«

»Was ist Ihr Lieblingsmuffin?«, fragte Hatch.

»Das darf ich Ihnen nicht sagen«, sagte Bailey.

Zehn Minuten fuhren sie schweigend weiter. Auf einem Schild stand »City of Novato«, doch da war gar keine Stadt, nur eine Straße.

Hatch sagte: »Ich hab noch nie 'ne Lesbe getroffen.«

»Halten Sie die Klappe, Hatch«, sagte Bailey. »Halten Sie einfach die Klappe.«

Hatch fuhr.

Blaubeer, dachte Bailey.

Der ganze Ort Monte Rio bestand aus einer Tankstelle und einem plattgefahrenen Waschbären. Morgens um Viertel vor sechs war der Waschbär das Lebendigste daran. Das Erste, was ich sah, war ein geschnitztes Holzschild, schulbusgelb auf scheißhausbraun, mit einem Pfeil: BOHEMIAN GROVE. Meine vorbildliche Detektivarbeit hinsichtlich der Wegbeschreibung durch Jimmy Vasco zahlte sich aus. Von der River Road aus, die so heißt, weil sie am Russian River entlangführt, konnte ich das kleine Torhaus sehen, hinter dessen Scheibe jemand döste, also war es keine Option, einfach so reinzufahren. Selbst wenn ich mich an der Wache vorbeiquatschen konnte, würde es mir doch schwerfallen, den bewusstlosen Cop auf dem Schwiegermuttersitz zu erklären.

Ich parkte den Ford neben einem Reifenstapel hinter der kleinen Tankstelle, wickelte Pookie aus der Decke, dann verpasste ich ihm ein paar Maulschellen, um sicherzugehen, dass er nicht aufwachte. Nach Onkel Hos Anweisung blieb mir noch ungefähr eine Stunde Zeit, bis ich ihm den Rest Heroin spritzen musste, also drückte ich ihn so tief wie möglich in den Notsitz und legte ihm die Decke auf den Kopf, damit er keine Aufmerksamkeit erregte, aber auch, damit die Decke seinen Sabber aufsog, der sonst im steten Strom seitlich am Wagen herabgelaufen wäre.

Ein kurzer Blick auf die Karte. Es sah so aus, als läge das *Drachentöter-Camp* etwa drei- bis vierhundert Meter den Waldweg hinauf. Sollte ich die Schnecke dort finden, müsste ich eigentlich in der Lage sein, da reinzugehen, sie rauszuholen und wieder draußen zu sein in … einer halben Stunde, höchstens. Sollte sie nicht da sein, na, dann wusste ich auch nicht. Vielleicht sollte ich anfangen, Leute umzupusten, bis mir jemand verriet, wo sie war, und eine letzte Kugel für mich selbst aufbewahren, falls ich das Schlimmste über den Flugzeugabsturz herausfinden sollte, von dem ich im *Examiner* gelesen hatte. Sie konnte es nicht sein. (Ja, ich hatte den Artikel während der Fahrt gelesen. Dieser

Typ, den ich hinter Petaluma abgedrängt habe, hatte um diese Uhrzeit dort nichts zu suchen und ein kleines Päuschen *bitter* nötig. Vermutlich.)

Geduckt schlich ich über die River Road und lief etwa fünfzig Meter neben dem Weg durch den Wald. Myrtle hatte recht. Das waren wirklich ein paar mächtig gewaltige Bäume. Was außerdem den Vorteil hatte, dass es hier – im Gegensatz zu den Wäldern in Idaho, wo ich aufgewachsen war – fast kein Unterholz gab, sodass man sogar mit Straßenschuhen und im Anzug problemlos durch diesen Wald kam. Bei allem Respekt Mr Powers gegenüber muss ich doch aber sagen, dass man mit einer Waffe im Hosenbund nicht durch einen Wald wandern kann, es sei denn, man hätte einen Wanst wie Pookie und ein entsprechendes Hinterteil als Stütze, aber bei einem schlanken Kerl wie mir rutschte mir das Ding durchs Hosenbein, also steckte ich es bis auf Weiteres in meine Jackentasche. In der Stadt, auf ebenem Boden, mochte er recht haben.

Ich schlich an den Camps vorbei, die meisten von Weidezäunen eingefasst, allein um ihr Territorium zu markieren, denn Weidezäune sind noch nutzloser als nutzlos, wenn man Stinktiere, Bären, Wiesel und womöglich auch den einen oder anderen Menschen fernhalten möchte, der aus der Stadt angeschlichen kommt. Einige Camps hatten große Hauszelte von der Army, andere hatten feste Hütten, aber keiner dieser feinen Herren schlief draußen auf der Erde wie echte Camper. Auf echten Campingplätzen – so wurde mir zugetragen – gibt es nur selten Kellner, Barkeeper und private Park Ranger, aber andererseits verkehre ich auch höchst selten in derart feinen Kreisen. Was am Abend vorher an Lagerfeuern lichterloh gebrannt haben mochte, glimmte nun nur noch. Dann und wann kam ein fetter Kerl aus einem Zelt gestolpert und pinkelte verschlafen gegen einen Mammutbaum.

Ich kam an einem großen Holzgebäude vorbei, in dem sich der Karte nach der Speisesaal befand – dahinter standen Mülleimer, und zwei Eismaschinen aus Militärbeständen brummten unter einem Vordach vor sich hin. Ich hockte mich hinter einen Baum vom Umfang eines Einfamilienhauses und warf noch einen Blick auf meine Karte. Die Camps hatten Namen wie *Goldschürfer* und *Teufelsreiter* und dergleichen Unwahrscheinliches, denn vermutlich wurden sie von einem Banker aus Nob Hill benannt, der sich auf einem Abenteuertrip wähnte. *Drachentöter* lag nur vier Camps weiter oben. Durch die Bäume sah ich zwei kleine Holzhütten, mit Licht in einem der Fenster, das so klein war, dass es auch als Schießscharte durchging. Außerdem stand vor dem Eingang dieser Hütte ein Typ im Rangerhemd. Wozu sollten die Bohemians eine Hütte bewachen lassen, wenn sich darin nicht etwas Wertvolles befand? Ich hoffte, dieses Etwas wäre die Schnecke.

Ich schlich von Baum zu Baum, bis ich direkt draußen vor dem Camp war. Im Schutz der Hütte stieg ich durch den Zaun und drückte mich beim Fenster an die Wand. Ein kurzer Blick, und mein Herz spielte ein Trommelsolo. Die Schnecke saß in der Ecke, Partykleid, zerzauste Haare – wirkte, als würde sie gleich einnicken. Diese Pearl sah ich allerdings nicht. Ich sah überhaupt sonst niemanden da drinnen, also nahm ich an, dass die Bohemians diese Hütte als ihren Damenknast nutzten. Ich musste mich nur um diesen Burschen an der Tür kümmern.

Ich konnte ihn mit der Walther bedrohen, aber wenn er losschrie, würde ich einen Haufen Leute erschießen müssen, wonach mir keineswegs der Sinn stand, also dachte ich mir, ich knüpple ihn ins Land der Träume. Er war nicht groß – etwa so wie ich, also durchschnittlich –, und so ging ich davon aus, dass ich ihn vielleicht bewusstlos schlagen konnte, aber trotz all der Bäume und Lagerfeuer war doch nirgends ein Stück Feuerholz in Sicht, das sich dafür eignen würde, jemanden niederzuschlagen. Nun, während meines Boxtrainings hatte Lone Jones mir oft genug eingeschärft, niemals jemandem mit der Faust an den Kopf zu prügeln, wenn es sich verhindern ließ, weil Finger leichter brechen als der Schädel eines Mannes, aber in diesem Fall hatte ich nichts weiter als die Walther, und wenn diese auch gut dafür geeignet sein mochte, jemanden endgültig zu ventilieren, war ich mir nicht sicher, was deren Prügelpotential anging. Die Walther war keine große Pistole, und wenn ich bedachte, wie oft ich mit der erheblich schwereren .45er auf Pookie hatte einprügeln müssen … Mir würde nichts anderes übrig bleiben, als diesen Burschen mit bloßen Fäusten auszuschalten.

»Aber ich habe doch schon gesehen, wie du jemanden mit bloßen Fäusten niedergeschlagen hast, Lone«, gab ich zurück.

»Klar – ich, aber du mit deinen Hasenpfötchen kannst doch niemanden umhauen«, sagte Lone. »Du musst dir einen Stein oder irgendwas suchen.«

Um es meinem Lehrer recht zu machen, zog ich meinen Gürtel aus den Schlaufen und wickelte ihn mir um die Fingerknöchel.

Ich duckte mich unter dem Fenster hindurch und schlich an der Wand entlang. Gleich hinter der Ecke sah ich seine Nasenspitze. Ich holte tief Luft und kam mit einem mächtigen Schwinger um die Ecke, legte mein ganzes Körpergewicht hinein. Der arme Ranger hatte mein Schnaufen wohl gehört, denn er drehte sich direkt in den Schlag hinein. Ich traf ihn mitten zwischen die Augen, und er änderte komplett die Richtung, sein Kopf wurde zurückgerissen und schlug gegen den Türrahmen. Er ging zu Boden, als hätten sich seine Knochen verflüssigt.

Bevor ich überhaupt Gelegenheit bekam, nach der Tür zu greifen, ging sie auf, und da stand noch ein mittelgroßer Mann im Rangerhemd, mit Sommersprossen und rotem Bürstenschnitt. »Was machst du da mit Jeff?«, fragte er mit starrem Blick auf seinen am Boden liegenden Kollegen.

Wo dieser Typ herkam, wusste ich nicht, denn durchs Fenster war er nicht zu sehen gewesen. Ich wusste nicht, ob ich ihm eins überziehen oder nach der Waffe in meiner Jacke greifen sollte. Ich griff nach der Waffe, da ich mit dem bewusstlosen Jeff zu meinen Füßen ein wenig bewegungseingeschränkt war. Aber ich vergaß, dass ich noch meinen Gürtel um die rechte Hand gewickelt hatte, also bekam ich die Hand nicht wieder schnell genug aus der Jackentasche gezogen. Ich kriegte Panik, weil ich dachte, der Neue würde mich einen Kopf kürzer machen, als die Schnecke ihn zurückriss.

»Lass nur, Rusty«, sagte die Schnecke. »Den kenn ich.« Zu mir sagte sie: »Sammy, was machst du da mit Jeff?«

»Überhaupt nichts mache ich«, sagte ich, und da erst fiel mir auf, dass mir ohne den Gürtel meine Hose auf die Knie gerutscht war und ich in Boxershorts und Sakko dastand, während sich der Gürtel langsam meiner rechten Hand entwand. Also, ja, ich machte etwas. Ich machte mir Sorgen.

»Was soll das heißen – *nichts*? Hätten wir nicht die Tür aufgemacht, hättest du mit Jeff hier Bumsfallera gemacht.« Sie warf dem Ranger namens Rusty einen Blick über die Schulter zu. »Und morgen würde der arme Jeff in seinen

Kaffee weinen, weil der Schlingel hier schon über alle Berge wäre.«

»Wäre ich nicht. Hab ich nicht. Ich kenne Jeff ja nicht mal.«

»Das sieht dir ähnlich, Sammy. Dir den armen Jeff gefügig zu machen und nicht mal zu wissen, wie er heißt.«

Schließlich hängte ich mir den Gürtel über die Schulter und zog meine Hose hoch. »Ich bin hier, um dich zu retten.« Ich zog die Waffe. Richtete sie auf Rusty.

»Wozu hast du eine Waffe?«, fragte die Schnecke.

»Weil ich hier bin, um dich zu retten.«

»Ich muss nicht gerettet werden«, sagte sie.

»Musst du wohl. Diese Typen halten dich gefangen.«

»Nein, tun sie nicht.« Sie wandte sich Rusty zu. »Oder?«

Er machte einen eher verlegenen Eindruck. Die helle Haut wirkte – abgesehen von den Sommersprossen – fast durchscheinend, und so konnte er nicht verbergen, dass er errötete. »Irgendwie schon.«

»Ihr habt gesagt, wir warten nur auf jemanden.«

»Ja«, sagte Rusty, der mittlerweile zu seinen Schuhen sprach und völlig vergessen hatte, dass ich eine Waffe auf ihn gerichtet hielt. »Aber diese Typen von der Regierung, die mit dem General weg sind, haben gesagt, wenn wir dich finden, sollen wir dich hier festhalten, bis sie wiederkommen. Mr Stoddard meinte, wir müssen alles tun, was sie sagen.«

Die Schnecke sah mich an, zuckte mit den Schultern. »Danke, Tiger, sieht so aus, als müsste ich doch gerettet werden. Halt die Waffe auf Rusty gerichtet. Er ist raffinierter, als man denkt.« Dann stieg sie über den bewusstlosen Jeff hinweg, schlang ihre Arme um meinen Hals und verpasste mir einen oberligareifen Knutscher, wie man ihn als

Dank für eine Rettung aus der Not erwarten würde. Sie roch nach Gin und Cupcakes, und auch, wenn ich das an sich schon verwunderlich fand, wollte ich sie erst später danach fragen. Ich behielt Rusty im Auge, während ich mir Mühe gab, die Knutscher der Schnecke mit entsprechendem Enthusiasmus zu erwidern, trotz der Ablenkung.

»Kommt Jeff wieder in Ordnung?«, fragte Rusty.

»Ja, es sei denn, ich erschieße euch beide. Jetzt geh rein da! Rüber an die Wand!« Das tat er. Ich gab Stilton die Walther. »Hier, Süße. Richte sie auf Rusty. Schieß, wenn er sich rührt. Sie ist entsichert. Du musst einfach nur abdrücken.«

»Ich weiß nicht …« Die Schnecke zögerte.

»Du musst ihn ja nicht gleich erschießen. Schieß ihm den Schwanz ab oder irgendwas.«

Damit hatte ich Rustys volle Aufmerksamkeit, und er presste sich so fest an die Wand, dass er mit dem Holz verschmolz. Ich legte meinen Gürtel an, dann griff ich Jeff unter die Arme und schleppte ihn nach drinnen. Er stöhnte ein wenig, was ein gutes Zeichen war, denn einen Mann im Rangerhemd zu töten hätte sicher Konsequenzen, selbst wenn es ein Versehen war.

Ich nahm der Schnecke die Waffe weg und wich zurück. »Rusty, hast du einen Strick?«

»Nö«, sagte Rusty.

»Das ist schade. Eigentlich wollte ich euch Jungs ja fesseln, aber wenn du keinen Strick hast, muss ich euch wohl doch erschießen.«

»Draußen vor der Hütte steht eine Kiste mit Zeltstangen und Seilen«, sagte Rusty. »Sie können meine Taschenlampe nehmen.«

Er nickte zu der Taschenlampe hinüber, die am Garderobenständer an der Tür hing. (Wer geht mit einem

Garderobenständer zelten? Diese Holzhütte war edler eingerichtet als meine Wohnung.)

»Hab sie«, sagte die Schnecke. Schon nahm sie die Taschenlampe und war zur Tür hinaus. Ich konnte hören, wie sie draußen in einer Kiste herumrumorte, und noch bevor ich irgendwas aus Rusty herausbekommen konnte, war sie schon mit einer Rolle Baumwollseil zurück, wie man es verwenden würde, um ein Zelt zu sichern oder den einen oder anderen Ranger zu fesseln.

»Darf ich sie fesseln?«, fragte die Schnecke und wippte auf den Zehen. Sie war ziemlich munter, dafür, dass sie nicht geschlafen hatte, aber das hatte ich auch nicht, und ich fühlte mich selbst ebenso ziemlich wach.

Ich war hin- und hergerissen, dachte mir aber, es könnte wohl weniger schiefgehen, wenn ich ihr die Waffe nicht in die Hand drückte, und außerdem wollte ich Jeff nicht anfassen, weil das durch ihre Andeutungen irgendwie seltsam geworden war. »Ja, du kannst Jeff fesseln. Wollen wir doch mal sehen, wie du dich machst. Danach erschieß ich Rusty.«

»Hey«, sagte Rusty.

»Na, da gefällt dir das mit dem Fesseln jetzt schon viel besser, was?«, sagte ich von der Sonnenseite des Lebens aus. »Also, Rusty, diese Typen, die mit dem General weg sind … schwarze Anzüge? Schwarze Hüte?«

»Ja. Und Sonnenbrillen. Und dabei war es dunkel. Ich glaube nicht, dass die besonders viel erkennen konnten.«

»Haben sie gesagt, wann sie wiederkommen?«

»Kurz vor Tagesanbruch. Sie haben nur gesagt, wir sollen diese Frau festhalten, bis sie wiederkommen.«

Es war nicht mehr *vor* Tagesanbruch, und ich hatte kein gutes Gefühl, was unser Timing anging. »Rusty, hatten sie noch eine andere Frau bei sich?«

»Das darf ich nicht sagen. Mr Stoddard …«

»Ich frag dich gleich noch mal, wenn ich dir den Schwanz abgeschossen habe.«

»Ja. Eine dünne Blonde«, sagte er so schnell, dass er über die Worte stolperte. »Sie hatte eine kleine Kamera, aber die haben sie ihr weggenommen.«

»So viel zu Jeff«, sagte Stilton, als sie den letzten Knoten an Jeffs Händen hinter seinem Rücken festgezurrt hatte wie beim Rodeo. (Ich bin aus Idaho. Da ist der Wilde Westen. Wir haben Rodeos. Ja, auch Kartoffeln.) Das war ziemlich gut geknotet.

»Das ist ziemlich gut geknotet«, lobte ich die Schnecke.

Sie zwinkerte mir nur zu, was »danke« hieß. Vermutlich.

»Jetzt du, Rusty«, sagte ich. »Nimm Platz.«

Der Junge setzte sich auf den Stuhl, auf dem ich Stilton hatte sitzen sehen, ein schlichtes Eichending. Nach zwei Minuten hatte Stilton ihn gefesselt. »Knebeln?«

»Meinetwegen«, erklärte ich.

Sie trat an einen kleinen Teewagen auf Gummirädern, der mir noch gar nicht aufgefallen war. Ein Teewagen? Die hatten sie doch nicht mehr alle. Sie fand ein paar Küchenhandtücher, die sie zu Knebeln zusammenknüllte. »Okay, Rusty«, sagte die Schnecke lieb wie eine Kindergärtnerin, »jetzt den Mund auf! Ich werde dir nicht das Atmen erschweren oder irgendwas, aber wenn du schreist, kommt Sammy zurück und schießt dir den Schwanz ab.« Sie grinste mich an wie ein Kind in einer Schulaufführung, das zum ersten Mal seinen Einsatz geschafft hat.

»Das wär's«, sagte sie, als beide geknebelt waren. »Hauen wir ab.«

»Wir müssen durch den Wald laufen, Süße. Das kannst du nicht auf diesen Absätzen.« Sie trug Mary Janes mit hohen Absätzen, die hübsch zu den Punkten auf ihrem Kleid passten, aber nicht eben geeignet schienen, um damit durch den Wald zu rennen.

»Du wirst schon sehen«, sagte sie.

Sobald wir draußen waren, schloss sie die Tür und verriegelte sie, dann schlang sie mir wieder die Arme um den Nacken und drückte mir die Luft ab. »Ich hatte solche Angst«, flüsterte sie mir feucht ins Ohr.

»Wirklich?«

»Ich habe gesehen, wie sie den General und das blonde Mädchen weggebracht haben.«

»Was sollte das eigentlich mit Jeff?«

»Ich habe improvisiert. Damit du dir Rusty schnappen konntest.«

Ich knutschte sie leicht und drückte sie. »Ich mag es, wenn eine Frau ihren Mann steht.«

»Und liegt«, sagte sie. »Es war gruselig. Der General …«

»Wir müssen uns beeilen«, sagte ich und machte mich los. »Erzähl es mir beim Laufen.« Ich nahm ihre Hand und führte sie zur Rückseite des Camps, wo sie sich elegant über den Weidezaun schwang. Wir nahmen dieselbe Route, die ich gekommen war, aber inzwischen war es taghell, und weit mehr dicke Männer standen da und pinkelten an Bäume. Ein paar Ranger entzündeten kleine Lagerfeuer, damit sie um etwas herumstehen konnten, wenn sie ihren Kaffee tranken.

Unterwegs berichtete mir die Schnecke, was passiert war, unterbrach ihre Geschichte, wenn wir zum nächsten Baum hetzten.

»Ich hab gemerkt, dass der General mich mochte«, flüsterte sie. »Also habe ich ihm schöne Augen gemacht, damit Myrtle und dieses andere Mädchen abhauen konnten.«

»Pearl«, warf ich ein.

»Woher weißt du das?«, fragte sie.

»Myrtle konnte entkommen. Ich habe ihr geholfen, sich in der Stadt zu verstecken. Ihr geht es gut.«

»Wow, wenn du nicht das Gelbe vom Ei bist …«

Sie kniff mir in den Hintern, was ich nicht gewohnt war, aber offenbar als Zeichen dafür deuten konnte, dass sie mir verziehen hatte. Wir hockten hinter demselben Baum, an dem ich auch auf dem Hinweg pausiert hatte, oder zumindest einem, der ganz ähnlich war, und ich nahm Anlauf für den letzten Sprung über die River Road, doch sie riss mich zurück. »Nein, wir müssen noch was holen.«

»Süße, diese Männer, die den General mitgenommen haben, sind üble Typen. Wir sollten lieber nicht hier sein, wenn die zurückkommen.«

»Der General ist selbst auch kein Chorknabe«, sagte die Schnecke eher eindringlich. »Als er mich allein in seiner Hütte hatte, wurde er richtig unheimlich – als hätte er noch nie mit einer Frau zu tun gehabt. Aber das habe ich mir nicht gefallen lassen. Also fing er an, mir zu erzählen, wie wichtig er ist und dass es ein Fehler war, uns Mädchen zu bestellen, aber wenn die Bohemians erst sehen, was er ihnen mitgebracht hat, gehört er bald zum Club. Und so weiter und so fort. Was mich alles keinen warmen Spritzer Pipi interessiert. Und dann meint er, er will mir was zeigen, und klappt diese Metallkiste auf, die er in seiner Hütte aufbewahrt, wie ein großer Bierkühler, und er zeigt mir, was er Tolles mitgebracht hat. Und ich denke, oh-oh, das gibt Ärger. Also habe ihm diesen großen Topf über die Rübe gezogen, der da unter dem Bett stand, bestimmt 'ne Tonne schwer, hab mir die Kiste gegriffen und bin abgehauen. Aber das Ding war zu schwer, um es allein zurück in die Stadt zu schaffen, also habe ich es versteckt. Ich dachte mir, ich komme morgen wieder und hol es ab, aber Jeff und Rusty haben mich geschnappt, also müssen wir es jetzt holen.«

Und bevor ich etwas dazu sagen konnte, nahm sie meine Hand und zog mich zurück ins Camp anstatt so schnell wie möglich raus und weg, wie es vernünftig gewesen wäre – bis zum großen Speisesaal, bis zu einer dieser großen Eismaschinen, deren Deckel sie aufwarf, mit großer Geste und »Ta-da!«, wie ein Zauberer, der eine Frau in Gänze präsentiert, die kurz zuvor noch zersägt war.

»Eis«, sagte ich.

Die Schnecke warf einen Blick in die Maschine, wo sich, wie ich zutreffend bemerkt hatte, Eis befand.

Sie fing an zu buddeln wie ein Hund am Strand, überall flog Eis herum, und ich sah mich ängstlich um, weil das kein leiser Vorgang war, aber sie war wild entschlossen und wusste offenbar, was sie tat, also bemühte ich mich, um sie herumzuspähen, weil an der Eismaschine nicht genug Platz war, damit ich helfen konnte. Dann schien sie etwas gefunden zu haben, warf noch ein paar Handvoll Eis hinter sich und trat zurück, wieder mit einem »Tada!«.

Ich sah hinein. Ich wusste nicht, was ich da sah. Vielleicht eine Gummipuppe. »Was …?«

»Es ist ein Mondmann!«, sagte die Schnecke.

21

Der Mondmann

So gern ich dagestanden, erstaunte Laute von mir gegeben und angesichts dieses Mondmannes Luftsprünge gemacht hätte, hob ich den kleinen Racker an und ging dazu über, immer wieder »Das gibt's doch nicht, ein scheißverfluchter Mondmann!« zu rufen, während wir flüchteten. Die Schnecke meinte, ihr sei es ganz ähnlich ergangen, als sie sich den Mondmann unter den Nagel gerissen hatte, und wiederholte: »Ich weiß, ein scheißverfluchter Mondmann!«, wie mein Echo. Als wir mit dem Mondmann endlich am Auto ankamen, war Pookie O'Hara, der nackte, heroinbenebelte Bulle von der Sitte, nicht mehr da.

Ich sah mich um, aber von Pookie weit und breit keine Spur. Auch seine Klamotten waren weg, ebenso das kleine Lederetui mit der Spritze, das ich neben ihm auf dem Schwiegermuttersitz deponiert hatte, und mein halbes Hacksandwich, das ich für die Schnecke aufbewahrt hatte, falls sie nach ihrer Tortur eine Stärkung brauchte. Wenigstens war Pookies Waffe bei Onkel Ho, sonst hätte ich mir ernstlich Sorgen machen müssen. Pookies Hut lag noch auf dem Sitz, insofern bestand die Hoffnung, dass er nicht ganz rundlief, als er abgehauen war.

»Nicht so schlimm«, erklärte ich der Schnecke. »Ich hab ja noch meine Quittung.« Ich warf mir den Mondmann über die Schulter und holte die Quittung aus meiner Jackentasche. Der Mondmann wog nicht mehr als ein kleines Kind, vielleicht zwanzig Kilo, aber ich hatte ihn schon ein paar hundert Meter durch den Wald geschleppt, und allmählich wurde er doch schwer.

Die Schnecke riss mir die Quittung aus der Hand. »Die nützt uns nichts«, sagte sie. »Ist auf Chinesisch. Wieso hast du überhaupt einen ohnmächtigen Cop dabei?«

»Hör mal, Süße, du bewegst dich auf ziemlich dünnem Eis, wenn du dich über meine Begleitung mokierst«, sagte ich und deutete auf den gummiartigen grauen Passagier, der über meiner Schulter hing. »Erklär ich dir unterwegs.«

»Unterwegs wohin?«

»Nicht jetzt«, sagte ich. Ich legte den Mondmann auf den Notsitz und rückte ihn zurecht. Er passte gut. Möglich allerdings, dass sich die Klappe nur schließen ließ, wenn ich ihm den Kopf ein wenig eindrückte. Der Körper des toten Mondmannes glich dem eines dürren Kindes, nicht größer als eins zwanzig, nur seine Birne hatte Übergröße – geformt fast wie eine Glühbirne, mit großen, schwarz schimmernden Mandelaugen. Irgendwie passten sie zum nachtschwarzen Lack von Jimmy Vascos Ford, nur lebloser.

»Setz ihn weiter in die Ecke«, sagte die Schnecke. Sie nahm den Kimono, den Pookie dagelassen hatte, und band ihn dem Mondmann um den Kopf wie ein Tuch, dann wickelte sie ihn in die Decke, sodass er aussah wie eine Oma, die ihr Nickerchen machte. Stilton fackelte nicht lange, wenn etwas erledigt werden musste. »Okay. Fahren wir.« Sie stieg auf der Beifahrerseite ein, und ich klemmte mich hinters Lenkrad. Wir hielten noch einmal kurz Ausschau nach Pookie, dann kurvten wir von der Tankstelle auf die

River Road, als ein großer schwarzer Chrysler vorbeifuhr und in die Straße zum *Bohemian Grove* einbog.

Ich wendete und machte mich entspannt davon, schnappte nach Luft, und zwar nicht, weil ich eben den Mondmann geschleppt hatte. Die Schnecke hatte die Männer auch gesehen.

»Wo haben diese Typen den General hingebracht?«, fragte sie.

»Der General ist tot, Kleine«, sagte ich. Ich schob ihr den *Examiner* auf dem Sitz zu. Der Artikel über den Flugzeugabsturz war aufgeschlagen.

Sie nahm die Zeitung, las. »Bei dem Absturz sind ja noch zwei Leute ums Leben gekommen. Salvatore Gabelli, Barbesitzer aus San Francisco, und eine bisher nicht identifizierte Frau.« Sie blickte auf. »Pearl?«

»Ja, und das hatten sie mit dir auch vor. Ich schätze, es dreht sich wohl alles darum, dass niemand vom Mondmann erfahren soll.«

»Aber Pearl hat den Mondmann gar nicht gesehen.«

»Myrtle auch nicht, obwohl sie definitiv auch hinter ihr her sind, aber ich glaube, es geht nur um euch drei. Die anderen Mädchen sind inzwischen wieder bei Mabel.«

»Deshalb haben mich diese Rangertypen festgehalten? Weil die schwarzen Männer mich in einen Sack stecken wollten?«

»So ungefähr. Aber vorher hätten sie dir wehgetan, damit du den Mondmann hergibst.«

»Niemals. Der gehört mir. Hey, von wann ist diese Zeitung eigentlich? Ich hab den General und Pearl doch abends noch gesehen.«

»Die Morgenausgabe wurde gerade ausgeliefert, als ich in der Stadt losgefahren bin, vielleicht so gegen fünf.«

»Da steht, die Maschine ist in den Bergen um Napa abgestürzt. Das ist eine Stunde Fahrt. Sogar wenn jemand sofort an der Unfallstelle war – wie ist es möglich, dass der *Examiner* so schnell vom General und den beiden anderen erfahren hat?«

»Es ist nicht möglich. Bestimmt haben diese Typen in den schwarzen Anzügen angerufen. Außerdem ist Sal gar nicht beim Absturz ums Leben gekommen. Er war schon lange tot, als die Maschine runterging. Ich hatte seine Leiche in einer Kiste voll Eis hinten in der Bar verstaut.«

»Du hast Sal umgebracht? Er war ein Armleuchter, aber …«

»Nein, ich habe ihn nicht umgebracht.«

»Puh, jetzt hast du mir aber einen schönen Schrecken eingejagt …«

»Meine Schlange hat es getan.«

Diese Nachricht ließ ich ein wenig wirken, während ich mich zu entscheiden versuchte, wie und wo ich anfangen wollte.

Die Schnecke drehte sich auf dem Sitz zu mir um, lehnte sich an die Beifahrertür und verschränkte die Arme vor der Brust. Sah mich mit diesem inquisitorischen Blick samt hochgezogener Augenbraue an, den sie zweifellos von mir gelernt hat.

»Ich kann es dir erklären«, sagte ich.

»Ich höre.«

Also erzählte ich beim Fahren von dem Schlangenpisse-Nudelladen; von dem südafrikanischen Seemann, der mir eine schwarze Mamba besorgt hatte, damit Moo Shoes und ich reich werden konnten; davon, dass Lone Pookie aus den Schuhen gehauen hatte und wir den Cop bei Onkel Ho unterbringen konnten, der ihn auf Heroin setzte; davon, dass wir Pearl gefunden und bei Lone versteckt hatten, wobei ich den Teil mit Myrtle und Jimmy Vasco wegließ, da es nicht an mir war, davon zu erzählen; von den Ratten; davon, dass ich überall nach ihr gesucht hatte; davon, dass Onkel Ho mir Pookie im letzten Moment aufs Auge gedrückt hatte; und ich endete damit, wie ich in den *Bohemian Club* eingedrungen war und die Karte mitgenommen hatte. Dann wandte ich mich kurz von der Straße ab, um zu sehen, wie meine Geschichte ankam.

Sie sagte: »Diese Steuerfahnder werden also völlig aus dem Häuschen sein, weil ich ihren Mondmann habe?«

»Wahrscheinlich.«

»Ich weiß gar nicht, was das soll. Der General meinte, sie hätten noch zwei davon. Eine fliegende Untertasse ist auf der Militärbasis abgestürzt, wo er der Chef ist … *war*. Die haben also Ersatz.«

»Und einen davon hat er mit hergebracht, nur um die Bohemians zu beeindrucken?«

»Ja, ich hab so das Gefühl, der General ist nicht gerade das Fliegerass unter den Geheimnisträgern. Und auch kein Ass, was Frauen angeht, wenn ich mal so sagen darf. Ein besonders plumper alter Mann, und mir sind schon so einige plumpe Männer begegnet.«

»Willst du mir damit was sagen?«, fragte ich.

»Du doch nicht, Sammy. Ich meinte andere Männer.«

»Dann bist du nicht hierhergefahren, weil du sauer auf mich warst?«

»Nein, ich hatte schon zugesagt, *bevor* du dich wie ein Arsch benommen hast. Ich bin hergefahren, um leichtes Geld zu verdienen.«

»Ich wusste nicht, dass du knapp bei Kasse warst. Ich hätte dir doch aushelfen können.«

»Bei dir klingt es so dramatisch. Ich sagte *leichtes* Geld. Außerdem wollte Myrtle ein paar reiche Typen kennenlernen. Wie soll man als Frau sonst heutzutage durchkommen? Ich kenne hundert Mädchen, die genauso gut schweißen können wie ein Mann, aber was machen die, seit der Krieg zu Ende ist? Tippen Memos oder sitzen am Telefon, wenn sie Glück haben – falten Hemden und wechseln Windeln, wenn nicht. Und die besonders Unglücklichen … na, du weißt schon, was die machen. Außerdem meinte Sal, da wird getanzt.«

»Ich wusste gar nicht, dass du gern tanzt.«

»Ich wollte es nicht erwähnen, weil du doch einen schlimmen Fuß hast.«

»Das war nett von dir.«

»Ja, manchmal habe ich so meine Momente. Hey, hast du irgendwas zu essen dabei? Ich habe einen Bärenhunger.«

»Ich hatte dir ein halbes Hacksandwich mitgebracht, aber das hat Pookie mitgenommen, der Blödmann. Aber unterm Sitz ist Kaffee in einer Thermoskanne. Becher liegen da auch.«

»Magst du ihn so, wie du deine Frauen magst?«

»Versiegelt in einem Metallrohr, mit Schraubdeckel?«

Sie holte die Thermoskanne unter dem Sitz hervor, tauchte gleich noch mal ab und kam mit Bechern und breitem Grinsen wieder hoch. »Und hast du verstanden, was ich damit meinte, dass der General plump war?«

»Hab ich«, sagte ich, denn das hatte ich. »Und diesen Mondmann hast du also …«

»Streng genommen kommt er vermutlich vom Mars oder vom Jupiter oder irgendwas, aber mir gefällt das Wort *Mondmann.*« Sie schenkte sich einen Becher voll Kaffee, bot mir einen Schluck an, doch ich lehnte dankend ab.

»Gefällt mir auch«, erklärte ich. »Aber was willst du denn jetzt mit ihm anfangen?«

Sie strahlte wie ein Kind am Weihnachtsabend. »Machst du Witze? Ich verkaufe ihn an *Ripley's Believe It or Not* für ihr Museum am Fisherman's Wharf. Da können sie den Touristen einen Quarter abnehmen, um einen Blick darauf zu werfen. Ich werde reich. Vielleicht lasse ich bei mir sogar zwei zusätzliche Schlafzimmer ausheben. Verdammt, vielleicht grabe ich mir sogar einen Schrank, in den ein Stuhl reinpasst, damit ich mir meine schönen neuen Kleider ansehen kann.«

»Das ist eine ausgezeichnete Idee, aber ich denke, zuerst sollten wir ihn zum *Chronicle* bringen und Fotos von euch beiden machen lassen, denn diese Steuerfahnder scheinen mir einigermaßen entschlossen, sämtliche Zeugen des Mondmannes auf den Grund der Bay zu schicken, wenn ich so sagen darf, und wenn sie einen Air-Force-General abmurksen, schrecken sie bestimmt nicht vor zwei Unerschrockenen wie uns zurück.«

»Wir sollten ihn also in die Stadt bringen?«, fragte sie.

»Ja, zum *Chronicle* oder zum *Examiner* oder zu beiden.«

»Oh, okay, denn nach diesem Schild dahinten zu urteilen müssen wir in die andere Richtung.«

»Wusste ich. Ich fahr nur hier lang, weil ich dachte, du wolltest das Meer sehen. Außerdem, wenn wir zurück in die Stadt fahren, stehen die Chancen mehr als gut, dass Pookie O'Hara stinksauer auf mich und meine Freunde ist und uns alle in einen Sack steckt, verschiedene Säcke, wobei er für Lone Jones einen extragroßen Sack brauchen dürfte.«

»Jeder Plan hat einen Haken«, sagte die Schnecke.

»Ich hätte Pookie einfach seine Nudel abschießen sollen.«

»Oh, ganz der harte Bursche … Du weißt aber schon,

dass die Waffe gesichert war, als du sie mir in der Hütte gegeben hast, oder?«

»Jemand hätte sich verletzen können.«

»Kehr um! Spendier mir ein Frühstück und mach mich berühmt!«

Clarence brauchte fast die ganze Nacht, um seinen Partner Potter zu finden, der auf den Hügeln von Sonoma County herumirrte. Wie sich herausstellte, war Potter ein ganz passabler Pilot, eine Fähigkeit, die Clarence ihm gar nicht zugetraut hatte, bis sie gebraucht wurde, und Potter hatte seine Sache mit dem Absturz von General Remys DC-3 tadellos gemacht. Nicht ganz so gut war Potter, was das Fallschirmspringen anging, da er im Krieg nur das Pflichttraining für Piloten absolviert hatte, und das beinhaltete weder die Berechnung der Fallhöhe noch die des Winddrifts. Außerdem hatte er es versäumt, ein Funkgerät mitzunehmen, und so wanderte er, nachdem der Wind ihn meilenweit weg von dort abgesetzt hatte, wo er sich mit Clarence treffen wollte, stundenlang durch die Landschaft, bevor er auf eine Straße stieß, die er endlose Stunden entlanglief, bis Potter ihn fand und einsammelte. Mittlerweile dämmerte der Morgen, beide waren ziemlich genervt und außerdem mindestens sechzig Kilometer von der Stelle entfernt, wo sie sein sollten.

»Wir hätten ihnen einfach ein paar Kugeln in den Schädel ballern und sie im Wald verscharren sollen.«, sagte Clarence. Er war im Krieg kein Pilot gewesen.

»Wo ist die Maschine denn runtergekommen?«, fragte Potter.

»Ganz woanders, als Sie ausgestiegen sind. Nördlich von Napa. Steht schon in der Zeitung. Das andere Team hat es gemeldet.«

»Was meinen Sie, wie viele andere Teams es noch gibt?«, fragte Potter.

»Ich weiß es nicht. Stellen Sie mir keine Fragen zu Operationen«, sagte Clarence. Er hatte seit zwölf Stunden nichts gegessen und seit dreißig Stunden nicht geschlafen, und Potters blauer Anzug war dämlich, und er hasste ihn und wünschte, Potter wäre bei dem Absturz umgekommen, zusammen mit den anderen Idioten. Seine Laune ging endgültig in die Knie, als sie wieder zum *Bohemian Grove* kamen und feststellen mussten, dass die beiden Bauernlümmel Jeff und Rusty von der vermissten Blondine gefesselt worden waren. Irgendein Kerl hatte sie mit Waffengewalt befreit. Das *Subjekt* wurde immer noch vermisst.

»Wir sollten die beiden abwickeln«, sagte Clarence. »Zeugen.«

»Das sind doch keine Zeugen«, sagte Potter. »Diese Typen wissen von nichts.«

»Zur Sicherheit«, sagte Clarence.

»Am Arsch«, sagte Potter. Er sah auf seine Uhr. »Fast acht. Wir müssen ein Telefon finden und Meldung machen.«

»Im Torhaus gibt es ein Telefon«, sagte Rusty.

»Sehen Sie«, sagte Potter. »Wenn Sie ihn abwickeln, finden Sie das Telefon nie.«

Sie liefen den Weg entlang, zurück zum Chrysler. Der Wagen stand am hintersten Ende vom Parkplatz. Als Potter aufschloss, hörten sie jemanden rufen.

»Hey, seid ihr Penner Bullen?« Ein großer, offensichtlich betrunkener Mann in einem sehr zerknitterten Anzug kam aus dem Wald auf sie zugestolpert.

»Nein«, sagte Potter, »wir sind nur Touristen. Hier gibt es nichts zu sehen, Sir.«

Der große Mann kam immer weiter auf sie zu.

»Erzähl mir keinen Scheiß«, sagte er. »Ich hab alles gesehen. Ich kann mich an alles erinnern.« Er holte etwas aus seiner Tasche. »Wohin habt ihr Typen mich gebracht?«

»Das ist nah genug«, sagte Clarence. »Wir können Ihnen nicht helfen.«

Der große Mann stolperte, aus dem Wald kommend, den leichten Abhang hinunter. Er fing sich an der Front des Chryslers, dann richtete er sich auf und nahm Potter ins Visier. »Man hat mich niedergeschlagen, das wissen Sie genau.«

»Was hat er da in der Hand?«, flüsterte Clarence.

»Sieht aus wie ein Sandwich«, antwortete Potter.

Clarence zog seine Waffe und schoss Pookie O'Hara in die Brust. Pookie kippte nach hinten um, tot. »Nicht alles ist immer das, was es zu sein scheint«, sagte Clarence.

Potter trat an Pookies Leiche heran, stieß mit der Schuhspitze dagegen, und als keine Reaktion kam, ging er in die Hocke und untersuchte die sterblichen Überreste. »Nein, es *war* ein Hacksandwich.«

»Zeuge«, sagte Clarence. Er steckte seine Waffe in das Holster, sah auf die Uhr. »Wenden Sie den Wagen. Ich helfe Ihnen, den Mann in den Kofferraum zu laden. Wir müssen Meldung machen.«

Bailey hängte den Hörer ein, wandte sich Hatch zu. »Washington meldet, Clarence und Potter hätten das *Subjekt* verloren. Als sie wieder in den *Bohemian Grove* kamen, war das andere Mädchen nicht mehr da. Sie wurde von einem dünnen Mann mit Waffengewalt befreit. Wahrscheinlich ihr Barkeeper-Freund. Washington vermutet, die beiden könnten das *Subjekt* mitgenommen haben.«

»Wie lautet unser Befehl?« Hatch war dabei, sich zu

rasieren. Sie teilten sich ein Motelzimmer im Marina District. Geschäftsleute auf Geschäftsreise, hatten sie dem Mann an der Rezeption gesagt.

»Wie immer. Das *Subjekt* finden und zurückbringen, etwaige Zeugen abwickeln.«

»Wie sollen wir das machen?«

»Zuerst finden wir ihren Freund. Wir versuchen es in diesem Lesbenclub beim Embarcadero.«

»Nach dem Frühstück, oder?«

»Sofort«, sagte Bailey. »Washington sagt, es hat höchste Priorität.«

»Dann besuchen wir also um acht Uhr morgens einen Nachtclub? Denken Sie eigentlich auch manchmal, dass Washington nicht weiß, was es tut?«

»Ja«, sagte Bailey. »Ziehen Sie sich an. Wir fahren jetzt gleich los.«

»Ich verstehe nicht, wieso wir nicht vorher noch frühstücken können«, sagte Hatch.

»Jetzt gleich«, knurrte Bailey. »Ich darf Ihnen nicht sagen, wieso.«

Hatch wusste – weil Bailey es ihm gesagt hatte –, dass aus dem Wrack bei Roswell drei Leichen gezogen worden waren. Drei *Subjekte*. Eines davon hatte der General nach Kalifornien gebracht, und die anderen beiden befanden sich auf der Wright-Patterson Air Force Base in Ohio, wo sie von medizinischen Forschungsteams untersucht wurden. Bailey wusste allerdings etwas, von dem Hatch nichts wusste, dass nämlich eines der *Subjekte* in Ohio aufgewacht war.

Für manchen ist die Vergangenheit wie ein Mühlstein um den Hals, der ihn so weit hinunter in die Finsternis zieht, dass er nie wieder die Sonne sieht, sofern er nicht den richtigen Augenblick findet, den Strick zu kappen. Mein Augenblick kam auf der Straße bei dem Dorf Jenner an der Küste, wo ich tankte und eine Coke und ein paar Käsecräcker für Stilton kaufte, damit sie mir nicht verhungerte.

Ich wendete und fuhr wieder in die Richtung, aus der wir gekommen waren. Ich schaltete in den dritten Gang und klopfte an meine Brusttasche, auf der Suche nach Zigaretten. Kein Glück, wahrscheinlich irgendwo im Wald verloren. Vielleicht, als ich den Mondmann geschleppt hatte. Ohne dass ich etwas sagen musste, warf die Schnecke einen Blick ins Handschuhfach und fand eine halbe Packung Pall Mall. Sie klopfte zwei davon heraus.

»Hätten Sie wohl Feuer, Mister?«

Ich fischte mein Zippo aus der Hosentasche und reichte es ihr. Sie zündete beide Zigaretten an und gab mir eine. Wir rauchten. Das war der Augenblick, in dem ich meine Vergangenheit kappen musste …

»Hör mal, Stilton, neulich … ich war ein Arsch. Es tut mir ehrlich leid …«

»Es tut dir leid? Soll das ein Witz sein? Wie viele Typen kann man wohl bitten, einen feuchten toten Mondmann durch den Wald zu schleppen, ohne dass sie sich die Seele aus dem Leib reihern?« Sie beugte sich vor und gab mir einen rauchigen Schmatzer auf die Wange.

Am liebsten hätte ich sie über den Sitz geworfen und genagelt wie Martin Luther seine Kirchentür, derart stark war die Kraft der Vergebung, aber ich war mit meiner Beichte noch nicht fertig. (Möglicherweise war es wohl das Beste, dass ich damals von diesem Priesterseminar nie wieder was gehört habe.)

»Das ist süß von dir, aber ich habe mir geschworen, wenn ich dich zurückbekomme, mache ich reinen Tisch. Ich will dich nicht mehr belügen. Ich war nie Soldat. War gar nicht im Krieg. Hab in Hunters Point Schiffe geschweißt und warm und trocken in meinem Bett geschlafen, ohne dass mich jede Nacht jemand beschossen hätte. Meinen Fuß habe ich bei einem Arbeitsunfall verletzt, einen Tag vor Pearl Harbor. Ich bin ein Blender. Ein Feigling.«

»Dafür sehe ich keinen Beweis.« Schluck Coke, Zug an der Zigarette. »Keinen einzigen. Noch nie.«

»Aber ich habe dich belogen.«

»Nein, hast du nicht.«

»Ich habe dich in dem Glauben gelassen, ich hätte gedient, gekämpft. Habe ich aber nicht.«

»Hättest du aber, wenn du gekonnt hättest, stimmt's?«

»Ja, ich habe versucht, mich in den Militärdienst reinzuschummeln. Hab meine Familie in Idaho verlassen, um mich hier bei der Navy zu bewerben. Hab nie nach Hause geschrieben. Ging nicht. Ich habe zwei Brüder im Krieg verloren. Danach konnte ich nicht wieder zurück.«

»Weil du dachtest, deine Eltern fühlen sich besser, wenn sie drei Söhne verlieren?«

»Das alles ist gar nichts gegen das, was du durchgemacht hast.«

Urplötzlich kamen ihr die Tränen, und fast wäre ich in den Graben gefahren, weil ich nicht auf die Straße achtete. »Hey, nicht weinen, Püppi. Alles wird gut.«

Schluchzend boxte sie mir an den Arm, konnte sich aber den Anflug eines kleinen Lächelns nicht verkneifen. »Idiot.«

Den Schuh zog ich mir an. Ich hatte es nicht besser verdient.

Sie schniefte und wischte sich mit dem Handrücken über die Nase. »Hör zu, Sammy, ich will dich auch nicht belügen. Das mit meinem Ehemann, der im Krieg gefallen ist, das ist passiert. Aber es hat mich nicht in ein trauerndes Häufchen Elend verwandelt. Ich kannte ihn kaum. Wir waren vielleicht zwei Wochen zusammen, als er einberufen wurde. Ich hatte gerade die Highschool abgeschlossen, und James – so hieß er – meinte, er könnte unmöglich in den Krieg ziehen, ohne zu wissen, dass zu Hause jemand auf ihn wartet, also hat er mich gefragt, ob ich ihn heirate. Und ich habe ja gesagt. Das war doch richtig, oder? Das haben jedenfalls alle zu mir gesagt. Er war ein netter Kerl, aber ich hatte ihn noch gar nicht auf Herz und Nieren prüfen können, um herauszufinden, ob er der Richtige war. Also habe ich getan, was von mir erwartet wurde, und ein paar Tage später kam er ins Ausbildungslager, und ich habe ihn noch einmal gesehen, bevor er in den Pazifik ausgeschifft wurde. Das war alles. Er hat mir oft geschrieben, und ich habe auch zurückgeschrieben, aber ich wusste nicht, was ich ihm erzählen sollte. Meine Eltern hat er erst bei der Hochzeit kennengelernt. Alle taten so, als sollte ich uns ein hübsches kleines Heim schaffen, den Herd warm halten, aber das war alles nicht echt. Wir hatten nie ein gemeinsames Leben, nicht mal eine gemeinsame Wohnung. Ich wohnte noch bei meinen Eltern. Und als ich dann die Chance bekam, auf der Werft zu arbeiten, bin ich nach Richmond gezogen und habe die Abende allein auf meinem Zimmer in einer Pension verbracht, in der ich mir das Bad mit sieben anderen Mädchen teilen musste. War wohl okay, denke ich. Der Lohn war gut. Ich habe gelernt, etwas Sinnvolles zu tun. Na ja, zumindest während des Krieges. An den Wochenenden bin ich mit einigen anderen in die Stadt gefahren, um ein bisschen Spaß zu haben. Nachdem er gefallen war, hatte ich nur noch diese Abende in der Stadt, das Reden mit diesen Jungs. Ich war einsam und allein. Es gab mir das Gefühl, auch jemand zu sein. Ich habe James nicht geliebt. Er war nur irgendein Junge, der nicht aus dem Krieg zurückgekommen ist. Einer von Zigtausenden. So viel zur tragischen Kriegerwitwe, hm? Nicht so nett, hm?« Sie weinte nicht mehr. Es war, als forderte sie mich heraus, ihr den Gnadenstoß zu versetzen. Wahrscheinlich wohl die Launen einer Frau.

»Ich finde dich ganz schön toll«, sagte ich.

»Nein, tust du nicht.«

Ein Stück vor uns sah ich eine Haltebucht, die verhindern sollte, dass ich gegen einen Baum fuhr oder in den Fluss fiel, wenn ich anhalten wollte, was ich also tat. Ich hielt, zog die Handbremse an und wandte mich ihr zu.

»Doch, tu ich wohl«, erklärte ich ihr. »Und vergiss das von früher, *alles* von früher. Ich kenne dich erst eine Woche, aber die reicht mir, um zu wissen, dass ich dich noch eine Woche länger kennen möchte, und danach noch eine Woche und so viele Wochen, wie es gibt. So viele Wochen möchte ich dich kennen. So toll finde ich dich.«

»Echt?«

»Echt.« Ich löste die Handbremse und steuerte wieder auf die River Road hinaus.

Ich fuhr ein Stück, und sie hielt ihre Coke auf dem Schoß wie ein Kind ein Kätzchen.

»Ich dich auch«, sagte sie.

»Echt?«, fragte ich.

»Echt«, sagte sie.

»Dann ist gut«, sagte ich. Und ich fuhr noch ein Stück. Als wir an der Einfahrt zum *Bohemian Grove* vorbeikamen, zog ich den Kopf ein. Ich konnte nicht anders.

»Außerdem werde ich mehr oder weniger gesucht, weil ich einen Cop niedergeschlagen habe und geflüchtet bin.«

»Der Cop, der vorhin im Auto saß?«

»Nee, anderer Cop. Ist lange her.«

»War er gemein zu dir?«

»Hat sich über meinen Fuß lustig gemacht.«

»Na, dann hat er es nicht besser verdient.« Mitfühlend tätschelte sie mein Knie.

Eine Weile fuhren wir schweigend weiter und freuten uns daran.

»Weißt du«, sagte ich, »wenn du lieb bist, darfst du nachher mal den Kummerstab anfassen.«

Sie schnaubte ein Lachen. »Das ist der schlechteste Anmachspruch, den ich je gehört habe.«

»Ich weiß nicht. Beim letzten Mal hast du geweint.«

»Genau wie du, Mister Obercool.«

»Das ist nicht w…«

Doch ich brachte den Satz nicht zu Ende, weil da ein Geräusch direkt an meinem Kopf war wie ein Vogel, der an die Windschutzscheibe schlägt, nur war es die Heckscheibe, und als ich mich umdrehte, als die Schnecke sich umdrehte, war er da – *direkt vor meiner Nase* –, starrte mit großen schwarzen Mandelaugen herein, die kleinen Baumfroschhände an der Scheibe. Er gab panische Zwitscherlaute von sich.

»Heilige Scheiße!«, kreischte die Schnecke, während ich einen ausgesprochen männlichen Schrei ausstieß und mir alle Mühe gab, den Wagen auf der Straße zu halten.

Der Mondmann lebte.

22

Baff

Die Schnecke und ich waren mehr als nur ein kleines bisschen baff. Ich lenkte den Ford an den Straßenrand, und wir saßen da, starrten geradeaus und lauschten ihm dahinten.

»Vielleicht rennt er in den Wald«, sagte die Schnecke. »Lass ihm etwas Zeit.«

Heimlich warf ich aus dem Augenwinkel einen Blick zurück. Der Mondmann starrte mich offen an, sein kleines graues Gesicht kaum dreißig Zentimeter entfernt, näher dran, als mir üblicherweise lieb war, wenn es um Außerirdische ging. Er gab klickende Laute von sich.

»Er geht nicht weg«, sagte ich.

»Meinst du, er ist sauer, weil ich ihn in die Eismaschine gesetzt habe?«

Ich wagte noch einen Blick.

»Kann ich nicht sagen. Er sieht noch genauso aus, wie er aussah, als er tot war, nur dass er sich bewegt.«

»Tu irgendwas«, sagte sie.

»Ich tu ja schon was. Ich überlege.«

»Das ist nicht dasselbe wie irgendwas tun.«

Am liebsten hätte ich gesagt, dass er ja wohl *ihr* Mondmann war und *sie* irgendwas tun sollte, doch das passte nicht zu meinem Versprechen auf zahllose Wochen nicht enden wollender Liebe, das ich ihr eben gegeben hatte, mehr oder weniger. Während der Mondmann also schnatterte, versuchte ich, mich in seine Lage zu versetzen. Wäre ich ein Mondmann und käme plötzlich auf einem Schwiegermuttersitz auf einem fremden Planeten zu mir, was würde ich dann wollen? Ich dachte an Situationen, in denen ich mich fremd gefühlt hatte. Als ich der einzige Weiße im Schweißertrupp gewesen war, hatte Lone mir ein Sandwich gegeben. Als ich zum ersten Mal abends in Chinatown gewesen war, hatte Eddie Moo Shoes mir eine Frühlingsrolle ausgegeben, und mit beiden war ich noch befreundet.

»Gib ihm einen von deinen Käsecräckern«, erklärte ich der Schnecke.

»Ach?«, sagte sie mit Blick auf ihren letzten Cräcker, der im Cellophan auf ihrem Schoß ruhte. Sie nahm ihn mit zwei Fingern, kurbelte ihre Scheibe gerade so weit herunter, dass ihre Hand hindurchpasste, dann kniff sie die Augen zusammen und hielt den Cräcker aus dem Fenster, als reichte sie einen Cheeseburger durch die Gitterstäbe eines Bärenkäfigs.

Ich sah mir das Ganze von meiner Seite aus an. Der Mondmann hörte auf zu schnattern. Streckte seine dünnen kleinen Baumfroschfinger aus. Ja, ich nenne sie so, weil die Finger an den Enden so kleine runde Verdickungen hatten. Ich weiß nicht, ob sie klebrig waren, weil ich bis eben noch nicht wusste, dass der Mondmann sie für irgendetwas brauchen würde, vor allem nicht zum Verspeisen eines Käse-Erdnussbutter-Cräckers.

»Schmeckt es ihm?«, fragte die Schnecke, die immer noch die Augen zusammenkniff, als säße sie in einem Gruselfilm, und Boris Karloff würde gleich ein hilfloses Mädchen strangulieren, das sich eben den Knöchel verknackst hatte.

»Ich glaube, er schnüffelt daran«, sagte ich. »Obwohl er eigentlich gar keine Nase hat.«

Der Mondmann sah mich direkt an, was dermaßen gruselig war, dass sich mir der Hodensack zusammenzog, aber er schien zu sagen: Na, klebt der Kleister, Meister? Hätte er zumindest gesagt, wenn er ein Hipster wie Moo Shoes gewesen wäre.

Ich bedeutete ihm reinzubeißen mit meiner besten Pantomime von *Beiß rein und kau, als hättest du Lippen.* (Falls der Mondmann Lippen hatte, waren sie nun wirklich minimal.)

Also leckte er daran, mit einer sehr schwarzen glänzenden Zunge, und im nächsten Augenblick warf er sich den ganzen Cräcker in den Mund und schien ihn unzerkaut hinunterzuschlucken. Dann beugte er sich vor und klopfte an die Scheibe, durch die er den Cräcker bekommen hatte.

»Was macht er?«, fragte sie.

»Er will noch einen«, erklärte ich ihr. »Und du kannst ruhig gucken. Er hat ihn gegessen, ganz normal.«

»Sieht er genervt aus?«

»Nein. Obwohl er keine Lippen und keine Nase hat, und wenn er blinzelt, sieht es aus, als würde so eine kleine Scheibenwaschmembrane über sein Auge streichen wie bei einem Frosch. Ich würde sagen, seinem Gesichtsausdruck nach zu urteilen findet er dich toll.«

»Ich habe aber keine Cräcker mehr.«

»Vielleicht sollten wir ihm was Richtiges zu kauen besorgen«, schlug ich vor, als wäre es normal, einen lebendigen Mondmann auf dem Schwiegermuttersitz zu haben.

»Ich wette, er hat Durst«, sagte die Schnecke. »Meine Cola ist auch alle.«

Dann also los. Ich legte den ersten Gang ein, ließ den Motor aufheulen, die Kupplung kommen und die Räder durchdrehen. Wie erhofft warf ich den Mondmann damit zurück auf seinen Sitz. Er wirkte ein wenig besorgt, als wir so ruckartig anfuhren, klammerte sich mit seinen Froschhändchen an den Rand, die Augen knapp darüber.

»Du machst ihm Angst«, sagte die Schnecke.

»Gut, dann sind wir quitt.«

Wir würden ein Lokal brauchen, wo man draußen essen konnte – eine Burgerbude oder so was. Wir fuhren an einer weiteren Tankstelle vorbei und dann durch ein trostloses Kaff namens Guerneville, wo ich rechts abbog, weil auf einem Schild stand, dass wir auf dem Weg in die Stadt zurückkamen. Zehn Minuten vielleicht, dann über den Fluss, zwischen Mammutbäumen hindurch, während die Schnecke den Mondmann nicht aus den Augen ließ und ihm durch die Heckscheibe signalisierte, dass er durchhalten und stark sein sollte, dass alles wieder gut werden würde. Wir kamen in ein kleines Städtchen namens Sebastopol, das für Sonoma County so etwas wie eine Metropole war, weil es hier mehr als eine Ampel und sogar einen Eisenwarenladen gab, der uns rein gar nichts nützte. Ich bremste ab, und die Schnecke bedeutete dem Mondmann, unten zu bleiben, was er verstand. Er duckte sich, bis für alle Welt nur noch der pinkfarbene Kimono-Turban um seinen Kopf zu sehen war.

»Er kapiert es«, sagte die Schnecke. »Er hat mich verstanden.«

»Klar«, sagte ich. »Man sollte doch meinen, dass er nicht *völlig* verblödet ist. Schließlich ist er mit einer fliegenden Untertasse aus dem All gekommen.«

»Aber er ist abgestürzt«, sagte sie. »Wir könnten es hier mit dem Dorfdeppen der Mondmänner zu tun haben.«

»Bloß weil jemand kein guter Fahrer ist, muss er nicht gleich unterbelichtet sein. Außerdem saß er vielleicht gar nicht selbst am Steuer.« Es war das erste Mal, dass ich einen Mondmann in Schutz nahm, also befand ich mich sozusagen noch in der Testphase. Da fiel es mir ein. »Weißt du, wenn jemand von den Toten aufersteht, zeigen Menschen normalerweise etwas mehr Respekt.«

Mit bösem Blick wandte sie sich mir zu, und ich sah ihr an, dass sie Anlauf nahm, sich darüber zu empören, dass ich die Jesus-Karte spielte, doch da sah ich das Schild.

»Guck mal, Burger!« Große rote Buchstaben auf einem hohen Schild inmitten einer Ladenzeile direkt an der Straße – schuhkartongroße Holzbuden mit unbefestigten Parkplätzen davor, ein Souvenirgeschäft, ein Schnapsladen, ein Imbiss und eine Schrotthandlung neben einem kleinen umzäunten Schrottplatz, auf dem sich Herde und Waschmaschinen stapelten. Unzählige Radkappen baumelten an Drähten. Ich bog zwischen dem Imbiss und dem Schrotthandel ein, damit wir nicht direkt vor dem Fenster parken mussten.

»Ich geh rein«, sagte ich. »Du bleibst beim Mondmann.«

Bevor sie antworten konnte, hatte sich der Mondmann schon aus dem Notsitz geschwungen und watschelte davon. Er lief irgendwie komisch, oder zumindest sah es für mich komisch aus, als bewegte ihn jemand an Fäden, doch dann dachte ich, vielleicht sollte ich ihm erst mal eine Chance geben.

»Hey, hey, hey, Mister!«, sagte die Schnecke, als sie aus dem Wagen sprang und ihm nachlief. »Warte mal.« Ohne ein weiteres Wort nahm sie ihn bei den Schultern und lenkte ihn zum Wagen zurück. Sie war furchtlos. Vor ein paar Minuten noch konnte sie es nicht ertragen, ihn essen zu sehen, jetzt kümmerte sie sich um ihn. »Geh«, sagte sie zu mir und winkte mich hinein. »Ich möchte zwei Burger, medium, mit allem außer Zwiebeln, ein paar Pommes und eine Coke. Und eine für den Mondmann.«

»Mehr nicht?«

»Ich hätte auch nichts dagegen, wenn du Kippen und 'ne Flasche Old Tennis Shoe mitbringen könntest.«

»Wird gemacht«, sagte ich. Ich stolperte kurz, als ich mich auf dem Weg zum Burgerladen umsah. Gerade setzte sie dem Mondmann Pookie O'Haras Fedora auf den Kopf, der perfekt passte, sodass die Krempe seine großen glänzenden Augen verdeckte, und sie hatte ihm den Kimono übergezogen, zugeknotet und so drapiert, dass man, wenn man nicht allzu genau hinsah, glauben konnte, es handele sich um einen ganz normalen Mondmann mit Bullenhut und pinkfarbenem bodenlangem Kimono.

Als ich zehn Minuten später mit unserer Tüte herauskam, waren die Schnecke und der Mondmann nicht mehr da. Kurz flirtete ich mit einer Panikattacke, bis ich Stiltons auffällig gepunktetes Kleid drüben bei dem Schrotthandel sah. Sie winkte mir, alles sei gut, also zuckte ich mit den Schultern und ging zum Schnapsladen, wo ich, wie geordert, ein Päckchen Zigaretten und eine Flasche Whisky erstand. *Wenn wir aus dieser Sache lebend rauskommen, sollten die Schnecke und ich wahrscheinlich unseren Konsum etwas zurückschrauben,* dachte ich.

Inzwischen stand die Schnecke beim Wagen, mit einem Pappkarton voller Schrott in Händen und einem breiten Grinsen im Gesicht.

»Guck mal, er hat sich ein paar Sachen ausgesucht.«

Der Mondmann stand neben ihr und betrachtete den Karton ganz aufgeregt. Darin befanden sich Teile von alten Radios, Türklingelbatterien, ein Schraubendreher, eine verrostete Zange, ein paar Teile von Sachen, die ich nicht erkannte, und ein angelaufenes Kornett mit funktionierendem Ventil.

»Hey, er steht auf Jazz!«, sagte ich in dem Versuch, genauso enthusiastisch zu klingen.

»Wir haben den ganzen Karton für einen Dollar fünfundzwanzig bekommen. Du hättest ihn mal sehen sollen, wie er in seinem kleinen Kimono auf dem Schrottplatz rumgerannt ist wie ein Chef. Hat hierhin und dahin gezeigt und wie verrückt gezwitschert und geschnalzt.«

Der Mondmann schnalzte und zwitscherte, um sie zu bestätigen. Mir fiel ein dürrer Kerl im Overall auf, der aus der Schrotthandlung kam und uns schräg von der Seite anschielte. Ich konnte mir denken, was passiert war. Er hatte den Mondmann gar nicht gesehen. Die Schnecke war in seinen Schrottladen hier am knochigen Arsch der Welt spaziert, und er war wie gebannt von ihrer Ausstrahlung, sodass ihm das Wasser im Maul zusammenlief wie einem Eichhörnchen, das sich die Nüsse leckte, während der Mondmann seine Waren durchstöberte. Jetzt kam er zu sich. Ich konnte ihn verstehen.

»Wir sollten lieber ein Stück fahren, um das hier zu essen«, sagte ich, während ich den schiefen Seitenblick des Bauernlümmels erwiderte.

»Ich stell die Kiste mit dem Schrott auf den Notsitz, dann kann er hier vorn bei uns mitfahren.«

»Der Schrott kommt zu uns nach vorn«, sagte ich.

Mit dem Schrott zwischen uns und dem Mondmann auf dem Rücksitz fuhr ich ein Stück die Straße hinunter bis zu einem schattigen Plätzchen unter einer großen Eiche am Rand einer Weide. Ich parkte den Wagen, und wir machten ein richtiges Picknick. Die Schnecke und ich saßen auf der

Decke und mampften unsere Burger, während der Mondmann mit seiner Schrottkiste drüben beim Zaun saß und schnalzte und zwitscherte und sich ganz allgemein prächtig amüsierte. Ein paar Kühe standen da und kauten Gras und machten, was Kühe so machen, wie etwa zufrieden wirkend am Zaun stehen und noch etwas weiterkauen.

Die Schnecke breitete vor dem Mondmann einen Burger, eine Portion Pommes und eine Cola auf der Tüte aus und trat ein Stück zurück. »Er wird schon draufkommen«, sagte sie.

Das tat er. Für einen Burschen mit kleinem Mund und hagerer Erscheinung haute er ganz schön rein. Der Burger und die Pommes waren Sekunden später nicht mehr als eine Erinnerung. Von der Coke im Pappbecher landete mehr auf dem Kimono, als er in seinen Mund bekam, aber ich denke, er hatte, was er wollte, denn er warf den Becher über seine Schulter und fing an, in seiner Kiste mit dem Schrott zu wühlen.

»Was hast du dem Mann in der Schrotthandlung erzählt? Über *ihn*?«, fragte ich die Schnecke mit Blick auf den Mondmann.

»Ich habe ihm gesagt, was er für einen hübschen Schrotthandel hat, und gefragt, ob meine Tochter sich mal umsehen darf, weil sie doch so ein begeisterungsfähiges Kind ist, wenn es um Schrott geht. Was sie – er – ist. Er hat mich richtig dahin gezerrt.«

»Und der Typ hat den Braten nicht gerochen?«

»Gesagt hat er nichts«, meinte die Schnecke. Sie schenkte mir *das Lächeln,* stellte sich in Positur, führte ihre beiden Argumente vor.

»Hinterlistig«, sagte ich.

»Da ist nichts Hinterlistiges dran.« Aus dem Lächeln

wurde ein Grinsen, und ich konnte ihren Mumm nur bewundern.

»Dein Kleid hat einen Fleck abbekommen, als du den nassen Mondmann getragen hast«, sagte ich und deutete mit einem frittierten Kartoffelstäbchen darauf.

»Ja, der ist ihm aber gar nicht aufgefallen.«

»Na denn«, sagte ich.

Sie schraubte den Old Tennis Shoe auf und goss einen Schluck davon in ihre Coke, dann sah sie mich an. »Zu früh?«

Ich schüttelte den Kopf.

Sie bot mir einen Schluck an. »Muss noch fahren«, sagte ich. Es war zu früh.

»Guck mal, er bastelt was«, sagte sie.

Der Mondmann machte sich an seinem Werkzeug zu schaffen, den Trockenzellenbatterien, dem Kornett, fügte Teile mit Bindedraht zusammen.

»Er ist so süß. Du weißt, dass wir ihn jetzt nicht mehr zum *Examiner* bringen können, oder?«

»Wieso nicht? Diesen Steuerfahndertypen ist es bestimmt egal, ob er süß ist oder nicht. Die machen sich nur Sorgen, dass wir von seiner Existenz wissen.«

»Aber er gehört uns. Wenn wir ihn der Welt zeigen, nehmen sie ihn uns weg und machen Experimente und so was mit ihm.«

»Süße, ich weiß nicht, wie wir sonst verhindern wollen, dass sie uns umbringen.«

»Da wird uns schon noch was einfallen. Ich verkaufe ihn auch nicht an *Ripley's*. Wenn er später einen Beruf ergreifen möchte, bei dem er sich von Touristen anglotzen und dafür bezahlen lässt, ist das seine Entscheidung. Aber ich werde ihn nicht verkaufen. Das wäre nicht richtig.«

»Stilton, er ist kein Kind, er ist …«

»Was macht er denn jetzt wieder?«

Der Mondmann hatte sein Schrottbündel mit Draht zusammengebunden, und jetzt konzentrierte er sich. Die großen Mandelaugen wurden schmal, als blinzelte er, und er hielt einen seiner kleinen Froschfinger hoch, an dessen Spitze sich eine Blase gebildet hatte. Eine schwarze Flüssigkeit spritzte daraus hervor.

»Igitt!«, sagte die Schnecke. »Das muss doch wehtun.«

Doch aus der Flüssigkeit bildete sich ein Kristall, als wüchse ihm ein Fingernagel, nur war es kein Fingernagel. Es war ein fünf Zentimeter langer blaugrüner Kristall. Mit der rostigen Zange knipste er ihn ab. Dann passte er den Kristall in seinen Schrotthaufen ein.

»Was glaubst du, was er da macht?«, wisperte die Schnecke.

»Ich glaube, er bastelt diesen Kristall in einen Apparat, mit dem er Kontakt zu den Jungs auf seinem Heimatplaneten aufnehmen kann. Jeder Kristall besitzt eine bestimmte Frequenz, auf der er schwingt. Man kann ein Funkgerät lediglich aus einem Kristall und einer Batterie bauen. Dieser Kristall hat vermutlich dieselbe Frequenz wie sein Planet, und so kann er da anrufen. Mit dem Trichter des Kornetts lässt sich das Signal ausrichten.«

»Wirklich wahr?«, fragte die Schnecke und sah mich mit den großen Augen ehrlichen Erstaunens an. »Woher weißt du das alles?«

»Hab ich in *Popular Mechanics* gelesen.«

Dann gab es ein mächtiges *P-FUUUUM!* und einen grellen Lichtblitz aus der Richtung, wo der Mondmann stand, und als wir wieder was erkennen konnten, lag dort, wo eben noch eine der beiden Kühe gestanden hatte, ein kleines Häufchen weißer Asche, und darüber stieg ein fetter Rauchpilz zum Himmel auf.

»Heilige Scheiße!«, sagte die Schnecke.

»Es war eine ältere Ausgabe«, erklärte ich.

In der Stadt schien die Sonne. Das Wasser am Pier 29 warf geisterhafte Reflexionen an die Wand der alten Lagerhalle. Bailey und Hatch kauerten draußen vor der Hintertür von *Jimmy's Joynt,* bereit zuzuschlagen.

»Waffen?«, fragte Hatch.

Bailey überlegte kurz, ob er Hatch davon erzählen sollte, dass das *Subjekt* möglicherweise noch lebte und giftig sein konnte. Sie wussten nicht, wozu das *Subjekt* in der Lage wäre, und Washington hatte sich doch eher bedeckt gehalten, was Details anging, aber wenn sie am helllichten Tag mit Waffen herumfuchtelten, wäre das doch zu auffällig.

»Vasco soll eine kleine Frau sein. Unter fünfzig Kilo, und diese Myrtle Simmons ist auch schlank. Um diese Zeit ist kein Rausschmeißer da. Wir klopfen an. Wenn die Frau im Frack zur Tür kommt, schnappen wir sie uns und bearbeiten sie, damit sie auf die anderen Druck ausübt.«

»Standardprozedere?«, fragte Hatch.

»Es gibt kein Standardprozedere, Hatch. Das hier hat noch nie jemand gemacht.«

»Dann wird es von *jetzt* an zum Standardprozedere, stimmt's?«

»Ja. *Klopfen Sie an und greifen Sie sich die kleine Lesbe im Frack.* So steht es dann im Handbuch.« Sarkasmus gab Bailey das Gefühl, schmutzig zu sein, ununiformiert, aber er konnte es sich nicht verkneifen. Hatch konnte so ein unglaublicher Schwachkopf sein.

»Okay«, sagte Hatch. Er klopfte an die Tür.

»Kommen Sie rein, ist offen«, hörten sie eine weibliche Stimme.

Die schwere Holztür knirschte in rostigen Scharnieren, als sie bewegt wurde. Ein langer Flur, dunkel, sechs Meter weiter vorn Licht aus einer Tür.

»Kommen Sie rein«, hörten sie die weibliche Stimme wieder. »Wären die Herren wohl so freundlich, die Tür hinter sich zu schließen?«

Sie traten ein, Bailey zuerst, winkte Hatch, die Tür zu schließen. Was dieser tat. Durch seine Sonnenbrille konnte Bailey den Lichtfleck kaum erkennen, der da aus der Tür kam. Zögerlich tat er einen Schritt nach vorn. »Jimmy Vasco?«, rief er.

»Ja, hier bin ich«, sagte die Stimme. »Kommen Sie doch in mein Büro.«

Bevor er noch zwei Schritte tun konnte, sah er das helle V eines weißen Hemds auf Schwarz, die Fliege etwa auf seiner Augenhöhe. Er versuchte, einen Blick über seine Brille hinweg zu werfen, und sah einen mächtigen Schatten auf sich zukommen, weiße französische Manschetten, geballte Fäuste, groß wie Pitbullköpfe. Eben wollte Bailey die .45er aus seinem Jackett ziehen, da explodierte grelles Licht in seinem Kopf, als er erst einen Schlag von rechts, dann einen von links einsteckte. Er hörte Hatch etwas rufen, dann war alles weg.

Als sie aufwachten, saßen sie im Chrysler am Pier 29, mit den schwarzen Hüten auf dem Schoß, beide Waffen verschwunden. Verbogene Trümmer ihrer Brillen lagen zwischen ihnen auf der Sitzbank. Bailey sah seinen Partner an, der eben versuchte, einen Arm hochzuheben, jedoch aufgab und die Hand wieder sinken ließ, weil die Anstrengung zu groß war. Hatch schaffte es nur zu stöhnen. Sein rechtes Auge war dunkelrot und zugeschwollen. Bailey schmeckte Blut, tastete auf der einen Seite nach abgebrochenen Zähnen und zuckte zusammen. Er berührte sein Kinn. Es fühlte sich an, als wäre ihm dort eine schmerzhafte Grapefruit gewachsen. Er schaffte es, den Schlüssel ins Zündschloss des Chrysler zu stecken.

»Wohin?«, brachte Hatch hervor.

»Motel«, sagte Bailey.

Nachdem sie das Blut gestillt und die meisten Handtücher für Eisbeutel aufgebraucht hatten, setzte Bailey sich an den kleinen Tisch, um seinen Bericht zu schreiben.

Subjekt *könnte Fähigkeit besitzen, Lesben stark zu vergrößern. In Zukunft ist extreme Vorsicht geboten,* schrieb er.

Am anderen Ende der Stadt, im Fillmore, bereitete Mrs Jones ihren Gästen Tee. Thelonius meinte, sie würden nicht lange bleiben, nur so lange, bis die Lage geklärt war.

»Das ist ein sehr feiner Anzug«, sagte Mrs Jones.

»Danke, Ma'am.«

»Mein Lonius hat genauso einen.«

»Ja, wir sehen uns zum Verwechseln ähnlich«, sagte Jimmy Vasco.

»Zucker?«

»Ja bitte«, sagte Myrtle.

23

Die Schnecke hat das Sagen

P-FUUUUUUMM!

Die zweite Kuh ging mit einem Blitz und einem Rauchpilz in die Luft, ohne auch nur zu muhen, und der Mondmann lockte bereits eine dritte Kuh von der Weide weg.

»Hör auf damit!«, bellte die Schnecke. »Was ist los mit dir?«

Und der Mondmann wandte sich um und sah sie an und stieß einen traurigen Pfeiflaut aus. Ich ließ die Mündung seiner Kornettkuhkanone nicht aus den Augen, falls er sie auf uns richten sollte.

»Vielleicht ist er ein bisschen gaga, nachdem er zwei Tage tot war«, schlug ich vor.

»Wir sollten besser gehen«, sagte die Schnecke zu mir. »Komm mit, Mondmann!« Sie winkte ihn heran, und zu meiner Überraschung gehorchte er ihr. Der Mondmann lief irgendwie komisch, so als würde er pirschen, nicht gehen, und ich gab mir Mühe, nicht zu lachen für den Fall, dass er es mir krummnahm und mich in einen Aschehaufen verwandelte.

Als wir zum Wagen kamen, kletterte der Mondmann über die Stoßstange auf den Notsitz und hielt seine Kornettkuhkanone in den Armen wie eine Lieblingspuppe.

»Das Ding sollten wir ihm wahrscheinlich abnehmen«, sagte ich.

»Kannst es ja versuchen«, sagte die Schnecke. »Warte mal eben.« Sie lief auf meine Seite des Wagens. »Hast du die Schlüssel?«

»Ja«, sagte ich.

»Her damit.«

Also gab ich ihr die Schlüssel. »Okay«, sagte sie. Dann küsste sie mich, tätschelte mir die Wange und sagte: »Und jetzt geh und nimm es ihm weg.«

Ich sah mir den Mondmann an, der mit Pookies Hut und dem pinkfarbenen Kimono plötzlich ausgesprochen unerschrocken wirkte. Ich streckte meine Hand aus. Die Schnecke gab mir die Schlüssel zurück. Ich stieg auf meiner Seite in den Wagen und wartete, dass sie auf ihrer Seite einstieg.

»Du bist ein Blitzmerker«, sagte sie. »Ich mag das an Männern.«

»Ja«, sagte ich, »danke, Püppi.«

Wir fuhren zwischen endlosen Feldern und Obstgärten hindurch, kamen an einem Schild vorbei, auf dem »Petaluma 18 Meilen« stand. Dort wollten wir auf den Highway 101 wechseln. Von da an dauerte es keine Stunde mehr zum Golden Gate und in die Stadt. Ich trat aufs Gaspedal, um möglichst viel Abstand zwischen uns und die pulverisierten Kühe zu bringen. Die Schnecke lächelte und schüttelte ihre Haare im Wind. Im Spiegel sah ich, dass der Mondmann Pookies Hut mit beiden Froschhänden festhielt, was bedeutete, dass er die Kanone nicht halten konnte. Gut so. Für den Moment. Dann die Sirene.

Und da war er auch schon im Rückspiegel, ein Plattfuß, ein Johnny Law, ein Bulle auf einem Motorrad – also vermutlich von der Highway Patrol. Ich spürte das Gewicht der Walther in meiner Jackentasche und dachte, dieser Typ hätte vielleicht einen Anruf von Pookie bekommen und suchte uns. Ich hielt am Straßenrand und gab die Walther an die Schnecke weiter. »Wärst du wohl so nett, die hier unterm Sitz zu verstauen, Süße?«

Sie tat es ohne ein Wort. Richtete ihre Haare im Spiegel. Zog ihren Lippenstift nach. Ich kurbelte meine Scheibe ganz herunter. Während der Cop näher kam, klappte er seinen Strafzettelblock auf, dann blieb er bei dem Mondmann stehen, der auf dem Notsitz runtergerutscht war. Im Grunde sah man von ihm nur den großen Hut und den angelaufenen Messingtrichter seiner Strahlenwaffe.

»Guten Tag, Officer«, sagte ich.

Die Schnecke rutschte auf meine Seite. »Hi«, flötete sie. Irgendwie hatte sie im Rahmen ihrer optischen Auffrischung ihr Kleid weit aufgeknöpft, und da sie nun fast auf meinem Schoß lag, um mit dem Cop zu sprechen, kam ich in mehrerlei Hinsicht in Verlegenheit. Das 36er Ford Coupé besitzt manch attraktives Merkmal, doch große Seitenscheiben zählen nicht dazu, und mein Gesicht, das Gesicht der Schnecke und ihre beiden Argumente belegten fast das ganze Fenster mit Beschlag. Für den Cop sahen wir wahrscheinlich wie diese Theatermasken von Komödie und Tragödie aus. Oder vielleicht von Angst und Lust.

»Sie sollten Ihr Kind nicht dahinten sitzen lassen«, sagte der Cop.

»Kind?«, fragte ich.

»Ja, Ihr Kind dahinten auf dem Notsitz«, sagte der Cop.

»Ach ja«, sagte ich. »Unser Kind.«

»Ist denn mit ihm irgendwas nicht in Ordnung?«, fragte die Schnecke. »Officer?«, fügte sie leicht kokett hinzu.

»Nicht das Kind, der Notsitz. Der ist nicht sicher genug. Deshalb werden solche Autos heute nicht mehr gebaut.« Der Cop warf einen Blick auf den Mondmann, länger, als mir lieb war, und der Mondmann hob sein Kornett ein Stückchen an.

»Er ist Chinese«, erklärte ich eifrig.

»Aber Sie sind keine Chinesen«, sagte der Cop.

»Wir haben ihn adoptiert. Armer Junge. Meine Frau kann keine Kinder bekommen, weil sie sich im Krieg einen Tripper eingefangen hat, von einem Seemann.«

»Ist in Okinawa gefallen«, sagte die Schnecke.

»Gott sei seiner Seele gnädig«, fügte ich hinzu.

»Und *Sie* haben sie geheiratet?«

»Ja, der Seemann war mein Bruder. Es war nur anständig, sie zu heiraten, nachdem ihr Tripper verheilt war.«

Der Cop sah sich den Mondmann noch mal an. »Warum hat er so einen großen Kopf?«

»Schschscht! Wollen Sie seine Gefühle verletzen?«, sagte ich. »Der Junge kann doch nichts dafür.«

»Was ist denn mit ihm?«, wollte die Schnecke wissen. »Liebling, was ist mit unserem wasserköpfigen chinesischen Sohn?« Sie rutschte auf mich drauf, bis sie aus dem Fenster hing. »Hey, mein Freund, wollen Sie etwa sagen, er hätte keine Chance verdient, nur weil er ein bisschen komisch aussieht? Sein Vater war ein gottverdammter Kriegsheld.«

»Für die Chinesen?«, fragte der Cop.

»Nein!«, sagte ich. »Mein Bruder war kein Chinese, nur der Junge.« Langsam verlor ich den Faden unserer Geschichte. Im Augenwinkel sah ich, dass der Mondmann sich aufrichtete, auf den Sitz stieg und den Cop ins Visier nahm.

Die Schnecke fing an zu heulen: »Oh mein Gott, unser Sohn ist verflucht!«

Da die Schnecke den Fensterrahmen komplett ausfüllte, konnte der Cop mich nicht richtig sehen, und ich schüttelte wie wild den Kopf, um den Mondmann davon abzuhalten, dass er den Cop in ein Häufchen Asche verwandelte.

»Nein!«, rief die Schnecke mit strengem Blick zum Mondmann. »Nein, nein, nein, nein«, rief sie immer wieder, dann schlug sie die Hände vors Gesicht und fing einmal mehr an zu schluchzen. Ich nahm sie bei den Hüften und zog sie zurück in den Wagen, dann spähte ich um sie herum. Der Mondmann saß wieder, versteckte sich unter seinem Hut. Der Cop war ein paar Schritte zurückgetreten, als hätten wir sie nicht mehr alle, und er wollte sich nicht anstecken. Wäre da Verkehr gewesen, wäre er überfahren worden, war da aber nicht.

»Tut mir leid, Officer«, sagte ich. Ich nahm den Fahrzeugschein von der Lenkradsäule, suchte nach meiner Brieftasche. »Der Krieg war für viele Menschen hart. Sie hat immer noch damit zu kämpfen.«

Der Cop klappte seinen Strafzettelblock zu und steckte ihn in seine hintere Hosentasche. »Sie haben schon genug Probleme, guter Mann. Ich lasse Sie mit einer Verwarnung weiterfahren. Aber fahren Sie langsam und nehmen Sie dieses Kind vom Notsitz.«

Er trat zurück und ging wieder zu seinem Motorrad. Die Schnecke besiegelte den Deal mit einem anschließenden Klagelaut. Der Cop hüpfte die letzten paar Schritte, sprang auf seine Harley und warf sie an. Der Mondmann gab einen traurigen Pfeiflaut von sich, der mit einem Klicken endete. Was »Auf Wiedersehen« oder »Ich wünschte, ich hätte diesen Mann pulverisiert« heißen konnte. Wer weiß?

Die Schnecke gab ihre Trauerpose auf. »Vielleicht sollte er doch lieber hier vorn bei uns mitfahren.«

Plötzlich war ich fix und fertig. Nach den letzten beiden Tagen hatten mir die letzten beiden Minuten endgültig den Rest gegeben. »Wie wäre es, wenn wir uns irgendwo ein Zimmer nehmen und ausruhen, bis wir wissen, was wir machen wollen?«

»Bin dabei«, sagte sie. Sie warf einen Blick durch die Heckscheibe, dann sah sie mich an. »Was ist mit ihm?«

»Vielleicht schläft er im Auto?«

»Du würdest unseren Sohn im Auto schlafen lassen?«

Ihre Worte schickten mir einen kalten Schauer über den Rücken. »Ich glaube nicht, dass ich mit ihm im selben Raum schlafen kann. Irgendwie ist er mir nicht geheuer.«

»Badewanne?«, fragte sie.

»Abgemacht.« Ich ließ den Ford an und legte den ersten Gang ein.

»Ich hab noch die fünfzig Dollar, die mir der General gegeben hat«, sagte sie. »Friede seiner Asche oder was man so sagt.«

Wir checkten in einem heruntergekommenen Motel außerhalb von Petaluma ein, und als ich vom Essenholen zurückkam, platzte ich herein, als der Mondmann mit der Schnecke Motorboot fuhr.

»Hey!«, rief ich, und fast fiel mir die Sandwichtüte aus der Hand.

Die Schnecke saß auf dem Bett, und der Mondmann stand zwischen ihren Beinen, hatte das Gesicht tief in ihrem Ausschnitt vergraben und machte ein gurgelndes Geräusch, das ich von jemandem ohne Lippen gar nicht für möglich gehalten hatte.

»Ach, ist schon okay«, sagte Stilton. »Ich habe ihm nur den Kimono ausgezogen, und da ist er ganz nah rangekommen. Richtig süß eigentlich.«

»Das ist so was von ganz und gar nicht okay!«, rief ich.

»Runter da, Freundchen!« Ich zog den Mondmann an seinen zarten Schultern zurück, und er stieß seinen traurigen Pfeiflaut aus. Ich sah mich kurz nach seinem Kornett um, bevor ich ihn weiter tadelte. Als ich es in der anderen Ecke auf einem Ohrensessel mit Blumenmuster fand, legte ich los. »Aus!«, sagte ich. »Die gehören mir! Aus!«

»Ooh«, sagte die Schnecke. »Du bist ja eifersüchtig! Er hat nicht mal einen Schniedel. Und sein Kimono riecht wie totes Stinktier.«

»Komm schon, Stilton. Du weißt nicht, wo er gewesen ist.«

»Das stimmt. Was hast du uns geholt?«

»Schinken-Käse-Sandwich, Fritten, Cola.«

Stilton und ich aßen auf dem Bett wie bei einem kleinen Drinnenpicknick. Der Mondmann saß zum Essen auf dem Ohrensessel und blickte zwischen der Schnecke und mir hin und her, als verfolgte er ein Tennisspiel. Und wir starrten ihn genauso an – als knabberten wir Popcorn in einer Mondmann-Matinée.

»Was meinst du, wie er pupst?«, flüsterte die Schnecke mit vollem Mund.

»Darüber möchte ich nicht nachdenken«, erklärte ich. Aber dann überlegte ich doch. »Er hat keinen nennenswerten Hintern. Unterhalb der Hüfte ist alles glatt. Wir wissen nicht mal, ob er ein *er* ist.«

»Okay, behalt ihn ihm Auge«, sagte sie. »Da drinnen gibt es eine Wanne, und ich hab nicht mehr gebadet, seit Moses ein kleiner Junge war.«

»Brauchst du jemanden, der dir was schrubbt?«, bot ich an.

»Nicht vor dem Mondmann«, sagte sie augenzwinkernd. »Aber nimm den Kimono mit und tu ihn in die Wäsche. Der Gestank haut ja einen Bussard vom Güllewagen.«

»Pookie«, erklärte ich. »Die Decke leg ich gleich dazu. Schließ die Badezimmertür ab.« Bevor ich zur Tür hinausging, deutete ich auf den Mondmann, der immer noch auf seinem Sessel saß und Pommes kaute. »Du bleibst, wo du bist, Sportsfreund.«

Auf dem Weg zur Rezeption, wo auch die Waschküche war, stand eine Eismaschine, und ich dachte, vielleicht würde sich der Mondmann da drinnen über Nacht besser fühlen. Vielleicht entsprach das dem Klima auf dem Uranus oder woher er auch kommen mochte. Ich weiß ja nicht.

Ich stopfte den Kimono und die Decke in die Waschmaschine, zusammen mit meinem Hemd, das recht pikant roch, und so stand ich in Sakko und Unterhemd da und plauderte mit dem Jungen am Empfang, während die Maschine lief.

»Ihr Coupé?«, fragte er. Er war ein Kind, vielleicht siebzehn – dünn, dunkle Haare und Augen –, er würde ein Frauenschwarm werden, wenn er erst seine Pickel los war.

»Von 'nem Freund«, erklärte ich. »Geliehen.«

»Wollen Sie es nicht vor Ihrem Zimmer parken?«

»Besser nicht. Und sollte jemand danach fragen, hast du keine Ahnung, wem es gehört.«

»Von mir aus. Sie können ruhig wieder auf Ihr Zimmer gehen. Ich werfe die Wäsche in den Trockner, wenn sie fertig ist. Ich bin ja sowieso hier.«

Ich überlegte schon, ob ich das Angebot annehmen sollte, aber andererseits hatte ich den Wagen und das Zimmer von der kleinen Lobby aus bestens im Blick. »Weißt du, was? Ich hol nur mal eben einiges aus dem Wagen. Bin gleich wieder da. Möchtest du irgendwas vom Diner? Käffchen?«

Der Junge freute sich, dass ich ihn für alt genug hielt,

Kaffee zu trinken, und setzte ein breites Grinsen auf. »Ja, bitte«, sagte er. »Schwarz.«

»Also, ich nehme meinen mit Milch und Zucker«, erklärte ich.

»Ja, ich meinen auch«, sagte der Junge erleichtert.

Als ich den Ford da so stehen sah, fiel mir ein, dass die Walther noch unter dem Sitz lag, wo die Schnecke sie hingeworfen hatte, als wir von diesem Cop angehalten worden waren, und mir wurde kurz ganz anders bei dem Gedanken daran, dass uns jemand auf der Spur sein könnte, obwohl wir abseits der Hauptstraßen unterwegs waren, also steckte ich die Knarre ein. Ich warf einen Blick in unser Zimmer, bevor ich wieder zur Rezeption ging. Der Mondmann saß auf seinem Sessel und bearbeitete seine Strahlenwaffe mit der Zange. Ich rief der Schnecke zu, dass ich mich um die Wäsche kümmerte. Ich suchte nach der Flasche Old Tennis Shoe, um sie mir mit dem Jungen hinter dem Tresen zu teilen, aber offenbar vergnügte sich die Schnecke damit in der Badewanne. Na gut, wahrscheinlich war es ohnehin keine gute Idee, den Jungen am Empfang betrunken zu machen. Der Mondmann schnalzte mir hinterher, als ich die Tür schloss, als wollte er sagen: »Mach dir keine Sorgen.« Ich machte mir aber Sorgen.

Ich holte zwei Becher Kaffee aus dem kleinen Diner nebenan und plauderte mit dem Jungen in der Lobby über Baseball und Filmfrauen, bis meine Wäsche fertig war. Dem Jungen fiel auf, dass ich immer wieder aus dem Fenster sah.

»Soll ich kurz durchklingeln, falls jemand rumschnüffelt?«

»Das würdest du tun?«

»Klar, bis zehn. Um zehn knipse ich einfach das *Zimmer-belegt*-Schild an, und bis zum Morgen ist die Rezeption dann unbesetzt.«

»Das wäre perfekt, Junge.« Ich schob ihm für seine Mühe einen Dollar über den Tresen und machte mich mit meinem Wäschebündel wieder auf den Weg zu unserem Zimmer. Als ich eintrat, lag die Schnecke rücklings auf dem Bett, trug nichts als ihren Slip. Der Mondmann war nirgends zu sehen.

»Ich habe ihm ein Nest gebaut«, sagte die Schnecke. »In der Wanne.«

Ich schlich hinüber, öffnete leise die Badezimmertür, spähte hinein. Der Mondmann entspannte zwischen ein paar Kissen und einer Decke, und nur seine graue Birne war über den Rand hinweg zu sehen.

»Was ist mit seiner Kanone?«, flüsterte ich.

»Hält sie im Arm wie einen Teddy. Er schläft. Schläft mit offenen Augen. Man merkt es daran, dass er leise schnarcht. Irgendwie gruselig.«

»Ich könnte auch die eine oder andere Mütze vertragen«, erklärte ich und streckte mich.

»Ja, ich auch«, sagte sie. »Aber noch nicht.« Sie klopfte neben sich aufs Bett und trank mir zu, mit einem Daumenbreit Whisky im Wasserglas. Ich legte die Waffe auf mein Nachtschränkchen, und nach zweimal Blinzeln lag ich in Shorts neben ihr.

»Kann man dieses Badezimmer abschließen?«, fragte ich.

»Von innen«, sagte sie.

Und als hätte der Mondmann sie gehört, klickte das Schloss.

»Meinst du, er kann unsere Gedanken lesen?«

»Wenn er es kann, liest er im Moment, dass ich gleich mit dir Bumsfallera mache«, sagte sie.

»Was ist, wenn er uns Superkräfte gegeben hat so wie im Comic?«

»Könnte sein. Mit einer Klitoris kennst du dich *wirklich* gut aus.«

»Ich hab als Kind viel gelesen.«

»Runzelst du deswegen die Stirn, wenn du dabei bist?«

»Das könnte am Mondmann liegen.«

»Er hat ja nicht mal Augenbrauen«, sagte sie.

»Dann muss es Inspiration sein«, erklärte ich ihr.

Es war anders als sonst. Nicht so gierig. Lieb. Eng umschlugen schliefen wir ein. Ich wachte erst auf, als mir die Mündung einer .45er an die Schläfe gedrückt wurde.

Abrupt setzte ich mich auf, doch ein Gangster mit schwarzem Anzug und Sonnenbrille hielt mir seine Waffe an die Stirn. »Ganz ruhig«, sagte er.

Stilton schreckte hoch, aber bevor sie auch nur Luft holen konnte, um loszuschreien, sagte der Mann in Schwarz: »Mach einen Mucks, dann ist er dran.« Sie setzte sich, zog die Decke bis zum Hals.

»Wer ist da drinnen?«, fragte ein Mann mit blauem Anzug und Sonnenbrille und rüttelte am Knauf der Badezimmertür. Ein blauer Anzug? Das waren nicht die Typen, die mich draußen vor Sals Bar abgefangen hatten. Das war ein anderes Team von Steuerfahndern.

»Niemand«, sagte ich. »Hab aus Versehen abgeschlossen, nachdem ich pinkeln war.«

Der Blaue zuckte mit den Schultern, als wollte er sagen: *Na klar.* Er warf sich gegen die Tür, und ich hörte den Türpfosten knacken. Bei der Gelegenheit griff ich nach der Walther auf dem Nachtschrank. Sie war nicht mehr da.

Blaurock schüttelte den Kopf. »Nichts.«

Hatte er in der Wanne nachgesehen? Er war ein Bundesagent oder irgendwas. Er würde doch wohl in der Wanne nachsehen, oder?

»Wo ist das *Subjekt*?«, fragte Schwarzrock und wich ein Stück zurück, damit er uns beide mit der .45er im Blick hatte.

»Welches Subjekt?«, fragte ich. »Hier sind nur wir.« Mir fiel auf, dass am Rand der Vorhänge kein Licht hereinkam, und ich konnte nicht erkennen, wie spät es auf meiner Armbanduhr auf dem Nachtschrank war, vermutete aber, dass es nach zehn sein musste und der Junge uns deshalb nicht gewarnt hatte. Oder vielleicht hatten sie den armen Kerl kaltgemacht. Der Gedanke tat mir irgendwie weh.

»Vielleicht solltest du ihm eine reinhauen«, sagte Blaurock.

Schwarzrock zog mir die .45er über die Augenbraue. Schmerz blitzte auf, die Schnecke schrie. Ich spürte, wie mir Blut ins Auge lief.

»Hört auf, ihr Pisser!«, kreischte die Schnecke. »Ich hab es im *Bohemian Grove* in eine Eismaschine gesetzt und bin abgehauen. Da habe ich es zuletzt gesehen.«

Ich merkte, wie mich der Mut verließ. Unsere einzige Chance war zu behaupten, dass wir den Mondmann nicht gesehen hatten. Schwarzrock sah Blaurock an, dann uns. »Wir können euch mitnehmen, damit ihr es uns zeigt.«

»Lasst uns einfach in Ruhe«, sagte ich. »Es ist da!«

»*Ihn* müssten wir nicht mitnehmen«, sagte Blaurock.

»Was hat es eigentlich mit dem blauen Anzug auf sich?«, fragte ich. »Musst du die Sachen von anderen auftragen? Hast du dir den schwarzen Anzug noch nicht verdient?«

»Da gibt es keine Vorschriften«, sagte Blaurock.

»Ach so?«, sagte ich. »Und wieso tragt ihr Trantüten nachts eure Sonnenbrillen?«

Da entdeckte ich sie. Die Walther lag auf dem Ohrensessel, auf dem der Mondmann gesessen hatte. Offenbar hatten sie die Waffe einfach dorthin geworfen. Ein weiter Weg, wenn man an zwei Gorillas mit .45ern vorbeimusste, aber sie war geladen und entsichert, genauso wie ich sie auf den Nachtschrank gelegt hatte.

»Geht dich nichts an«, sagte Schwarzrock.

»Ich schätze, ihr seid die Typen, die dafür gesorgt haben, dass der General mit seiner Maschine abgestürzt ist. Ich verstehe nur nicht, wieso ihr Sal da mit reingesetzt habt. Der war doch schon tot.«

Schwarzrock sah Blaurock an. Blaurock erwiderte den Blick. Sie wussten selbst nicht, wieso.

»Und warum habt ihr Pearl da mit reingesetzt?«, fragte Stilton. »Sie hatte euren blöden Mondmann doch gar nicht gesehen.«

»Das war außer der Reihe«, sagte Blaurock. »Befehl von jemandem außerhalb der Organisation. Nicht unser normaler Wirkungskreis.«

Schwarzrock sah ihn an, als wollte er seinen Partner gleich erschießen. Da war ich sicher, dass wir da nicht lebend rauskommen würden. Ihre .45er waren nicht gespannt. Mir bliebe vielleicht eine Sekunde, um quer durchs Zimmer zu rennen, die Walther zu nehmen und zu hoffen, dass der erste Schuss, den sie abgeben konnten, danebenging. Ich holte ein paarmal tief Luft, suchte nach einer Ablenkung.

Und als könnte die Schnecke meine Gedanken lesen, sagte sie: »Hey, Sackgesicht!«, und warf die Decke im hohen Bogen von sich.

Einen Moment lang waren sie verdutzt. Ich versuchte, einmal quer durchs Zimmer zu hechten, gut vier Meter weit, über die Bettkante hinweg zu dem Sessel, in der Hoffnung, meine Hand würde bei der Walther landen, wenn ich am Boden aufschlug. Ich sprang, sah nichts als die Waffe. Stilton schrie. Der Kerl im blauen Anzug wich zurück und nahm mich ins Visier, während der im schwarzen Anzug mir folgte und seine Waffe spannte.

Und das war der Moment, in dem der Mondmann zur Tür hereinkam und die Wichser wegballerte.

24

Zwei P-Fuuums

P-FUUUM! P-FUUUM!

Grelle Blitze, dann stiegen zwei große, nach Agenten stinkende Rauchpilze auf. Die Blitze waren so heiß gewesen, dass es sich anfühlte, als hätte es mir auf der Seite, wo eben noch der Mann im blauen Anzug gewesen war, alle Haare versengt. Wo eben noch Bundesagenten gestanden hatten, lagen jetzt zwei weiße Aschehäufchen, mit jeweils einer Sonnenbrille darauf. Die Steuerfahnder – samt Waffen und allem – waren weg.

Der Mondmann schnalzte wie verrückt, vor Begeisterung oder um zu fragen, ob alles okay war oder sonst was. Wer weiß? Er schnalzte, wenn er glücklich war. Hoffte ich. Vielleicht war es dort, wo er herkam, üblich, Sachen einfach so aus Spaß zu pulverisieren, und für ihn war es so was wie Bowling.

»Alles okay?«, fragte die Schnecke. Ich lag verknotet am Boden zwischen Bett und Ohrensessel. Sie beugte sich über mich, strich mit ihrem Daumen über meine Augenbraue, die nicht unerheblich schmerzte.

»Autsch!«

»Könnte sein, dass das genäht werden muss. Ich hole einen Waschlappen, dann kann ich erkennen, wie schlimm es ist.« Sie stand auf und ging ins Bad. Der Mondmann schnalzte.

»Du solltest vielleicht wenigstens deinen Slip anziehen, Püppi. Der Mondmann kriegt schon Stielaugen.«

Sie kam mit einem warmen Waschlappen wieder und wischte mir über die Augenbraue, wobei ich das Gesicht verzog und mich tapfer gab. »Ach, ist gar nicht so schlimm«, sagte sie. »Möglicherweise hast du morgen ein blaues Auge. Halt den Lappen darauf, bis die Blutung nachlässt.«

Das tat ich. Endlich konnte ich einen Blick auf meine Uhr werfen. Es war ein Uhr nachts, was erklärte, wieso uns der Junge an der Rezeption nicht gewarnt hatte. Ich sah hinaus auf den Parkplatz. Neben Jimmy Vascos Ford Coupé und dem großen schwarzen Chrysler, mit dem die Steuerfahnder gekommen waren, stand dort nur noch ein weiteres Auto.

»Stilton, kannst du fahren?«

»Absolut«, sagte sie. Sie warf ihr Kleid über, war sich offensichtlich darüber im Klaren, dass wir hier nicht mehr bleiben konnten.

»Ich hoffe, sie haben den Schlüssel stecken lassen«, erklärte ich ihr.

Ich zog mir was an und nahm das Kleingeld vom Nachtschrank. »Hör zu, ich muss mal eben telefonieren. Könntest du diese Typen auffegen? Der Mondmann verteilt sie überall.« Er schlurfte durch die Agentenasche und hinterließ kleine dreizehige Fußabdrücke auf dem grünen Linoleum.

»Im Grunde lebe ich nur dafür, dein Chaos hinter dir aufzuräumen«, sagte die Schnecke. Wie sich herausstellte, war ihr Grinsen nicht von Natur aus schräg. Das war ihre Miene, wenn sie mich auf den Arm nahm, was offenbar meistens der Fall war.

»Lass dir von ihm helfen«, sagte ich. »Schließlich ist es sein Chaos.«

Wie der Junge am Empfang mir erklärt hatte, war das

Büro nach zehn Uhr abends nicht besetzt, und so war auch niemand da, der Ferngespräche vermittelte. Wenn ich telefonieren wollte, musste ich zur Telefonzelle an der Straße gehen. Es war ein wenig unheimlich, da draußen in so einer Glasbox zu stehen, im Dunkeln, an einer verlassenen Straße, die Sternen über mir an den Himmel gespritzt wie das Hirn eines Selbstmörders, das Neonschild summend wie der Barttrimmer beim Friseur, dennoch tröstete mich der Umstand, dass ein Wesen aus dem All meiner Freundin dabei half, zwei pulverisierte Regierungsmörder in unserem Zimmer aufzufegen, sodass die Lage in nächster Zukunft nicht sonderlich viel seltsamer werden konnte. Ich warf ein paar Münzen ein und rief *Jimmy's Joynt* an. Jimmy war nicht da, aber als man fragte, wer anrief, und ich meinen Namen nannte, kam Butch, die Türsteherin, an den Apparat.

»Jimmy meinte, ich soll dir sagen, dass sie bis auf Weiteres bei deinem Schneeflockenfreund wohnt. Sagt dir das was?«

»Ja danke«, gab ich zurück. »Butch, ich schulde dir einen Drink.«

Ich klimperte mit Kleingeld, konferierte mit der Vermittlung, dann war Lone Jones' Mutter in der Leitung. »Ist bei Arbeit, Sammy. Möchtest du den kleinen Mann sprechen?«

»Ja, Ma'am. Bitte.«

Jimmy Vasco kam an den Apparat. »Okay«, sagte Jimmy, »ich hätte auf dich hören sollen. Weil Myrtle – typisch Frau – ein paar Sachen vergessen hatte, ist sie am Morgen rüber zum Club, um sie zu holen. Zum Glück war dein Freund Lone dabei. Da sind diese Typen aufgetaucht, vor denen du uns gewarnt hast, und dein Freund hat ihnen gehörig die Eier lang gezogen. Hat sie in ihr Auto gesetzt. Die sahen nur noch Sterne. Ich dachte, wir sollten uns lieber bedeckt halten, bis die Luft rein ist.«

»Gute Idee, Jimmy. Seid ihr okay – du und Myrtle?«

»Hab mir nicht mal die Schuhe schmutzig gemacht. Und du? Hast du deine Mieze gefunden?«

»Die ist hier bei mir. Frisch wie Frischfisch.«

»Das wird Myrtle freuen. Sie macht sich solche Sorgen.«

»Wir kommen zurück in die Stadt. Bleibt, wo ihr seid, bis ihr von mir hört.«

»Machen wir, aber ich muss wieder an die Arbeit. Der Laden heißt ja nicht umsonst *Jimmy's Joynt.*«

»Bald«, erklärte ich. Ich legte auf, kramte noch mal nach Kleingeld und bat die Vermittlung, mich mit Sals Bar zu verbinden. Bennie sollte langsam Feierabend machen. Ich blickte auf und sah die Schnecke über den Parkplatz kommen in ihrem weißen Kleid mit roten Punkten, und das Mondlicht fiel auf ihre blonden Haare, dass diese leuchteten wie der Geist denkwürdiger Bumsfalleras. Sie kam zu mir in die Zelle, drückte mich gegen die Scheibe und schloss die Tür.

Im Hörer sagte Bennie, der Ersatz-Barkeeper: »Sals Bar.«

»Bennie, hier ist Sammy. Hast du was für mich?«

»Ja«, sagte Bennie, »Moment mal eben.« Im Hintergrund hörte ich spätabendliche Bargeräusche, trauriges Gelalle und Gemurmel. »Da hab ich's. Ein gewisser Lonius hat angerufen, als ich gerade reinkam. Meinte, du sollst ihn anrufen. Ein anderer Typ war vor zwei Stunden dran, wollte seinen Namen nicht sagen, meinte aber, du wüsstest schon. Er meinte, du kannst ihn in deiner Wohnung erreichen. Er meinte, er hat den Jungen. Du hast ein Kind, Sammy?«

»Nicht dass ich wüsste, Bennie. Aber danke.« Ich legte auf.

»Sie haben den Bengel«, sagte ich zu der Schnecke.

»Oh nein!«, sagte die Schnecke. »Welchen Bengel?«

»Jetzt steckt ihr stinkenden Wallabys aber richtig in der Scheiße«, sagte der Bengel.

Hatch sah Bailey an, verwundert. »Kleines Känguru«, erklärte Bailey.

»Nein, ist es nicht. Du bist ein dreckiger Lügner«, sagte der Bengel, der mit einem von Sammys Seilen an einen Stuhl gefesselt war.

»Können wir ihn knebeln?«, fragte Hatch.

»Wenn wir ihn knebeln, können wir ihn nicht verhören«, gab Bailey zurück.

»Ich sag euch überhaupt nichts. Ich bin doch keine alte Petze. Wartet ab, bis Sammy davon erfährt. Einmal hat er einen totgehauen, nur weil der mich blöd angelabert hatte. Ist dabei nicht mal ins Schwitzen gekommen.«

»Können wir ihn nicht einfach erschießen?«, fragte Hatch.

»Einmal hat Sammy so hart zugeschlagen, da hat der Typ seine Nieren ausgeschissen. Direkt aus'm Arsch.«

Zum zehnten Mal an diesem Morgen verfluchte Bailey die Riesenlesbe dafür, dass sie ihnen die Waffen abgenommen hatte.

»Ich hab meinem Onkel Howie von euch erzählt, als ihr letztes Mal hier wart, und der meinte, ihr seid wahrscheinlich Moronen aus Salt Lake City. Scheißschwarze Anzüge. Moronen, das seid ihr.«

»Nein, Kleiner, sind wir nicht«, sagte Bailey.

»Meine Ma hatte eine Schallplatte mit Weihnachtsliedern von diesem moronischen Tentakelchor. Hat sich angehört, als wenn einer einen Hund quält. Ich hab sie durchgebrochen und auf der Heizung geschmolzen.«

»Mach mal 'ne Pause, Kleiner«, sagte Bailey.

»Was denn, ihr glaubt, Sammy ruft an? Ihr wisst nicht,

wie schlau er ist. Der ist euch Moronen weit voraus. Wahrscheinlich sitzt ihr längst in der Falle.«

Das Telefon klingelte. Bailey ging ran. »Yeah?«

»Bist du das, Sammy?«, schrie der Bengel. »Ich hab diesen dreckigen Bungalows kein Wort gesagt!«

»Ihr habt ihn also«, sagte Sammy. »Was wollt ihr?«

»Haben Sie das *Subjekt*?«

»Euren Mondmann? Jep.«

»Schschscht«, schschschte Bailey. »Das *Subjekt*.«

»Komm mir nicht mit schschscht, du Scheißkerl. Ihr habt ein Kind entführt.«

»Gut. Sie wollen das Kind lebend wiedersehen. Wir wollen das *Subjekt*.«

»So könnte es gehen«, sagte Sammy.

»So muss es gehen. Ist das *Subjekt* noch in dem Zustand, in dem es war, als Sie es ... zum ersten Mal gesehen haben?«

»Was soll mir das sagen? Tot? Ja, ist noch tot.«

»Tatsächlich?« *Dann wird der Bericht über die mutierte Lesbe nachgebessert werden müssen,* dachte er. Das Gift wirkte anders als erwartet. Das *Subjekt* musste nicht am Leben sein, um den Barbesitzer zu vergiften. »Okay«, sagte Bailey. »Aber Sie müssen vorsichtig sein, wenn Sie das *Subjekt* bewegen.«

»Ja, das *Subjekt* ist ziemlich schwer zu bewegen«, sagte Sammy. »Ich weiß nicht ...«

»Wir machen das. Meiden Sie einfach jeden Kontakt mit den giftigen Stacheln ... versuchen Sie, es nicht anzufassen.«

»Verrate ihnen nichts, Sammy!«, schrie der Bengel. »Ich hab die Schwanzlutscher am Sack!«

»Na gut, hört sich ja an, als hättet ihr alles im Griff«, sagte Sammy. »Ich melde mich später noch mal.«

Bailey starrte den Telefonhörer an, dann Hatch, dann den Bengel, dann wieder Hatch.

»Was?«, fragte Hatch. »Was? Was? Was?«

»Er hat aufgelegt«, sagte Bailey.

»Jetzt hat er euch, ihr miesen Dinkel«, sagte der Bengel. »Ihr Typen werdet krepieren wie Hunde im Dreck. Er tötet euch ganz langsam und guckt zu, wie ihr leidet.«

Hatch sah Bailey an. »Sie glauben doch nicht, dass er herkommt, oder? Immerhin sind wir unbewaffnet. Vielleicht sollten wir die Lokalität wechseln.«

»Und wer geht dann ans Telefon, wenn er anruft?«

»Vielleicht kann ich in dieser Wohnung ein paar Waffen konfiszieren«, sagte Hatch.

»Er ist Barkeeper, kein Revolverheld«, sagte Bailey.

»Wie Hunde im Dreck«, sagte der Bengel.

»Was ist passiert?«, fragte die Schnecke.

»Sie brauchen noch etwas Zeit, um nachzudenken«, erklärte ich ihr.

»Aber sie haben diesen Jungen aus deinem Haus?«

»Im Tausch wollen sie den Mondmann.«

»Den kriegen sie aber nicht.«

»Die Sache ist so, dass diese Typen den Mondmann nie gesehen haben. Eben am Telefon meinte der eine, ich sollte auf giftige Stacheln achten.«

»Er hat keine Stacheln.«

»Genau. Sie wissen gar nicht, wie er aussieht. Mir scheint, sie sind nicht mal sicher, ob er lebt oder tot ist. Ich glaube, sie denken, der Mondmann hätte Sal getötet. Die beiden Steuerfahnder, die der Mondmann pulverisiert hat, wussten gar nicht, warum sie Sals Leiche mit ins Flugzeug genommen haben. Das waren nicht die Männer, die mit

Sals Leiche abgehauen sind. Der Typ eben am Telefon, der kannte Sal. Ich schätze, weil ich ihn auf Eis gelegt hatte, dachten sie wohl, ich konserviere ihn für eine Autopsie oder so was, und als sie dann den Schlangenbiss bemerkten, dachten sie, der stammt vom Mondmann.«

»Aber da war der Mondmann noch in der Kühlbox oben im *Grove*.«

»Ich glaube nicht, dass sie davon etwas wissen. Diese Typen tappen alle im Dunkeln. Sie haben mächtige Freunde, aber ihr Auftraggeber sagt ihnen nicht alles. Die reden nicht mal mit ihren eigenen Leuten.«

»Das sind trotzdem ganz schlimme Typen«, sagte die Schnecke. »Sie haben Pearl und den General auf dem Gewissen. Wir müssen diesem Jungen helfen.«

»Das tun wir auch, aber nicht sofort. Sollen sie ihn erst mal näher kennenlernen.«

»Damit sie Mitleid mit ihm haben?«

»Na, so ungefähr. Hast du schon mal von einer Geschichte gehört, die ›The Ransom of Red Chief‹ heißt?«

»Glaub nicht.«

»Wenn wir das hier hinter uns haben, lese ich sie dir vor.«

»Ach, du bist süß. Mir hat schon ewig keiner mehr was vorgelesen.«

»Na, ich werde mir den Mund fusselig lesen, Püppi.«

»Ich kann es kaum erwarten. Übrigens habe ich die Steuerfahnder mit der Speisekarte in einen Eiskübel geschaufelt. Konnte keinen Besen finden. Okay so?«

»Perfekt. Mal sehen, ob wir die Schlüssel für diesen Chrysler finden. Wir müssen in die Stadt zurück. Ich muss Moo Shoes sprechen.«

»Ja, und es wird ein langer Marsch mit gebrochenem Bein, wenn du mich weiter Püppi nennst.«

Ich bin's. Petey. Okay, ich stecke in einem Sack, aber in einem Sack zu stecken, das ist für eine Mamba anders als für andere Leute. Es ist nicht endgültig. Ich bin hier nur, bis ich Gelegenheit bekomme, Ho, den Katzenficker-Onkel, zu beißen, der mich hier reingesteckt hat. BISS! BISS! BISS! BISS! Ich kann gar nicht fassen, dass ich das falsche Spiel mit dem Feuerlöscher nicht durchschaut habe. Zu meiner Verteidigung muss man sagen, dass weiße Gewürzratten einfach zu köstlich sind.

Wie dem auch sei, ich kann immer noch eine Geschichte erzählen, denn – wie gesagt – ich weiß so manches.

Wie sich herausstellte, waren Sammy und die Schnecke nicht sonderlich erfolgreich, was das Auffinden des Zündschlüssels für den Chrysler der Steuerfahnder anging, doch nach zehn Minuten mit dem Werkzeug des Mondmannes und dem Taschenmesser an Jimmy Vascos Schlüsselring, erwachte der Chrysler donnernd zum Leben. Mit verschlagenem Grinsen und einer kleinen Zange tauchte die Schnecke unter dem Armaturenbrett auf.

»Fertig?«, fragte sie. »Er hat *Fluid Drive*. Ohne schalten!«

»Okey-dokey«, sagte Sammy, da er keine Ahnung hatte, wovon sie redete, und immer noch dabei war, im Stillen »Wo hast du gelernt, ein Auto kurzzuschließen?« der Liste von Dingen hinzuzufügen, die er sie bei Gelegenheit fragen wollte, da fand sie im Handschuhfach einen Kofferraumschlüssel.

»Ta-da!«, sagte sie.

Bevor sie losfuhren, öffnete die Schnecke den Kofferraum, um die Decke vom Mondmann zu verstauen, da stießen sie auf Pookie O'Hara, aus dem diverse Flüssigkeiten sickerten, ziemlich tot. »Wieso will Onkel Ho eigentlich keine Leichen verschwinden lassen?«, fragte die Schnecke.

»Moo Shoes sagt, es dauert zu lange, bis die Schweine einen weißen Teufel gefressen haben.«

»Die halten Schweine in der Stadt?«

»Die Chinesen sind ein uraltes, geheimnisvolles Volk«, erklärte Sammy.

»Na gut«, sagte die Schnecke. »Ziehen wir ihn da raus, damit er nicht in der Nähe vom Benzintank ist.«

Sie traten ein Stück zurück, setzten die Sonnenbrillen der Steuerfahnder auf, und der Chrysler tuckerte im Leerlauf vor sich hin, während der Mondmann seine Kuhkanone auf Pookies sterbliche Überreste richtete. Sammy fiel auf, dass sich die froschigen Membranen schützend über die Augen des Mondmannes schoben, kurz bevor er abdrückte. Ein hübsches Detail, das er sich merken wollte.

»Soll ich ihn zusammenkratzen?«, fragte die Schnecke nach dem Blitz.

»Ach was. Der Mondmann hat seinen Hut, und ich habe seine Marke, die mich an ihn erinnert. Soll er vom Winde verwehen.«

Sie ließen das Häufchen feiner weißer Asche auf dem Motelparkplatz zurück, und Sammy lenkte den Ford hinaus auf die Straße, gefolgt von Stilton und dem Mondmann im Chrysler. Eine Stunde später saßen sie mit Moo Shoes, Milo und Lone Jones im *Cookie's*, um einen Plan auszuhecken, während sich der Mondmann mit seinem Hut und seiner Kanone im Kofferraum vom Chrysler ausruhte.

»Dann machst du dir keine Sorgen um den Bengel?«, fragte Milo.

»Der Bengel kommt schon zurecht«, erklärte Sammy.

»Er ist ein grässlicher kleiner Junge«, fügte Moo Shoes hinzu.

»Ich könnte ein paar frische Sachen vertragen«, sagte die

Schnecke. »Wie wär's, wenn ich kurz in meiner Wohnung reinschaue?«

»Die wissen, wo du wohnst, Süße. Wie wär's, wenn du mit zu Lonius gehst? Myrtle hat bestimmt frische Klamotten für dich.«

»Ich könnte dich hinfahren«, sagte Milo.

»Das sagt er nur, weil er weiß, dass du ein Auto hast«, sagte Sammy.

»Stimmt wohl«, sagte Milo.

»Aber nicht, dass du den Mondmann fahren lässt!«, sagte Sammy.

»Auf dem Weg hierher hat er sich gut gemacht«, sagte die Schnecke. »Ich musste zwar die Pedale bedienen, aber ansonsten fährt er wie ein Weltmeister.«

»Wenn ich auf deinem Schoß sitze, fahre ich auch wie ein Weltmeister, Süße«, sagte Milo. Sämtliche Männer am Tisch schielten ihn schräg von der Seite an. Lone Jone schüttelte langsam den Kopf, während er Milo betrachtete, als wäre das, was er da eben gehört hatte, eine Schande.

»Tut mir leid«, sagte Milo und versuchte erfolglos, sich in seinem Kaffeebecher zu verkriechen. »Keiner von euch hat jemals eine Frau mit hergebracht. Ich weiß nicht, wie man sich dann verhält.«

Stilton tätschelte seinen Arm über den Tisch hinweg. »Ist schon okay, mein Lieber.« Und dann, um das Thema zu wechseln: »Hey, weiß einer von euch Jungs, woher ich frühmorgens ein Bogenschweißgerät kriege?«

»Klar«, sagte Milo lebhaft, nachdem man ihn von seinen Sünden reingewaschen hatte. »Bert's Garage unten an der Hyde Street hat eines, und der macht um fünf auf. Ihr kennt ihn. Diese Werkstatt, in die ich euch mal mitgenommen habe, um euch die Mädchen auf diesem erotischen Schrauberkalender zu zeigen.«

»Ihr seid ja drauf«, sagte die Schnecke.

»Männer«, erklärte ich.

»Einfach nur traurig«, sagte Lone Jones.

Es war so früh, dass die Straßenlaternen noch brannten, doch Sammy und Moo Shoes latschten schon die Stockton Street entlang, als die Fischer ihren Fang auslieferten und von überall an der Küste die Lastwagen eintrudelten. In Chinatown kann man so einiges kaufen, was es unten am Fisherman's Wharf nicht gibt.

»Fu Man Schuh?« Sammy las das Schild an einem Laden, der noch geschlossen hatte. »Im Ernst?«

»Das ist für die Anglos«, sagte Moo. »Chinesen würden ihren Laden normalerweise nicht nach einem Wortspiel in einer fremden Sprache benennen.«

»Was heißt das da?«, fragte Sammy und deutete auf ein chinesisches Schild.

»*Hort Überbordender Langlebigkeit*«, übersetzte Moo. »Teeladen.«

»Das da?«

»*Drogerie Blühenden Wohlergehens*«, las Moo Shoes.

»Deine Leute haben ein Faible für große Versprechen«, sagte Sammy.

»Nein, sie haben ein Faible für das Glück. Hab ich dir vom I Ging erzählt?«

»Das ist diese Sache mit der Münze und dem Stock, richtig?«

»Es ist eher so was wie ein Horoskop, nur dass man die Sterne würfelt.«

»Dann ist das Quatsch?«

»Totaler Quatsch. Wie wäre es *damit*?« Eddie nickte zu einem Lastwagenfahrer hinüber, der einen meterlangen gefleckten Rochen über den Bürgersteig in einen Fischladen zerrte.

»Ja, der ist perfekt, aber wir müssen den Wagen besorgen. Wir können das Vieh nicht zu Fuß transportieren.«

»Kein Problem«, sagte Eddie. »Bist du sicher, dass du es machen willst?«

»Ja, solange Onkel Hos Arbeiterinnen das Nähen übernehmen.«

»Das können sie machen, aber es wird ihm nicht gefallen.«

»Wir besorgen ihm eine bessere Schlange. Eine, die kleiner ist, aber genauso tödlich. Bokker ist nächsten Monat wieder in der Stadt.«

»Ich schätze, das ist der Song, Armstrong. Du gehst den Wagen holen.«

Und als Sammy und Eddie Moo Shoes Chinatown dann endlich hinter sich ließen, hatten sie den Rochen und einen großen stachligen Seeteufel erworben, in dessen Maul man seinen Kopf hätte stecken können, sofern man denn von Hunderten nadelspitzer Zähne zerfetzt werden wollte, außerdem eine Krake, die gerade erst aus Seattle geliefert worden war und sich noch wand. (Kein Jules-Verne-mäßiges Monster, das Schiffe unter Wasser zog, sondern eine ganz normale Pazifische Riesenkrake, und das Exemplar, das sie gekauft hatten, war immerhin groß genug, dass es sich über einen Sonnenschirm spannen konnte, mit Armen, die über einen Meter lang waren.) Viel von diesem Meeresfrüchtesalat ragte aus dem Schwiegermuttersitz von Jimmy Vascos Ford Coupé hervor, als er zu Onkel Ho verfrachtet wurde, um dort zusammengesetzt zu werden.

Um kurz vor acht Uhr morgens rief Sammy in seiner Wohnung an.

»Yeah«, antwortete Bailey. »Sie haben sich Zeit gelassen.«

»Ihr seid zu beschäftigt?«, fragte Sammy. »Soll ich später anrufen? Kein Problem. Bis dann.«

»Nein!«, brüllte Bailey. »Nein, entschuldigen Sie. Nein, jetzt ist gut.«

»Sammy, bist du das?«, schrie der Bengel. »Du hast keine Milch mehr. Und Cornflakes auch nicht.«

»Haben Sie das *Subjekt?*«, fragte Bailey.

»Ja, hab ich. Aber ich werde es euch nicht in meine Wohnung bringen. Irgendwo in der Öffentlichkeit.«

»Öffentlichkeit geht nicht«, sagte Bailey. »Naheliegenderweise.«

»Okay«, sagte Sammy, »dann wenigstens auf neutralem Boden.«

»Gut. Wir treffen uns in einer Stunde auf dem Parkplatz von Mary Vascos Laden.«

»Wer, zum Teufel, ist Mary Vasco?«

»Die lesbische Clubbesitzerin.«

»Du meinst Jimmy? *Jimmy's Joynt?*«

»Ja.«

»Na, und wieso sagst du nicht einfach *Jimmy's Joynt?*«

»Ich weiß nicht.«

»Diese Moronenpisser haben alle Cornflakes weggefressen, Sammy!«, schrie der Junge. »Baller ihnen die Rübe weg!«

»Der Kleine ist ein Goldengel, nicht?«, sagte Sammy. Er konnte sich ein Grinsen nicht verkneifen.

»Eine Stunde. Bringen Sie das *Subjekt.* Und versuchen Sie keine Tricks. Wir wissen Bescheid über Sie.«

»Tatsächlich? Was wisst ihr denn?«

Eine Pause entstand. Bailey blätterte in seinem Notizbuch herum. »Nun, ich weiß, dass Sie in Wahrheit Samuel Tuffelo junior heißen, wo Sie wohnen, ich weiß, dass Sie nicht gedient haben, und ich weiß, dass Sie ohne Sozialversicherungsnummer arbeiten.«

»Oh ja, ihr wisst wirklich was. Wir sehen uns in einer Stunde beim *Jimmy's*. Bringt den Jungen mit.« Sammy legte auf und wandte sich Moo Shoes zu, der neben ihm am Münzfernsprecher stand. »Diese Vögel halten mich tatsächlich für einen Italiener.«

»Milo hat im *Cookie's* angerufen, als du drinnen warst. Die Käseschnecke sagt, der Chrysler ist noch nicht bereit.«

»Er hat sie doch hoffentlich nicht mit ›Käseschnecke‹ angesprochen, oder?«

»Wahrscheinlich schon. Wir reden hier von Milo.«

»Na gut, wir können ihnen den Mondmann schlecht auf dem Schwiegermuttersitz bringen.«

»Ich rufe Milo in der Werkstatt an«, sagte Moo Shoes. »Er kann mit dem Taxi kommen. Wo fahren wir hin?«

»Zu Onkel Ho, dann zu *Jimmy's Joynt* am Pier neunundzwanzig.«

»Das ist für Milo eine ganz schön lange Strecke.«

»Ich glaube, er schafft es immer besser«, sagte Sammy. »Ich glaube, die Schnecke hat ihn geheilt.«

Drüben in Sammys Wohnung zerlegte Hatch die neue .45er, die er im 24h-Waffenladen erstanden hatte. Ihm gegenüber an Sammys kleinem Frühstückstresen hatte Bailey die Teile seiner neuen .45er vor sich ausgebreitet.

»Wenn du so weit bist«, sagte Hatch, »sag *los*!«

25

Donuts für alle

Bailey und Hatch hatten in den letzten beiden Tagen alles in allem vielleicht eine Stunde geschlafen, und sogar als sie versucht hatten, sich in Sammys Wohnung mit dem Schlafen abzuwechseln, fing der Bengel wieder an zu stänkern und weckte sie auf. Sie versuchten, ihn zu knebeln, aber er hatte eine Rotznase und drohte zu ersticken, was seinen Wert als Geisel um einiges gemindert hätte. Und während Hatch darauf brannte, dem Bengel eine Bratpfanne über die Rübe zu ziehen, war Bailey nicht darin ausgebildet, wie man Kinder am besten bewusstlos schlug, und fürchtete, der Junge könnte seinem angestauten Enthusiasmus zum Opfer fallen. Also einigten sie sich darauf, ihn im Schrank einzusperren, was absolut keine Verbesserung der Lage mit sich brachte, denn wenn der Bengel schlief, konnten sie ihn nicht im Auge behalten, und als sie dann eindösten, fing der Bengel an zu hämmern und zu fluchen, wie es seine Art war.

Sie kamen eine halbe Stunde zu früh bei *Jimmy's Joynt* an, doch Sammy war bereits da, stand an das Heck eines Taxis gelehnt, als wartete er schon den ganzen Tag, rauchte und trank einen Becher Kaffee. Die Autos auf dem Platz parkten so, dass nur ein schmaler Korridor für den Chrysler blieb, in den er einbiegen konnte. Langsam rollten sie auf den Barkeeper zu, der ihnen winkte, sie sollten wenden und rückwärts reinfahren.

»Will der Typ uns verarschen?«, fragte Hatch.

»Sammy wird euch mortalisieren«, sagte der Bengel.

»Das Wort gibt es nicht, Kleiner«, sagte Bailey.

»Noch nicht«, sagte der Bengel. »Wart's ab.«

Bailey drehte den Wagen um und setzte zurück, bis Sammy ihm signalisierte, dass er nah genug war. Auf dem Rücksitz hielt Hatch den Jungen fest. Sie stiegen aus und schoben den Bengel zwischen sich.

»Bleibt da stehen«, sagte Sammy, als sie sechs, sieben Meter entfernt waren.

Sie blieben stehen. »Haben Sie das *Subjekt?*«, fragte Bailey.

Sammy öffnete den Kofferraum von Milos Taxi. Unter einer Plane lag eine kleine Gestalt.

»Ich möchte es sehen«, sagte Hatch.

Sammy klappte eine Ecke der Plane um. Das Wesen lag da wie aufgebahrt. Sammy trat zur Seite, damit die beiden Männer einen Blick darauf werfen konnten. Sie sahen einen flachen grauen Körper, aus dessen Mitte dicke rote Arme voller Saugnäpfe wuchsen. Auf dem Torso saß etwas, bei dem es sich um den Kopf handeln musste, ein schwarzes nadelzahnbewehrtes Maul, fast einen halben Meter breit, eingefasst von bösen Stacheln, die in alle Richtungen ragten.

Hatch schreckte vor dem Anblick zurück. »Heiliger …«

»Ein Marsmensch«, keuchte der Bengel.

»Ihr hattet recht mit den Stacheln«, sagte Sammy.

»Jetzt seid ihr dran, ihr Waschlappen!«, rief der Bengel.

Bailey und Hatch griffen in ihre Jacken.

»Halt!«, rief Sammy.

Autotüren wurden aufgestoßen. Eddie Moo Shoes lag auf dem Vordersitz eines Chevy und zielte mit einem riesigen Colt auf die beiden Steuerfahnder. Und von der anderen Seite hielt Milo einen Colt auf sie gerichtet. Bailey und Hatch erstarrten.

»Sammy hat seinen Freund, den Japse-Spion, dabei«, sagte der Bengel. »Die Typen haben es echt drauf … Die können dir mit einem Schlag die Pupillen platzen lassen.«

Sammy sagte: »Hände aus den Taschen, langsam und leer!«

»Ich habe die Ardennenoffensive überlebt«, sagte Milo. »Es kratzt mich nicht die Bohne, mit anzusehen, wie jemandem das Hirn rausgeballert wird.«

»Wer ist dieser Typ, Sammy?«, fragte der Bengel. »Der ist der Knaller. Hey, Kumpel, willst du mein neuer Onkel sein? Allerdings müsstest du diese dämliche Kutscherkappe abnehmen.«

»Schick den Jungen her«, rief Sammy. Bailey und Hatch ließen den Bengel los und hielten die Hände seitlich abgespreizt, als tropfte Farbe davon herunter, und sie wollten sich nicht einsauen. Der Bengel mochte an den Händen gefesselt sein, aber er drehte sich noch mal um und scharrte mit rauer Sohle erst über Baileys, dann über Hatchs schwarz polierte Schuhspitzen. Erst als alle verschrammt waren, rannte der Bengel rüber und stellte sich hinter Sammy. »Ihr Pisser!«, rief der Bengel.

»Das kriegt man wieder hin«, sagte Sammy. »Eure Treter hatten so einen hübschen Glanz. Shinola?«

»Kiwi«, sagte Hatch. Bailey warf seinem Partner einen mörderischen Blick zu.

»Ja, Kiwi ist am besten, wenn man mit Spucke poliert«, sagte Sammy.

»Mr Tuffelo, das *Subjekt* da hinter Ihnen ist Regierungseigentum«, sagte Bailey. »Wenn Sie es uns nicht aushändigen, begehen Sie damit Hochverrat.«

»Und dass ihr Vögel ein Kind entführt, einen Air-Force-General und eine Frau ermordet, die einfach nur zur falschen Zeit am falschen Ort war? War das etwa patriotisch?«

»Das war kein Standardprozedere«, sagte Bailey. »Sonderbefehl.«

»Kamen diese Befehle von denselben Leuten, die euch über mich informiert haben?«

»Das darf ich Ihnen nicht sagen.«

»Okay«, meinte Sammy. Er griff in seine Jackentasche und holte eine Sonnenbrille hervor, die genauso aussah wie die von Bailey und Hatch, nur nicht so verbogen. Er hielt sie hoch, damit die beiden sie besser erkennen konnten. »Die Leute, von denen ihr eure Befehle bekommt, haben die euch auch *davon* erzählt? Hier, die könnt ihr haben.« Sammy warf eine der Sonnenbrillen auf die Plane, die den Marsmenschen verdeckte. »Die hier behalte ich.« Er steckte die Brille ein.

Bailey und Hatch sahen sich an.

»Wenn ich euch das hier übergebe«, sagte Sammy, »sind dann die Leute, von denen ihr eure Befehle bekommt, hinter mir und meinen Freunden her?«

»Was ist mit Potter und Clarence passiert?«, fragte Hatch.

Sammy zuckte mit den Schultern. »Könnte sein, dass man nie wieder was von ihnen hört. Könnte sein, dass sie zusammen abgehauen sind. Könnte sein, dass sie euch beide jagen, jetzt in diesem Augenblick.«

»Wir haben niemanden ermordet«, sagte Hatch. »Irgendwas geht in Washington vor sich. Irgendwas ist außer Kontrolle.«

Bailey verzog das Gesicht, dann zuckte er mit den Schultern, nickte. »Das stimmt. Wir hatten Potter und Clarence bis vor zwei Tagen noch nie gesehen.«

Sammy deutete auf den Marsmenschen. »Ich würde sagen, das hier ist außer Kontrolle, oder was meint ihr?« Er griff in seine Manteltasche, holte die Walther hervor. »Hört zu, Leute. Ich werde euch dieses Wesen übergeben, aber ihr müsst versprechen, dass ihr vergesst, woher ihr es habt. Ich komme jetzt rüber und nehme euch die Waffen ab. Wenn ihr euch rührt oder versucht, mir zuvorzukommen, erschieße ich euch, oder mein Freund, der Taxifahrer, erschießt euch, oder mein Freund auf der anderen Seite schießt in eure ungefähre Richtung.«

»Keine Ahnung, was ich tue«, sagte Moo Shoes. »Wahrscheinlich töte ich euch alle aus Versehen.«

»Das ist die richtige Einstellung!«, rief der Bengel. »Baller die Scheißkerle weg!«

»Halt die Klappe, Kleiner«, sagte Sammy. »Ich bin gerade dabei, dich zu retten.«

Sanft nahm er den beiden Agenten ihre .45er weg und warf sie zu dem Wagen, auf dessen Vordersitz Moo Shoes lag. »Jetzt klappt euren Kofferraum auf und holt euch das Viech«, sagte Sammy. »Hebt es mit der Plane an. Ihr solltet das *Subjekt* lieber nicht berühren. Das ist Sal passiert.«

»Dachte ich mir«, sagte Hatch. »Aber wie, wenn das *Subjekt* doch im *Bohemian Grove* war?«

»Verzögerte Reaktion«, sagte Sammy. »Der General hat Sal das Vieh gezeigt, als er mit dem Flugzeug ankam. Noch bevor es ausgeladen war, musste Sal es unbedingt anfassen, der Idiot. Ein paar Stunden später lag er in einer Pfütze im Hinterzimmer der Bar.«

»Warum haben Sie ihn auf Eis gelegt?«

»Na, eure Leute haben mir doch gesagt, dass ich es tun soll.«

»Potter und Clarence?«

»Gut möglich«, sagte Sammy. »Ich habe sie nie gesehen. Hab einen Drohanruf bekommen. Als ich euch beide hinter der Bar entdeckt habe, dachte ich, ihr seid die vom Telefon. Deshalb habe ich so getan, als wäre ich der Hausmeister.«

Bailey nickte, als ergäbe nun langsam alles einen Sinn. Sammy wich zurück, hielt die Walther auf Bailey gerichtet, während dieser den Kofferraum vom Chrysler öffnete. Vorsichtig hoben sie den Marsmenschen aus Milos Kofferraum und ließen ihn in den Chrysler gleiten, hielten ihn nur am Rand der Plane.

Als Bailey den Kofferraum zuklappte und sich umdrehte, sagte Sammy: »Ihr wisst, dass sie euch nichts erzählen, oder? Und damit meine ich nicht *nicht alles.* Ich meine *überhaupt nichts.* Das wisst ihr, oder?«

Bailey sah ihn an, schob seine Sonnenbrille hoch, blickte Sammy tief in die Augen. »Ja, ich weiß.«

»Na dann«, sagte Sammy und ließ die Waffe sinken. »Werden sie uns in Ruhe lassen? Oder müssen noch mehr Leute sterben, weil irgend so ein General in New Mexico verrücktgespielt hat und ein paar Bonzen beeindrucken wollte?«

Bailey ließ seine Sonnenbrille sinken. »Ich habe keinen Bericht mehr geschrieben, seit das hier anfing. Alles hat sich verändert.«

»Was *was* bedeutet?«

»Wenn Sie den Mund halten, sollten Sie und Ihre Freunde eigentlich sicher sein«, sagte Bailey. »Zivilisten tun wir nichts.«

»Und doch zeigen die Beweise, dass du lügst wie gedruckt.«

»Wie Hatch – äh – der andere Agent gesagt hat, kam das nicht von unseren Leuten.«

»Von wem kam es dann?«

»Von jemandem, der über unseren Leuten steht. Ich darf nicht sagen, wer, aber jemand ganz weit oben.«

»So hoch, dass ihr Jungs einen General umlegen dürft?«

Hatch nickte. »Geben Sie uns unsere Waffen zurück?«

»Nix da.«

Wieder nickte Hatch, nur ein kurzes Zucken mit dem Kopf. »Sind Sie sicher, dass sich dieses Vieh nicht mehr bewegt?«

»An eurer Stelle würde ich es im Auge behalten«, sagte Sammy. »Legt den Rücksitz vom Chrysler um. Dann könnt ihr direkt in den Kofferraum gucken, stimmt's?«

Wieder dieses Nicken.

»Wohin bringt ihr ihn?«, fragte Sammy.

»Das dürfen wir nicht sagen«, meinte Bailey.

»Lange Fahrt?«

»Möglich«, sagte Hatch.

»Hört zu«, sagte Sammy, »ich weiß nicht, was mit euren Kollegen passiert ist, aber als sie zuletzt gesehen wurden, waren sie in der Nähe von diesem Vieh.«

»Wer hat sie gesehen?«

»Das darf ich nicht sagen«, meinte Sammy. »Sagt euren Bossen, sie sollen uns in Ruhe lassen. Oder besser noch: Sagt ihnen gar nichts. Und jetzt wird es Zeit für euch.« Sammy winkte ihn mit der Walther in den Wagen, wartete einen Moment, dann blickte er dem großen schwarzen Chrysler hinterher.

Fünf Minuten später rumpelte ein fast identischer Chrysler über den Bordstein beim Embarcadero, sodass sich eine

Radkappe selbstständig machte und den Pier entlang in die Bay rollte, dann kam der Wagen mit quietschenden Reifen dort zum Stehen, wo Sammy an Jimmy Vascos Ford Coupé wartete. Der Mondmann – unter Pookie O'Haras Fedora – saß am Steuer.

Stilton sprang auf der Beifahrerseite aus dem Wagen. »Er ist ein Naturtalent!« In der Hand hielt sie die Kornettkanone des Mondmannes. Sie trug Myrtles graue Hose und eine weiße Bluse.

»Du hast ihn fahren lassen?«

»Ja klar. Ich hab die Pedale abgesägt, eine Verlängerung eingesetzt, dann habe ich die Pedale wieder angeschweißt. *Fluid Drive,* Automatikgetriebe. Es ist ein Wunder!«

Der Mondmann hielt seinen Kopf aus dem Fenster und schnatterte.

»Wo sind Milo und Moo Shoes?«, fragte die Schnecke.

»Moo Shoes ist nach Hause, um zu schlafen. Milo holt Jimmy Vasco und Myrtle ab, um sie hierherzubringen. Der Bengel holt Frühstück. Warum hältst du dieses Ding?« Sammy nickte zur Kanone.

»Ach, ich wollte kurz bei mir zu Hause vorbei, um mir einen Partykeller rauszusprengen. Leider muss man Mondmann sein, damit es funktioniert. Einen Scheißdreck kann ich sprengen.« Sie gab das Ding durchs Fenster dem Mondmann zurück. »Sei lieb«, sagte sie. Dann zu Sammy: »Gib mir dein Jackett.«

»Was? Wieso?«

»Nimm einfach alles aus den Taschen und gib mir dein Jackett. Der Hut mag ja auf eine gewisse Entfernung okay sein, aber der Kleine wird ein besseres Outfit brauchen.«

Während Sammy den Inhalt seiner Jackentaschen in die Hosentaschen transferierte, lockte Stilton den Mondmann aus dem Chrysler und stellte ihn hinter den Ford, wo man ihn von der Straße aus nicht sehen konnte. »Gib her«, sagte sie.

Sammy zog sein Jackett aus und reichte es ihr, dann sah er sich an, wie sie es dem Mondmann umhängte. Bei ihm reichte es bis zum Boden. Sie rollte ihm die Ärmel auf, bis seine kleinen Froschhände wieder zu sehen waren, aber er ging immer noch darin unter. »Jetzt gib mir deine Krawatte«, sagte sie.

Sammy löste seinen Schlips und gab ihn her. Sie missbrauchte ihn als Gürtel, und Sekunden später stand der Mondmann da, mit Pookies breitkrempigem Fedora und Sammys gegürtetem Jackett, das bei ihm lang war wie ein Trenchcoat.

»Ta-da!«, sagte die Schnecke, als sie den neuen Mondmann-Look präsentierte. Der Mondmann schnalzte, pfiff, dann gab er einen La-la-Laut von sich.

Er sah aus wie ein kleiner Spion.

»Okay«, sagte Stilton, »so geht's. Und jetzt schnapp sie dir, Großer!« Sie boxte den Mondmann leicht an die Schulter.

»Wo will er hin?«, fragte Sammy.

»Woher soll ich das wissen? Keine Ahnung, was er vorhat. Ich hab ihm nur gezeigt, wie man Auto fährt. Hier kann er nicht bleiben. Sie werden ihn suchen kommen, wenn sie erst kapiert haben, dass du ihnen eine Attrappe untergeschoben hast.«

»Ich bin mir nicht sicher, ob sie es merken«, sagte Sammy.

Die Schnecke hielt die Tür vom Chrysler auf und wartete, bis der Mondmann hineingeklettert war.

Sie sah Sammy über die Schulter hinweg an, während der Mondmann den Motor anließ. »Ich habe ihm einen

Schalter eingebaut, damit er ihn nicht jedes Mal kurzschließen muss.«

»Du weißt, wie man so was macht?«, fragte Sammy.

»Weiß das nicht jeder?«

»Okay, ab die Post«, sagte Sammy und klopfte an den Kotflügel des Chrysler.

Der Mondmann reckte den Kopf aus dem Fenster, sah die Schnecke an und gab ein blubberndes Geräusch von sich, während er den Kopf hin und her schüttelte.

»Nein!«, rief die Schnecke. »Los jetzt!«

»Will er zum Abschied etwa mit deinen Möpsen noch mal Motorboot fahren?«

»Los jetzt, Scooter. Hau ab!« Sie winkte ihm, als ließe sie einen Vogel frei, den sie gesund gepflegt hatte.

»Du hast ihn Scooter getauft?«

»Schschscht«, sagte die Schnecke. »Es ist traurig. Ich bin traurig.« Sie vergrub ihr Gesicht an Sammys Schulter, als der Mondmann vom Parkplatz fuhr und auf den Embarcadero einbog. Sammy zog sie an sich, küsste sie auf den Kopf und sah dem Chrysler nach, der hinter *Jimmy's Joynt* verschwand.

»Nicht weinen, Püppi. Vielleicht können wir eines Tages unseren eigenen Mondmann haben.«

»Ja?«, sagte sie und wich ein wenig zurück, um in seiner Miene nach Aufrichtigkeit zu suchen. »Glaubst du nicht, dass sie uns jagen und töten werden?«

»Nein, natürlich nicht. Vermutlich. Wenn wir Glück haben. Möglicherweise müssen wir noch mit jemandem darüber sprechen.«

Sie hörten ein Schlurfen und sahen sich um.

»Das ist also die Frau, die dir all die Umstände gemacht hat?«, fragte der Bengel. Er hatte eine weiße Tüte in der

Hand und aß einen Donut mit Zuckerguss, als er zwischen zwei Autos hervortrat. Er stellte sich neben Sammy, schob seine Zeitungsjungenmütze mit dem Donut aus der Stirn, dann musterte er die Schnecke von oben bis unten und hielt den beiden die Tüte mit den Donuts hin. Sammy nahm zwei und gab Stilton einen ab.

»Das ist sie«, sagte Sammy.

»Etwas pummelig für meinen Geschmack.«

»Hey, pass auf, was du sagst, Kleiner!«, meinte Sammy. »Du fängst dir gleich eine.«

»Macht doch nichts, Sammy«, sagte die Schnecke. »Geschmack ist Glückssache.«

»Er ist ein grässliches Kind«, sagte Sammy.

»Macht nichts. Ich mag das bei Kindern«, sagte die Schnecke. Sie beugte sich zu Sammy hinab und raunte ihm zu: »Wobei wir das mit unserem eigenen Mondmännchen nicht überstürzen sollten.«

»Hey, hast du den Eiskübel aus dem Motel eigentlich behalten?«, fragte Sammy.

»Klar«, sagte die Schnecke, »der steht in meiner Wohnung.«

»Den sollten wir holen. Und ich muss mir auch eine andere Jacke besorgen.«

»Tut mir leid, aber nur mit Hut sah er irgendwie doof aus.«

26

Der Bonze

Die Anwaltskanzlei von Stoddard, Whittaker & Crock befand sich in einem Bankgebäude, dessen granitene Fassade die Farbe und Maserung von Hundekotze besaß. Es war eine Bank, aber keine Bank mit Tresen und Fenstern und so was, sondern eine Bank, in der Anzugtypen an Schreibtischen saßen und mit Bonzen über deren Geld konferierten, in ruhiger, gesitteter Atmosphäre. Die Schnecke und ich spazierten da rein, als gehörte uns der Laden, auch wenn der Typ, der den Fahrstuhl bediente, uns ansah, als wären wir gekommen, um die Abflüsse zu reinigen – ich in meinem zweitbesten Anzug und die Schnecke so sonnig im blau karierten Kleid wie ein Bauernmädchen aus Kansas –, *hätte* sie dazu nicht rote Pumps getragen, mit ultrahohen Absätzen, in denen selbst eine Stripperin Nasenbluten bekommen hätte. »Meine Rubinslipper«, hatte sie gesagt, als sie sie anzog.

Wenn man aus dem Fahrstuhl trat, war da gleich ein halbmondförmiger Empfangstresen, ganz Bronze und Marmor, dahinter eine Dame um die vierzig, verklemmt wie ein Türkeil und mit so vielen Haarnadeln in der Frisur, dass man damit jedes Schloss von Alcatraz hätte knacken können.

»Kann ich Ihnen helfen?«, fragte sie, als meinte sie eigentlich: »Sind Sie in der falschen Etage ausgestiegen?«

»Wir möchten Alton Stoddard den Dritten sprechen«, erklärte ich und zeigte ihr Pookies Marke. Sie machte ein Gesicht, als hielte ich ihr eine Kakerlake hin.

»Haben Sie einen Termin?«

»Er wird uns sprechen wollen«, sagte die Schnecke.

»Mr Stoddard empfängt niemanden ohne Termin.«

»Ich sag dir was, Püppi, du erzählst ihm, dass ich Fotos von ihm und seinen Bohemian-Freunden habe, auf denen sie Frauenkleider tragen und den Bück-dich-Boogie tanzen. Dann wollen wir doch mal sehen, ob er sich mit uns unterhalten möchte.« Und damit warf ich einen braunen Umschlag, den ich für ebendiese Gelegenheit vorbereitet hatte, auf den Empfangstresen. Die Schnecke stellte den Eiskübel aus dem Motel neben den Umschlag, was die Empfangsdame bis in die Spitzen ihrer Haarnadeln irritierte.

Aufgelöst betätigte Miss Übereifrig mehrmals den Schalter einer Gegensprechanlage, ehe sie sich zu irgendetwas durchringen konnte, was letztendlich darin bestand, weiterhin aufgelöst dazustehen.

»Vielleicht solltest du einen Zahn zulegen, Püppi«, erklärte ich. »In einer halben Stunde haben wir einen Termin beim *Chronicle*.«

Das löste sie aus ihrer Starre. Sie sagte: »Einen Moment. Ich will sehen, ob er da ist.« Und sie hastete einen Korridor entlang.

»Als wüsste sie nicht, ob die Typen, deren Namen unten an der Tür stehen, da sind oder nicht«, sagte ich zu der Schnecke.

»Ich kann nicht fassen, dass du sie Püppi genannt hast«, sagte Stilton. »Du bist ein Windhund, oder? Wehe, du bist ein Windhund.«

Eine Minute verging, in der die Schnecke mich bitterlich

tadelte, weil ich eine andere gepüppit hatte, dann kam Miss Übereifrig zurück und sagte nur: »Folgen Sie mir.«

Sie führte uns einen holzgetäfelten Korridor entlang, vorbei an Mahagonitüren mit Riffelglasscheiben, bis wir zum Ende des Korridors kamen, wo sie uns durch eine breite Glastür in ein Büro mit dickem Teppich geleitete, in dem eine weitere Haarnadeldame an einem Schreibtisch saß und sich verzweifelt mühte, kein finsteres Gesicht zu ziehen, als Miss Übereifrig uns direkt in das eigentliche Büro führte. Der Raum war so groß, dass meine Wohnung viermal reinpasste, und dazu noch ein paarmal die Höhle der Schnecke, damit einem auch ein bisschen Luft zum Atmen blieb. Das ganze Büro bestand aus persischen Teppichen und dunklen Hölzern, zwei Wände mit Gesetzestexten, eine Wand mit Gemälden von Gondeln und goldenen Kanälen, eine Galerie von Fenstern mit Blick über die Bay, und dazu ein Börsenticker, der im Hintergrund Band ausspuckte wie ein mechanisches Backenhörnchen.

Der antike Schreibtisch war riesig, und dahinter saß ein dünner, halbwegs kahler Mann in einem Anzug mit Hahnentrittmuster und betrachtete uns über seine Benjamin-Franklin-Brille hinweg. Er schätzte die Schnecke ein, betrachtete mich gerade so lange, um mich abzuhaken, dann wandte er seinen Blick wieder Stilton zu. Mir schien, es lag am blau karierten Kleid, nicht an ihren beiden überzeugenden Argumenten, dass er stutzte.

»Wer sind Sie, und was hat das zu bedeuten?«, fragte er.

Vor dem Schreibtisch standen zwei Ledersessel. Über die Armlehne des einen schwang ich mein Bein. Die Schnecke setzte sich sittsam auf den anderen und hielt den Eiskübel auf ihren Knien fest.

»Ich bin Sam Two-Toes, und diese holde Maid hier ist

Dorothy Gale. Wir sind gekommen, um mit dir darüber zu sprechen, was du mit deinen Freunden vom *Bohemian Club* letzte Woche beim Camping alles angestellt hast, und wichtiger noch: über die Leute, die ihr umgebracht habt, um es zu vertuschen.«

Er stand hinter dem Schreibtisch auf, um seine Empörung zu demonstrieren. Er war dünner und größer als erwartet, überragte mich um einen Kopf. Eigentlich hatte ich einen kleineren, dickeren Mann erwartet. Mit einem Monokel. Vielleicht einem Zylinder. Ja, okay, wahrscheinlich hatte ich den Mann vom Monopoly-Spiel erwartet.

»Hören Sie mal, das geht nun aber nicht!«, sagte er. Woraufhin ich Jimmy Vascos Walther hervorholte.

»Halt die Klappe und setz dich hin, Alton«, sagte ich. Was er klugerweise auch tat.

»Er hat gesagt: *›Hören Sie mal, das geht nun aber nicht‹*«, sagte die Schnecke. »Versuch doch mal, ob du ihn dazu bringen kannst, *›guter Mann‹* zu sagen.«

»Die Polizei wird jeden Moment hier sein«, sagte Stoddard. »Meine Rezeptionistin hat bereits dort angerufen.«

Ich warf den Umschlag auf den Tisch und holte Pookies Marke aus meiner Jackentasche, ließ ihn einen ausgiebigen Blick darauf werfen. »San Franciscos Freunde und Helfer.«

»Ich kenne den Polizeichef«, sagte Stoddard. »Ich kenne den Bürgermeister.«

»Das will ich gern glauben«, sagte ich. »Bestell ihnen schöne Grüße. Aber für die arbeite ich nicht. Das tut allerdings auch nichts zur Sache. Das ist nicht meine Marke. Hier, du kannst sie haben.« Ich warf die Marke auf den Schreibtisch.

»Denken Sie, es wäre das erste Mal, dass mich jemand zu Fall bringen wollte?«, fragte er.

»Oh nein. Aber es ist mein erstes Mal«, erklärte ich ihm.

»Du machst das super«, sagte die Schnecke.

»Danke, Süße.«

Stoddard sagte: »Mr Two-Toes, ich versichere Ihnen, dem *Bohemian Club* gehören einige der angesehensten, verdienstvollsten, mächtigsten Männer der Welt an. Wir bringen niemanden um. Sie haben keinerlei Beweise für irgendwelche Missetaten. Ich weiß nicht, was da in dem Umschlag ist, aber bestimmt keine Bilder von Bohemians.«

»Woher willst du das wissen?«, fragte ich ihn und schob meinen Hut mit dem Lauf der Walther aus der Stirn.

»Weil wir nichts tun, wofür wir uns schämen müssten.«

»Abgesehen davon, dass ihr Frauenkleider tragt, eine Betoneule anbetet und mutige Mädchen wie Pearl ermordet«, sagte Stilton.

»Deswegen bist du dir so sicher, stimmt's, Alton?«, sagte ich. »Du weißt, dass es keine Bilder gibt, weil eure Schläger Pearl die Kamera abgenommen haben, und dann haben sie ihr so lange wehgetan, bis sie sicher sein konnten, dass Pearl keine Kopie angefertigt hatte. Deshalb weißt du es.«

Wieder stand Stoddard auf. »Jetzt hören Sie mir mal gut zu …«

Ich nahm die Walther in meine linke Hand und verpasste Alton Stoddard einen schnellen Kinnhaken, der ihn zurück in seinen Sessel warf.

Stilton kicherte.

»Baby …«

»'tschuldigung«, sagte sie.

Ich sagte: »Wahrscheinlich bist du den Typen, die den General und das Mädchen umgebracht haben, nie begegnet, stimmt's, Alton?«

»Ich weiß nicht, wovon Sie reden«, sagte Alton.

»Süße, wärst du wohl so nett, Alton seine Auftragskiller vorzustellen?«

Stilton stand auf, machte einen Knicks, dann nahm sie den Deckel vom Eiskübel und kippte die Asche auf Stoddards Schreibtisch. Stoddard rollte mit seinem Stuhl nach hinten, um der Staubwolke zu entgehen. Ich holte die verbliebene Sonnenbrille aus meiner Brusttasche und warf sie in den Aschehaufen. Stoddards Augen blitzten kurz auf, ganz kurz nur, und doch sah ich ihm an, dass er sie schon mal gesehen hatte.

»Das ist alles, was von ihnen übrig ist, Alton. Und da gab es noch andere. Von denen wirst du vielleicht noch hören. General Remy hat dir seinen Schatz gezeigt, oder? Diesen kleinen Gimmick, mit dem er euch beeindrucken wollte?«

»General Remy war – er war kein geeignetes Material für die Bohemians.«

»Und deshalb habt ihr ihn ermordet?«

»Nein, damit hatten wir nichts zu tun.«

»Aber du hast einen Freund angerufen. Vielleicht auch einen Freund von einem Freund, und der hat jemandem Bescheid gesagt, der jemandem Bescheid gesagt hat, und schon tauchen diese Typen mit den Sonnenbrillen auf und fangen an, Leute verschwinden zu lassen. Tja, und das hier ist mit zweien von denen passiert, als sie das Ding gesehen haben, das auch *du* gesehen hast.«

Stoddard tupfte mit einem Taschentuch an seiner blutigen Lippe herum und starrte die Asche auf seinem Schreibtisch an, kopfschüttelnd.

»Sie könnten sich das alles auch ausdenken«, sagte er, hatte aber etwas von seiner Großspurigkeit eingebüßt.

»Du wusstest, dass sich deine Freunde um Remy kümmern würden, also hast du sie darum gebeten, auch die

Mädchen verschwinden zu lassen, die eure kleine Party gesehen hatten. Leider sind euch zwei von ihnen entwischt.«

»Angeblich sollte doch getanzt werden!«, sagte Stilton.

Ich sah sie an. Hob die Schultern, als wollte ich fragen *Was machst du?*

»Sollte es aber.«

»Nichts von alledem können Sie beweisen«, sagte Stoddard.

»Du hast mich nicht richtig verstanden, Alton. Ich habe die Fotos nur benutzt, um hier reinzukommen. Ich *muss* nichts von alledem beweisen. Diese Sache kommt weder vor Gericht noch in die Zeitung. Ihr Typen, ihr Macher, die anderen Leuten sagen, was sie tun sollen ... Das Schlimmste, was euch passieren kann, ist, dass ihr vielleicht etwas Geld verliert, vielleicht bloßgestellt werdet. Wenn man näher am Leben dran ist, sieht die Lage anders aus, Mr Stoddard. Dort, wo ich wohne, geht manches schief, echte Menschen kommen zu Schaden, echte Menschen verlieren ihre Freunde, verlieren ihre Jobs, verlieren ihr Leben – landen auf dem Strich oder verrotten unten im Third-Street-Fuselclub. Alton, ich weiß, wie schwer es euch fällt, euch etwas vorzustellen, das größer oder wichtiger ist als ihr und eure Bonzenfreunde, aber das hier ist real. Ich werde dafür sorgen, dass es auch für euch real wird.«

Stoddard sank auf seinem Stuhl zusammen. »Was wollen Sie? Wir haben hier nur eine begrenzte Menge Bargeld im Büro ...«

»Ich will, dass du alle zurückpfeifst, Alton. Alle, mit denen du über den General gesprochen hast, über die Mädchen im *Bohemian Grove*, über alles, was damit zu tun hat. Du rufst sie an und sagst denen, dass sie die Sache fallen lassen sollen. Sofort und für immer. Sie schicken keine Ermittler, sie öffnen keine Akten, sie lesen nicht die Post von anderen und belauschen auch nicht deren Telefongespräche – alles, was mit den Vorfällen in San Francisco zu tun hat, ist zu Ende. Du drohst ihnen, Alton. Du hast sie dazu gebracht, etwas zu unternehmen, also kannst du es auch wieder tun und denen klarmachen, dass es vorbei ist. Hast du mich verstanden?«

»Ich habe keinen Einfluss auf …«

»Dann *verschaff* dir Einfluss! Denn ich befördere dich in die reale Welt, Alton. Ich werde dich nicht ruinieren, ich werde dich nicht bloßstellen, ich werde dich nicht vor Gericht zerren. Aber wenn einer meiner Bekannten auch nur ein komisches Klicken in der Telefonleitung hört, landest du im Eiskübel, Alton, genau wie deine beiden Killer. Und auch deine gesamte Familie. Sollte sich einer meiner Freunde auch nur den Knöchel verknacksen, bist du Asche.«

»Damit kommen Sie nicht durch«, sagte er.

»Egal, Alton. Alles, was ich auf der Welt habe, sind ein paar Freunde und dieses Rasseweib hier drüben. Sollte denen was zustoßen, habe ich nichts mehr, wofür es sich zu leben lohnt. Natürlich kannst du an meinen Worten zweifeln. Du kannst mir oder meinen Freunden jemanden hinterherschicken, aber wenn du das tust, wirst du den Rest deines kurzen Lebens in Angst verbringen. Du glaubst, du stehst über mir? *Alle* stehen über mir, Alton. Vielleicht kriegst du mich. Aber ich bin da unten nicht allein. Vielleicht wirst du gar nicht pulverisiert. Vielleicht ist es nur ein kleines Filetiermesser, das man dir eines Tages unter die Weste schiebt, wenn du in einen Fahrstuhl steigst. Dünn und schnell, du spürst es kaum und bist verblutet, bevor irgendwer weiß, was mit dir los ist. Oder du kannst natürlich auch ablehnen und mir sagen, wie unverschämt du mich findest, dann erschieße ich dich gleich hier.« Ich zuckte mit den Schultern. »Stell Recherchen an. Frag deine Freunde in Washington, was mit deren Leuten passiert ist. Obwohl es vielleicht doch keine so gute Idee ist, diese Leute zu der Annahme zu verleiten, du könntest vielleicht zu viel wissen, wobei ich nicht glaube, dass man dich für so wichtig hält wie du dich selbst. Remy war ein General, Alton. Einer von denen.«

»Du musst sie nur zurückpfeifen«, flötete Stilton, als spräche sie mit dem Mondmann. »Ist ganz einfach.«

Stoddard betrachtete sie, als hätte er sie eben erst bemerkt. »Warum sind *Sie* eigentlich hier?«

»Um dir das Leben zu retten, Alton«, sagte sie. »Sammy wollte dich einfach erschießen und wieder gehen. Das habe ich ihm ausgeredet.« Sie lächelte kokett. »Und außerdem, um den Eiskübel mit den beiden Killern zu schleppen.«

Alton Stoddard der Dritte sank auf seinem Stuhl in sich zusammen wie eine Marionette, der man die Fäden abgeschnitten hatte. »Dann pfeife ich sie zurück. Alle, wie sie da sind.«

»Versprochen?«, fragte Stilton.

»Er ist Anwalt, Süße«, rief ich ihr in Erinnerung.

»Versprochen«, sagte er. »Sobald Sie draußen sind. Und sollte irgendwer aus unerfindlichem Grunde nicht nachgeben wollen, sollte jemand auftauchen, lassen Sie mich nicht einfach umbringen. Es bedeutet nur, dass man nicht auf mich gehört hat. Rufen Sie mein Büro an. Geben Sie mir Zeit, die Sache zu klären.«

»Mal sehen«, sagte ich. Ich löste den Hahn der Walther und steckte sie in meine Jackentasche. »Gehen wir, Süße«, sagte ich zu Stilton.

Ich hielt ihr die Tür auf, doch als Stilton eben Stoddards Büro verlassen wollte, drehte sie sich noch einmal um und sagte: »Und Euch einen guten Tag, Sir! Gehabt Euch wohl!« Damit stürmte sie hinaus.

Am Fahrstuhl holte ich sie ein, weil wir dort warten mussten und die Stockwerke aufwärts zählten.

»Netter Abgang«, sagte ich.

»Danke. Ich wusste nicht, wann ich mal wieder Gelegenheit bekomme, das zu sagen.«

»Das hast du gut gemacht«, sagte ich.

Der Fahrstuhl plingte, doch bevor die Tür aufging, sah mich die Schnecke an und sagte: »Hätten wir nicht auch Geld fordern können?«

»Hm, ich schätze, daran hätte ich wohl vorher denken sollen, was?«

27

Manchmal

Bailey und Hatch sind etwa fünfzig Kilometer außerhalb von Barstow in der Mojave-Wüste, als mir langsam so warm wird, dass ich mich bewegen möchte. Ich will nicht lügen: Ich bin eine Schönwetterschlange. Der ausgehöhlte Rochen war mir ein gemütliches Quartier, aber dieser Onkel Ho hat mich mit seinem Feuerlöscher dermaßen abgekühlt, damit ich lethargisch wurde und er mich da reinstopfen konnte, und obwohl die chinesischen Näherinnen mir einen hübschen Ausgang direkt unter dem Tintenfisch gelassen haben, war es zunächst für meinen Geschmack doch etwas frisch. Erst als wir in die Mojave-Wüste kommen und die Sommersonne auf den Chrysler herabbrennt, wache ich ein bisschen auf. Ich linse hinaus, und was sehe ich? Vorn im Wagen sitzen zwei Typen mit Fedoras. Bailey fährt, und zwar schnell. Zu schnell. Wenn ich aus dieser Karre lebend rauskommen will, muss ich dafür sorgen, dass sie langsamer fahren. Also gleite ich zwischen den hinteren Sitzen hindurch, über den Boden, und komme am Fenster auf Hatchs Seite hoch. Er ist ein großer Kerl, und selbst bei dieser Hitze trägt er seinen Mantel, also suche ich nach einer geeigneten Stelle. Ich richte mich auf dem Boden vor dem Rücksitz auf, und da sehe ich ihn – diesen Streifen nackter Haut zwischen Hut und Kragen. BISS! BISS! BISS!

Dann gleite ich unter den Vordersitz.

Das Geschrei, das Gefuchtel, das Drama. Der Chrysler schleudert hin und her, die Reifen quietschen. Hatch brüllt, hält sich den Hals. Bailey ruft: »Was? Was? Was?«

»Irgendwas hat mich gebissen!«, schreit Hatch.

»Was?«

Schließlich bringt Bailey den Wagen am Straßenrand zum Stehen, gerade noch rechtzeitig, denn bei dem ganzen Tumult kommt mir gleich eine von den Gewürzratten wieder hoch. Inzwischen kriegt Hatch Krämpfe, wie es allen ergeht, wenn man eine gute Stelle findet. Und er wird ganz steif und wieder zappelig, steif und wieder zappelig. Da steigt Bailey aus dem Wagen und rennt auf die andere Seite. Zerrt Hatch auf den Sand. Was meine Chance ist, denn Bailey lässt die Beifahrertür offen. Schlüpfrig wie Schneckenschnotter gleite ich zur Tür hinaus und auf den Sand, der heiß ist, aber nicht so heiß, dass ich nicht schnell irgendwo in den Schatten huschen könnte. Bailey sieht mich, aber er stützt seinem Partner den Kopf ab, versucht, ihm die Atemwege freizuhalten, und was sollte er auch tun? Sammy hat ihm ja die Waffe abgenommen. Ich widme ihm den einen oder anderen gabelzüngigen Lippenfurz. Der Schwachkopf. Könnte ein Marsmännchen nicht mal erkennen, wenn es ihn in den Hintern beißen würde. Ha!

Da drüben gibt es große Steine, ein wenig Schatten. Ich mache mich auf den Weg dorthin. Keine schlechte Stelle, irgendwas hat sich eine kleine Höhle gegraben. Hier ist es kühler, und wenn das, was die Höhle gegraben hat, zurückkommt, kann ich es fressen. Ich warte den Tag ab, stecke aber meinen Kopf raus, um nachzusehen, was drüben an der Straße passiert.

Bailey blickt auf, sieht einen Chrysler näher kommen,

genau so einen, wie er auch fährt. Zuerst denkt er, es kommt Hilfe. Er sieht den Hut und vielleicht eine Sonnenbrille. Vielleicht. Die Fahrertür fliegt auf, und was Bailey dann sieht, scheint ein winzig kleiner Spion mit Trenchcoat und breitkrempigem Fedora zu sein, der ein Kornett mit Batterien und anderem Zeug bei sich trägt. Es ist das Letzte, was er sieht.

Es blitzt, und zwei Rauchpilze steigen über der Wüste auf.

Eigentlich die reine Giftverschwendung. Hatch hätte es bestimmt noch ein paar Stunden gemacht. Na gut.

Ich sehe den zweiten Chrysler wegfahren. Er wird noch ein richtig guter Fahrer werden. Lange schnurgerade Wüstenstraßen sind eine gute Übung. Ich rolle mich ein und mache ein Nickerchen.

Ich weiß nicht, was aus dem Mondmann geworden ist. Vielleicht ist er noch irgendwo da draußen, fährt einen großen Chrysler, trägt meine beste Anzugjacke. Vielleicht hat er einen Weg nach Hause gefunden.

Sechs Monate ist es jetzt her, und noch haben wir nichts von den Steuerfahndern gehört, und auch nichts von sonst jemandem, der mit den Bohemians zu tun hatte, also hat Alton Stoddard der Dritte seinen mächtigen Freunden offenbar Bescheid gegeben. Wer weiß? Wir halten die Augen offen.

Ich arbeite noch in der Bar, wobei ich inzwischen Anteile daran besitze, da Mrs Sal mich gebeten hat, den Laden zu schmeißen, für einen Anteil am Gewinn. Ich habe ihr gesagt: »Mrs Gabelli, ich glaube nicht, dass man Ihnen offen und ehrlich gesagt hat, was wirklich mit Sal passiert ist.«

Und sie sagt zu mir: »Das weiß ich, Sammy. Sal hatte schreckliche Höhenangst. Er wäre nicht mal auf eine Trittleiter gestiegen, um eine Glühbirne zu wechseln, ganz zu schweigen davon, dass er mitten in der Nacht in ein Flugzeug gestiegen wäre. Er war ein Armleuchter. Das Leben hat ihn eingeholt. Ende der Geschichte. Willst du den Job oder nicht?«

Romantik pur.

Lone Jones wartet immer noch auf seinen Anruf von Präsident Roosevelt, obwohl er nach seiner Begegnung mit Jimmy Vasco jetzt überlegt, ob er eine Lesbe werden soll, da das einfacher zu sein scheint, als beim Secret Service angenommen zu werden. Lone und Jimmy sind gute Freunde geworden, und manchmal gesellt sie sich im *Cookie's* zu uns, auf einen späten Kaffee und ein wenig Konversation.

Bokker, der Seemann von der südafrikanischen Handelsmarine, besorgt Onkel Ho eine neue Schlange, die Moo Shoes und ich aus eigener Tasche bezahlen, wobei wir uns für etwas Transportableres, wenn auch nicht minder Tödliches – namens Boomslang – entschieden haben, damit Onkel Ho in der Schlangenpisse-Nudelsuppen-Branche ordentlich ein paar Dublonen einstreichen kann.

Moo Shoes und Lois Fang sind jetzt schon fast ein halbes Jahr zusammen und haben beschlossen, den Menschen von Chinatown die Dienste einer Fahrschule anzubieten. Lois will ihnen die Theorie vorsingen und sich bei Bedarf entkleiden, um die Aufmerksamkeit der Fahrschüler zu fördern. Moo Shoes will das eigentliche Fahren unterrichten.

»Aber technisch gesehen weißt du doch gar nicht, wie man Auto fährt«, sage ich zu Moo.

»Ja, aber im Notfall komme ich zurecht«, sagt er. »Was soll schon schiefgehen?«

Da hat er recht. Sofern Nachfrage besteht. Immerhin hat er eine Idee.

Auch Milo baut sein Geschäft aus, indem er seinen Fahrgästen Alkoholika anbietet, während er sie zur Arbeit bringt. Er fährt jede Woche etwas länger, in kleinen Dosen, und so findet er sich damit immer besser zurecht, und wenn die Cops ihm nicht auf die Schliche kommen, wird er bald in der Lage sein, sich eine Unterkunft zu mieten, in der er länger als nur eine Nacht bleiben kann.

Die Schnecke und ich, nun, wir führen nicht gerade ein Leben, das dem Heile-Welt-Klischee entspricht. Sie serviert immer noch Frühstück, und ich stehe immer noch hinter dem Tresen und leiste den Nachtmenschen Gesellschaft, aber wir sehen uns jeden Abend, meist in ihrer Wohnung, weil meine weiterhin bengelverseucht ist. Wir haben uns darauf geeinigt, dass wir uns nicht mehr wie ein Flittchen benehmen wollen, also gehen wir an meinen freien Abenden ins Kino oder raus zum Playland am Strand. Hin und wieder trinken wir was oder hören Jazz in Lones Club. Wir machen Bumsfallera bis in die frühen Morgenstunden, und manchmal sitzen wir nackt zusammen auf dem Küchenfußboden und essen Käse und Cräcker vom selben Teller und kringeln uns vor Lachen. Es ist einfach toll.

Ach ja, manchmal, spät, zu leiser Musik von ihrem Plattenspieler, tanzen wir.

Nachwort

Das Setting – die Stadt

Location bezeichnet allein den Ort. Setting beinhaltet Ort und Zeit. Von Anfang an wusste ich, dass die Geschichte in San Francisco spielen würde, fraglich war nur die Zeit. Ich wusste, dass es nach dem Zweiten Weltkrieg und vor Erfindung des Handys sein sollte, was mir ein Zeitfenster von etwa sechzig Jahren eröffnete. Kurz entschlossen entschied ich mich während eines Telefonats mit meinem Lektor für das Jahr 1947, was für dieses Buch letztendlich sowohl Fluch als auch Segen war. Ein Segen, weil San Francisco sich in dieser Zeit sehr stark veränderte, und ein Fluch, weil 1947 gerade so lange her ist, dass die Leute, die damals schon in der Stadt gelebt haben, sich nicht mehr so richtig erinnern konnten, mit Ausnahme eines netten Herrn, der kurz nach dem Krieg nach San Francisco gekommen war und sich (gern) daran erinnerte, wie die Jungs damals die Mädchen ins Playland at the Beach ausführten. Das Playland existierte von den 1920ern, bis es in den 1970ern abgerissen wurde, und heute ist nur noch eine überdimensionale Windmühle vom Highway am Ocean Beach aus zu sehen.

Der Saloon, in dem Sammy arbeitet, ist einer real existierenden Bar nachempfunden, die es noch immer an dem beschriebenen Ort gibt, an der Grant Street in der Nähe vom Broadway, wo sie seit 1861 betrieben wird, in einem der wenigen Häuser, die das Erdbeben und den Brand von 1906 überlebt haben. Die Inneneinrichtung und die Geschichte des Saloons sind allerdings ganz und gar meiner Fantasie entsprungen, so wie auch die Figur des Sal Gabelli.

Auch den *Club Shanghai,* in dem Eddie Shu arbeitet, gab es tatsächlich, an der Grant Street in Chinatown, genau wie beschrieben. Die chinesischen Clubs, in denen Tänzerinnen und Entertainer Anglos imitierten, waren in den 1930ern der letzte Schrei unter den »Nobs« von Nob Hill und Pacific Heights und blieben es bis in die 1970er. Mehr über die chinesischen Clubs erfährt man aus Arthur Dongs Buch und dem Dokumentarfilm *Forbidden City USA: Chinese American Nightclubs 1936–1970* sowie aus Lisa Sees Roman *China Dolls,* in dem die Geschichte von vier Showgirls in den Clubs der 1940er-Jahre erzählt wird. Die Chinesen lebten abgeschottet und blieben größtenteils auf Chinatown beschränkt, die größte chinesische Gemeinde außerhalb von China. Nach dem Erdbeben bemühten sich chinesische Geschäftsleute um die Unterstützung der sie umgebenden Stadt. Eine der ersten Maßnahmen bestand darin, das Viertel mit chinesischer Architektur umzugestalten, damit es »authentischer« wirkte. Später wurden Läden eröffnet, die es speziell auf die nichtchinesische Kundschaft abgesehen hatten – Chop-Suey-Häuser und Geschäfte mit selbstironischen Namen. Tatsächlich wurden sowohl das Chop Suey als auch der Glückskeks in San Francisco – und keineswegs in China – erfunden. In anderen Läden wie die *Jook Houses* verkehrten ausschließlich chinesische Amerikaner, und das drei Meter breite, drei Stockwerke hohe *Jook House,* das in *Noir* beschrieben wird, gab es wirklich, obwohl ich keine

Ahnung habe, ob es dort tatsächlich Nudeln mit dem Urin tödlicher Schlangen zu essen gab. Die Tradition wird heute noch in Shanghai gepflegt, zumindest nach Aussage meines guten Freundes Google.

Wie das *Jook House* basieren auch viele andere Läden in *Noir* auf realen Orten, die es schon lange nicht mehr gibt. *Cookie's Coffee* war ein Diner im Tenderloin namens *Coffee Dan's,* und wie im *Cookie's* traf sich auch dort das Theatervolk, und tatsächlich feierte man 365 Tage im Jahr Silvester. Es gab auch einen Taxifahrer, der – wie Milo – für einen Quarter einen Schluck Whisky an die Gäste vom *Coffee Dan's* ausschenkte, während Milo seine Vergangenheit vielmehr der Figur des Henri in Steinbecks *Straße der Ölsardinen* verdankt – ein Künstler, der ein Boot baut, sich aber vor dem Meer fürchtet.

Auch *Jimmy's Joynt* basiert auf einem realen Laden und Jimmy auf einer realen Frau namens Tommy Vasu, die sich tatsächlich wie ein Mann kleidete und eine Schwäche für das Glücksspiel und gertenschlanke Blondinen hatte (nicht Rothaarige wie Myrtle). Sie führte einen Laden namens *Tommy's Joint* am Broadway (der allerdings nichts mit dem *Tommy's Joynt* an der Van Ness zu tun hat, in dem man heute noch an jedem Tag des Jahres erstklassigen Büffeleintopf, Hackbraten und tranchierten Truthahn mit Soße bekommen kann). Weibliche Travestie-Shows waren beliebt im North Beach der 1940er-Jahre (bis in die 1950er, als die Stadt sich zur Feindseligkeit gegenüber Schwulen- und Lesbenclubs entschloss). Die berühmteste lesbische Travestie-Show war das *Mona's 440,* das in Ellen Klages' Roman *Passing Strange* beschrieben wird.

Der *Bohemian Club* ist ebenfalls eine real existierende Organisation. Das Hauptclubhaus liegt an der Ecke Port und Taylor Street im heutigen Tenderloin. Beschreibungen der Inneneinrichtung des Clubs stammen aus schriftlichen Berichten. Zwar war ich von einem Mitglied dorthin eingeladen worden, doch leider musste ich die Szene schreiben, bevor sich die Gelegenheit ergab, also habe ich es nie dorthin geschafft. Der *Bohemian Grove* und das Ritual namens *Cremation of Care*, einschließlich der riesigen Betoneule, entstammen historischen Beschreibungen. Ich habe nie einen Fuß in den *Grove* gesetzt, obwohl ich oft genug daran vorbeigefahren bin, da ich in der Nähe eine Schreibhütte habe. Die schändlichen Vorgänge, die über das wohldokumentierte Ritual hinausgehen, sind allesamt Produkte meiner Fantasie, weil bei Geheimtreffen von superreichen und mächtigen weißen Männern natürlich nie etwas anderes herauskommt als Friede, Freude, Eierkuchen.

Die Viertel

Noir spielt größtenteils in den Vierteln North Beach, Chinatown, Tenderloin und Fillmore. North Beach ist seit dem Ende des 19. Jahrhunderts ein italienisches Viertel, bevölkert von eingewanderten Fischern aus Italien, die ihre typischen Gerichte und ihre Kultur mitbrachten. Gleichzeitig wurde das Viertel in den 1940ern außerdem zum Mekka der homosexuellen Gemeinde (weiblich wie männlich), bevor diese ins Castro-Viertel am südwestlichen Ende der Market Street abwanderte, das 1947 noch stark von irischen Arbeitern geprägt war. (Was nicht heißen soll, dass da keine Homosexuellen wohnten, aber man kann wohl ziemlich sicher davon ausgehen, dass die sich damals nicht öffentlich dazu bekannten.)

Heute mag das Tenderloin ein raues Pflaster sein, geprägt von Armut und Straßenkriminalität, umzingelt vom Reichtum der Stadt, doch damals war es das Theaterviertel, das Zentrum der Unterhaltung, aber auch das Zentrum der Macht, denn das Rathaus und das Civic Center lagen mittendrin. Der Wandel ist auf den Zweiten Weltkrieg zurückzuführen, als die Vereinigten Staaten überall an der Westküste Werften bauten, um Kriegs- und Transportschiffe zu produzieren. Auch die Munitionsfabriken brauchten Arbeiter, und diese Arbeiter mussten untergebracht werden, also wurden im Tenderloin spezielle Einzimmerhotels gebaut, in denen man sich einmieten konnte. Heutzutage macht das Tenderloin einen traurigen Eindruck, aber in den 1940er-Jahren, als drei Schichten von Arbeitern aus den Kriegsfabriken im Viertel ein- und ausgingen, ganz zu schweigen von den Entertainern und dem Theatervolk, war im Tenderloin ordentlich was los.

Auf der anderen Seite der Van Ness Avenue ist man gleich im Fillmore, das durch den Krieg ebenfalls radikalen Veränderungen unterworfen war, wenn auch aus anderen Gründen. Das Viertel wurde bekannt durch das Fillmore Theater und die bahnbrechenden Konzerte in den 1960er-Jahren, war jedoch vor dem Krieg kaum mehr als ein Slum. Dic Bewohner waren meist japanischer Herkunft, und Fillmore und Japantown war mehr oder weniger dasselbe. 1942 unterzeichnete Präsident Roosevelt die *Executive Order 9066* mit der Anweisung, Menschen japanischer Herkunft überall an der Westküste in Internierungslager zu sperren. Sie wurden gezwungen, ihre gesamte Habe zu verkaufen, und dann auf die Lager entlang der Küste verteilt. Eine andere *Executive Order* – die Nummer *8802* – verbot jegliche Rassendiskriminierung in den kriegswichtigen Fabriken und hatte bereits eine wahre Migrationsbewegung von Schwarzen ausgelöst, die gen Westen strömten, um der

Unterdrückung im Süden zu entfliehen. Sie folgten dem Versprechen auf gute Jobs, garantierte Unterkunft und Sozialleistungen. Der Hausbau für die Arbeiter konnte der großen Nachfrage nicht nachkommen, und als dann die Häuser der internierten Japaner im Fillmore leer standen, zogen dort Afroamerikaner ein. Im Viertel wurden Jazzclubs eröffnet, und in den 1950ern war das Fillmore unter Musikern und Jazzenthusiasten schwer angesagt. Als die Japaner aus den Lagern entlassen wurden, kehrten viele ins Fillmore zurück, was eine bunte Mischung der Kulturen mit sich brachte, die ich in anderen Büchern beschrieben habe *(Ein todsicherer Job, Ein todsicherer Plan)*, doch viele zogen auch in die neuen Häuser, die in Richmond und Sunset für die Familien heimkehrender Soldaten entstanden waren (worauf Sal im dritten Kapitel verweist, als er die Idee mit der Hundepizza erklärt).

Die Veränderungen der demografischen Gegebenheiten in San Francisco haben die Bay Area im Laufe der Jahre zu dem gemacht, was sie heute ist, doch 1947 waren diese Veränderungen noch neu, und die Stadt versuchte, nach dem Krieg zu Atem zu kommen, was sich natürlich auf die Menschen auswirkte.

Die Figuren

Es war nicht einfach, Quellen zu finden, in denen das Leben im San Francisco des Jahres 1947 aus erster Hand beschrieben wurde, und so wandte ich mich den Schriften Herb Caens zu, der von 1938 bis 1997 als furchtloser Kolumnist für den *San Francisco Chronicle* und den *San Francisco Examiner* schrieb. Sein Revier waren die Straßen von San Francisco mit ihren Bewohnern. Caens Arbeit berührte jeden Aspekt städtischen Lebens, und oft genug porträtierte er farbenfrohe Charaktere. In einer Kolumne beschrieb er einen rassistischen Polizisten, der sich vorgenommen hatte, das Viertel weiß zu *prügeln.* Caen schrieb, der Polizist sei von der Straße genommen, aber nicht vom Dienst suspendiert worden, weil er zu viel darüber wusste, wo die Machtelite der Stadt ihre Leichen begraben hatte. Den Namen des Polizisten nannte Caen nie, doch nachdem ich darüber gelesen hatte, war Pookie O'Hara geboren.

Während des Krieges wuchs die Zahl der afroamerikanischen Bewohner San Franciscos von knapp über 5000 auf mehr als 35 000 – eine Steigerung von 600 Prozent. Und das nur in San Francisco, ohne Oakland, Marin City und Richmond, wo es weitere Werften gab. Auch die Beschreibungen mittelloser Veteranen in der Third Street waren von Herb Caen inspiriert, der regelmäßig darüber berichtet hat. General Remy – und entsprechend auch der Mondmann – entsprangen einer frühen Internetrecherche zum Thema »San Francisco 1947«, bei der ich auf eine kleine Meldung stieß, gepostet von einem Ufo-Fan, die vermeldete, der Kommandeur der Air Force Base von Roswell habe im März 1947 San Francisco einen Besuch abgestattet. Der Absturz von Roswell – was auch immer dahinterstecken mochte – geschah im Juni desselben Jahres, nur etwa eine Woche nachdem die erste »fliegende Untertasse« von einem Piloten in der Nähe vom Mount Rainier im Staat Washington gesichtet worden war. Allein diesem Zufall verdankt die Figur des General Remy ihre Existenz. Nachdem ich wusste, dass ein General im Jahr der ersten Ufo-Sichtung und des Roswell-Absturzes in der Stadt gewesen war, na ja, daraus musste ich doch was machen. Zusammen mit dem General kamen die *Men in Black* und natürlich auch der Mondmann.

Mein Porträt des Schweißertrupps, zu dem Sammy stößt, ist größtenteils Berichten nachempfunden, die ich im digitalen Archiv auf www.foundsf.org gefunden habe. Die Sprache der Schweißer orientiert sich an dem Roman *If He Hollers Let Him Go* von Chester Himes, einem afroamerikanischen Autor der 1940er- und 1950er-Jahre, der vor allem für seine in Harlem angesiedelten Detektivromane bekannt ist. *If He Hollers Let Him Go* handelt von einer schwarzen Schweißer-Crew auf einer Schiffswerft in Los Angeles während des Zweiten Weltkrieges.

Lone Jones ist zu gleichen Teilen echt und unecht. Als Teenager in Ohio nahm ich im Sommer an einem Arbeitsprogramm für Footballspieler der Junior Highschool teil, mit dem verhindert werden sollte, dass wir auf die schiefe Bahn gerieten. Das Programm wurde von der lokalen Polizei durchgeführt, und sechsmal die Woche holte ein Polizist jeden Einzelnen von uns mit seiner Grünen Minna von zu Hause ab und kutschierte uns zu einer Erdbeerfarm auf dem Land, wo wir den halben Tag auf dem Feld arbeiteten, Samstags den ganzen Tag. Nach der Arbeit setzte uns der Cop dann wieder zu Hause ab. Als ich eines Morgens hinten in die Grüne Minna kletterte, saß zwischen den gut zwanzig Jungen – die meisten aus der Innenstadt – ein sehr viel größerer, kräftigerer Kerl von vielleicht zwanzig Jahren. Nennen wir ihn John Henry Johnson. (John Henry hieß er tatsächlich.) Später, als man uns nach Hause brachte, stellten wir fest, dass John Henry mit seiner Mutter in einer Garage wohnte, die mit einem Holzofen beheizt wurde, direkt gegenüber von einem Stahlwerk. Selbst die Jungs aus unserem Trupp, die aus raueren Stadtteilen stammten, wurden ganz kleinlaut angesichts dieser Armut.

Zwei Sommer lang habe ich mit John Henry zusammenge-

arbeitet und lernte ihn als einen der stärksten, großzügigsten und gutmütigsten Menschen kennen, die mir je begegnet sind. Normalerweise saß er vorn in der Grünen Minna bei dem Cop, nicht bei uns anderen hinten im Käfig. Obwohl John Henry ein langsamer Leser war, bat er den Polizisten oft, dicht auf das Auto vor uns aufzufahren, damit er laut lesen konnte, was auf den Aufklebern an der Stoßstange geschrieben stand. Weil er vorn sitzen durfte, zogen die anderen Schwarzen aus der Crew ihn damit auf und meinten, dass er wohl nicht schwarz sein wollte, dass er in Wahrheit weiß war, und nur der Zufall der Hautfarbe die Menschen dazu verleitete, ihn irrtümlich für schwarz zu halten. Es dauerte nicht lange, da hatte John Henry die Nummer für sich übernommen Er bestand darauf, er sei nicht schwarz. Wir anderen spielten das Spiel nur zu gern mit, vor allem, wenn wir unter Fremden waren.
Ich höre schon die Einwände. Aber es war alles gut, es war in Ordnung, ein freundschaftlicher Spaß ohne böse Hintergedanken. Jedoch durch die Brille der heutigen Political Correctness und der Sorge um den Erhalt der Kulturen betrachtet mögen Einwände berechtigt sein.
John Henry Johnson war die eine Hälfte der Inspiration für Lone Jones. Die andere Hälfte war Hazel in John Steinbecks *Die Straße der Ölsardinen,* ein gutmütiger Riese, der den Halt verliert, als ihm eine Wahrsagerin prophezeit, dass er Präsident der Vereinigten Staaten wird.
Sammy »Two-Toes« Tiffin ist fast gänzlich meiner Fantasie entsprungen, bis auf den unglücklichen Unfall, der ihn an die Westküste trieb. Mein eigener Vater verlor um ein Haar den linken Fuß, als er einige Jahre nach seiner Entlassung aus der Navy in einer Fabrik in Toledo arbeitete und sein Fuß an einer Mauer zerquetscht wurde. Da war

er schon bei der Highway Patrol Academy angemeldet und sollte demnächst seine Ausbildung beginnen. Meine Mutter musste ihm versprechen, niemals zuzulassen, dass die Ärzte seinen Fuß amputierten. Meine Mutter setzte sich gegen die Ärzte durch, und mein Vater besuchte die Academy (wenn auch ein Jahr später) und wurde Highway Patrolman, ein Job, den er bis zu seinem Lebensende liebte. Dieser Teil von Sammys Geschichte und seine Entschlossenheit, dienen zu wollen, hat er von meinem Vater. Größtenteils entspricht Sammy dem, was ein Protagonist einer Noir-Geschichte sein sollte: ein ganz normaler Typ in undurchsichtiger Lage. Was mich zum Genre führt.

Noir

Als ich vor zehn Jahren nach San Francisco zog, nahm ich an einem Wohltätigkeitsdinner für Autoren und Leser teil, das von der Öffentlichen Bibliothek veranstaltet wurde. Das Thema des Abends war *Noir.* Während des Essens sagte ein Schriftsteller an meinem Tisch, selbst ein angesehener Verfasser von Kriminalromanen: »Wirklich, ich glaube, der beste Noir-Schreiber war Jim Thompson.«

»Oh nein, nein«, sagte ein Autor von Kinderbüchern, ebenfalls sehr angesehen. »Der Beste war definitiv Raymond Chandler.«

In einem seltenen Moment der Zurückhaltung schwieg ich, denn ich fand, beide hatten recht und unrecht. Weit gelehrtere Menschen als ich haben es sich zur Lebensaufgabe gemacht, das Noir-Genre zu kreieren, zu kuratieren, zu definieren und zu präsentieren, doch das konnte mich nicht daran hindern, mich dumm zu stellen. Mir scheint, das ganze Noir-Genre baut auf den Begriff des *film noir*, und dieser umfasst ein ganzes Set ästhetischer Fixpunkte, die sich

nicht immer auf die schriftliche Form übertragen lassen. In der Literatur haben wir die hartgesottenen Detektive von Dashiell Hammett, Raymond Chandler und Mickey Spillane. Dann gibt es die Geschichten der Verzweifelten, die in finsteren Gassen spielen und für gewöhnlich von ahnungslosen Burschen handeln, die durch eine verführerische Frau in schändliche Machenschaften verstrickt werden. In dieser Tradition schrieben James M. Cain, David Goodis und Jim Thompson. Als ich mit *Noir* anfing, stellte ich mir vor, es sollte ein Roman der zweiten Sorte werden, die Geschichte eines einfachen Mannes und der gefährlichen Frau, die in sein Leben taumelt. Das Buch sollte düster, es sollte verzweifelt sein, es würde Nebel geben, Schießereien und Gefahr. So hatte ich mir das gedacht. Ich weiß, ich weiß. Im Grunde ist dabei ein »Blödel-Noir« herausgekommen, eher *Damon Runyon meets Bugs Bunny* als *Raymond Chandler meets Jim Thompson* … Aber was sollte ich machen? Da hatte ich schon oben auf jede Seite *Noir* getippt.
Okay, so weit also. Danke fürs Reinschauen.

CHRISTOPHER MOORE
San Francisco, Kalifornien
Juni 2017